WALDE+GRAF

ÜBER DEN AUTOR:

Florian Weber, geboren 1974 in Schrobenhausen, Bayern, ist Schlagzeuger und Mittexter der Sportfreunde Stiller, die mit Liedern wie »Ein Kompliment«, »54, 74, 90, 2006« und mittlerweile sechs Alben zu Deutschlands bekanntesten Bands gehören. Im Jahre 2006 erschien bei Rowohlt sein erster Roman »You'll Never Walk Alone«. Mit Illustrator Kai Büschl verbindet ihn eine langjährige, innige Freundschaft (... obwohl beide im gleichen Kaff Anfang der Neunziger Jahre um ein und dieselbe Frau buhlten !!!)

ÜBER DEN ILLUSTRATOR:

Kai Büschl, geboren 1971 in Augsburg, auch Bayern, ist Grafiker, Illustrator und Dozent an der Designschule München. Er war Gastprofessor an der Hochschule der bildenden Künste in Saarbrücken. Seit vielen Jahren ist er für den geschmackvollen grafischen Stil vieler bekannter Musikbands verantwortlich, so auch für die Sportfreunde Stiller. Seine innovative, originelle und handgemachte Arbeit zeigt sich hier in Grimms Erben. Die stets nervigen, weil nicht umsetzbaren Illustationsvorschläge vom Autor brachten ihn beinahe an den Rande des Wahnsinns.

FLORIAN WEBER

GRIMMS ERBEN

ROMAN

WALDE + GRAF

INHALTSVERZEICHNIS

TEIL EINS

DIE VERMALEDEITE FLUCHT

IN DAS SICH SELBSTÄNDIG VERKLEINERNDE LABYRINTH DER STERNENTRÄGER

TEIL ZWEI

DIE THEORIEN DES AUGUST LOCHER

TEIL DREI

OLYMPUS MONS

TEIL VIER

VON FADEN UND GARN

»Das Leben ist ein einziges Wunder. Wer sich darin aufhält ist ein Fabelwesen. Oder ein armes Schwein.«

URBAN BUCHMANN

TEIL EINS

DIE VERMALEDEITE FLUCHT

IN DAS SICH SELBSTÄNDIG VERKLEINERNDE LABYRINTH DER STERNENTRÄGER

Der Sprinter im Labyrinth

Warschau 1943

Es war einmal ein Sprinter, der rannte wie ein gehetztes Tier durch verwinkelte Gassen. Wie ein Reh sprang er über Tonnen, Fässer, Fahrräder und Mauerwerke, die sich urplötzlich vor ihm auftaten und wie von Geisterhand seinen Fluchtweg versperrten. Im nächsten Moment stolperte er wie ein Betrunkener durch freie Straßen. Er war auf der Flucht – und eine Meute wild gewordener Bestien war hinter ihm her.

Das Ohr vermittelte Geräusche. Schritte, Rufe, Kratzen über Asphalt, Hundegebell, ein Rauschen, Flüche und tatsächlich: Schüsse.

Er erhöhte noch einmal die zyklische Frequenz seines Spurtes. Viel Kraft hatte er nicht mehr. Seine Beine meldeten Müdigkeit und taten ihre Dienste aus nur einem Grund:

Angst.

»Schneller, noch schneller!«, schrie es in ihm. Die Arme holten weiter aus und vermochten durch ihre ausschweifenden Bewegungen den mittlerweile schwankenden Körper nach vorne zu ziehen. Schon längst war er sich nicht mehr im Klaren, wo er war, vor allem aber, und das erschreckte ihn: wohin er wollte. Falsch. Wohin er musste. Der Schweiß in den Augen brannte und schälte die Bilder einzeln von der

Netzhaut, die nur noch Schemen und Schatten erkannte. Die einsetzende Dämmerung wurde zu seinem Verbündeten.

Eine Gasse, eine gepflasterte Straße, Torbögen. Wieder eine Kreuzung. Links, hier links, wieder in eine dunkle Gasse. Weg von den Straßenlaternen, die wie stechende Blitzlichtflaggen auf metallenen Fahnenstangen wehten.

Er lief zitternd und planlos durch die hallenden Straßen. Er ermahnte sich, leise zu laufen. Das war Wunschdenken. Ein Ertrinkender schwimmt ums Überleben. Ein Fliehender rennt eben, dass die Sohlen brennen. Er kann ja nicht ums Überleben schleichen.

Sein sich überschlagendes Herz pumpte saures Blut durch die Bahnen, während schwarze Fenster wie tote Augen an ihm vorbeirauschten. Falls er das überlebte, würde ein Muskelkater bleiben. Trotz dieser in diesem Moment unpassenden Erkenntnis trieben ihn seine Beine mechanisch nach vorne. Seine Lunge brannte entsetzlich.

Er sollte tiefer atmen.

Ende. Es gab keinen Ausweg. Das war fatal – hatte aber auch sein Gutes. Das Schicksal, das ihn nun kotzend vor Anstrengung in einer kleinen Sackgasse zum Stillstand hatte kommen lassen, forderte sein Denken ein. Zurück war unmöglich, das Geheul der Meute schob ihn gegen das, wovor er nun ungläubig und dem Zusammenbruch nahe kauerte. Eine Mauer. Auf den ersten Blick unüberwindbar. Eingefasst von zwei fensterlosen Hausmauern, die einige durch abgefallenen Putz heraustretende Backsteine zum Vorschein brachten. Diese freigelegten Mauerwerke wirkten wie ein süffisantes Grinsen, wie der vorweggenommene Triumph der Sieger. Sogar die Häuser waren ihm feind.

Im Nacken polterten die Stimmen seiner Verfolger. Der Verfolger aus Fleisch, Blut, Stahl und Schießeisen. Hier also endete sein Leben. An einer schmucklosen Wand, die sich irgendein Baureferat hatte einfallen lassen, oder ein Eigentümer, um den Besitz zu markieren.

Er griff in den Kartoffelsack, den er mit sich führte, und überlegte fieberhaft ein paar letzte Worte. Seine Finger kratzten über den bereits aufquellenden Kartonumschlag des mitgeführten Büchleins. Ein größeres Notizbuch vielmehr. Eigentlich waren es zwei. Das eine war vollgeschrieben. Massenhaft Geschichten darin. Das zweite bot noch genügend Platz. Die Bücher waren sein ganzer Besitz, sein Heiligtum, seine Erfindung – jede einzelne Geschichte ein Teil von ihm und sein eigentlicher Lebenszweck. Seine Hand tastete suchend im Inneren des abgewetzten Leinensacks und fühlte nach einem der drei gestohlenen Bleistifte.

Sein Brustkorb hob und senkte sich wie der Kolben eines mechanischen Antriebs, und er überlegte, ob er auf ein leeres Blatt Papier folgende Abschiedssätze schreiben sollte:

Mein Name ist Ignaz Buchmann.

Mein Leben endet nicht gerade märchenhaft an einer Mauer an diesem Herbsttag im Jahre 43. Meine liebsten Menschen, vor allem meinen Bruder, drücke und küsse ich hiermit bis in alle Ewigkeit.

Meinen letzten Verfolgern erkläre ich feierlich: Ihr habt mich wohl erwischt, aber das, wofür ihr mich jagtet, habt ihr nicht bekommen. Meine Gedanken.

Worte werden den totalen Sieg erringen. Klingt seltsam, ist aber so.

Immer weiter,

Ignaz Buchmann

Er tat es mal vorsichtshalber, riss das Blatt aber nicht aus seinem Buch. Zitternd steckte er es zurück in den Sack. Den Bleistift in die Hosentasche. Er zog seine den Bleistift nicht mehr umklammernde Hand aus der Hosentasche und schätzte anhand des sich stetig nähernden Rumorens seine ihm verbleibende Zeit ein. Ja, es bliebe noch Zeit, um sich zu übergeben. Er tat es. Schade um die Suppe, die er sich vor einer Stunde ohne zu bezahlen »genehmigt« hatte. Sie erst hatte ihm diese Meute an den Kragen gehetzt, die sich aus Jägern verschiedenster Interessen zusammensetzte.

»Haltet den Dieb!« Wie oft er diesen Satz gehört hatte.

Mit dem Ärmel wischte er sich den Mund ab. Schwungvoll schleuderte er den Kartoffelsack über die Mauer. Er ging einige Meter rückwärts und fixierte das Hindernis, das sich vor ihm aufbaute, das er zu überwinden gedachte. Im Rachen brannte refluxierte Magensäure. Er lief los.

Der erste Schritt war explosiv und reichte aus, um sich mit dem anderen Bein, es war das rechte, auf die hochkant an der Mauer lehnende Holzkiste zu befördern, von der er ebenso kraftvoll und parallel zur Wand auf eine Tonne sprang, um sich wiederum mit dem rechten Bein abstoßend nach oben zu schrauben. Geschmeidig wie ein Panther. Eine intramuskuläre Ästhetik der flüchtenden Bewegung. Katzengleich. Buchmanngleich, dachte er nicht ohne Stolz.

Seine Finger erreichten den Sims der Mauer. Sie griffen massiv in den aufgeplatzten Putz und fanden Halt. Einen Halt, der Ignaz' ganzen Körper in der Schwebe hielt, nur kurz. Denn es beugten sich die Arme. Einem Flaschenzug gleich, brachte er das Gewicht seines Körpers gleichmäßig nach oben. Ellbogen stützten sich nun auf die obere Kante, doch Vorsicht, ein aufgedrehter Stacheldraht schlängelte sich auf der Mauer von Hauswand links zu Hauswand rechts. Ein scheußliches Wolfsgeheul drang an sein Ohr. Inmitten der Vorwärtsbewegung spürte er eine enorme Last, ein Gewicht, das nun entgegen seiner Willensrichtung zerrte. Er dachte zuerst, es wäre Todesangst, die ihn lähmte. Aber als er nach unten sah, vernahm er den wütenden Blick eines Schäferhundes. Spürte sein scharfes Gebiss, das sich mühelos durch das Leder in Richtung seiner Mittelfußwurzeln vorarbeitete.

»Verzieh dich, du Todeshund.« Ein freudscher Versprecher, aber immerhin zeigte er zusammen mit dem Fußtritt seines freien Beines Wirkung. Das Zerren hatte ein Ende. Nun wirkte die Arbeit der sich verkürzenden Armmuskulatur wie Butterbrotstreichen. Ignaz kauerte oben angekommen keuchend zwischen den Zähnen des Stacheldrahtes. Er hörte rasche Schritte über das Pflaster hetzen. Kchkch – Kchkch – Kchkch – … Sein rasendes Herz sprach zu ihm.

»Tief atmen.«

Der Köter sah mit wütenden Augen, mit knurrendem Getöse und einem Lederstiefel im Maul zu ihm hoch. Er blickte auf den Hund zurück, und wenn sich zwei Dinge in die Augen blicken – trotz Dunkelheit – dann bleibt die Zeit stehen – einen Augenblick lang.

Dann weitere Augenpaare, die um die Ecke schossen. Hundsaugen, Menschenaugen, Wolfsaugen, Bestienaugen. Und Augen eines Gewehrlaufes.

Ignaz warf sich, das Leben sollte nach dieser spektakulären Flucht nun doch gerettet werden, ohne Rücksicht auf Schmerzen und Blessuren, von dem mit Stacheldraht bezäunten Mauersims. Pfeifend strich eine Kugel unreligiös – von wegen »Du sollst nicht töten« – an Ignaz' Unterschenkel vorbei und war so frei, die Haut oberflächlich aufzuritzen. Mehr Schaden war der Kugel nicht vergönnt. Pech gehabt, diesbezüglich. Aus Kugels Sicht.

Ignaz hinterließ den Verfolgern einen mutigen Eindruck und ein Dutzend Stofffetzen in den Stacheln des Zauns, die den verblüfften Männern samt ihrer Spürhunde das Ende der Jagd beschämend vor Augen führten.

Einen Eid im Genick

Der Aufprall war weniger schmerzhaft, als Ignaz' Sturz als Elfjähriger vom Flachdach des Fleischereibetriebs Blüml, durch dessen Rauchabzug er Dampfwürste zu stehlen erhofft hatte. Das Vorhaben stellte sich als Trugschluss heraus, aber Herr Waldemar Blüml erwischte den Ignaz-Balg und seinen vier Jahre älteren Bruder Zacharias, genannt Aki, auf dem Dach mit provisorischen Angeln in den Händen – Wilhelm Busch lässt grüßen – als er selbst dort oben in der Mittagspause mit der Verkaufsangestellten Rosa Münzinger Nettigkeiten austauschen wollte. Eben zu diesem Austausch hatte die als stets freundlich geltende Angestellte ihre Korsage gelockert, ja gänzlich entflochten, so dass sich den jungen Buben die weiblichen Üppigkeiten saftig entgegenwölbten, im Sinne: »Doppelt guten Tag.«

Ebenso beeindruckend Herr Blümls die lockere Metzgerhose beulende Erektion. Wie ein mahnender Zeigefinger marschierte sie dem Mann voran – aber wer konnte ihr dies verdenken, die saftigen Brüste von Frau Münzinger brachten männliche Kunden regelmäßig ins Stottern. Statt Mettwurst wurden Melonen, statt Burenwürste Busenwürste geordert. So was.

Doch nur dem Metzgermeister war es vergönnt, sich mit diesen weiblichen Kanonenkugeln zu duellieren. Frau Blüml ahnte nichts von diesen lustvollen Kriegsspielen. Sie stach brav im kleinen Schlachthaus den Säuen die scharfen Messer in die Kehle, während Herr Blüml scharf seinen … ach, Sie wissen schon.

»Saububen! Verreckte!« Der hochrot vibrierende Kopf des Metzgermeisters stand kurz vorm Explodieren, ob vor Ärger, weil Buben auf seinem Dach Streiche spielten, oder deswegen, weil sein Tête-à-Tête gestört wurde – ungewiss.

Ignaz wurde durch die wuchtige Ohrfeige vom Dach gefegt und schlug drei Meter tiefer unkontrolliert auf, wo ihn sein fluchtbegabterer Bruder in Empfang nahm und aus der weiteren Gefahrenzone schleppte. Aki hatte nämlich den Besitzer durch die Luke kommen sehen, flott genug den Rückzug angetreten. Zu Hause klärte Ignaz seinen Bruder Aki über die genaueren Umstände seines Abgangs auf.

»Die Schellen war's wert«, beteuerte Ignaz noch lange danach. »Das was ich gesehen habe, das träumst du bloß. So schnell, wie du das Weite gesucht hast.«

Aber schmerzhaft war nicht die Ohrfeige, sondern der gemeine Aufprall auf das Steißbein, das noch wochenlang seine Lädierung in Form von Sitzschmerzen preisgab, so dass ihm keine Wurst mehr schmecken mochte.

Diesmal landete Ignaz aus ähnlicher Höhe, aber auf seinen Beinen. Er blutete. Stacheldraht, Hundegebiss und Gewehrkugel hatten Spuren hinterlassen, aber die ärgste Verletzung brachte ihm sein Bleistift bei, der sich bei der Landung in seine Leiste bohrte. Warum hatte er ihn diesmal nicht in den Sack zurückgesteckt? Der Stift ließ sich mit einer ruckartiger Bewegung leicht aus dem Oberschenkel entfernen. Es blieb ein Schmerz, der ihn beinahe ohnmächtig werden ließ.

Er hörte nichts mehr. Kein über die Mauer erklingendes Bellen, kein Rumoren. Weder Rufe des Zorns noch gedämpfte Straßengeräusche einer davoneilenden Jägerschar. Es war, als hätte jemand den Ton abgestellt. Eine Stille, die ein rhythmisch monotones Rauschen durch Ignaz' Ohren schickte. Das vernahm er. Seinen Herzschlag und seinen Atem, sonst nichts.

Den Sack mit seinen Heiligtümern konnte er nach wenigen Versuchen ertasten. Alles noch da. Weiter. Wie dunkler Anstrich presste sich Ignaz Buchmann von Hauswand zu Hauswand. Kein Licht stach aus irgendeinem Fenster oder anderen Hausöffnungen. Stille und Dunkelheit schlichen an Ignaz' Seite. Weggefährten der Nacht, die ihn auf dieser Seite der Mauer beinahe unsichtbar machten.

Durch die Löcher seiner Filzhose pfiff leise der laue Nachtwind und trocknete die Risswunden seiner Haut. Er taumelte, doch Schmerzen verspürte er kaum noch, die Lunge stach leicht, aber die Erleichterung über die geglückte Flucht legte sich wie Balsam über seine körperlichen Blessuren. Auch die Bleistiftwunde pochte schon weniger.

Er wurde ruhiger. Ignaz Buchmann erholte sich vom Wettrennen gegen die blutrünstige Meute aus Mensch und Hund. Und ging als Sieger hervor.

Ignaz Buchmann war Autor. Jungautor. Zum Verständnis: Er konnte bisher keine offiziellen Veröffentlichungen vorweisen. Er verfasste in seinem jugendlichen Drang mehr Schriften, als sein Vater ihm Ohrfeigen für seine teilweise untragbaren Streiche verpasst hatte. Er übertrug Realität in Fiktion. Transformierte selbstgetätigte Handlungen und eigene Erlebnisse in seine Phantasiegebilde und fühlte sich dabei ungezwungen und auf eine besondere Weise lebendig. Und ein wenig erwachsener, als er war. Schon sehr früh las er den Nachbarkindern, und mit Vorliebe der rußhaarigen Klara, die auf dem Bauernhof gegenüber wohnte, vor. Nicht aus Büchern renommierter Schriftsteller – nein – selbstverfasste Geschichten. Wundersame Märchen, die er sich zusammenspann und mit denen er große Augen, offene Münder und Aufmerksamkeit erntete. An guten und an schlechten Tagen. Die Geschichten entstanden auf Zetteln, über die er seine kindliche Schrift jagte. Bisweilen versammelten sich zwanzig, dreißig Nachbarn um den erzählenden Knaben.

Aki, sein älterer Bruder, war sein größter Fan und Gönner. Er stahl ihm das Papier und die Graffitgriffel aus den Kramläden des Dorfes und sorgte so für unendlichen Schreibgenuss.

Aki wollte Verleger werden.

Ignaz wollte Schriftsteller werden.

Aki wird nie ein Buch verlegen.

Ignaz nie ein Buch schreiben, das er gedruckt und gebunden in den Händen hält.

Aki hatte eine Idee.

Ignaz raste ihr blind hinterher.

Einen Eid im Genick.

Diesen Eid hatte er mit seinem Bruder geschlossen, bevor die große Flucht begann.

Schließlich landete er hinter einer Sackgassenmauer, auf der ein Stacheldraht gespannt war. Genau so ein Stacheldraht, in dem die Menschen allerorts verreckten, seit der Wahn des Krieges Europa heimgesucht hatte. Auf den Schlachtfeldern. Weggeschmissene Leben, aufgespießt an dünnen Drähten, wie seelenlose Hüllen im Wind flatternd.

An dem Stacheldraht der Sackgassenmauer flatterten nun einige Stofftriangel von Ignaz' Hose und ein letzter Fetzen Freiheit.

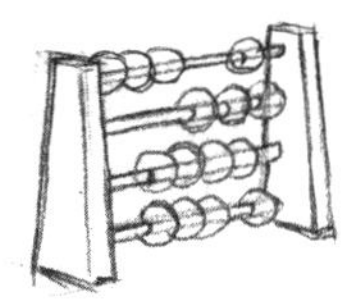

Der Physiker

Heinrich Nusser, Vater von drei Kindern, Mörder von unter anderem zwei Kindern und zwei Frauen, die er vorgestern erschossen hatte, putzte seine Feldstiefel blank und genoss dazu ein Glas blassen französischen Burgunders aus dem ihm frei zugänglichen Kontingent der Eckkneipe »Niski Mężczyzna«.

Nicht lange fragen. Nicht lange bestellen. Rein. Nehmen. Gehen. Trinken. Es ist so, weil es recht ist. Weil es ihm zusteht. Der Ober sticht den Unter.

Auf einem kleinen Beistelltisch stand das Rotweinglas, in das er immer wieder seinen Putzlappen tunkte, um Feuchtigkeit zur Optimierung des Lederglanzes zu gewinnen. Ihm war, als hätten die Stiefel bereits einen rötlichen Schimmer angenommen. Seine Kameraden flachsten, er marschiere in Trauben aus Leder. Er fasste es als Kompliment auf. Dass sie ihn hinter seinem Rücken die »dumme Nuss« nannten, war ihm gänzlich unbekannt.

Seine drei Kinder hatte er bereits vor einer Stunde mit jeweils zwei liebevollen Gute-Nacht-Küssen zu Bett verabschiedet. Annegret, 7 Jahre alt. Die Zwillinge Fritz und Franz, 4 Jahre alt. Die Nusserkinder schliefen fest. In ihrer Heimat. Er küsste jede Nacht das Familienfoto auf seinem Nachttisch, der scheinbar Lichtjahre entfernt von dem seiner Frau stand.

Als er noch mit seiner Familie in Deutschland vereint gewesen war, putzte er seine Lederschuhe auch mit Rotwein. Mit gutem Lemberger. Dieser edle Tropfen, ein Präsent von Großonkel Jakob, der Bürgermeister in einer Pfälzer Kleinstadt war, war kein Vergleich zu dem Gesöff der Franzosen.

Seine Frau Ursula machte den abendlichen Haushalt und klapperte mit dem Geschirr und sonstigen Utensilien, die es nach einem anstrengenden Familienalltag am Abend aufzuräumen galt.

»'n Schluck Wein?«, fragte Heinrich Nusser seine Frau und streckte ihr komischerweise den Putzlappen entgegen, als solle sie daran saugen. Müde lächelnd schüttelte sie den Kopf.

»Trink nicht so viel, du musst morgen wieder arbeiten.«

In Deutschland hatte Nusser einen ordentlichen Beruf. Er war Lehrer an einem Gymnasium in Augsburg. Für Mathematik und Physik. Ein Pädagoge, der den Gleichungen der politischen Führung durchaus Großes abgewinnen konnte. Hier, nachdem er sich im Krieg all seiner menschlichen Vorsätze entledigt hatte, musste er momentan nur eins: Patrouillieren. Im ausradierten Sektor. Zum Versteckspielen sollten sie doch einen Dümmeren fragen. Wenngleich er auch hier die Zahlen korrigieren musste. Eine triviale Gleichung, die ohne großen mathematischen Aufwand zu lösen war. Einfach so lange subtrahieren, und zwar Menschenleben, bis null herauskam. War Deportieren eigentlich auch eine mathematische Grundrechenart?

Immerhin musste er nicht an die Front. Das hatte sein Gutes. Und Aufregung gab's auch hin und wieder. Dann erschossen sie ein paar, die sich dazu entschlossen hatten, das Versteckspiel zu verlängern. Die Würmer, die sich ins Gebälk gebissen hatten oder sich wie Asseln in Winkeln und Spalten verkrochen und nach der ersten Vertreibung ihr Verbleiben mit Hartnäckigkeit besiegelten. Sie mussten die Holzwürmer ausfindig machen. Man zwang sie anschließend zum Arbeiten, bei grobem Ungehorsam oder je nach Lage der eigenen Laune erschoss man sie gleich. Ideologisch war dies so korrekt wie die Unantastbarkeit physikalischer Gesetze. Zum Beispiel Actio gleich Reactio. Die hierfür wirksame Reactio des Obersten Befehlshabers war, dass seit 1. September 1939, 5 Uhr 45, zurückgeschossen wurde. Alles, was darauf folgte, rechtfertigte sich an diesem offensichtlichen Akt der Selbstverteidigung.

Nusser, wie es sich für einen gebildeten Soldaten gehörte, verrichtete seine Arbeit mit Akribie und Disziplin.

Er, zusammen mit den meisten seiner Kameraden. Manche schluderten. Zum Beispiel Klaus Sauckel, den alle nur »den Saukerl« nannten.

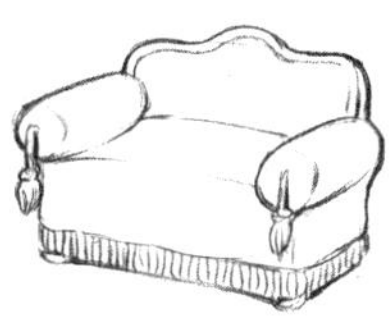

Der Saukerl

Klaus Sauckel vergnügte sich mit drei Dirnen in seiner Prunkwohnung, die er einem einflussreichen Obergruppenführer aufgrund sehr, sehr besonderer Dienste zu verdanken hatte. Sauckel übergoss die nackten Frauen mit perlendem »Franzackenwein« der gehobenen Preisklasse und stieß Befehle aus, welche Ausführungen schier unmöglicher Sexualpraktiken zur Folge hatten. Natürlich war er besoffen. Natürlich war er grob. Natürlich war er nackt und verschwitzt, sein Scheitel klebte ihm hitleresk in der Stirn. Ein Führer der Amüsierdamen. Natürlich war ihm egal, dass er morgen früh wieder auf und ab marschieren musste, mit der doofen Nuss, und seine tumben, pfeifenden Ohren nach verdächtigen Geräuschen in den verlassenen Gassen und verlassenen Häusern auszustrecken hatte. Die Amüsierdamen sprangen wie junge Rehe um und auf ihn. In seiner weitläufigen Wohnung waren in mehreren Ecken mehrere Bettstätten. Sie benützten heute Nacht das breite rote Canapé mit den quietschenden Federn. So stöhnte die Federung mit den übertriebenen Lustschreien der Nutten um die Wette, während sie das Auf und Ab der sexuellen Übereinkunft vertikal zu unterstützen suchte. An den Armlehnen zuckten dazu goldene Quasten bei jedem Stoß wie Seismographennadeln.

»Du Saukerl«, schrien die Damen. »Du elender Saukerl!« Weil sie mussten.

Der Gefallen, der Klaus Sauckel diese Bude eingebracht hatte, hatte darin bestanden, die Ehefrau eines Generals zu verführen, und sich auf frischer Tat erwischen zu lassen, damit der seine Ehefrau aus triftigem Grund zum Teufel schicken konnte. Des Generals Arm reichte nicht für eine Beförderung in gemütlichere Arbeitsatmosphären, aber für dieses Eigenheim, in dem Orgien an der Tages- und Nachtordnung standen. Hätte er sich stattdessen für eine Beförderung entschieden, wäre er zum Major Sauckel ernannt worden. Er aber wollte ficken, deshalb dieses elitäre Lustschloss, das er sich in der Beletage eines herrlichen Stadthauses für seine Zwecke dekadent einrichtete. Lange hatte er nicht danach suchen müssen. Und der ehemalige Besitzer, ein betuchter jüdischer Kaufmann samt Familie, wurde schlichtweg »entsorgt«.

In diesem privaten Etablissement feierte er allabendlich wilde Feste, bei denen alkoholische Flüssigkeiten genauso auf dem Speiseplan standen wie der Austausch von Körperflüssigkeiten. Tribut musste er dafür zollen:

Gerädert und gezeichnet trat Sauckel oftmals seinen Dienst an. Der Schritt schmerzend, der Kopf dröhnend, der Magen flau. Er war dennoch absolut sicher: Es gab sehr viel Schlimmeres als das Leben des Lebemann Sauckels.

Und so band er den leichten Damen Zöpfe und ritt mit ihnen durch die Nacht.

Der Friedhof der toten Gegenstände

Zur gleichen Zeit stieß Ignaz Buchmann mit dem besockten Fuß gegen einen Gegenstand, der scharrend über den Asphalt rutschte. Ein in dieser Stille ohrenbetäubendes Geräusch.

»Oh«, entfuhr es Ignaz, der erschrak. »Was denn …«

Ignaz' Augen starrten in die Dunkelheit und hofften, sichtbare Konturen erfassen zu können. Seine Pupillen gewöhnten sich allmählich an die tiefschwarze Nacht. Trotzdem konnte er kaum etwas sehen.

Ignaz war fokussiert. Fokussiert auf ein bestimmtes Haus, ein bestimmtes Schild, einen bestimmten Namen, einen bestimmten Mann. Seit vielen Monaten hetzte er diesem Ziel entgegen, jetzt, wo es zum Greifen nah schien, war er blind für alle Symbole und Warnungen. Blind für die Geschichte, die einfach weiterlief und Ereignisse knüpfte, die die Welt erschütterten und sie bucklig zurücklassen würde. Oftmals erkannte er Gefahren erst, wenn sie ihm auf die Schulter klopften, so vertieft war er in seine geistigen Phantasieforschungen und den Willen, seinen Plan zu Ende zu bringen.

Dann waren Aufforderungen wie »Ausweisen!« oder »Bezahlen!« die einzig wirksamen Alarmglocken, die ihn aufschrecken und weiterhetzen ließen. Um ihn herum brach sich der Terror Bahn. Und er war irgendwie zwischen die Fronten geraten.

Nun tastete er sich vorsichtig im Dunkeln an einer Hausmauer entlang nach vorne. Immer wieder blieb er stehen, um zu lauschen, ob die Verfolger doch noch um eine Ecke stoben. Er hörte nichts. Trotz seiner Segelohren.

Es war verwunderlich, dass hier in diesem Teil der Stadt kein einziges Licht brannte, kein einziger Laut zu vernehmen war, kein Leben sich regte. Hier war er noch nie gewesen.

Ignaz lachte kurz auf.

Das ist gut, dachte er, hier war ich noch nie.

Ignaz war nicht nur diese Gegend unbekannt, sondern die ganze Stadt war ihm fremd. Er war noch nie in der Hauptstadt des Terrors gewesen. In Warschau. Was nichts daran änderte, dass er diesen einen verfluchten Mann finden musste, koste es, was es wolle.

»Was ist denn das?«

Wieder stieß er gegen den offenbar gleichen Gegenstand wie eben. Er beugte sich nach unten. Seine Handflächen bewegten sich vier- bis fünfmal auf und ab, ehe er einen Lederbollen mit Schnüren daran ertastete. Ein Schuh. Während er sich grübelnd aufrichtete, stockte Ignaz. Seine Augen stocherten im Dunkeln. Erkannte er noch einen Schuh? Es wäre nichts Unlogisches, da Schuhe immer paarweise auftreten, außer man verliert einen, zum Beispiel auf einer Flucht.

Ein zweiter Schuh, ein schwarzer Koffer, dunkle Kleidung, die aussah, als lägen dort kleine, traurige Menschenbündel oder tatsächlich unter Mänteln, Jacken und weiteren Textilien versteckte Personen. Schwarze Gegenstände erhoben sich nun besser sichtbar vor ihm. Wie ein Friedhof toter Gegenstände. Unwillkürlich wich Ignaz zurück. Das Bild, bizarr und schwach, war Ignaz unerklärlich fremd. Es könnte aber auch eine Halluzination sein, die ihm die Dunkelheit, die Anstrengung und die Unsicherheit auf die Netzhaut drückte.

Sich an die Hausmauer pressend, tastete er sich weiter. Im nächsten Moment wurde Ignaz Buchmann verschluckt. Zack und weg.

Von dem Ort genommen, an dem er soeben noch verwundert das unstimmige Straßenbild hinterfragte.

Weggerissen. In die Mauer gesaugt. Das Gleichgewicht verlor er, nachdem die Hauswand seinem Körpergewicht nichts mehr entgegenzusetzen hatte. Er stürzte seitlich zu Boden und schlitterte auf glattem Stein einige Zentimeter weit. Er begriff sehr schnell. Eine Hausöffnung. Eine Türe, die offen stand, zog ihn förmlich in den Eingangsbereich, und da ihm dieses Gefühl, ein Dach über dem Kopf zu spüren, eine Prise Selbstsicherheit verschaffte, robbte er bis zur nächstgelegenen Wand und ließ die Welt draußen eben für einen Moment die Welt draußen sein. Seine Atmung und sein Herzschlag nahmen nun einen gemächlicheren Rhythmus an sein gehetzter Körper kam zur Ruhe. Endlich. Endlich Rast. Stillstand. Mehr davon. Nur für kurze Zeit. Ein Versteck finden – nur für die Nacht. Nur bis der Tag seine Sonnenstrahlen aussendet und alles von neuem beginnt.

Die schwere Türe zum Kellerabstieg findet er tastend. Er öffnet sie mit Bedacht. Trotzdem hat er nicht das Gefühl, dass er hier in diesem Haus irgendwen wecken könnte. Wie ausgestorben. Alles.

Das Licht im Abgangsbereich versucht er erst gar nicht zu entfachen. Ignaz will Vorsicht und Aufmerksamkeit nicht empfindlich vernachlässigen. So stolpert er mehr, als er geht, die Kellertreppe hinab. Samt seinen unvollständigen Gedanken im Kopf.

Flüssiges Gold

Mein Name ist Ignaz Buchmann. Ich bin Schriftsteller. Ich verfolge eine Idee. Ich sitze in einem Kellerloch in einem mir fremden Haus. So soll es nicht sein.

Ignaz Buchmann – ein Gepard. Eine Schlange. Ein Rammbock. Ein Fuchs. Ein Wiesel. Ein Pferd. Eine Katze. Nun ein Maulwurf.

Ignaz Buchmann – schnell. Verschlagen. Klug. Ausdauernd. Leichtfüßig. Nun blind und forschend.

In den Dingen anderer Menschen grabend. Wörtlich zu verstehen.

Ah, nun.

Ignaz fand neben ein paar öligen Lumpen in einem Regal, vor dem ein Fahrrad stand, eine Streichholzschachtel und ein paar gebrauchte Kerzen. Eine wurde zur Fackel, die sein unmittelbares Umfeld leicht erhellte. Er stöberte sich durch leere Glasbehälter, Schnitzwerkzeuge, leere Büchsen mit Pinseln darin, Unterlagen und mehrere in Winkeln versteckte Einweckgläser, von denen doch zwei mit buntem Inhalt gefüllt waren. Das erkannte er in dem flackernden Kerzenlicht. Eingelegtes Gemüse und Obst. Das waren brauchbare Gegenstände, die einem im Keller Gestrandeten, aus welchem Grund auch immer, zur Hilfe eilten. Bis er merkte, dass sich unter dem farbigen Inhalt auch ein pelziges Grün befand. Schimmel. Ungenießbar. Ein Fluch stieß aus seinem Mund gegen den hinter dem Glas sitzenden Schimmelpilz.

Er kramte weiter, vorsichtig und leise. Und stieß auf eine Schachtel, in der sich acht leere Gläser befanden.

Aus einem davon und einem Kerzenrest fabrizierte Ignaz eine Lampe. Wohliges Licht erhellte den Kellerteil. Warmes Licht, das Ignaz folgende Erkenntnis brachte: Er war in einem stinknormalem Keller. Vor ihm eine Schachtel mit stinknormalen Gläsern mit stinknormalen Schraubverschlüssen. Moment, eins schimmerte im Kerzenlicht stinknormal bernsteinfarben. Wie Gold. Ein goldener Glasboden. Ignaz riss das Glas an sich und bohrte sein Auge durch das Glas. Sofort spürte er ein Bitzeln auf seiner Zunge. Er drehte wild an dem Verschluss und ein süßlicher Geruch dampfte in seine Nase. Honig! Nicht viel, aber auch nicht nichts. Ein Einweckglas mit Honig ausgelegt. Honigboden. Einen halben Zentimeter dickes Bienenerzeugnis. Er bohrte mit Zeige- und Mittelfinger in den Topf aus Gold und strich sich die Paste in den Mund.

Erlösung!

Die Süßigkeit bot seinem ausgemergelten Körper eine Delikatesse, die ihm triefend in den Mundwinkeln hing. Er wurde zum x-ten Mal zum Dieb.

Ihm war das egal, das Leben geht vor. Vor allem, nachdem man wie ein Tier durch die Straßen gehetzt wurde, nur weil man sich etwas ausborgen wollte. Eine Suppe zum Beispiel. Na gut, für immer ausgeborgt hatte. Hunger und Durst lassen einen oftmals Höflichkeit und Anstand vergessen. Sonst klopft der Tod an die Türe.

Passend dazu: Ignaz' letzte Geschichte. In seinem Büchlein stand ein Märchen namens »Gebrüder Hunger und Durst«. Es las sich wie folgt:

Gebrüder Hunger und Durst

VERWUNDERLICH, ABER DOCH

Es war einmal ein unverbesserliches Bruderpaar namens Trimm und Tortl.

Das Leben war ihnen ein Spielfeld aus Schabernack. Streiche, Scherze und Narreteien standen an der Tagesordnung, und die Bewohner der abgeschiedenen Stadt Weithinterheim hatten regelrecht Angst vor ihrem Irrsinn. Die beiden Brüder trieben die Leute an den Rand des Wahnsinns, hier fehlten Instrumente, dort fiel etwas den Schwänken zum Opfer, viel Zeit vertat man damit, zu säubern und zu reparieren, was ihre Schandtaten in Mitleidenschaft zog. Was blieb, war Aufwand, Ärger und Kosten. Eines Tages aber übertrieben sie ihre Albernheiten. Sie kippten blauen Farbstoff in die Wasservorratsbehälter und zerstörten die gesamte Wasserversorgung der Stadt. Ebenso bemalten sie alle Lebensmittel in der Stadtvorratskammer blau. Und damit ihr Spaß noch zunahm, vermischten sie den Farbstoff mit verdorbenen

Eiern und Mist, ja herrlich, wenn Wasser und Brot so richtig stinken. Dass sie damit Unheil anrichteten, war ihnen wie immer völlig gleichgültig. Noch als sie, hinter ihren Fässern versteckt, Leute über dieses dumme Bubenstück schimpfen sahen, litten die ersten Menschen, die von der verdorbenen Nahrung oder dem vergifteten Wasser nicht nehmen konnten, Hunger und Durst.

Neue Nahrungsmittel konnten in Weithinterheim auf die Schnelle nicht produziert werden.

Die Menschen blickten machtlos der sich ausbreitenden Not entgegen, und über allem hing das heisere Lachen von Trimm und Tortl. Hunger und Durst wurden zur Qual. Die ersten Menschen starben. Erst die Alten und Gebrechlichen, dann die Kinder. Auswärts konnte keine Hilfe angefordert werden, die nächsten Nachbarn lebten Dutzende Tagesmärsche entfernt. Weithinterheim taumelte einer Katastrophe entgegen.

Trimm und Tortl, die sich etwas genießbares Wasser und Brot beiseitegelegt hatten, konnten dem traurigen Schauspiel keine Freude mehr abgewinnen. Wem sollten sie denn noch Streiche spielen – alle verhungerten oder verdursteten. Achselzuckend machten sie sich mit ihrem Proviant auf den Weg in die nächste Stadt.

Am fünften Tag lagerten sie im tiefen Wald. Am Feuer aßen sie Teile ihrer schon dezimierten Nahrung und schluckten gierig aus dem Wasserschlauch. Da gesellten sich zwei Gestalten zu ihnen. Ob man sich dazusetzen dürfte, fragten sie. Trimm und Tortl war es recht, vielleicht würden sie eine Zielscheibe für einen ihrer Streiche abgeben. Sie plauderten, und Trimm und Tortl erzählten, dass sie Brüder sind und von Weithinterheim stammen. Die beiden Besucher erklärten, sie wären auch Brüder und ebenfalls gerade in Weithinterheim gewesen. Aber komisch, man habe sich nicht getroffen. Nur Leichen wären dort gewesen. Trimm und Tortl lachten.

In der Nacht litten Trimm und Tortl plötzlich starken Hunger, und sie verschlangen ihre mitgeführte Nahrung. Am Morgen begaben sich die beiden Brüderpaare gemeinsam auf den Weg. Trimm und Tortl machte der Marsch zu schaffen, und ein qualvoller Durst ließ sie ihren Wasserschlauch leeren. Ihr Verlangen nach Essen und Trinken war stark wie nie zuvor. Schließlich hatten sie weder Brot noch Wasser. Sie baten ihre Mitreisenden um Nahrung und Getränke. Die beiden seltsamen Brüder antworteten unisono: »Wir haben weder Essen noch Trinken und wir brauchen es auch nicht.«

Trimm und Tortl wollten es den beiden wirklich heimzahlen, aber an Schabernack war mittlerweile nicht mehr zu denken. Sie mussten rasten. Die nächste Stadt war noch einen ganzen Wochenmarsch entfernt, und so baten Trimm und Tortl: »Ihr müsst euch doch ernähren. Bitte, gebt uns von eurem Brot und Wasser, im Namen der Gerechtigkeit.«

»Wir haben weder Essen noch Trinken und wir brauchen es auch nicht.«

Die beiden seltsamen Brüder drängten auf ein schnelles Weitergehen, schließlich benötigte man Wasser für Trimm und Tortl. Am nächsten Tag brach Trimm zusammen, und Tortl fiel ebenso zu Boden: »Hört, holt uns aus dem Wald was zu essen. Grabt nach Wasser. Wir sterben.«

Die Gebrüder fragten unisono: »Im Namen der Gerechtigkeit?«

Tortl antwortete gereizt: »Ja, verdammt, im Namen der Gerechtigkeit!«

So schallte es wieder im Einklang: »Wir haben weder Essen noch Trinken und wir brauchen es auch nicht.«

Trimm war bereits bewusstlos, und Tortl ängstigte sich sehr.

»Wie unbarmherzig seid ihr nur? Helft uns, wir sterben.«

Das seltsame Brüderpaar antwortete: »Im Namen der Gerechtigkeit - wir haben weder Essen noch Trinken und wir brauchen es auch nicht.«

Tortl sah auf seinen toten Bruder, und weinend gab er von sich: »Wer seid ihr bloß, dass ihr hilflose Menschen quält.«

Prompt antworteten die beiden Brüder:

»Wir sind die Gebrüder Hunger und Durst – wir kommen, wenn man uns ruft. Wir gehen, wenn wir gestillt wurden oder nicht mehr gebraucht werden. Wir warten nun hier, bis wir mit dir fertig sind. Im Namen der Gerechtigkeit oder der Ungerechtigkeit.«

Es war das Letzte, was Tortl zu hören bekam.

Und da Trimm und Tortl nun gestorben sind, werden sie keinen mehr mit ihren Streichen quälen können.

Früher haben sie sich oft versteckt, verstecken müssen, damit die von ihren Streichen gepeinigten Personen sie nicht in der Luft zerrissen. Ihn, Ignaz und seinen Bruder Aki.

Einmal, nachdem sie in der Nacht vor der Beerdigung des alten Kirchenpianisten Bogavac dessen Sarg mit Steinen gefüllt hatten, und ihn selbst, also den Verstorbenen, entwendeten, um ihn in der Friedhofskapelle an eine provisorisch zusammengezimmerte Orgel zu setzen, die sie hinter einem Vorhang an der Fensterseite versteckten, da haben sie auch ein Versteck gebraucht.

Eine Heidenarbeit war das gewesen, und wieso sie auf diese Idee gekommen waren, wusste hinterher keiner von den beiden mehr so genau. Vielleicht, weil der alte Bogavac mit seinen 99 Jahren den Anschein machte, nie von der Erde zu verschwinden. Sein Sohn, selbst schon 78 Jahre zählend, spekulierte seit je auf den Organistenposten in der Dorfgemeinde. Umsonst. Schließlich fand er eine Anstellung im achtzehn Kilometer entfernten Moosburg, was im Jahre 1934 eine aufwendige Reise mit dem Ochsenkarren darstellte, denn ein Auto besaßen die Bogavacs nicht, so wie auch sonst niemand im Dorf. Aber zwei Ochsenstärken, von denen eine den Junior dreimal in der Woche nach Moosburg brachte.

Dann war es so weit, und der liebe Herrgott ließ den alten Bogavac beim Karteln im Rosenbräu mit einem hervorragenden »Herz sticht« in den Händen und auf den Lippen von der Bank gleiten. Später erfuhr man, dass der Bogavac doppeldeutig sprach, da er beim Schafkopfspiel ein Spatzenfreies Solo in der Hand hielt und ihm just im selben Moment eine gemeine Herzattacke stechende Schmerzen in der Brust bereitete. So kann es gehen, und so war der zähe Hund endlich hin, wie mancher Bürger es nicht leise verlauten ließ.

Trotzdem: Die Trauergemeinde heulte Rotz und Wasser, so musste es sein, der Pfarrer fand treffliche Worte, seine jahrelange Organistenzeit huldigend und seine unermüdliche Schafkopfleidenschaft hervorhebend, auch dies war üblich, und bevor man ihn an sein Grab führte, wurde in der Totenkapelle noch ein Lied der Akzeptanz gesungen: »Ja, wir akzeptieren, dass wir irdisch sind und verbleichen müssen.« Das war die Mitteilung – nicht aber der wahre Wortlaut.

Als nun der Pfarrer dieses Lied anstimmte, es müsste »Der Herr, unser Geleit« gewesen sein, also just in diesem Moment sorgte Aki dafür, dass durch eine raffiniert angebrachte Seiltechnik der Vorhang zurückwich und dort der ehemalige Kirchenorganist Bogavac mit starren, verkrampften Gliedmaßen und schon etwas blau im Gesicht, die Trauergemeinde begleitete, die ihm sein letztes Geleit sang. Oft kam das nicht vor, dass ein Toter seinen eigenen Trauermarsch spielte, wenngleich stumm und still, und so waren reihenweise Ohnmachtsanfälle, Schreiattacken und multiple Bekreuzigungen begleitende Vorkommnisse dieser Beerdigung.

»Teifelswerk!«

»Ein Geist!«

»Ein Wunder!«

»Da Bogavac!«

Der Sohn des Verstorbenen bangte wieder um seinen sicher geglaubten Arbeitsplatz und fing bitterlich zu flennen an.

»Ja wird der denn nia hin?«, fragten seine Kartenkumpanen, und der Rosenwirt schrie gar »Freibier!« in die Runde, ohne sich seines Ausrufes bewusst zu sein.

Ein Heidendurcheinander war es, das Aki und Ignaz prächtig amüsierte. Erst nachdem der Dorfarzt den tatsächlichen Tod feststellte und der Sarg geöffnet wurde, in dem Steine anstatt eine Leiche lagen, war klar – die Buchmannbuben waren wieder am Werk gewesen, die Mistbuben, die teuflischen.

»Buchmannwerk!«, schrien einige Aufgebrachte.

Da jagte sie das ganze Dorf, und versteckt hatten sie sich zwei Tage lang, ehe sie vom Vater doch die verdiente Tracht Prügel erhalten hatten. Hunger und Durst trieben sie zurück ins traute Heim. Der Vater stand den Ledergürtel schwingend in der Türe. Weh hatte es getan.

Sehr. Aber ein geglückter Streich, wie sie sich noch lange bestätigten. Aki, sein Bruder. Und er. Gesehen hat er ihn schon länger nicht mehr. Seinen Bruder Aki.

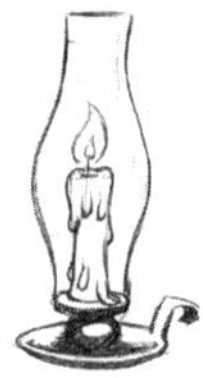

Das Kellermärchen

Frieden kehrte ein. Er bettete seinen Körper in einer Ecke des Kellers auf eine schmierige Decke. Das flackernde Licht spielte tänzelnde Schattenspiele an die Wand. Von irgendwoher drang doch ein kühler Luftzug durch den feuchten Keller und ließ die Flamme im Glas mit der Zunge schnalzen, als ob sie Pferde antreiben wolle, die wie Schatten über die grauen Steppen der Kellerwände sprangen.

Luxus war das. Annähernd. Ignaz Buchmann griff sich den Kartoffelsack, holte Bleistift und das noch viele freie Seiten bietende Buch hervor.

Bäuchlings warf er sich auf die kratzige Decke, die ihm in diesem Moment wie ein Bärenfell vorkam. Das Notizbuch, gedruckt aus strapazierfähigem Hadernpapier, lag vor der Glaslampe, die wie ein offener Kamin Licht und Wärme verbreitete, und flehte um eine Geschichte aus der Feder Ignaz Buchmanns, der Schreiber und Verarbeiter von Erlebtem in Märchenform. In seinem Gehirn wurden die Strapazen der Flucht von einer immens auflodernden Phantasie verbannt. Schreibdrang und Erzählwille schickten Befehle zu Herz und Hand und verfrachteten sein Gemüt in einen literarischen Ruhezustand. Im Hier und Nun sollten Geschichten entstehen.

»Ich lebe noch«, flüsterte er müde gegen die kahlen Wände, die anerkennend, so schien es ihm, applaudierten.

»Ich lebe, also schreibe ich.« Ignaz hielt inne – eine dramatische Pause machend. »Ich schreibe, also bin ich.«

Die Kellerwände johlten und schrien vor Begeisterung.

Ignaz nickte, während seine Hand schwungvoll den Stift übers Papier führte.

Von einem, der nicht mehr laufen wollte

VERWUNDERLICH, ABER DOCH

Es war einmal ein Bote, der Briefe, Schriften und Pakete lieferte. Von Haus zu Haus, von Dorf zu Dorf, von Stadt zu Stadt. Die Arbeit war mühsam und gewaltig, doch führte er sie stets mit bestem Gewissen und rasend schnell aus. Da Briefe aber immer eiliger den Empfänger erreichen, Pakete schnellstmöglich zum Adressaten gelangen mussten, war selbst das nicht schnell genug. Mit geschundenen Füßen und gebeuteltem Körper stand er oft da und schlief im Stehen ein, so müde war er nach getaner Arbeit. Da beschloss er eines Tages, nicht mehr laufen zu wollen. Er würde nur noch gemächlich gehen. Immerzu zwar, aber ohne Eile.

Just zu dieser Zeit überzog ein dunkler Unfriede das Land. Kriegerische Vorkommnisse verbreiteten Unruhe, Angst und Schrecken. Sie waren geboren durch eine sich hastig entwickelnde Technisierung. Länder und deren Herrscher waren erpicht, sich schnell und schneller zu entwickeln. Maschinen schluckten Maschinen. Die Technik überschlug sich, und da jedes Land die schnellsten Erfindungen und Entwicklungen vorweisen wollte, der Nachweis aber dafür nicht gegeben werden konnte, explodierte der Krieg.

So war es eine schlimme Zeit, in der Hektik und Rennerei, Hast und Kampf an der Tagesordnung standen. Alles hetzte und prallte gegeneinander.

Die Anzahl der Toten stieg, die Humanität nahm Reißaus. Aus den Schloten der Fabriken quollen Rauchzeichen, welche die Produktion von unvorstellbarem Kriegsgerät ankündigten. Sie tauchten das Licht des Himmels in graues Rot.

Wilde, dampfende und schnelle Maschinen bestimmten das Bild der Schlachtfelder. Sich bewegende Bäume aus Stahl stampften gegen springende Eisenkuppeln. Ganze Häuser, welche sich durch Fallen und Aufrichten fortbewegten, zermalmten Gefährte, bestehend aus 28 Rädern und Eisenhäuten, die wiederum des Gegners Geheimwaffe, riesige Metallhände, die auf Zeige- und Mittelfinger liefen, zur Weißglut brachten. Dampf und Düsternis stiegen an allen Ecken und Enden auf, Schreie und schrilles Schaben preschten ohrenbetäubend durch die Luft. Feuer speiende Rösser aus Beton und Stein rammten gegen in Aggression getauchte, sich zyklisch auf und ab bewegende Kruppstahlzähne. Morsepatronen pfiffen und stoben durch die blutende Luft und krachten explodierend in Stacheldrahtwölfe, die durch des Gegners Reihen Furchen rissen.

Ein Krieg ohne Taktik und Hintergrund. Im Wahn vergaß man, wer gegen wen kämpfte, und so war es folglich jedes Land gegen das andere.

Es war ein einziges Verfolgen und Fliehen. Der allgemeine Niedergang von Mensch, Tier und Natur durch Maschinen stand unaufhaltsam bevor.

Da trat der Bote, der nicht mehr laufen wollte, auf das Kriegsfeld und bewegte sich mit der Anmut der Langsamkeit über das blutende Schlachtfeld. Trotz seiner gemächlichen Geschwindigkeit schlugen Arme aus Stahl und scharfe Zahnräder im Boden neben ihm ein. Getroffen wurde er nicht. Blitzende Kanonenkugeln und riesige Wurfscheiben, Raketenklingen und baumlange Eisenpfeile, die Menschen auseinanderrissen, verfehlten ihn. Er schritt langsam und bedächtig durch das Getöse – ohne Hast und Hektik.

»In der Ruhe liegt die Kraft.«

Verzweiflung und Grausamkeit rasten an ihm in unvorstellbarem Tempo vorüber. Er blieb ruhig und schritt einfach weiter. Während über seinem Kopf siebeneckige Flugobjekte und Schnatterbomben explodierten, Torpedoluftkreuzer und Schwirrböcke in die Luft flogen, entstand in seinem Kopf die Lösung zur Beendigung des Desasters.

Er trottete in die Bibliothek der Menschheit, welche durch Hastbaggerattacken schwer lädiert war, und suchte das Dudenbuch der gültigen Wörter. Er fand es unter einem Haufen geborstenem Holz und Papierfetzen. Es hatte keinerlei Schaden davongetragen. Er setzte sich in eine Ecke porösen Mauerwerks und lauschte noch einmal dem Kriegslärm, der sich durch schwarze Quellwolken und Rußschwaden schälte. Mit einem Lineal und einem Fettstift begann er umsichtig und präzise die rettende Arbeit.

Er strich alle Wörter, Synonyme und Ausdrücke, die mit Geschwindigkeit, Hektik, Hast und Eile zu tun hatten, aus den Seiten. So verringerte sich pro gestrichenem Wort das Getöse. Synonyme wurden zerstört, so auch die kriegerischen Handlungen. Je mehr Vokabeln der Eile ausradiert wurden, desto mehr versiegte das Sterben und Töten auf den Schlachtfeldern. Als der Bote den letzten zu streichenden Begriff auslöschte, kam der Krieg zum Erliegen. Nun waren alle Wörter, welche nur annähernd mit Hektik, Hast, Hetze und so fort zu tun hatten, aus dem Dudenbuch der gültigen Wörter verschwunden. Es legte sich Ruhe und Frieden über die Erde.

Der Bote ging in langsamen Schritten zu den Herrschern der Länder und legte den Duden vor sich ab.

Er murmelte: »In der Ruhe liegt die Kraft.«

Dann hob er das Haupt und rief laut: »In der Ruhe liegt die Macht.«

Die Herrscher der Länder jubelten ihm zu und bestimmten ihn zum Wächter des Dudens der gültigen Wörter, den er ab diesem Zeitpunkt immer unterm Arm tragend auf seinen gemächlichen Wegen durch die Länder mit sich führte.

So trat der »Lange ruhige Friede« ein, gewonnen durch einen, der nicht mehr laufen wollte.

Ein Streifen Helligkeit klopfte gegen die Augen, zog Ignaz' Lider langsam nach oben, um noch mehr Licht durch die Sehschlitze Richtung Pupillen zu befördern. Im ersten Moment dachte Ignaz, das Licht gehöre zu seinem Flammentraum, dann registrierte er, dass es echtes Sonnenlicht war, das, in Streifen geschnitten, einen klammen, dunklen Kellerraum durch zwei enge Fensterluken zu erhellen versuchte.

»Verdammt«, fiel es aus seinem gähnenden Mund. Weitere Augenblicke später baute er die Worte Flucht, Mauer, Keller zu einem stimmigen und ihn betreffenden Bild zusammen. Er orientierte sich prompt, und die Ereignisse der letzten Nacht waren deutlich präsent.

Von einem, der nicht mehr laufen wollte. Eine Geschichte von Ignaz Buchmann.

Zufrieden steckte er das vorm Schlafen geschriebene Werk ein, sicher, dass es eine gelungene Geschichte war. Nun sollte seine eigene Geschichte gelungen gestaltet werden.

Er schälte sich behäbig aus den Lumpen und Decken, reckte seine steifen Glieder und ließ ein gurrendes Seufzen durch den geschlossenen Mund hören. Ein ähnliches Geräusch ertönte aus seinem Bauch und vermittelte ein leicht stechendes Hungergefühl, mit dem sich Ignaz vorerst nur oberflächlich beschäftigte.

»Der Honig war lecker«, sagte er.

Er tippte sich auf seinen Bauch, und der Magen antwortete mit einem kleinen Rumoren. »Jetzt wartest halt erst mal, oder?«

Sein Durst war weniger geduldig und riss nervend an seiner Zunge. Trinken muss der Mensch, sonst ist er nichts.

»Also wo?«, fragte Ignaz sich selbst. Er klemmte sich seinen Büchersack unter den Arm. Beim Losgehen bemerkte er, dass er nur einen Schuh am Fuß trug.

Leibesertüchtigung nach Sauckel

Nusser und Sauckel gingen nebeneinander. Tagtäglich machten sie das, weil es war Befehl. Nicht das Nebeneinander, eher das Gehen. Patrouillieren. Korrigieren. Durchforsten. Entsorgen.

Patrouillieren. Wobei diesem Vorgang ein gewisses Nebeneinander nicht abgesprochen werden konnte.

Korrigieren. Im Sinne von den Rotstift anwenden.

Durchforsten. Also aufstöbern von ungebetenen Gästen, vielmehr »Liegengebliebenen«, im ausradierten Sektor.

Entsorgen. Bei Durchforstungserfolg das »Material« entsorgen, also ins Lager damit, außer, falls das »Material« sich stark wehrte, dann konnte man es kaputtmachen. So formulierte es der offiziersinterne Volksmund.

Zurück zu Sauckel und Nusser.

»Leibesertüchtigung«, sagte Nusser. »Gymnastik. Dauerlauf. Gewichte stemmen. So etwas. Training der Ausdauer und Muskulatur.«

»Ach komm, Nusser. Wie viele Kinder hast du?« Sauckel hob zwei Finger in die Höhe, weil er annahm, Nusser hätte bei seinem heimatlichen Erinnerungsschwelgen zwei Bälger erwähnt.

»Drei.« Nusser sagte es mit Stolz und schickte vier liebevolle Gedanken in die Heimat. Drei für die Kinder, einen für seine liebe Ehefrau.

»Na also.« Sauckel stieß Nusser den Ellbogen in die Seite, dabei rutschte ihm das Gewehr von der Schulter. Mit einer schwungvollen Bewegung schnellte er den Riemen nach hinten, so dass die MP 43 wieder an ihrer gewohnten Marschierposition verweilte.

»Siehste. Deine Kinder hat doch nicht der Storch gebracht, wie? Verstehst du, was ich meine?«

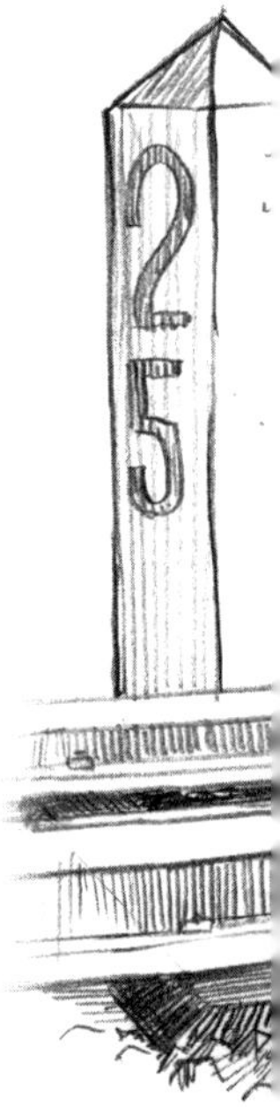
25

Nusser schüttelte mit einer Miene den Kopf, die zu sagen pflegte: Was soll man daran verstehen?

Sauckel schrie: »Geh, Nusser. Vom Bumsen spreche ich. Weiber bumsen. So bleib ich körperlich auf Zack.« Er lachte hysterisch. Plötzlich hielt er inne, packte Nusser am Ärmel und blickte ihn von unten hinauf an.

Nusser erwiderte den Blick – weiterhin ohne Regung.

»Ficken!«, schrie Sauckel erneut. »Ficken!«

Seine Hüfte schnellte vor und zurück, während er mit seinen Händen einen imaginären Gegenstand auf Geschlechtsteilhöhe festzuhalten schien.

»Ruhe, Sauckel«, zischte Nusser. Er blickte sich hastig um. »Nicht so laut.«

Sauckel kicherte dreckig, so wie eben alte Saukerle kichern. Nusser fuhr fast flüsternd fort:

»Ficken… also Geschlechtsverkehr ist doch keine Leibesertüchtigung. Ich rede von Sport.« Er versuchte mit einer gedämpften Stimme Sauckel in eine ähnlich ruhige Verfassung zu bringen. Es gelang. Sauckel antwortete knapp, aber in Zimmerlautstärke, obwohl sie im Freien waren.

»Ficken ist Sport.«

Nusser verzog das Gesicht. »Wer sagt denn so was?«

»Ich. Vor etwa zwei Sekunden«, gab Sauckel selbstverständlich an.

»Geschlechtsverkehr ist ein Akt der Liebe«, entrüstete sich Nusser.

»Haaaaaaaaaaaaaaa!« Sauckel brüllte, dass ihm die Augäpfel hervortraten.

»Mensch Sauckel, Sie Dummkopf.« Nusser befürchtete, dass sie durch Sauckels Lautstärkeüberschwang während ihrer Arbeit mächtig Ärger bekamen. Zwar gingen sie momentan alleine durch die Straßen, aber in diesem von Gott und der Welt verlassenen Areal hallte schon ein normal gesprochenes Wort durch die Mauern wie das Jodeln in den Alpen.

Sauckel boxte Nusser heftig in die Seite und sagte: »Fresse. Mensch, Nusser. Geschlechtsverkehr ist Ejakulation. Orgasmus, kapiert? Und das im besten Falle öfter hintereinander und das im besten Falle täglich mehrere Male und das im besten Falle immer mit einem anderen tollen Weib. Und dann ist das Sport, das kann ich dir sagen.« Sauckel wieherte wie ein Sylvesterheuler auf. Und natürlich krachte erneut seine Faust gegen Nussers Oberarm.

Nusser versuchte auszuweichen, aber Sauckel war schnell und traf hart. Schließlich war er durchaus auch ein guter Faustkämpfer.

»Nusser, du musst perverser werden.«

»Wie bitte?«

»Du musst eine Drecksau sein. Das hilft dir auch bei der Arbeit hier.« Sauckel machte mit dem rechten Arm eine umfangreiche Bewegung, als wollte er die schöne Gegend präsentieren, bis er den Arm ausgestreckt unter Nussers Nase hielt. »Heil Nusser!«, sagte er pathetisch und kicherte dann wie verrückt.

»Sauckel, hören Sie auf. Man verhaftet uns wegen Ihres Blödsinns.« Nusser war sichtlich nervös, und das Gespräch war ihm äußerst unangenehm. Knödel entwickelten sich in seinem Hals. Schweißperlen der Unannehmlichkeit bildeten sich unter seinem Helm.

Sauckels Stimme nahm einen nasalen Ton an, er schürzte die Lippen nach vorne und rollte das R: »Wollt ihrrr den tortalen Fick?« Sauckel explodierte, bleckte aus der Kehle polternd die Zähne. Als er sich endlich wieder beruhigte, fügte er trocken an.

»Du musst perverser werden. Wix in deine Stiefel, Nusser.«

»Was?«

»Wix in die Stiefel. Los. Sofort.« Sauckel blieb stehen, deutete mit der Linken auf Nussers Lederstiefel. Mit der rechten, hohlen Hand vollführte er Auf- und Abbewegungen. Er insistierte:

»Wix in deine Rotweinstiefel. Du liebst doch deine Stiefel oder, Nusser? Welcher Irre putzt seine Lederstiefel mit Rotwein? Im Grunde ist das pervers genug. Also wix da mal rein, du wirst sehen, das ist gut.«

Nusser nahm an, dass Sauckel den Verstand verloren hatte. Er würde sich beim dafür zuständigen Offizier darum bemühen, dass er nur noch mit Seitz, Baumgartner, Müller oder Dehring gehen musste. Oder einem Unbekannten, das war allemal besser. Sauckel war übergeschnappt. Ja, was fällt dem ein?

Folgendes fällt dem ein:

»... oder binde dir mal mit deiner Unterhose die Eier ab, wenn du deine Frau besteigst.«

»Sauckel!«, schrie Nusser hastig, erschreckte sich zugleich für die zu laute Vorgehensweise. Falls sie welche in ihren Verstecken aufspüren wollten, sollten diese nicht mit lauten Wortfahnen zur Flucht aufgefordert werden. Dennoch wollte er Sauckel zur Räson bringen. Leiser fuhr er fort: »Sauckel, ich möchte Sie daran erinnern, dass wir hier im Namen des Führers eine Mission ...«

»Fresse, Nusser. Der Führer ist dir so egal wie mir. Ärsche sollen gerettet werden, und zwar in erste Linie meiner, Nusser. Das hier sitze ich ab, bis es vorbei ist, dann gehe ich heim und werde Feste feiern, die auf nackter Haut und in Champagnerbädern stattfinden werden. Übrigens, mit Flaschen kann man im Grunde immer interessantes Zeug ausprobieren. Du kannst die leicht in Öffnungen einführen, das bringt zusätzlich Spaß.«

Nusser wandte sich ekelerregt ab und schritt mit klirrendem Gewehr davon. An seinen Hinterkopf prallten weitere Sexualpraktiken aus Sauckels Schmutzmund, mit denen Nusser sein frommes Gehabe ablegen sollte. Zum Beispiel könnte er eine Melone drei Finger breit aushöhlen, sofern er irgendwoher eine Melone bekomme, und sich darin reiben oder bei Lady Lydia am Bahnhof sich saftig auspeitschen lassen, zusammen mit der flexiblen Rumänin Daria, welche niedliche Beißspuren in der Haut hinterließ, so wahr er »Saukerl« heiße. Oder er solle auf alle Fälle heute Abend mit ihm kommen, er erwarte eine Dame, welche sehr dünn und von leichtem Gewicht sei. Sie könnten sich die Frau zuschmeißen, nackt versteht sich, bevor sie sich von ihr eine Nachwettkampfsmassage verpassen ließen. Das sei Leibesertüchtigung, schrie ihm Sauckel hinterher.

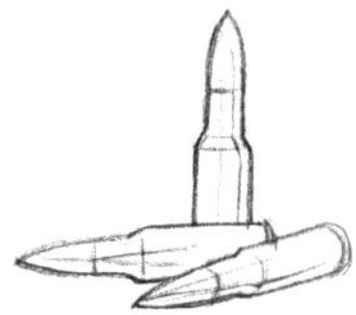

Die Tänzer mit den zwei Stöcken

Ignaz Buchmann trat aus dem Haus, das ihn gestern wie ein dunkler Schlund verschluckt hatte. Blinzelnd erreichte er die Straße. Euphorisch und im Wissen, ein perfekter Flüchtling zu sein, erwartete er einen guten Tag. Er war weiter im Geschäft. Er würde finden, was er suchte. Den Mann namens Krupp. Nichts anderes hatte er im Sinn. Besessen davon, bekam er vom Krieg nur insofern etwas mit, dass er von ihm nicht heimgeholt werden wollte.

»Ah. Ein Schuh.« Ignaz nahm ihn auf, erkannte sofort, dass es sich um den Schuh von gestern Nacht handelte. Ein Damenschuh dazu. Er ließ ihn achtlos fallen. Er wollte Schuhe haben, weil er sie brauchte. Mit Schuhen ist er schneller, logisch, viel schneller. Eine Frage klopfte an seine Schläfen: Was macht denn ein einzelner Damenschuh auf der Straße?

Langsam, als Ignaz den Kopf hob, rollte sich ein seltsames Bild in sein Blickfeld, das er gestern in der Dunkelheit nur mit verschwommenen Konturen hatte erkennen können.

Das Straßenpflaster zeigte quadratische, abgewetzte Steine, die von allerlei Zeugs bedeckt waren, das nicht auf quadratische, abgewetzte Steine gehörte. Textilien. Utensilien des Hausgebrauchs. Taschen und Koffer. Spiegel, Bürsten und Bücher. Haare. Gardinen, Vorhänge und zerschmetterte Holzbretter und Möbel. Die ganze Straße entlang. Wirr und wild verteilt. Ein seltsames Bild. Beängstigend, weil es so sehr fremd erschien.

»Was zum Teufel ist das hier?«

Ein Meer aus Gegenständen. So weit das perplexe Auge reicht. Die Realität, die sich in Ignaz' Pupillen schob, wirkte grotesk. Ein Grund, die Realität zu hinterfragen. Keine Menschenseele auf der Straße, Millionen Fetzen, Textilien, Utensilien, Gegenstände und Dinge wild durcheinandergewürfelt auf dem blanken Pflaster, aber niemand, der dies dort verstreute, suchte oder gar vermisste. Ein Meer aus herrenlosen Sachen. Und drei herrenlose Körper. Ignaz trat einige Meter in deren Richtung. Drei Leichen. Kinder. Gestern hielt er sie für Mäntel. Ignaz verharrte. »Du lieber Gott, was hält dieser Krieg für uns parat?« Er kämpfte mit den Tränen.

Er hob einen Mantel auf und bedeckte damit die drei erschossenen Kinder. Was hatte das nur zu bedeuten? Aber in dieser grauenhaften Zeit nach Bedeutungen zu suchen war sinnlos. Was ihm der Krieg an rücksichtslosem Handeln und unverständlichem Verhalten von Menschen anderen Menschen gegenüber vorspielte, stumpfte einen ab. Ignaz hoffte, die Kinder wären nun im Himmel. Oder in einem Märchen.

Er wandte seinen Kopf und ließ seine Sehkraft die andere Straßenrichtung abtasten. Das gleiche Bild. Überall lagen Gegenstände auf der Straße – Habseligkeiten irgendwelcher verlorenen Seelen.

Hoppla. Da war doch was.

»Da ist doch was«, murmelte Ignaz in das Meer der Dinge hinein. Keine Antwort, logisch. Er war alleine.

Eben nicht.

»Da ist doch wer, oder?«

Am Ende des surrealen Straßenbildes, und das konnte er nur erkennen, weil er seine Sehkraft durch das Verengen der Augenlider um einige Prozente erhöhte, nahm er zwei menschliche Konturen wahr. Personen. Lebende Personen. Er war nicht allein.

Die Tatsache, dass ihn die gespenstische Szenerie vor ihm zutiefst irritierte, sorgte dafür, dass sein Gespür für die eigene Sicherheit löchrig zu werden schien. Sind es gute Menschen oder schlechte? Sozusagen welche, die Antworten auf dieses Verbrechen geben konnten oder welche, die daran beteiligt gewesen waren und ihm, Ignaz, vor Augen führen sollten: Abhauen. Aber in jedem Falle: Vorsicht. Und die verlor er.

Der eine schien starr dazustehen. Der andere, und daraus schloss Ignaz, dass es Menschen waren, bewegte in seltsamer Weise Arme und Beine. Sie vollführten Hüftbewegungen.

»Ein Tänzer?«, dachte Ignaz, als er einen Koffer und einen Hut mit zwei großen Schritten überstieg.

»Der onaniert.«

Eine weitere Fassungslosigkeit stürmte sein Hirn.

Nun vernahm er auch Wortfetzen, die durch die enge Straße zu ihm herüberwehten.

»Rotweinstiefel, Eier, Saukerl.« Das verstand Ignaz. Er verharrte.

Die von ihm aus gesehen linke Person setzte sich in Bewegung. Offenbar wählte sie den Weg in seine Richtung. Die andere zappelte mühsam weiter.

»Melone, Rumänin, Lady Lydia, Nahkampfmassage, auch Leibesertüchtigung.« Weitere Fetzen, die sich durch sein Trommelfell in das Bewusstsein schälten.

Nun verharrten auch die etwa fünfzig Meter entfernten Personen.

Und siehe da, lag es an der Verharrung oder daran, dass der Wind jetzt noch deutlicher in Ignaz' Richtung blies, Folgendes konnte Ignaz sehr gut verstehen:

»Stehen bleiben!«

Ignaz blieb stehen, so wie seine Gedanken zu stehen schienen. In Zeitlupe, so gaukelten es ihm seine Augen vor, bewegten nun die beiden Menschen ihre Extremitäten. Unregelmäßig klapperten deren Schritte über das Pflaster, je nachdem, ob sie auf Steine oder auf Textilien trafen.

Wie bei einer Tanzkür vollführten sie parallel eine weit schwingende Armbewegung, um plötzlich mit zwei Stöcken, das sah er mittlerweile trotz der Zeitlupe oder genau deswegen sehr deutlich, auf ihn zu deuten.

Und so ist es eben, wenn man in einer temporeichen Situation so sehr gefangen scheint, dass man nur noch alles in Zeitlupe sieht – auch das Schicksal hat hier ein Wörtchen mitzureden – es kann einen nur ein akustisches Signal in die Echtzeit zurückholen.

Ein Knall ertönte, der Ignaz mittlerweile vertraut vorkam. Oder sagen wir bekannt, weil was ist an einem Gewehrschuss schon vertrauenerweckend? Die Kugel sang nicht weit entfernt von seinem rechten Ohr das Lied des Ablebens, und so tat er dann doch das, was er schon beim Erkennen der Konturen hätte machen sollen: Abhauen. Explosiv und raubtierartig, und das kam ihm dann nicht mehr wie in Zeitlupe vor. Er drehte seinen Körper um 180 Grad und begab sich in einen Zustand, der mit Verlaub langsam zum Kotzen war. Flucht.

»Stehen bleiben, Jude!«

Mit diesem Satz im Nacken huschte Ignaz um die Ecke, über Brillen, Blusen, Papier und Schuhe hinweg, in eine Gasse, auf der er nochmals sein Tempo zu verschärfen versuchte. Mit nur einem Schuh an den Füßen.

»Jetzt, Nusser, du Arschloch. Jetzt hast du deine Leibesertüchtigung.«

»Schneller, Sauckel. Schneller.«

Die Suche nach Raffael Krupp

Ignaz Buchmann wusste mittlerweile, wann er zu rennen hatte. Und in diesem Fall ganz besonders. Nicht alleine die Gewehrpatrone machte ihm Beine. Es war eine Kombination. Kombinationen haben eine verstärkende Wirkung, und verstärkende Wirkungen haben oft etwas Beschleunigendes. Also beschleunigte Ignaz, weil er diese Kombination in seinem nun wieder wachen Gehirn zu deuten wusste.

Zum einen war da die Gewehrkugel mit dem Lied.

Zum anderen war da: »Stehen bleiben, Jude!«

»Schneller, Buchmann. Schneller.« Ignaz' eigene Worte peitschten ihn durch die Straßen. Wie ein Hase schlug er Haken durch die ihm unbekannte Gegend. Links rein. Wohin? Egal. Rechts herum. Wohin? Egal. Immer weiter. Immer weiter weg von den beiden SS-Soldaten, wie er sich nun sicher war.

Mittlerweile hatte er Übung. Die trainierten Muskeln schoben den sehnigen Körper durch die Gassen, die, und das fiel ihm trotz der bedrohlichen Situation auf, frei von jeglichem Menschen war.

Kein Mensch, kein Tier.

Kein Nichts.

Nur er, und jene zwei, die nach seinem Leben trachteten.

Wenigsten hatte er freien Fluchtweg. Nur hier eine Regenrinne, dort eine Mülltonne, da einige zerstörte Holzmöbel, die es zu umkurven galt in diesem vermaledeiten Labyrinth, zudem Kugeln aus zwei Repetiergewehren auszuweichen, die sich hin und wieder durch Regenrinnen oder Mülltonnen bohrten und in Mauerwerken stecken blieben – in diesem vermaledeiten, sich verkleinernden Labyrinth der Aussortierten.

Der Wahnsinn tobte in Europa, in der ganzen Welt. Krieg und Verderben, dem Ignaz laut des staatlichen Dokuments, das ins Haus seiner Familie geflattert war, hätte an der Front beiwohnen müssen. Nie im Leben hätte er freiwillig bei den kriegerischen Blödheiten des geistig verrohten Menschen aus Österreich mitgemacht. Und auch eine Anordnung des Regimes, sich zu melden und fürs deutsche Vaterland zu kämpfen, konnte seine Einstellung nicht umkehren. Von wegen Veränderung und Umbruch, Wirtschaftsaufschwung und Autobahnen. Das Ganze artete in eine böswillige Geschichte aus, deren schreckliches Ende nur zu erahnen war. Den Organisationen des Widerstandes fühlte sich Ignaz zugehörig. Sein früherer Schulfreund Matthäus Trompler sprach ihn einmal nach einem Kirchgang am Sonntag an. Er lobte Ignaz' Rhetorik und Phantasie, mit der er in jungen Jahren schon sein Umfeld begeistert hatte. Genau diese beiden Substantive wünschte sich Matthäus Trompler für seine zukünftige studentische Verbindung, welche letztlich ebenso wie die Weiße Rose handeln und werkeln sollte. Nur eben nicht in der »Stadt der Bewegung«, sondern in Freising. Ignaz sollte für sie ein Märchen verfassen. Mit einigen Inhalten, welche der Regierung nicht gefallen würden. Die Idee fand Ignaz stark. Zu einer »Bewegung in Freising« kam es nicht. Dafür der Einzugsbefehl.

Das auffordernde Schreiben, in den Kriegsdienst zu treten, kam nicht überraschend, und der Ton war unmissverständlich. Das Einrücken war ein Befehl, dessen Missachtung in Freiheitsstrafe enden würde, wenn nicht sogar in Todesstrafe.

Anderen Männern stand schon der Stellungsbefehl ins Haus. Also wurde es für Ignaz eng. Er flüchtete auf Geheiß des Vaters. Mit der Fahne oder vor der Fahne. Wie man es nennen mag. Er war an dem Abend seines Aufbruchs betrunken, aber mit einem deutlichen Ziel vor Augen. Mit seinem Bruder Aki sollte er in die Alpen. Den Krieg im Bergmassiv aussitzen, in einer Hütte versteckt.

Ignaz Buchmann, wie sein Bruder Aki Schustergeselle bei seinem Vater, insgeheim aber angehender Schriftsteller, zog achtzehnjährig die Konsequenzen und türmte in ein Vorhaben, das ihn letztlich nach zweijähriger Flucht über eine Mauer springen ließ. Mit einem Stechen in der Lunge und einer Idee in der Tasche. Zur Vollendung dieser Idee benötigte er Raffael Krupp, den Buchdrucker.

Ignaz musste plötzlich lachen, während er vor den pfeifenden Gewehrkugeln zu türmen versuchte, die ein Geräusch wie eine gerissene Geigensaite in seinem Trommelfell hinterließen. Mittlerweile war er des Flüchtens so überdrüssig, aber gerade deswegen auch so geübt, dass er schnell – obwohl nur mit einem Schuh bestückt – einen sicheren Abstand zwischen sich und seine Verfolger bringen konnte. Da er sich mittlerweile bewusst war, in welcher Gegend Warschaus er war, verfiel er trotz körperlicher Vollbelastung in ein hysterisches Lachen, das zusätzlich an seinen Bauchmuskeln zerrte. Wie grotesk das Leben doch ist. Er befand sich in einer teuflischen Zwickmühle, aus der er versuchen musste, unbemerkt wieder zu entkommen.

»Guten Tag. Bitte, schießen Sie nicht. Ich bin kein Jude.«

Ein Schauspiel der Komik. Unmöglich.

Seine Papiere hatte er vor einem Jahr verloren, als er bei einer Partie Poker in einem Wirtshaus im tiefen bayrischen Wald ein wenig Geld verdienen wollte. Er war ein guter Schafkopfspieler, jawohl, aber Poker? Da kannte er nur das Regelwerk. Natürlich halfen ihm seine Phantasie und ein unerträgliches Ziehen in der Magengegend, das man Hunger nannte, eine ordentliche Partie zu spielen. Seine Mitspieler, die meisten aus dieser Gegend, spuckten ihre Sätze in tiefstem Waldbayrisch auf den Tisch, dass selbst er, aus einem Vorort Münchens kommend, Probleme hatte, den Sinn darin zu erkennen. Aber Pokern ist ja kein Übersetzungstest, sondern ein Glücksspiel, dessen Regeln nicht zu schwer sind. Ein wenig Glück, seine unnachahmliche Art zu bluffen und letztlich eine Explosivkraft, die ihn vom Tisch in einem

Schwung vor die Wirtshaustür hievte, wo er im Spurt das Weite suchte, würde dafür sorgen, dass er wieder eine etwas voluminösere Geldbörse sein Eigentum nannte. Dass Ignaz die Definition von Bluffen etwas überstrapazierte, erkannte ein Gast, der sich mit einem Bierglas in der Hand hinter Ignaz an den Tresen platziert hatte und das Gemurmel im Schankraum mit folgendem Satz durchbrach:

»Itz hod ea eing bschissn.«

Diese fünf Wörter weiteten Ignaz' Pupillen. Auf eine Diskussion oder ein Vorweisen seiner nicht vorhandenen Unschuld hatte er weniger Lust, vor allem, da er als Durchreisender in dem vollbesetzten Wirtshaus die Sympathien nicht unbedingt auf seiner Seite hatte. Schon als er sich alleine an einen Ecktisch in der Nähe des Ausgangs hatte fallen lassen und ein Bier mit einem Wurstsalat bestellte, hatten sich dunkle Blicke an seine verlumpte Kleidung geheftet. Ursprünglich wollte er nur klassisch die Zeche prellen. Klofenster, Hintertür, durch den Keller flitzen, so was in diesem Stil. Hatte schon öfters geklappt. Dummerweise verwickelte ihn ein älterer Gnom mit einem dampfenden Kelch in seiner knorrigen Hand in ein Gespräch, bei dem er nur die Hälfte verstehen konnte, weil diesem ständig das lose Gebiss die Wörter abschnitt. Im Grunde wollte der Mann, der sich als »Girgl vom Hof« vorstellte, eindringlich wissen, wieso Ignaz nicht an der Front kämpfte, so wie seine drei Söhne, und »uns Deidsche« dem Sieg näher brächte.

»Bist doch jung. Stark krafte. Und zach schaust aus. Weast doch an Ivan weafa, wannst auf oan triffst.«

Ignaz schlängelte sich mit einem seiner vielen ausgedachten Gründe, wieso er nicht eingezogen wurde, aus dieser schon öfter erlebten prekären Situation.

Diesmal: Hüftschaden nach Unfall auf der Werft am Starnberger See. Dabei verzog er das Gesicht, während er sich demonstrativ über das Gesäß strich. Der »Girgl vom Hof« klopfte mit seinem Kelch gegen sein linkes Knie. Ein dumpfes Geräusch ertönte, das auf eine

Prothese hinzudeuten schien. Sein Gefäß verlor Flüssigkeit, wahrscheinlich Kamillentee, und benetzte seine Hose.

»Woidkriag oans. Bajonett.« Stolz lag in seiner Stimme.

Verständnisvoll nickte Ignaz ihm zu und breitete die Handflächen aus.

»So iss.«

»Naa«, knurrte der Alte. »So war's scho imma. Und weard nia anders. Kriag is Kriag. Da Sieg muass hea. Heil Hitler.«

Ignaz schickte hinterher, dass er in Starnberg an einem streng geheimen Plan zur Sicherung Süddeutschlands mitgewirkt hatte. Er könne nur so viel erwähnen, dass es sich um eine Arbeit an einem U-Boot gehandelt hatte.

Es wurden abschätzende und abschätzige Blicke gewechselt. Ignaz fürchtete, seine Phantasie hatte ihn wieder zu weit getrieben, da brüllte der Mann, der sich »Girgl vom Hof« nannte, in Richtung des beleibten Schankwarts.

»Albin! A Maß Bia für den Lump. Mei Rächnung.«

So flatterten ungenierte Wörter zwischen den beiden Gesprächspartnern hin und her. Der Geruch von Zigaretten und Pfeifentabak hing in der dampfenden Luft. Der Raum war blau. So wie einige ältere Gäste, die ihre schweren Köpfe in den Armbeugen vergruben. Ignaz musste sich weit aus dem Fenster lehnen, um mit den Geschichten vom Girgl mithalten zu können.

Das restliche Stammpublikum wurde mit dem fremden Jungen nicht so richtig warm. Bis auf den zerzausten Gnom hielten alle vorübergehend Abstand von Ignaz Buchmann.

Später tat sich eine Kartenrunde auf, welche Ignaz vehement aufforderte, mitzuspielen.

»Geh Buarle, dua mied! Kartln deamma.« Grobschlächtige Hände deuteten auf ein Paket Karten. Ignaz fragte:

»Schafkopf?«

»Nix. Poker.« Der Mann mit den Greifarmen eines Baggers zog ihn am Hemd.

Diesmal war es Ignaz, der mit einem kurzen »Nix« Antwort gab.

»Ich spiel lieber Schafkopf.«

Der Baggermann hatte ein großes, rundes, rotes Gesicht. Der Filzhut auf seinem Kopf war ihm viel zu klein, vielleicht war das aber auch Mode hier. Unmissverständlich grinste er Ignaz an.

»Pass auf. I bin Gwichtheba. Und du duast mied.«

Alles klar.

Diese Vehemenz ging in Anbetracht der potentiellen Kraft des Mannes in Nötigung über. Warum war dieser Mann nicht im Kampf für »uns Deidsche?« Sein alter Gesprächspartner wandte sich grinsend ab. Es war offensichtlich, dass man ihm weh tun wollte. Entweder sollte er seines ganzen Geldes entledigt oder eben in eine Keilerei manövriert werden. Das ahnte er ohne Umschweife. Aber gut, dachte sich Ignaz, vielleicht ist ja bei dem Ganzen auch für mich was drin. Und siehe da, das war es.

»Its hod ea eing bschissn.«

Und Ignaz war auf und davon.

Vier Bier, ein Wurstsalat, vier Scheiben Graubrot. Da er bei seinem überhasteten Aufbruch die Rechnung nicht beglich, sparte er sich etwa drei Reichsmark. Ein Blitzgedanke, der in sein Gehirn einschlug, während er mit den Kniekehlen seinen Holzstuhl nach hinten feuerte, brachte Teile des auf den Tisch liegenden Geldes ein, nach dem er griff. Beim Hinausstürmen aus der Wirtsstube konnte er noch einem verdatterten Postboten die Kalbshaxe vom Teller stibitzen – leider verlor er bei dieser ausladenden Bewegung seinen Personenausweis. Bis das gesamte perplexe Publikum diese in Schallgeschwindigkeit abgehaltene Aktion zu deuten vermochte, klingelte über der schon geschlossenen Eingangstür das Glöckchen. Eine hölzerne Schützenscheibe mit einem röhrenden Zehnender darauf fiel durch den Luftzug vom Nagel zu Boden und riss sie aus ihrer Starre. Als wäre ein Befehl zum

Ausrücken ertönt, sprangen acht Mann von ihren Plätzen hoch und stürmten zur Tür, plus drei, die eh schon standen. Zwei Frauen und »Girgl vom Hof« blieben sitzen.

Und so hatte Ignaz eine weitere Flucht am Laufen – wenn das kein regelrechter Wortwitz war.

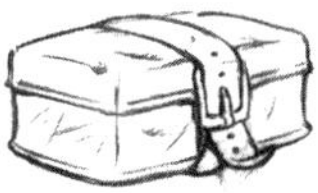

Die rote Blechschachtel

Laufen. Haken schlagen. Springen. Mittlerweile trieb ihn nicht die Todesangst vorwärts. Freie Straßen und Gassen schienen ihn anzuziehen und wie durch einen Sog nach vorne zu peitschen. Von Gepäck- und Kleidungsstücken blockierte Wege mied er aus tempomindernden Gründen. Er hatte nur leichte Bedenken, dass hinter der nächsten Ecke weitere Verfolger auftauchten. Verfolger, die noch gar nichts von seiner Flucht wussten. Verfolger, die dieses Areal ebenfalls nach Versteckten durchsuchten. Und die die gleiche Ausrüstung und Uniformen trugen, wie die beiden Männer hinter ihm, welche mittlerweile das Schießen einstellten, da sie ihr Ziel nicht mehr vor Augen hatten.

Er wechselte die Straßenseite und verschwand mit einem leichtfüßigen Ausfallschritt in einer Toreinfahrt, durch die er in den Hinterhof eines großen Wohnhauses gelangte. Diese Toreinfahrt beschrieb einen Bogen, der einem Mund glich, welcher das Wort »Komm!« formte. Dieser architektonischen Aufforderung folgend, stürmte er auf ein Hinterhofgebäude zu. Eine intuitive Fluchtbewegung: Er stieg auf den Fenstersims einer Etagenwohnung. Von dort kletterte er mit wenigen geübten Handgriffen an der Regenrinne hoch auf einen Balkon und stieg durch eine zerbrochene Glastür in eine Wohnung. Angst, dass er dabei vom Hausbewohner erwischt werden würde, hatte er nicht.

Ebenso wenig wunderte er sich über die zerbrochene Fensterscheibe. Durch die Einfahrt hallten hastige Schritte in den Hinterhof. Und zwei Stimmen.

»Nusser, du Arschloch, bleib stehen.«

»Schneller, Sauckel. Schneller.«

Der letzte Satz wurde gegen Ende leiser und verdeutlichte, dass sich Ignaz' Verfolger von ihm entfernten. Ignaz setzte sich an einen Küchentisch, auf dem ein zerbrochenes Kaffeeservice lag. Kaffee war keiner da. Wie nicht anders zu erwarten war. Aber der Hunger, der kam nun langsam. Ignaz wusste, dass das ein Problem werden würde.

Dabei wollte er ursprünglich nichts sehnlicher, als einfach nur Geschichten erzählen. Falls er das hier überleben sollte, dann hatte er eine Geschichte, die zu erzählen sich lohnen würde.

Auf dem Tisch lag eine alte, zerknüllte Zuckertüte. Mit angefeuchtetem Zeigefinger kratzte er die Reste aus den Ecken. Das süße Kristall bitzelte auf seiner Zunge, hatte aber nur einen Effekt: Er wollte mehr davon. Das Stechen in der Magengegend kam zurück. Die körperlichen Anstrengungen der letzten Tage forderten ihren Tribut. Dennoch verharrte er an diesem Tisch in einer, wie ihm die geblümten Tapeten vorgaukelten, heilen Welt des Rückzugs. Als würde sich eine Glasglocke über ihn stülpen, ihn schützen vor Eindringlingen und Boshaftigkeiten. Hier zu verweilen erschien ihm für einen kurzen Moment normal. Ohne mit der Wimper zu zucken, griff er sich den Wasserkrug, der wohl für Gesichtswäsche am Spülbecken stand, und leerte ihn mit einem kräftigen Zug. Er schraubte am Wasserhahn. Es pfiff und braune Tropfen fielen. Mehr Trinkwasser musste er woanders finden.

Er kramte sein Schreibbuch samt Stift aus dem Sack und ließ seine Verfolger draußen weiter durch die Gassen hetzen.

»Wenn etwas so wichtig ist wie atmen und essen, dann schreiben«, ermutigte er sich. »Trost, bitte.«

Seine Geschichten und skurrilen Märchen, die er fabulierte, waren ihm immer ein Schutz vor der gerade zu lauten, zu schnellen, zu unmenschlichen Umwelt gewesen. Die Märchen zeigten Wirkung und trösteten ihn, bevor er überhaupt traurig war.

Nun war er aber traurig. Sein Plan schien nicht aufzugehen, die Erfüllung seines Vorhabens war so weit entfernt, dass es schier aussichtslos erschien. Obwohl er mit einem euphorischen Gefühl den Tag begonnen hatte, nahm ihm die soeben unterbrochene Hetzjagd langsam den Mut. Nun saß er in einer verlassenen Küche und hinterfragte den Sinn seiner Odyssee. Diese von Beginn an als Flucht deklarierte Reise für etwas, das vielleicht gar nicht existierte. Seine beiden Zeigefinger berührten sich am Nasenrücken, seine Hände wie zum Gebet gefaltet. Ignaz empfand seine matten Gedanken genauso erdrückend wie seinen kraftlosen Körper.

»Raffael Krupp. Wo steckst du nur? Du und deine verfluchte Maschine.«

Rückgängig machen, schoss es ihm widersinnig in den Kopf. Alles rückwärtslaufen lassen. Das Rad der Zeit, vielleicht sogar so weit, dass dieses Weltunheil, in dem sich alles befindet, verhindert werden könnte. Seine Beine schmerzten, und als er im Sitzen an sich hinabsah, fiel ihm auf, dass aus dem löchrigen rechten Hosenbein ein nackter Fuß ragte. Er hatte nur einen Schuh an. Glatt vergessen.

»Verdammter Mist.« Ungläubig musste er lächeln. Eine mimische Kapitulation. Bevor er sich nun in einem Anflug von Verzweiflung zu verlieren drohte, fuhr er mit den rauen Handflächen über das vor ihm wartende Papier.

Trotz seiner mehr als ungünstigen Situation, in der er sich wusste, musste er jetzt und in diesem Moment ein Phantasiegebilde errichten, in das er verschwinden und das ihn dann wieder gestärkt in die reale Welt entlassen würde. Er musste atmen. Er musste phantasieren. So war das.

Und er musste seinen Willen wiederfinden.

Rückwärtsland

VERWUNDERLICH, ABER DOCH

Als Henry, ein Jüngling aus dem Lande des edlen Robert, nach langer, beschwerlicher und wundersamer Reise einen von Eichenbäumen gesäumten Feldweg entlangging, traf ihn schmerzlich ein Stein am Kopf.

»Autsch«, entfuhr es Henry. Sogleich traf ihn noch ein Stein an der Schulter. »He, was soll das?«

Als Antwort bekam er ein seltsam heiseres Kichern, das aus den laubüberwucherten Ästen eines Baumes wie ein Blatt herabsegelte.

»Na warte, du frecher Bengel. Dir helf ich!«

Henry wollte gerade auf den Baum klettern, den er als Versteck für den Lausbub ausgemacht hatte, da sprang eine kleine Gestalt direkt vor seine Füße. Mit ängstlicher Miene und weinerlicher Stimme bat die Gestalt: »Tu mir nichts.«

Henry traute seinen Augen nicht. Vor ihm stand wackelnd ein kleiner, uralter Mann in kindlichem Gewand. Die seltsame Erscheinung hatte eine Größe von drei Ellen, glich also einem etwa Sechsjährigen. Jedoch verbreitete das seltsame Männlein rein äußerlich den Anschein, als wäre es jenseits der achtzig. Falten zogen sich wie ein Spinnennetz über das fahle Gesicht. Einige farblose Haarsträhnen hingen von dem knochigen Kopf, und im Mund steckten einige gelbbräunliche Stumpen, die wohl als Zähne fungieren sollten. Aber vom Baum sprang der kleine Mensch wie ein Affe. Geschmeidig und beweglich. Henry fragte verwundert: »Wer oder was bist du?«

»Mein Name ist William. William Bantumi. Ich wohne in dem Bauernhof dort drüben.«

Eine mit unzähligen grauen Altersflecken überwucherte Hand deutete über Henrys Schulter. Die Stimme klang heiser und rau, verbraucht.

Im nächsten Moment raschelte etwas im Haselnussstrauch. Henry vermutete zunächst ein Tier. Als aber nun auch ein leises Wimmern zu hören war, verwarf er diesen Gedanken.

»Das ist Gooth. Mein kleiner Bruder. Tu ihm nichts.« Der kleine Alte wandte sich in Richtung des Haselnussgebüschs.

»Komm raus, Gooth, der Mann tut uns nichts.« Und wieder an Henry gerichtet: »Du tust uns doch nichts, oder?«

Henry schüttelte den Kopf. Dann sah er den kleinen Bruder, der sich langsam aus den Blättern schälte. Henry traute seinen Augen nicht. Dieser Kerl war noch kleiner, wirkte aber rein äußerlich noch älter als sein angeblicher Bruder. Gooth war komplett kahl und hatte eine gebückte Haltung. Flecken zierten seine braungebrannte und straff gespannte Kopfhaut. Er wirkte wie ein neunzigjähriger alter Mann, der leicht zitterte. William nahm Gooth bei der Hand. »Hab keine Angst, der Mann tut uns nichts.«

»Guten Tag«, sagte Gooth flatternd.

Henry fragte verdutzt. »Wieso seid ihr so… alt? Seid ihr krank?«

William und Gooth schüttelten im Einklang die Köpfe.

»Wie alt seid ihr beide denn?«

William antwortete »Ich bin sechs, werde bald sieben.«

»Und…«, Henry deutete mit dem Finger auf Gooth, der sich hinter William versteckte.

»Vier«, sagte der ältere Bruder. »Gooth ist vier Jahre alt.«

Henry schüttelte den Kopf. »Ihr habt keine Krankheit? Ihr seid Kinder in den Körpern alter Menschen.«

Gooth schaute verschämt zu seinem Bruder hoch, der wiederum Henry eindringlich musterte. Dann war es William, der eine Frage stellte.

»Seid ihr von Rückwärtsland?«

»Was?« Henry verengte die Augen. »Ich bin aus… Was ist Rückwärtsland?«

»Du bist bestimmt aus Rückwärtsland, da wo man eben jung geboren wird. Eure Haut ist bei der Geburt rosig und weich und glatt. Wenn ihr sterbt, habt ihr Rückwärtsmenschen Falten, so wie bei uns die Kinder.

Alles ist umgekehrt bei euch.« Henry schüttelte den Kopf, nicht aber, um dem Gehörten seine Zustimmung zu verweigern, sondern, um aus dieser seltsamen Kuriosität aufzuwachen.

»Hört mal, ihr seht aus wie achtzigjährige Großväter und nicht wie Buben eigentlich auszusehen haben …«

»Er ist aus Rückwärtsland«, sagte Gooth zu seinem großen Bruder. »Ganz bestimmt.«

Henry stand perplex auf dem Feldweg. Was sind das nur für zwei komische Buben? Was ist Rückwärtsland und, verdammt noch mal: »Wo bin ich hier eigentlich?«

Henry war auf seiner Reise, die ihm von seinem Herrn auferlegt wurde, um eine Nachricht in das Königreich Großwalterhain zu überbringen, bestimmt nicht immer auf dem direkten Wege marschiert. Aber es wäre ihm bewusst gewesen, wenn er sich irgendwo verlaufen hätte. Dennoch fragte er lieber mal nach.

Gooth war es nun, der ihm Antwort gab. Eine krächzende Stimme ertönte.

»Dreddingens.«

»So heißt die nächste Ortschaft«, übernahm William.

»Eine halbe Meile von hier.«

»Noch nie gehört«, gestand Henry.

»In welchem Land? Sind wir denn noch in Belten?«

Die beiden alten Jungen kicherten.

»Hey, was lacht ihr so unverschämt.« Henry wurde ungehalten. Er trat einen Schritt auf das Bruderpärchen zu.

William kicherte immer noch, sagte aber artig: »Belten ist Rückwärtsland. So sagen zumindest alle in unserem Land zu dem euren.«

»Und in welchem Land sagt man zu Belten Rückwärtsland?«, wollte Henry nun genau wissen.

»Wir sind hier in Pantam.«

»Pantam ist eine Legende«, blaffte Henry.

»Das wissen wir. Zumindest wissen wir, dass ihr nicht an die Existenz unseres Landes glaubt, dass man aber Gerüchte verbreitet, Pantam wäre

von seltsamen Individuen bewohnt, welche irgendwelche Erbkrankheiten hätten – und wir würden alle rückwärts sprechen.« William zuckte nur den Schultern. »Na ja, aber Pantam gibt es nun mal. Und wir sprechen ganz normal. Nur werdet ihr anders älter als wir. Andersrum sozusagen.«

»Ich glaub's nicht.« Henry fuhr sich über seine schwitzende Stirn.

»Komm mit, wir gehen nach Hause«, schlug William vor und zog seinen Bruder mit sich.

»Und du auch, Rückwärtsmensch.«

Sie betraten eine große Küche. Töpfe dampften und brodelten auf dem Herd.

»Papa, das ist Henry, er ist aus Belten. Henry, das ist mein Papa.«

Ein Mann, den Henry auf Mitte fünfzig schätzte, schüttelte ihm die Hand und sagte mit kräftiger Stimme. »Willkommen. Mein Name ist Walter. Walter Bantumi. Sie sehen hungrig aus, mein Herr. Einen Happen essen?« Dabei wackelte sein graumelierter Wuschelkopf, und ein Lächeln stand im sonnengegerbten Gesicht des Mannes. Er schien weder über Henrys Anwesenheit noch über seine Herkunft überrascht. Im Gegenteil.

Henry verlor ein leises »Ja, gibt's denn so was« und schüttelte dabei den Kopf. Walter Bantumi wertete das als Verneinung die Essensfrage betreffend. Er goss aus einem Tonkrug eine hellgelbe Flüssigkeit in einen Holzbecher.

William fuhr fort. »Das ist meine Schwester Henriette. Sie ist dreizehn Jahre alt.« In Henrys Augen war Henriette eine Großmutter mit Katzenbuckel. Ein weißer Dutt krönte die strengen Frisur. Ihre Kleider aber waren bunt, und mit lustigen Motiven bestickt, so wie sie Kinder eben gerne tragen. Neben Henriette saß eine Frau, die unwesentlich größer als Henriette war. Das war Gila, die Hausherrin und Mutter der Kinder. Ihre Hände waren gefangen in einem Gestrüpp aus Wolle und Stricknadeln, aus dem sich ein wundervoll bunter Schal ergoss. An dessen Ende saß, die Beine angewinkelt zwischen Sitzbank und Tisch eingeklemmt eine wunderhübsche Frau. Die vollen, wallenden roten Haare fielen ihr über die Schultern und bedeckten wie lodernde Flammen den Brustkorb. Ihr rosiger Teint strahlte vor

Lebenskraft und Schönheit. Ihre langen Beine waren nicht bedeckt, erst an den Hüften stoppte ein geraffter Leinenrock Henrys Blicke.

»Na, na, Henry«, belustigte sich Walter Bantumi, der Hausherr. »Sie werden sich doch nicht in meine Schwiegermutter verkucken wollen. Franka ist zweiundsiebzig Jahre alt. Oder jung, je nach Betrachter.« Die Familie lachte, und Henry schämte sich seiner lüsternen Blicke. So bizarr die Situation auch war, er trat auf sie zu, ergriff ihre Hand und hauchte einen Kuss auf ihre Haut. Schließlich entdeckte Henry, noch immer Frankas Hand haltend, ein kleines Bündel auf der Ofenbank, das in wirrgemusterte, braune Decken gehüllt war und aussah wie eine dicke Zigarre. Eine kleine Öffnung in der kunstvollen Wickelung gab ein rosafarbenes Babygesicht preis, das friedlich zu schlafen schien. Walter Bantumi reichte Henry nun den Holzbecher, den er dankend annahm.

»Wie Sie wohl richtig erahnen, liegt dort am Ofen unsere Uroma, Tilda. Sie ist vierundneunzig Jahre alt, man sieht es ihr an. Sie wird nicht mehr lange leben. Aber sie ist die gute Seele des Hauses und hat unser aller Leben um einiges erleichtert. Welch kräftige Frau sie doch früher gewesen war.«

Diese Worte verdrehten Henry den Verstand. Wie war das möglich? Jetzt erst ließ er Frankas Hand frei. Sie bückte sich über einen Korb voll Wolle zu dem Baby herab und flüsterte ihm beruhigende Worte zu. Henry dachte bei sich, welch ein schöner Anblick von Mutter und Tochter, wenn nur alles nicht so falsch wäre.

»Ich sehe, mein Herr, Sie kämpfen mit dem, was Ihnen hier widerfährt. Bitte, nehmen Sie einen Schluck, es wird Ihnen guttun.« Walter Bantumi prostete ihm freundlich zu.

Henry roch vorsichtig am Getränk. Seine lange Reise durch die verschiedensten Länder hatte ihn gelehrt, achtsam zu sein. Er wollte doch nicht von Bewohnern dieses seltsamen Volkes um seinen wichtigen Botengang gebracht werden. Die Bantumis bemerkten sein Misstrauen. Der kleine Gooth war es, der belustigt ausrief: »Das ist Wein, du Rückwärtsmenschtrottel.«

»... oder glaubst du, wir wollten dich mit Hilfe eines Zaubertranks zu einem von uns machen«, sagte Henriette und zwinkerte ihm schelmisch zu.

Henry trank und bemerkte ein süßliches Aroma auf der Zunge. Beim Schlucken umspielte eine wohlige Wärme seinen Gaumen, und er trank zufrieden den ganzen Becher leer.

»Nun, mein Herr, was führt Sie hierher?«, wollte Walter wissen.

»Ich will nach Großwalterhain. Offenbar bin ich vom Weg abgekommen.«

»Nach Großwalterhain? In der Tat, da liegt Dreddingens nicht auf dem Weg. Sie dürften überhaupt nicht an Pantam vorbeikommen.« Walter fixierte Henry eindringlich. »Aber bitte, setzen Sie sich doch.«

Nun saßen alle um den großen Holztisch. Das Zischen und Brodeln der Töpfe klang wie eine leise Musik. Walter fuhr fort:

»Was sollen Sie denn in Großwalterhain?«

»Was ich dort will?«, fragte Henry. »Verzeihung, aber das geht nur mich etwas an.«

»Was Sie dort sollen, fragte ich.«

»Woher wollen Sie wissen, dass ich dort etwas soll und nicht will.«

»Verzeihung, mein Herr, Pantam mag in ihren Augen einer Legende entsprungen sein, aber wie Sie sehen, gibt es uns Pantamer wirklich, und ganz im Gegensatz zu Ihnen sind wir von Ihrer Existenz nicht überrascht oder gar überrumpelt. Die Welt ist größer, als Sie annehmen, mein Herr, sehr viel größer. Und ihr Rückwärtsmenschen seid die Spezies, die denkt, sie wäre nur für euch gebaut. Ihr habt Probleme mit der Tatsache, dass sie es nicht ist.«

Henrys Augen wurden kleiner, sein Ausdruck düster. Die gesamte Situation war surreal, und nun sorgten die Worte dieses lockenköpfigen Surrealisten für noch mehr Verwirrung. Von wegen die Welt ist viel größer als angenommen.

»Herr…äh…«

»Walter. Nennen Sie mich Walter, bitte.«

»Nun gut, Walter, Ihnen zu folgen fällt mir in der Tat gerade schwer. Ich habe an einem mir nicht bekannten Ort unbewusst meine Reiseroute verloren. Dass ich Ihnen nun Umstände mache, tut mir leid.«

Ehe Henry weitersprechen konnte, fiel ihm Walter ins Wort. »Sie machen uns keine Umstände. Noch nicht.«

Henry stammelte Uhs und Ähs, blickte den einzelnen Dreddingers oder Pantamer oder Bantumis oder was auch immer in die Augen und klammerte sich an seine Umhängetasche, auf die nun Walter mit dem Finger deutete.

»Mein Herr, ich befürchte, hier drin befindet sich etwas, das uns Umstände bereiten könnte, sofern Sie den Inhalt zu Ihrem Ziel bringen. Lassen Sie es mich erklären.« Walter bedeutete Henriette, ihrem Gast nachzuschenken. »Es kommt nicht häufig vor, dass uns Rückwärtsmenschen besuchen. Im Grunde nie. Sie sind seit genau genommen hundertzwölf Jahren wieder mal einer. Und das verheißt für uns Pantamer nichts Gutes. Wir lernen aus der Vergangenheit, aus der Geschichte, die wir von Generation zu Generation weitergeben. Wir haben Spione, also Überprüfer, wie wir sie nennen, welche in eurer Welt die Fühler ausstrecken und uns berichten, sofern es unserem Land an den Kragen gehen könnte. Unser Land ist für euch nicht existent, zumindest nur eine Legende, aber in jeder Legende liegt doch ein Funke Realität. Wie Sie sehen, manchmal wird aus einem Funken ein wahres Feuer.« Walter lächelte in seinen Becher Wein hinein. Henry glotzte stumpf auf Walters Mund und versuchte das Funktionieren seines Verstandes den treibenden Worten Walters anzupassen. »Pamtam ist vor über hundert Jahren dem Untergang nahe gewesen, doch wir konnten uns retten. Gerade so. Doch dieses Missgeschick, in das wir nicht einmal direkt involviert waren, soll uns nicht noch einmal widerfahren. Unser Land wurde durch das Nomadenkönigreich »Heerschar der Fahnenkämpfer« entdeckt. Man wollte uns versklaven oder vertreiben. Wir setzten uns zur Wehr – weil wir mussten. Eure Völker waren schon immer getrieben von Gier nach Macht und geizten mit Respekt und Akzeptanz gegenüber allem Fremden. Anders zu sein heißt für euch, falsch zu sein. Manche leben vorwärts, manche rückwärts, manche beten zu Göttern, andere haben Tiere als Heiligkeiten. Die einen sind blau, die anderen haben schwarze Haut und singen Lieder, die fremd klingen, aber schön. Vielfalt ist uns gegeben, eure Welt beruht aber auf Ordnung und Gleischschaltung. Ihr zerstört die Blüte. Ihr lernt nicht. Das ist euer Problem.« Walter trank einen großen Schluck

vom Wein, bevor er absetzte, prostete er Henry zu. Sich mit dem Handrücken über die Lippen fahrend, fuhr er fort:

»Die Fahnenkämpfer unterschätzten uns. Sie glaubten sich alten Kämpfern gegenüber. Das war ihr Fehler und brachte sie zu Fall. Die Pantamer zerstörten das Königreich gänzlich. Aber wir haben nur unsere Freiheit und unser Land verteidigt.« Walter griff nach den Händen von Gooth und William und drückte sie sanft. Sein Blick brannte jedoch in Henrys Gesicht. »Henry, mein Herr, ich sage es frei heraus. Man hat Sie fehlgeleitet, da wir den Verdacht hegen, dass Ihre Botschaft uns Pantamern zum Nachteil gereicht. Deswegen haben Sie unsere Überprüfer in unser Land gelotst. Damit das Problem gelöst wird.« Walter sah Henry fröhlich in die Augen. »So ist das bei uns.«

Eine Minute hörte man nur die Kochtöpfe arbeiten. Es roch nach Kräutern und Wild.

»Und nun?«, fragte Henry.

Walter deutete erneut auf die Tasche. »Nun werfen wir einen Blick auf Ihre Botschaft. Sie sollten doch eine Botschaft nach Großwalterhain übermitteln, korrekt?«

Als Zustimmung öffnete Henry die Tasche und beförderte eine Lederrolle zutage, die mit einer roten Kordel umschnürt war.

»Ich bin tatsächlich angehalten, dieses Schriftstück an den Königshof von Großwalterhain zu bringen. Der Inhalt ist mir gänzlich unbekannt, aber ich werde reich entlohnt, wenn ich die Antwort König Michls aus Großwalterhain an König Robert von Belten bringe. Ihr werdet mich daran also nicht hindern.«

»Mein Herr, ich will Sie nicht daran hindern, eine Botschaft zu überbringen, ich will Sie lediglich daran hindern, eventuell für den Untergang eines ganzen Volkes verantwortlich zu sein.«

Henry zögerte, aber er musste zugeben, er hatte nichts zu verlieren. Da in Belten kein Mensch an Pantam glaubte, befand er sich sozusagen in einer rechtsfreien Zone. Er öffnete die Lederrolle und fingerte ein Schriftstück her-

vor. Papyrus, ranzig duftend. Er wollte gerade das Siegel durchbrechen, da hielt ihn Gila zurück.

»Nicht. Lasst uns das Siegel erhalten.« Sie entnahm ihm den Brief, trat an den Ofen, an dem sie eine Luke öffnete. Sie hielt die Papierrolle einige Minuten über die Hitze. Dann löste sie vorsichtig das weich gewordene Wachssiegel ab, das sie behutsam auf ein Küchentuch legte. Die Rolle reichte sie an Henry zurück. Er las aus dem gebogenen Schriftstück.

Geliebter Michl,

Erinnerst Du Dich an unsere phnatastischen Ausschwei-
fungen bei unserem letzten Zusammentreffen?
König Alchim ist mir schon untertan, ebenso Fert und Kießburg.
Lasst uns gemeinsam gegen Kelt, Dielmenburg, Wichtlanden und die
gesamte West-Osterei ziehen. Somit wachsen Belten und Großwalter-
hain zu einem unbesiegbaren Reich zusammen, in dem Schwächlinge
keinen Platz haben werden. Wir teilen zu gleichen Hälften. Im nächs-
ten Sommer soll es sein. Ich brauche deine Zusage. Ansonsten sehe ich
mich chancenlos und werde dich diesbezüglich nicht mehr behelligen.
Die Strategie steht auf Papier, wir würden über den unerforschten
Mangfallpass gehen und fallen erst über Kelt her.

Die Welt gehört uns.
In Liebe, Dein Bruder Robert

Walter sprach als Erstes. »Siehst du, mein Herr, ihr wollt mit zwei Streitheeren über den Mangfallpass nach Kelt. Dies hätte zur Folge, dass Pantam definitiv entdeckt werden würde. Einige Späher würden die eine oder andere Passage in unser Land finden. Und würde man in eurem Land von dem unseren erfahren, so würden auch wir den kriegerischen Auswüchsen eurer Könige anheimfallen. Das ist sehr wohl ein Umstand, den wir nicht dulden wollen.«

»Das will ich auch nicht«, gab Henry entsetzt zurück. Und als ob ihm nun alle Lichter einer friedlichen Welt aufgingen, fasste er folgenden Plan.

»Wir fingieren die Antwort.«

Zwanzig Minuten, einige Milliliter Tinte und drei zerknüllte Papierrollen später las Henry Folgendes:

Lieber Bruder Robert,

am Kampf habe ich kein Interesse.
Lass uns mit den Ländern in Frieden leben.
So etwas hat auch sein Gutes.

In ewiger Liebe,
Michl

Da die beiden Briefeschreiber königliche Brüder waren, glich sich ihr Siegel bis auf ein Detail. Robert, der Ältere, hatte zwei Federn am gehörnten Ritterhelm, zu Michls Helm gehörte nur eine. Das vorher vorsichtig abgezogene Siegel fand erneut Verwendung. Roberts überschüssige Feder wurde von Gila mit geschickter Hand und heißer Stricknadel perfekt geglättet. Da Henry als Botschafter schon einige verstohlene Augen auf König Michls Briefe gerichtet hatte, konnte er sein Signum leicht kopieren. So hielt er nun die »offizielle« Antwort in der Hand – und in der Tat: Der Streifzug gegen die Länder blieb aus, Pantam blieb von den Rückwärtsmenschen unentdeckt. Kein Fortschritt im Sinne einer Völkerverständigung, jedoch die Rettung eines Volkes durch geschicktes und selbstloses Handeln. Und der Beginn einer innigen Freundschaft. Henry zog alle Jahre über den Gebirgsstrudel gen Pantam. Die Familie Bantumi hatte er sehr liebgewonnen. Walter war zu seinem besten Freund geworden. Nur wurde er älter und Walter jünger. Oder umgekehrt.

Ignaz blies den Kohlestaub, den der Bleistift, der wie eine Stricknadel die Worte auf Papier fädelte, hinterließ, vom Blatt. Eine kraftspendende Auszeit.

»Eine lange Geschichte«, murmelte er. »Rückwärtsmenschen. Das sind wir.«

Ignaz dachte bei sich, wie unlogisch und wenig weitsichtig, wie niederträchtig und dumm die heutige Menschheit doch war. Teile von ihr. Einzelne. Aber diesen Einzelnen folgt eine Vielzahl. Eine Masse. Das ist der Wahn der Überzeugung. Einer schreit »Kampf«, sogar »Mein Kampf«, und alle schreien »Hurra«! Ihm wurde übel.

Er wollte nun auf alle Fälle eines. Überleben. Er musste zurück zur Mauer. Er musste darüber. Er musste Raffael Krupp finden. Schließlich wollte er seinen Plan vollenden. Sein selbstverfasstes Buch in den Händen halten.

Nervös saß er an einem Küchentisch, dessen Besitzer ihn von einem braunen Foto anstarrte, das in einem einfachen Holzrahmen an der Wand befestigt war. Er glaubte, dass es seine Besitzer waren, eine Familie, vier Erwachsene und vier Kinder. Glücklich. Damals. Und jetzt? Im Jetzt?

»Danke für den Tisch. Und den Zucker.« Er wedelte mit den Blättern seiner Geschichte, als wolle er der Familie zuwinken. In einer Schublade, in der normalerweise Besteck und Küchenutensilien aufbewahrt wurden, fand er im hinteren Eck ein hartes, aber noch nicht fauliges Stück Brot. Nahrung. Einteilen, schoss es Ignaz durch den Kopf.

»Scheiß drauf. Essen!« Er würgte den zähen Kanten mühsam hinunter.

Tatsächlich entdeckte er in der gleichen Schublade einen Kohlestift, den er in seinen Sack gleiten ließ. Schreibutensilien und Atemluft sind seine kostbarsten Güter. Er griff nach dem Lichtbild eines traurig schmollenden Mädchens, das er auch auf dem Familienfoto ausmachte. Was mag mit diesem Mädchen geschehen sein? Wo ist es nun? Er nahm das Bild an sich. Es gefiel ihm. Weil ihn das Mädchen an die rußhaarige Klara aus seiner Heimat erinnerte. Auf dem Küchenbuffet fiel ihm ein roter Kasten ins Auge. Vielmehr eine Schachtel. Aus Blech. Sie war leer. Der Deckel war mit einfachen, goldenen Ornamenten verziert. Geschlossen hätte man die Schachtel durchaus für ein großes, dickes Buch halten können. Etwa 20 auf 30 Zentimeter. Er legte den soeben gefundenen Bleistift, das Foto und sein Heiligtum, seine Schreibbücher, hinein. Zwei Bücher im Buch. Eine Hülle für seine verfassten Kunstwerke. Ein Schutzschild. Die Schachtel glitt in den Transportsack.

Wieder ein Raub.

Diebstahl gehörte zu seinem Geschäft, war hilfreich, aber weniger schädlich als Gewalt. Ignaz verlor an diese kleinkriminellen Machenschaften längst keine Gedanken mehr.

»Danke auch für den Bleistift. Die nächste Geschichte widme ich dir, kleines, liebes Mädchen.«

Das Mädchen hinter den Büchern

Ignaz befand, dass er diese gastfreundliche Herberge durchaus durch die Wohnungstür verlassen sollte. Im von häuslichen Gegenständen gesäumten Flur passierte er ein Zimmer, dessen dunkelrote Tapete ihn magisch anzog. Er trat durch die geöffnete Tür. Der Duft stieg ihm gleich in die Nase, mechanisch drehte er den Kopf nach rechts, wo er eine farbig fleckige Wand erspähte.

»Mein Gott.«

Ignaz' Herz kitzelte ihn am Gaumen.

Er stand vor einer kleinen, aber erhabenen Bibliothek mit einem Ausmaß von zwei auf zweieinhalb Metern. Ein spartanisches Holzregal, aber mit vielen Büchern darin. Sein Verstand schlug Kapriolen.

Zauberhaft. Einem Wunder gleich.

Fieberhaft überflog er die Titel der Werke.

Er strich behutsam über die Buchrücken, als wären sie empfindliche, organische Wesen. Ist das hier Krupps Zuhause? Wohl kaum. Aber wessen dann? Das Zuhause eines Professors? Eines Pädagogen? Eines Schriftstellers?

Er würde liebend gerne lesen. Jedem einzelnen Buchstaben dieser Schatzkammer durch seine Pupillen Eintritt in sein Inneres gewähren lassen. Aus jedem Satz Bilder zeichnen. Jedes entstehende Gebilde in seinem Kopf zum Tanz auffordern. Ich brauche Zeit, dachte er sich. Zeit zu lesen.

Unfassbar. Er entdeckte in einer unteren Reihe Melvilles »Moby Dick«, zog es heraus und begann mit zittrigen Fingern die Seiten umzublättern.

»Moby Dick. Ein Zeichen, ein gutes.«

Ignaz musste unwillkürlich an Aki denken. Unzählige Male hatten sie nachts in ihren Betten gelegen und auf einen hellen Mond gehofft, der ihnen doch bitte ein wenig Licht zum Lesen spenden mochte. Waren sie nicht in Karl Mays Reiseberichte vertieft, so waren es die Abenteuer der Pequod, die sie, in ihre Daunen gewickelt, fesselten. So lange, bis die Schwerkraft an den Augenlidern zerrte.

»Morgen mehr. Gute Nacht, Pip.« Mit diesen Worten beendete sein großer Bruder die Lesenächte, und ein wenig musste sich Ignaz immer ärgern, weil er viel lieber mit Queequeg, Tashtego oder Daggoo, den Harpunierern, verglichen worden wäre als mit Pip, dem Schiffsjungen.

Ihre wilden Träume versprachen ihnen alles. Beide wussten, das waren nur Hirngespinste. Sie bauten Luftschlösser, aber auf formidable Art und Weise. Doch bei einem waren sie sich ganz sicher. Irgendwann einmal würden sie sich ihr wirkliches »Schloss« errichten. Sie würden in einem Wal leben, so wie Jonas. Eine architektonische Skizze des zukünftigen Bruderheims bestand bereits. In einem Wal zu leben bedeutete Geborgenheit und Sicherheit, zeugte aber auch von Stärke, Rebellion, schöpferischem Freigeist und phantastischer Freiheit. Ihr Haus wird einmal Moby Dick nachempfunden sein! Das nahmen sie sich fest vor.

Seine Finger blätterten aufgeregt durch Melvilles Seiten. Er stillte hastig seinen Durst nach geschriebenen Wörtern, wobei es ihn schon wieder in den Fingern juckte.

Bleistift.

Papier.

Schreiben. Er rüttelte kurz an der roten Blechschachtel im Beutel.

Nicht jetzt, gebot er sich Mäßigung. Zurück mit dem weißen Wal. Er war gerade im Begriff, Kapitän Ahab samt Schiffsmate und dergleichen an seinen Ursprungsort zu schieben, da…

»Auge!«

Ignaz erschrak so gewaltig, dass er einen Satz nach hinten machte, der ihn über einen gepolsterten Schemel stolpern ließ. »Moby Dick« entglitt ihm.

Durch den Spalt, den er mit »Moby Dick« wieder füllen wollte, sah ihm ein Auge entgegen. Diese Tatsache verstörte ihn so sehr, dass ihn die Heftigkeit des Schocks jenen Begriff ausrufen ließ, den er sah. »Auge.« Er kam langsam hoch, versuchte zu verstehen, was ein menschliches Auge in einem Bücherregal zu suchen hatte.

»Hallo?«, fragte Ignaz leise und bewegte sich gebückt auf die glänzende Iris zu.

»Hallo?«

Das Auge war weg. Stattdessen erkannte er ein Augenlid, was nicht sonderlich besser zum Verständnis der Situation beitrug.

»Hallo?«, flüsterte er ein drittes Mal und begann, weitere Bücher zu entnehmen, um die Lücke zu vergrößern. So legte er ein weiteres Augenlid frei, ein Antlitz mit geschlossenen Augen.

»Guten Tag, mein Name ist Ignaz Buchmann. Haben Sie keine Angst.«

Die Augen öffneten sich, und er erkannte, Teufel noch eins, jawohl, die traurigen Augen des kleinen schmollenden Mädchens auf dem Lichtbild in der roten Blechschachtel. Sie zitterten vor Angst.

»Versteck dich!«

»Was sagst du?«, wollte Ignaz wissen und bemerkte sogleich, dass die nachdrückliche Aufforderung nicht zu den kindlichen Augen passte. Die Stimme war viel zu erwachsen.

»Hau ab. Verschwinde, ehe man uns hier aufspürt.«

Es mussten sich noch weitere Personen in diesem Holzkasten befinden, die sich mit einer Wand aus Millionen Wörtern tarnten. Wie viele, vermochte Ignaz nicht abzuschätzen. Zwei Personen mindestens.

»Natürlich. Es … es tut mir sehr leid.«

»Hau endlich ab!«, zischte es durch die gedruckten Seiten.

»Natürlich. Alles Gute.« Ignaz wankte benommen aus dem Zimmer. Welch traurige Möglichkeit, am Leben zu bleiben.

Aus dem Treppenhaus schallte eine kehlige Stimme. »Hier hoch, Sauckel. Es kam aus dem ersten Stock.«

Verdammt, fuhr es durch Ignaz. Ein Blitz zuckte durch seine Glieder, mit drei Sätzen war er in der Küche, trat eilig auf den Balkon und spähte mehr schlecht als recht in den Hof, den er aus Zeitmangel zwangsläufig als einzigen Fluchtweg ausmachte.

»O nein!« Beim Herabklettern an der Regenrinne fiel es Ignaz ein. Sein Magen verengte sich stechend. Er hatte die Bücher nicht zurückgestellt. Er sprintete aus dem Hinterhof. Tränen liefen ihm quer über die Schläfen in seinen Gehörgang.

Im Laufen drückte eine miese Übelkeit gegen seinen Kehlkopf. Sein Magen verkrampfte sich, und bei jedem Schritt boxte ihn das Organ von innen gegen das Zwerchfell. Die Vorstellung, die Familie hinter dem Bücherregal durch seine Unachtsamkeit verraten zu haben, trieb ihm Sand in sein bisher funktionierendes Getriebe. Er wäre gerne leise umgekehrt, was sinnlos gewesen wäre. Stattdessen bat er laut um Verzeihung, was ebenso sinnlos war.

Stillstand. Auszeit. Es reichte. Er musste sich übergeben. Es war nicht die körperliche Anstrengung, gepaart mit Nährstoffmangel, die seine Magensäure aus den inneren Tiefen holte. Er war schlicht und ergreifend angekotzt von dem andauernden Zustand, flüchten zu müssen. Und von all den Verbrechen, denen er auf seinem Weg gewahr wurde.

Um nicht als Deserteur aufzufliegen, schlich er nun seit vielen Monaten durch die Gegend, sich wie ein Chamäleon tarnend, tausend verschiedene Rollen spielend, dreist in der Absicht zu stehlen, sich als Lügner und Rüpel Vorteile verschaffend. Von Bayern nach Polen. Nun saß er hier an diesem unglaublich tauben Ort fest. In einem wohl ausradierten Sektor des Gefängnisses der Sternenträger. Welch Groteske wurde ihm gespielt? Er weinte. Wieder würgte er Galle auf den Asphalt. Das war die Boshaftigkeit der Menschheit, die ihm Übel und Verzweiflung bereitete.

Eigentlich war es ein Wunder, dass er so weit gekommen war. Dass er nicht schon früher aufgeflogen, oder auf einer seiner zahlreichen Fluchtattacken erwischt worden war. Oftmals durchkreuzte er die Nacht in Hektik, sich mit Hilfe der Sterne den Weg bahnend. Je näher er Raffael Krupp kam, desto anstrengender wurde der Slalomlauf. Irgendwann waren die Sterne vom Himmel gefallen und auf Armbändern, die an Mäntel und Kleider befestigt waren, gelandet. Als Schmierereien an Schaufenstern und Hauswänden fand er sie wieder. Widerwärtig. Ignaz schien nun selbst diesen Menschen, die sich jeder Menschlichkeit entledigt hatten, zum Opfer zu fallen. Obwohl er kein Sternträger war.

Er irrte durch ein Labyrinth, durch das sich langsam leerende Gefängnis der Sternenträger. Und er selbst trug Mitschuld, Schuld an dem Tod jeder Familie oder zumindest an ihrer Deportation.

Mit der Erholung kam der Klang.

Es mochte durchaus sein, dass ihm die Trauer und Erschöpfung, der Hunger und die Schmerzen eine akustische Fata Morgana vorgaukelten, er allerdings war sich plötzlich dieser Geräusche sehr sicher. Musik drang an sein Ohr.

»Unterwassermusik.«

Ignaz vernahm Klavierspiel. Eine märchenhafte Melodie, die nach geheimnisvollen Wasserwelten klang.

Für den Bruchteil einer Sekunde war er glücklich. In diesem Moment war es ihm egal, ob es ein Echo seiner Phantasie oder ein reales Musikstück war. Wer zum Teufel sollte hier in diesem von allem Menschlichen verlassenen Ort Piano spielen? Es könnte natürlich ein Grammophon sein. Oder ein Schwarm Vögel, der über ihn hinwegziehend Lieder von besseren Zeiten singt. Als er sich mit dem Zeigefinger die Tränen aus den Ohren strich, war er sicher:

Es sind Geräusche von auf Pflastersteinen stampfenden Stiefeln. Schreie unterbrachen seine seligen Grübeleien – und Schüsse. Die Jagd ging weiter. Er setzte sich in Bewegung, und sein ganzer Körper brannte.

Das Märchen aus dem Koffer

Unweigerlich und gänzlich unangebracht musste Ignaz an eine andere Jagd denken. Da war nicht er die Beute gewesen. Auch nicht der Jäger, und auch sein Bruder Aki hatte keine dieser Rollen eingenommen.

Trotz seiner neuerlichen Flucht und der körperlichen Anstrengung sprang ihm die Geschichte in die Erinnerung.

Der Bürgermeister Sepp Holzner, ein Graf namens Dagobert von Winklhausen, der Pferdezüchter Wilfried Hohnberger und ihr eigener Vater, Hans Buchmann, hatten zusammen mit dem Jäger Emil Brandt eine Jagdgemeinschaft betrieben und waren mit gerichteten Hunden und einer Portion Schießwut alle paar Wochen, je nach Saison, auf die Pirsch gegangen. Aki und Ignaz hassten es, dass ihr Vater diesem mordlüsternen Zeitvertreib nachging, und von der Beute hatte er nie etwas abbekommen. Das wurde unter den Obrigen verteilt, der Rest wurde verkauft – auch von diesem Erlös blieb ihr Vater unbedacht. Als die jägerische Drecksbagage, wie sie Aki nannte, wieder einmal auf Fasanenjagd ging, versteckten sich die beiden Buben im Dickicht, Stunden davor hatten sie sich ihr Lager ausgesucht, im Wissen, dass sich hier die potentiellen Braten paarten. Prompt sahen sie die Männer antanzen. Sie bliesen in alberne Holztröten und soffen Schnaps aus Feldflaschen. Ignaz und Aki scheuchten einige Fasane in ihrer Nähe auf, und sofort begann ein munteres Halali auf die Vögel, wobei der Schnapskonsum dafür sorgte, dass es eigentlich nur ein wildes Geballer war, und ein Wunder dazu, dass zum Beispiel der Hohnberger dem Holzner nicht das Auge oder mehr weggeschossen hatte.

Zwei der Fasane mussten das Zeitliche segnen. Von wegen Waidmannsheil – dem wirren Kreuzfeuer der Jagdbüchsen sei Dank.

Nun aber schlug die Stunde der Buchmannbuben. Sie sprinteten zu den abgestürzten Vögeln, ungeachtet der grünlich belodeten Jagdmänner, die sich lachend und lallend auf die Schulter klopften und Schnaps über ihre lächerlichen Pelzmützen kippten. Schnell verschwanden die beiden Bikauderer in Ignaz' Sack, statt derer legte Aki zwei bearbeitete Mitbringsel in die Binsen. Bis die deutlich angeheiterten Jäger ihren Hunden Apportierbefehle zuriefen, waren die Buchmannbuben wieder in ihren Verstecken. Sie hätten viel gegeben, die Gesichter der fünf Jäger zu sehen, als die Hunde ihre Beute vor deren Füßen ablegten.

Die dümmlichen Visagen konnten sie aber aus ihrem Rückzugswinkel erahnen. Kopfschütteln, Achselzucken, Blicke in den Himmel, Vergleich des Inhalts der Feldflaschen, Gesichtszüge voller Entgleisungen. Vor der Jagdgesellschaft hatten die beiden abgerichteten Hunde zwei Kaninchen mit angenähten Hühnerflügeln abgelegt. Wie zum Hohn streckten die Kaninchen den verdatterten Suffjägern zwei Schafszungen entgegen. Später sagte man in Freising, dieser Vorfall hätte Jägermeister Brandt den Verstand gekostet.

Aki würde sagen: »Geh weiter. Geh weiter bis zum Ende. Mach bis zum Ende.«

Was macht Aki eigentlich jetzt? Lebt er noch? Wo steckt er? Was mache ich jetzt nur? Gebe ich auf? Geh ich bis zum Ende? Was danach? Was davor?

Plagen über Plagen.

So ist das Leben. Es beginnt, schlägt einige Kapriolen, dann hört es auf. Jeder Mensch will natürlich möglichst viele Kapriolen schlagen – und möglichst lange. Er wünscht sich, bittet und betet, liebt und gibt und dreht sich im Kreis, bis sein Atem stillsteht. So einfach? Das Leben ist eine Geschichte, gesponnen aus tausend Geschichten. Ein Puzzle mit so vielen Teilchen, dass es einer retrospektiven Meisterleistung bedarf, es wieder zu einem Ganzen zusammenzusetzen. Ob das Gesamtbild des Puzzles nun schön ist, liegt am Willen und Einsatz eines jeden, könnte man meinen. Wäre da nicht eine Kraft namens Schicksal, die einem die eigenen Pläne um die Ohren pfeffert. Und ehe man sich verkuckt, sitzt man hinter einer Kofferwand – die rettende Mauer vor Augen –, so wie Ignaz gerade.

In einer kleinen Seitengasse, abermals gespickt mit Utensilien vertriebener Menschen, stapelte Ignaz einige Koffer und Kleidungsreste aufeinander. Eine letzte Rückzugsbastion, bevor er den finalen Fluchtakt aus dieser prekären Gegend versuchen will.

Er war mittlerweile an das wüste Stadtbild gewohnt. An das zerfledderte Hab und Gut, das von dem Leben und Streben anderer zeugte und ihn nun vor den Blicken seiner Häscher verbarg.

Aufgeregt wartete er hinter seiner Koffermauer. Momentan war dieses Versteck die Stätte der Ruhe vor dem Sturm. Sein »Freising«. So hatten sie als Kinder den Ort, an dem man beim Fangenspielen nicht berührt werden durfte, genannt. Hinter den Koffern fühlte er sich sicher. Unantastbar. Nicht greifbar.

»Freising«, sagte er müde vor sich hin.

»Freising.« Freising bei München, seine Heimat.

Sein Atmen machte ihm Sorgen. War es nicht viel zu laut und unüberhörbar.

Mein Name ist Ignaz Buchmann. Ich bin Schriftsteller. Ich verfolge eine Idee. Ich sitze wie auf Koffern in einem Ghetto, in das ich nicht gehöre. In das niemand gehört. So soll es nicht sein.

Noch eine Geschichte. Schnell. Wie ein Morphiumsüchtiger seine Spritze, so legte Ignaz seine für die Beruhigung nötigen Utensilien bereit. Sein kleines Büchlein fischte er aus der Schachtel. Ebenso den neuen Bleistift. Er küsste die Spitze der Kohlefaser und sagte: »Danke, Familie mit der schönen Bibliothek.« Gleichzeitig versetzte es ihm einen Stich. »Und Verzeihung. Ich bitte vielmals um Verzeihung.«

Das Bild mit dem schmollenden Mädchen legte er neben sich auf die Erde.

Das Imagistrat

VERWUNDERLICH, ABER DOCH.

Samuel Boden war ein Lesenarr. Eine Leseratte, ein Bücherwurm... Samuel konnte sein Geld aber nicht mit Lesen verdienen, wie auch? Samuel war Bäcker, genauer gesagt, Bäckerlehrling. Seinen Meister brachte er ständig zur Weißglut, weil er in jeder freien Sekunde ein Buch vor der Nase hatte, das mit

Teigresten übersät und verklebt war. Samuel pflegte sogar in Momenten zu lesen, in denen er eigentlich arbeiten sollte. »Samuel, oh Samuel, bitte, geh deiner Arbeit nach. Ich kann dich doch nicht fürs Herumstehen bezahlen oder fürs dumm in die Seiten Blicken. Der Teig, Samuel, die Lauge, das Mehl, der Kuchen, die Körner, das Kneten. Muss ich dir denn alles vorbeten?« Der Bäckermeister verzweifelte.

Eines Morgens packte er sich den Jungen und sprach: »Gestern war ich in der Kneipe, Samuel. Hör mir zu. Verdammt, pack das Buch weg und hör mir zu!«

Samuel blickte auf. »Sie waren in der Kneipe. Und?« Sein Kopf senkte sich wieder dem Buch entgegen.

»Es gibt ein Gerücht«, sagte der Bäcker. »Ich weiß nicht, von wem, aber es macht die Runde. In der Stadt gibt es einen gewissen Doktor Greif. Er hat eine Maschine erfunden, Samuel, bitte, hör mir zu. Es hat mit Büchern zu tun. Mit Lesen und mit Phantasie. Bitte, Samuel, geh dorthin, nimm dir da eine Arbeit, falls dies möglich ist. Werde glücklich, aber komme mir nie wieder unter die Augen. Es ist schrecklich mit dir.«

Samuel blickte auf.

»Doktor Greif, sagen Sie?«

Der Bäcker packte ihn an den Oberarmen. »Samuel Boden, ich mag dich. Ich will dich aber nicht mehr hier haben. Du bist mir keine Hilfe, im Gegenteil. Geh dorthin, es ist jenseits der drei Brücken.« Der Meister drückte Samuel und schob ihn anschließend aus der Stube.

So machte sich der ehemalige Bäckerlehrling Samuel auf in die Stadt und fand jenseits der drei Brücken ein futuristisches Gebäude, auf dem ein Schild über dem Eingangstor prangte.

IMAGISTRAT

INSTITUTION ZUR ERHALTUNG VON PORTIONIERTER PHANTASIE UND AUSLEBUNG IMAGINIERTER ABENTEUER. LESEMASCHINEN. GEDANKENWANDLER ETC.

Interessiert trat Samuel Boden ein und lernte die Welt des Doktor Greif kennen. Der Mann war eine imposante Figur, hochgewachsen, aber schmächtig – fast hager. Er trug gutgeschnittene schwarze Anzüge, die ihn eher wie einen Zauberer aussehen ließen als einen Doktor oder Forscher. Er hatte einen Gehstock, den er auch bei der Bedienung der Maschinen nie aus der Hand legte. Der Stock hatte als Knauf ein aus Messing nachgebildetes geöffnetes Buch, das bestens zu der verrückten Umgebung in des Doktors Hallen passte.

Es war eine phantastische Welt voller Geheimnisse. Doktor Greif fand das Interesse des jungen Mannes bestens, erläuterte ihm die Funktion seiner Maschinen und erklärte ihm die Handhabung der unzähligen Knöpfe, Schalter und Armaturen.

Da gab es zum einen die Möglichkeit, mit Hilfe eines überdimensionalen Helms, aus dem Schläuche und Glühbirnen führten, Bücher hundertmal schneller lesen zu können als gewöhnlich, ohne den eigentlichen Lesegenuss zu schmälern. Der Lesetempomat. Die Spannung, das Aufnehmen der Erkenntnisse, die Handlungsstränge fahren in gefühlter Echtzeit ins Gehirn. In Wahrheit hat man das Buch ausgelesen, und es sind höchstens zwei Minuten vergangen. Zeit ist das größte Gut des Menschen, behauptete Doktor Greif, deswegen solle man sie mit der Herrlichkeit des Lesegenusses kombinieren. Schnelleres Lesen bringt mehr Genuss. Das war klasse, wie Samuel fand.

Eine weitere Maschine war der Wort-Bilder-Transformator. Er glich einem Brotkorb aus Blech, der allerdings bläulich schimmerte und eine Projektionsfläche aus Glas auf der Vorderseite besaß. Legte man ein Buch hinein, so erschien nach dem Schließen der Klappe auf der schimmernden Projektionsfläche der Ablauf der Handlung in bewegten Bildern wieder. Wahnsinn, wie Samuel fand.

Es gab noch weitere kleine Entdeckungen und Erfindungen. Darunter der Neongriffel, die Transport-Seiten-Galerie, die Buchstampflaube, das Buch der leuchtenden Buchstaben und noch etliche Kleinigkeiten und kurioser Krimskrams.

Das größte Geheimnis allerdings war der Imagistrator. Eine große Kabine aus Stahl, die in einer riesigen Halle untergebracht war. Sie glich einem U-Boot aus einem Jules-Verne-Roman. Wer die Kabine betrat, wurde in einen tranceähnlichen Zustand manövriert, in dem man alle Gedanken körperlich ausleben konnte. Eine Art Traummaschine, in der man zur Hauptfigur wurde und alles eins zu eins erlebte, was man ersann. Am Ende eines jeden dieser Abenteuer erhielt man die soeben durchlebte Phantasie als gedrucktes Buch. Als Erinnerung an die Erinnerung.

»Versuche es, mein Junge.« Doktor Greif rieb sich die Hände, im Wissen, Samuel würde dieser Verlockung nicht widerstehen können.

»Er versuche es. Hier!«

»Wie bitte?« Samuel war sichtlich nervös, seine Neugier brannte ihm aber ein Loch in den Magen.

»Er steige hinein«, empfahl der Doktor nachdrücklich. Sein behandschuhter Zeigefinger deutete auf die Öffnung in der Kabine.

Mit großen Augen, jugendlichem Überschwang und springendem Herzen betrat Samuel die Kammer, die Doktor Greif von außen mit einem Drehrad abschloss. Durch ein Sprechrohr befahl Doktor Greif dem jungen Mann:

»Er setze den Zylinder auf den Kopf. Gut so. Er lege die Handinnenflächen auf die beiden silbernen Kugeln vor ihm. Gut so, jaja. Er schließe die Augen.«

Die Stimme klang blechern hallend und deswegen so unwiderstehlich.

Doktor Greif hantierte an allerlei Knöpfen und Schalthebeln. Zahnräder setzten sich in Bewegung, Mechanismen setzten sich dampfend in Gang. Doktor Greif legte seine fiebernden Lippen auf die Sprechmuschel und befahl:

»Und nun: Er phantasiere!!!«

Samuel Boden tat, wie ihm geheißen, aber nichts von alldem trat ein. Auch er wurde nie wiedergesehen, so wie viele weitere junge Menschen aus der Gegend, die als vermisst galten.

Ein Dutzend Jahre später wurde hinter der Fabrik des Doktor Greif eine Grube entdeckt, in der Tausende von Büchern lagen. Man fand heraus, dass die Bücher durch einen Schacht aus dem Innenraum der Fabrikhalle in die Gruben befördert worden waren.

Es waren dicke Bücher mit hartem, prächtigem Einband, die den Lauf der Zeit völlig unbeschadet überstanden hatten.

Aber wie seltsam – die Seiten waren leer.

Manche Menschen des Ortes behaupteten später, beim Öffnen einiger Seiten höre man Schreie.

Die Sonne dimmte bereits herunter, doch bis zur gänzlichen Dunkelheit würde es zu lange dauern. Es musste jetzt passieren.

Ignaz küsste das sepiafarbene Lichtbild des kleinen Mädchens – als würde er ihr die Tränen wegküssen. Schnell steckte er alle Gegenstände zurück in die rote Blechschachtel, diese wollte er gerade in den ranzigen Kartoffelsack stecken, als sein Blick an einem haarigen Knäuel hängenblieb. Was war denn das?

Unter einem schweren Mantel lugten – jetzt sah er es genauer – gräuliche Tierhaare hervor. Eine Katze womöglich. Machten sie jetzt nicht einmal vor Haustieren halt? Vorsichtig entblätterte er das vermeintliche Tierchen von den Textilien. Eine Ziege lag da vor ihm. Zumindest die Haut, samt Fell, die zu einer praktischen Umhängetasche verarbeitet war. Bestens. Eine Transportziege für seine Heiligtümer. Seine Schreibschachtel wanderte in die Umhängeziege. Der Kartoffelsack hatte ausgedient. Die Tasche hing er sich quer über die Schulter. Perfekt. Beide Arme frei. Voller Bewegungsumfang.

Er wollte ohne Handicap seinen letzten Lauf starten. Den Sprint ins Glück.

Sein Finale.

Gewann er, bedeutete sein Lorbeerkranz die Freiheit.

Verlor er, war der Trostpreis der wahrscheinliche Tod.

Sprinter ernährten sich eigentlich anders, sein Wasserhaushalt und die Nährstoffspeicher waren seit langem nicht mehr ausreichend gefüllt. Der Pott Honig hätte gestern bei einem Wettkampf geholfen, heute brachte der staubige Brotkanten die Beine nicht sonderlich in Fahrt. Schlimmer war, ausreichend getrunken hatte er schon länger nicht mehr. Das wenige Wasser aus dem Krug war schal gewesen. All das war nicht zu seinem Vorteil. Von der Startposition ganz zu schweigen. Hatte man Jesse Owens schon einmal aus einem Koffer starten sehen? Mit einer umgehängten Ziegenledertasche? Und nur einem Laufschuh ausgestattet?

Von Wölfen und Bären

Klaus Sauckel bohrte Heinrich Nusser den Lauf seines Gewehres immer wieder in die Flanke. Sie marschierten nach erfolgreicher Arbeit, sie hatten soeben drei Wanzen in einem Bücherregal ausgehoben und sie dem Treblinka-Transport übergeben, entspannt auf der Straße. Das harte Metall reizte die Rippen. Sauckel war besoffen, gespeist aus seinem illegalen Schnapsvorrat, den er seiner Feldflasche entnahm. Mit der Hand schlug Nusser das Rohr immer wieder zur Seite.

»Sauckel, hören Sie endlich auf damit. Sind Sie bescheuert?«

Der gab kichernd von sich: »Vorwärts, Nusser, du Nuss. Hahaha. Vorwärts, gehen wir. Los!«

Nusser kochte vor Wut, dem besoffenen Schwein musste endlich Einhalt geboten werden. Der ließ sich nicht beirren.

»Nusser, marschieren. Pro deportierten Juden hundert Meter, los, Nusser, vielleicht bekommst du noch einen Marathon zusammen.«

Wieder stach der Lauf des Gewehrs in Nussers Seite. Sauckel platzte vor Amüsement, als plötzlich in fünfzehn Metern Entfernung einige Koffer zu Boden polterten und eine Person galant hinter diesem Gepolter hervorsprang. Sauckel erschrak trotz seines Wodkakonsums und trotz seiner Heiterkeit dermaßen, dass er Nusser in den Brustkorb ballerte. Es war Ignaz Buchmanns verspäteter Startschuss. Trotz offenbarem Fehlstart nahm Ignaz Reißaus und befahl seinen müden Muskeln zu laufen, laufen, laufen – in Herrgotts Namen.

Sauckel stand über dem toten Nusser und befahl weiter in delirösem Zustand: »Los. Steh auf. Nusser. Vorwärts … steh auf.«

»Ich schaffe es!«

Noch hundert Meter bis zur Mauer, die Ignaz Buchmann ins Visier nehmen konnte. Ein Schutzengel hatte ihm einen Berg voller Kisten an der Mauer abgestellt.

»Das schaffe ich!«

Noch siebzig Meter. Die Lunge brannte wie ein Brennnesselbusch. Er müsste tiefer atmen.

Plötzlich tauchten hinter ihm die Wölfe auf. Graue und braune Pelze, die ihm zähnefletschend zubrüllten. Stinkende Tiere, geifernd, gnadenlos. Sie hetzten ihn Richtung Mauer, die näher kam.

»Ich schaffe es!«

Noch vierzig Meter, noch fünfunddreißig. Es würde klappen. Die Wölfe verringerten die Distanz, aber es würde klappen. Ignaz würde es schaffen. Noch zwanzig Meter. Die Mauer baute sich vor ihm auf. Im Geiste setzte er die Trittfolge auf dem Kistenstapel fest. Arrrrrrrgh.

Die Wölfe hatte er abgehängt. Ignaz hatte aber nicht mit dem Bären gerechnet, der ihn seitlich rammte und zu Boden hämmerte.

Rein schlachtstrategisch ein böser Fauxpas von Ignaz, die Flanken zu missachten.

Es vergingen einige Sekunden, bis er den Aufprall körperlich verarbeitete, geistig war er über der Mauer. Nun war er umgeben von vier uniformierten Männern, darunter auch der Bär.

Ignaz' Herz rotierte, und sein Lungenapparat betrieb Höchstleistung. Dennoch presste er ein »Hi Hitler« heraus, sein rechter Zeige- und Mittelfinger formten zwei Eselsohren, die sich den Soldaten entgegenreckten. Eine Geste aufmüpfiger Inbrunst.

Als Antwort bekam er einen gestiefelten Tritt ins Gesicht, der ihn kurz mit Ohnmacht überzog. Er wurde an pelzigen Ellbogen hochgerissen. Ignaz kam zu sich. Er blickte dem Bären ins Gesicht. Schwer und träge presste er folgende zwei Sätze aus seiner tauben Kehle.

»Mein Name ist Ignaz Buchmann. Ich bin Deutscher aus der Nähe von München.«

»Und wir sind die vier Musketiere. Du hast Pech gehabt, Deutscher aus der Nähe von München. Hast es lange hier ausgehalten. Jetzt wird erst einmal geduscht.« Großes Gelächter in der Runde der Uniformierten.

Klaus Sauckel betrat die Viererrunde, relativ nüchtern.

»Der Drecksjude hat Nusser umgebracht.«

Ignaz starb vor Angst. Seine Reise hatte hier ein Ende.

Dann kam ein Wort: Drecksjude.

Dann kam der Gewehrkolben.

Dann kam die Dunkelheit.

Als Ignaz Buchmann sein Bewusstsein wiedererlangte, lag er schon wieder auf der Erde. Von der Ladefläche eines Lastwagens wurde er in den Staub gestoßen. Als er auf dem harten Boden aufschlug, wachte er wieder auf. Nicht komplett. Der Körper ein einziger Taubheitszustand. Metallgeschmack auf der pelzig trockenen, geschwollenen Zunge. Das trübe Augenlicht war rot gefärbt. Wie Abendrot lag es auf der Pupille. Das Herz gebrochen. Sein Wille ebenso. Man hatte ihm zugesetzt, untertrieben gesagt. Er lag im Dreck. Einem Toten gleich – ihm war alles egal. Er fand weder einen Willen noch eine brauchbare Erinnerung. Wölfe schlichen um ihn herum. Abgemagerte Männer in gestreiften Sträflingsanzügen wurden offenbar von grauen und braunen Filzmantelträgern mit umgehängten Gewehren bewacht. Seltsame Gefangene. Alles kreiste um Ignaz' Blickfeld. Aus seinem Ohr trat ein Rinnsal dunkles Blut. Er hatte Atemnot und Probleme, die Augen zu öffnen. Ein Bär gab ihm einen Tritt, den er schmerzlos spürte. In weiter Entfernung vernahm er Stimmen und Gelächter. Sein Kopf fühlte sich wie ein geblähter, unförmiger Ballon an. In sein rotgefärbtes Blickfeld traten seltsame Dinge. Kaninchen mit angenähten Flügeln, ein Honigglas, Doktor Greif mit seinen weißen Handschuhen, Walter Bantumi, Zacharias Buchmann, Pip – ziemlich deutlich und plötzlich das Mädchen, das er auf einem Foto in seiner Tasche trug. Es schmollte, wie auf dem Foto. Die Tränen, die man auf dem Bild jeden Augenblick erwartete, kullerten ihr über die Wangen. Ignaz' Gehirn schien sich kurz zu erholen. Er bemühte seinen gefühllosen Körper, die Schachtel aus der Ziegenhaartasche, die lose um seinen Körper baumelte, zu befördern. Er riss mit großer Anstrengung den Deckel ab. Zittrig fingerte er nach dem Foto des Mädchens. Es fiel zusammen mit seinem treuen, teuren Schriftbuch in den Staub. Beim Aufprall war es ihm, als ob das Buch »Auf Wiedersehen« rief.

Ignaz krampfte.

Ein Gefangener, der an eine Metallstange angekettet war, die einer Maschinenpistole glich, ergriff das Buch.

Ignaz betete. Seine Augen bluteten. Ebenso sein Herz.

Der Mann riss einzelne Seiten aus dem Buchmannbüchlein, während er auf den blutenden Ignaz Beleidigungen prasseln ließ. Der Wind trug die Geschichten von Ignaz Buchmann in die Welt.

Er wollte dies auch, aber anders.

Sein Plan erlosch wie eine Flamme im Vakuum. Der brüderliche Eid verglühte.

Ein Gefangener war das nicht, bemerkte Ignaz nun. Ein letztes geistiges Aufbäumen.

»Ihr beschissenen Deutschen!« Relativ klar und deutlich schickte er die Worte in den roten Himmel, in dem er nur noch schemenhaft den Buchfledderer erkannte. Letzte Pulsationen durchzuckten ihn.

Das Märchen vom Nazi und Ignaz war beendet. Kraftlos und müde schickte er noch einen letzten Satz über seine Lippen.

»Ihr schmort in der Hölle.«

Dann kam ein Wort: Drecksjude.

Dann kam der Pistolenlauf.

Dann kam die Dunkelheit.

TEIL ZWEI

DIE THEORIEN DES AUGUST LOCHER

Ein Ende. Ein Anfang

Sehen Sie den da? Den, der dort unten auf einem Altherrenrad der Marke Adler, Baujahr 1934, strampelt, als wolle er seinem eigenen Schatten entfliehen? Der in einem ihm nicht zugetrauten Tempo durch die Straßen fliegt, als wäre er im Begriff, sein gelbes Trikot vor dem ihm im Nacken sitzenden, Zähne fletschenden Peloton zu verteidigen? Der aktuelle Tour-de-France-Sieger Laurent Fignon, wir schreiben das Jahr 1984, würde jedenfalls mit der Zunge schnalzen. Zweimal. Einmal aus sportlicher Sicht des hohen Tempos wegen und einmal für das Kuriosum dieses Anblicks, da die hagere Statur des Radlers nicht mit der Geschwindigkeit des Oldtimers, auf dem er Wirbel macht wie eine Windmühle, zu korrelieren vermag. Verfolgt wird er nicht. Trotzdem staubt er da alleine durch die Straßen, als wäre der Teufel hinter ihm her.

Da, jetzt sticht er in die Einfahrt dieses seltsamen Grundstücks mit den beiden grotesken Gebäuden darauf. Das eine sieht von hier oben aus wie ein Wal. Das andere steht etwa fünfzehn Meter abseits davon und erinnert an eine kleine Berghütte. Der strampelnde Derwisch hüpft zackig vom schwarzen Drahtesel, parkt das Gestänge, ohne seine eigene Bewegung zu stoppen, an der Bretterwand der Hütte und marschiert quer durch seinen verwilderten Garten. Er bleibt vor einigen Bäumen stehen, die am Ende seines Grundstücks aufgereiht sind. Gleich hinter diesen Bäumen erstreckt sich ein Zaun aus Draht. Gleich dahinter beginnt der Wald. Was tut der Mann denn da? Spricht er etwa zu den Bäumen?

Aber bitte, schauen wir uns den Herrn doch mal näher an und verlassen diese Vogelperspektive als Betrachter. Los, wir wollen da mal hin, die Gegend etwas genauer unter die Lupe nehmen. Bodenperspektive einnehmen!

Hören Sie, er spricht tatsächlich.

Fahrradmann: »Es stehn viel tausend Wälder auf diesem Erdenrund; sie kränzen Höhn und Felder…«

Irgendwoher: »… und manchen stillen Grund.«

Verrückt. Haben Sie das auch gehört? Beim letzten Satz des Gedichts von Friedrich Hebbel hat der Mann, der sich Zacharias Locher nennt, seine Lippen nicht bewegt. Ist der Mann Bauchredner? Oder sitzt da ein unsichtbares Vis-à-Vis hinter den Bäumen? Oder war es gar der Wald selbst, der ihm geantwortet hat? Was denken Sie?

Zacharias Locher steht in sich ruhend im Garten. Ein graumelierter Fastsechziger vor einer Heerschar Bäume. Wie ein General, der seine letzten Befehle überdenkt, kurz bevor er zur großen Schlacht bläst. Zacharias Locher ist aber kein General. Er ist Buchbinder. Von Beruf. Und Großvater eines zehnjährigen Jungen namens August. Nur, und das dürfen Sie mir gerne glauben, das weiß er nicht. Noch nicht, jedenfalls. Aber bitte, geben Sie mir etwas Zeit.

»Entschuldigung.« Eine weibliche Stimme ertönt zaghaft. Zacharias Locher erhebt sein Haupt und blickt erstaunt in Richtung der Bäume. Mit weiblicher Stimme hat noch kein Baum zu ihm gesprochen.

»Verzeihung. Hier am Tor.«

Zacharias Locher dreht den Kopf und sieht am Eingangstor seines Grundstücks eine junge Frau stehen, die ihm zuwinkt.

»Ja?«, ruft Zacharias Locher. Er bleibt, wo er ist. Er bekommt nie Besuch. Bestimmt verklingelt, die Dame.

»Äh …« Die Frau rüttelt am Stahltor und setzt dabei eine Miene auf, die zu sagen versucht: Geschlossen. Offenbar verlangt der ungebetene Besuch doch Eintritt. Locher brummt leise: »Was wollen S' denn überhaupt?« Und etwas lauter: »Fest dagegendrücken. Ach, Moment. Ich komme.«

Locher öffnet mit einem heftigen Ruck. Erst jetzt bemerkt er den kleinen Jungen an der Hand der Frau. Der Bub wirkt fast geblendet von dem breiten, silbernen Armreif, den seine Mutter am rechten Arm trägt.

»Verzeihen Sie bitte die Störung. Sind Sie Zacharias Locher?« Die Frau wirkt schüchtern, aber freundlich. Sie ist einfach und stilvoll gekleidet.

Locher antwortet neugierig: »Ja, das bin ich. Was gibt's denn?«

Er richtet seinen Blick von der Frau, deren Gesicht ihm seltsam bekannt vorkommt, auf den Jungen. Der mag etwa zehn Jahre alt sein. Sein Haar ist stopplig. Seine Statur etwas schief und aus dem Lot geraten, so der Gesamteindruck. Ein etwas zu großer dunkelgrüner Skianorak der Marke Elho lässt, ob der sommerlichen Temperaturen, selbst den Betrachter schwitzen. Wie mag es denn erst dem Jungen ergehen, denn darunter trägt er eine Art Kommunionsanzug in dunkelblauem Cord. Auf seiner Nase sitzen zwei leselupenartige Brillengläser, die seine Augen riesig groß erscheinen lassen.

»Der arme Bub sieht doch gar nichts«, fällt es unverschämterweise aus Zacharias Mund. Sozialer Kontakt ist nicht seine Stärke. Woher auch, so etwas kennt er nicht. Nur Ehrlichkeit. Der Junge sieht aber auch nicht aus, als wäre er der, der auf dem Pausenhof seinen Bandenmitgliedern befiehlt, die Gegner mit Brennnesseln auszupeitschen, sondern eher wie der, der ausgepeitscht wird.

Die Mutter hat die ungewollte Frechheit von Zacharias überhört. Zacharias fragt den eingeschüchterten Jungen mit auf ihn gerichtetem

Zeigefinger: »Sag mal, schwitzt du nicht?« Der Bub zuckt nur mit den Achseln. Frechdachs.

»Sie sind Zacharias Locher?«, fragt die Mutter erneut.

»Jaja. Zacharias Locher. Wohnhaft hier in der Hinzestraße zwölf. Geboren neunzehnhundertfünfundzwanzig in Freising. Und wer bitte sind Sie?«

»Mein Name ist Heidi Becker. Ich bin Ihre Tochter.«

»Na, wenn das so ist, dann kommen Sie doch rein ... Moment mal ... was haben Sie gerade gesagt?«

Die riesigen eulenartigen Augen hinter den starken Sehgläsern wandern neugierig durch diesen seltsamen Raum ohne Ecken, während die Hände unterm Tisch Sicherheit suchen. Der Junge greift nach der Hand seiner Mutter. Heidi Becker, sich fragend, ob die Reise hierher eine Entscheidung war, die sie bereuen würde, mustert ebenfalls das Interieur. In welch surrealem Wohnhaus sie sich doch befinden. Sie sitzen tatsächlich im Inneren eines Wals. Einen aus Ziegeln und Putz geformten Wal mit fünf Zimmern. Nur Jonas lebte im Bauch des Wals, meinen Sie? Nein, auch ein paar andere. Zum Beispielt Zacharias Locher.

Aus der Küche erklingen Geräusche von siedendem Wasser und klappernden Tassen.

»Mama, kuck mal.« Der Junge deutet auf ein Buch, das geöffnet auf dem Wohnzimmertisch liegt. Es ist Band drei des »Deutschen Wörterbuchs« von Jakob und Wilhelm Grimm. Der Bub beginnt neugierig, jedoch mit einer gewissen Vorsicht vor Fremdeigentum, darin zu blättern.

»Hier.« Augusts Kopf neigt sich gegen das Schriftstück. »Fabelhans: ...wenn ihm ein Fabelhans von Drachen spricht, die auf hohen Felsen und in zerstörten Bergschlössern hausen.« Die Brille fährt hoch. »Drachen, Mama.«

»Schscht, August, Herr Locher kommt… also… dein Großvater.«

Zacharias Locher stellt klirrend und zitternd ein Tablett mit einem dreiteiligen Teeservice und einem Teller voller Butterkekse ab.

»Bitte schön. Entschuldigung. Ich hab nicht oft Besuch. Und schon gar nicht… schon gar nicht von… von Verwandten. Von niemandem eigentlich. Und jetzt…«, Locher kratzt seinen grauen Kopffilz und zieht eine Stan-Laurel-Miene »…jetzt kommt meine Tochter samt Sohn, von denen ich noch nie gehört habe.« Locher blickt die beiden schüchternen Menschen an, die an seinem Wohnzimmertisch Platz genommen haben. Heidi erwidert traurig und fast schuldbewusst seinen Blick, als wäre sie es gewesen, die dieses Zusammentreffen seit Jahren zu verhindern versuchte. August blättert eifrig in dem Wörterbuch der Gebrüder aus Hanau.

Locher flüstert ungläubig in den Raum hinein: »Eine Tochter und ein Enkel. Grimm und Ingrimm, so etwas gibt's doch nicht.«

Und wie es das gibt. Ich will es Ihnen erklären.

Zacharias Locher war es vergönnt, ein kurzes Jahr lang eine Liaison mit einer hübschen Kramertochter namens Hilde zu haben. Das war im Jahre 1956, in der Stadt Deggendorf. Hilde, die aber eigentlich nach Größerem strebte, und zwar nach den Brettern, die die Welt bedeuten, zischte noch vor Ende des Jahres ab. Nach oben. Nach Norden. Zusammen mit dem Münchner Theaterschauspieler Friedhelm Becker, der im Logensaal der Hamburger Kammerspiele eine Rolle zu besetzen hatte. Sie brauchen nicht nach seinem Namen zu forschen, sein Schauspiel war relativ unerfolgreich. Hilde nahm wenig aus ihrem alten Leben mit, doch ein Souvenir aus dem Bayernland blieb ihr. Eine Frucht, zu deren Entstehen Zacharias' Lende beigetragen hatte. Auch wenn Heidi im Glauben gelassen wurde, dass Friedhelm Becker ihr leiblicher Vater sei. Dieser ging nach Übersee, als Heidi acht Jahre alt wurde. Talentfreier Schauspielexport, weshalb sich seine Spur bald verlor. Hilde und Heidi blieben zurück.

Bevor Mutter Hilde vor fünf Jahren verstarb, erzählte sie Heidi die Wahrheit. Ihr biologischer Vater sei ein gewisser Zacharias Locher aus Deggendorf. Vorerst war Heidi die Neuigkeit ziemlich einerlei. Der Verlust der geliebten Mutter schmerzte zu sehr.

Heidi wurde selbst früh Mutter. Sie war gerade siebzehn, als Sohn August auf die Welt kam. Augusts Vater war ein Zauberer – ein Mitglied des Wanderzirkus »Carl Krenz«. In einem Weinlokal traf Heidi den Magier eines Abends nach der Vorstellung. Er zog einige Blumensträuße und Komplimente aus seinem Hut. Dann folgte die Vorführung seines größten Kunststücks, des Zaubertricks »Sich selbst aufbauender Zeltmast in Hose«. Und schon war der Bursche samt Hut und Umhang auf und davon. Und August in Heidis Bauch. Das war vor zehn Jahren.

Nun, nachdem sie August allein mit absoluter Liebe und Hingabe, mit Mühen und Strapazen bis hierher begleitet hat, kann sie nicht mehr weitergehen. Heidi wird in naher Zukunft an Krebs sterben. Eine kurze und unerbittliche Krankheit. Entschuldigen Sie das trocken dargestellte Schicksal, aber Lungenkrebs malt keine schönen Bilder.

Heidi verfügt über keine Verwandtschaft mehr. Die Vorstellung, August wohne nach ihrem Tod in einem Heim, gefällt ihr kein bisschen. Sie muss die Maßnahme ergreifen und ihren unbekannten, leiblichen Vater um Hilfe bitten. Einen Versuch ist es wert. Tief im Inneren loderte obendrein das Verlangen, ihren leiblichen Vater kennenzulernen.

»Kein Telefonat, kein Brief hätte auszudrücken vermocht, um was ich dich bitten wollen würde. Deswegen bin ich hier, um dich kennenzulernen, von Angesicht zu Angesicht.«

Was für eine Botschaft für den alten Locher.

Er ist Opa eines Jungen, der mit seiner todkranken Tochter irgendwo in Norddeutschland lebt. Für einen, der sagt, zu Hause ist es am schönsten, ist Norddeutschland wie Nordkorea – am Ende der Welt. Unbegreiflicher aber ist der ganze Rest der Geschichte. Das Verhältnis zwischen Vater und Tochter mag noch so angespannt, schludrig, gleichgültig, reserviert, gehemmt, nicht vorhanden, offenherzig, innig, unsäglich, schwammig, lieblich, normal, gut oder schlecht sein – kein Vater sollte seine junge Tochter zu Grabe tragen. Noch dazu, wenn er sie gerade erst kennengelernt hat.

Und doch, es fühlt sich nicht fremd an. Sondern schön. Wie ein weiches, sanftes Märchen. Heidis feingliedrige Finger ruhen in Zacharias' gegerbter Hand. Ein Bund des Vertrauens. Eine bejahende Antwort auf Heidis Bitte. Weder Vater noch Tochter schämen sich der leisen Tränen. Heidis glänzender Armreif reflektiert die durch das Fenster hereinfallende Abendsonne und leuchtet den Bauch des Wals rötlich schimmernd aus. Ohne Worte verharrt die kleine, neuformierte Familie für einige Minuten. Augusts kleine Faust vergräbt sich unterm Tisch in der linken Hand der Mutter. Seine eigene Linke fummelt gierig über die geheimnisvollen Seiten des Buches. Die großen Augen flackern und folgen dem Zeigefinger, der die Wörter einzufangen versucht. Obwohl er abgelenkt und dem Buch vollkommen zugewandt wirkt, füllen dicke, stille Tränen die Bullaugen des klobigen Brillengestells. August weiß, warum sie hier sind.

»Ich hab noch mehr davon.« Brüchig und viel zu hell erklingt Zacharias' Stimme.

August schielt über den oberen Rand seiner Brille zu dem Mann, der nun sein Großvater sein wird.

»Mehr?«

»Ja.«

»Mehr Exemplare von diesem Buch? Warum denn?« Die beiden Augenbrauen des Jungen verschwinden hinter dem oberen Rahmen des Brillengestells.

»Nein. Nicht von diesem Buch. Mehr Exemplare dieser Reihe. Das Grimmsche Wörterbuch besteht aus zweiunddreißig Bänden. Dies ist nur einer davon. Ich habe aber auch andere Bücher. Viele.«

»Wie viele?«

»Tausende.«

»Keiner hat Tausende Bücher.« August scheint erzürnt. Was wagt der Mann zu behaupten? In seinem Aufbrausen wirft er unvorsichtigerweise eine Teetasse um.

»August, pass doch auf.« Heidi fängt die sich auf dem Tisch ausbreitende Flüssigkeit mit einer Serviette auf.

»Kein Problem. August, darf ich dir was zeigen? Einen besonderen Ort?« Zacharias steht auf und fordert Augusts Hand. Augusts Augen weiten sich. Er drückt sich unsicher an seine Mutter. Heidi nimmt ihn aufmunternd in den Arm.

»Los, August. Geh mit deinem Großvater.«

Und jetzt passen Sie mal auf. Es gibt Momente, die verändern das Leben. Es klingt sehr kitschig, das gebe ich zu, und zu einem gewissen Teil auch klischeehaft, nur, diese Momente hat jeder von uns schon einmal erlebt, und deswegen bleibe ich dabei. Der das Leben verändernde Moment ist folgender:

Großvater steht vor der Holzhütte im Garten, die August schon bei ihrer Ankunft wie ein grusliges Hexenhäuschen aus einer Bergsage verunsicherte und ihm ein mulmiges Gefühl vermittelte.

Das Holzhäuschen ist mit unzähligen Wildtiergeweihen benagelt. Rehe, Böcke, Hirsche, Ziegen, Widder, Tod und Teufel hängen an den braunen Holzwänden, dass man meinen könnte, die Tiere aller deutschen Wälder kommen hierher, legen ihr Geweih ab wie alte Männer ihre Hüte, setzen sich an Theke oder Stammtisch innerhalb der gastlichen Hütte und trinken kräftig Bier und solches, da gerade ein »Wildkongress« oder »Der Tag des Fells« abgehalten wird. Oder in dem Holzverschlag wohnen siebzehn Jäger, die all ihre ergatterten Hornskalps trophäenartig postierten. Als Abschreckung vor ungemütlichen Störenfrieden. Quasi mit der Betonung: »Vorsicht vor uns. Wir zielen gut – treffen immer!« Dem ist aber nicht so.

Doch wir wollen nicht abschweifen. Was hier zählt, sind die inneren Werte – und die haben es in sich.

Zacharias öffnet die Türe seines Holzschuppens im Garten. August steht hinter ihm. Seine Augen sehen vorerst nur das abgewetzte Hosentextil von Zacharias Hinterteil. Bis der endlich zur Seite tritt.

Ein Bild gräbt sich in Augusts Netzhaut, das ihn nie wieder loslassen wird. Tatsächlich viele tausend Bücher. Buchrücken neben Buchrücken. Geschwungene, geheimnisvolle Lettern geben Autor und Titel preis. In diesem von Tiergeweihen beschützten Holzschuppen sind Schätze gelagert. Buchschätze. Eine Geschichtentankstelle, wie Zacharias kichernd meint. Vier Holzwände. Vier Regale. Wie Ölsardinen in der Blechdose wohnen sie seit Jahrzehnten in Frieden in diesem Schuppen, den August anfangs für ein Gerätehäuschen hielt. Äußerlich wirken die Regale wohlgeordnet und still. Innerlich zappeln die Bücher. Die Wörter brodeln, die Handlungen brüllen und beißen, die Inhalte leben. Nicht nur die Gebrüder Grimm sorgen für diese Energie. Andersen, Bechstein, Wolf, Hauff, Hoffmann, G. Basile, C.Perrault, um die restlichen Märchengiganten zu nennen. Zacharias zählt die Namen auf, als seien sie seine besten Freunde. Aber es sind nicht nur die bekannten Größen dieses Genres. Viele vergessene Werke sind darunter.

Einer von Zacharias' größten Schätzen aber ist weltberühmt: Eine 1896 im Spamerverlag / Leipzig veröffentlichte Ausgabe der »Kinder- und Hausmärchen« von Jakob und Wilhelm Grimm. Sechzehn Farbdruckbilder von Thekla Brauer unterstützen den Leser bei der Errichtung seiner Traumbilder. Es ist nicht der Marktwert des Buches, was Zacharias so stolz macht, es ist der ideelle Wert. Weil es *ihr* Märchenbuch ist, das von seinem Bruder und ihm – ihre Bibel der Kindheit.

Zacharias hält das Buch mit beiden Händen unter Augusts Nase: »Das ist meine Bibel, August. Jede Geschichte hat ihre Moral. Und hier, mein Lieber, haben die Geschichten ihren Ursprung.«

August legt seine Hand auf den Einband, und als würden alle Feen, Hexen, Ritter, Prinzessinnen, Könige und Fabeltiere durch Augusts Blutkreislauf rauschen, um ihr Geheimnis und ihren Zauber in ihm abzuladen, durchströmt ihn mit einem Mal eine unerklärliche Wärme.

Das Buch scheint zu glühen. Aus den Ecken der Hütte und zwischen den vielen Buchritzen erscheinen geisterhafte Fabelwesen, verhutzelte Holzkreaturen, schemenhafte Papierkobolde. Sie alle schlagen artistische Kapriolen wie unter einem bunten Zirkuszelt. Meine Damen und Herren, Manege frei für die phantastische Bibliothek der Träumerei. In seinen Ohren rauscht und surrt es, als würden all diese Gestalten ihm applaudieren, ihn begrüßen in dieser neuen Welt. Und wissen Sie was, genau so ist es. August weiß um den Zauber des Augenblicks, aber in diesem Moment ist sich der zehnjährige August auch der Tragik bewusst: *Das Ende meiner geliebten Mutter bedeutet für mich den Anfang eines unendlichen Abenteuers.*

Großvater Zacharias streicht sanft über den Kopf des Buben. Er drückt ihm den alten Papierschatz in die Arme: »Saug es auf, August. Saug es auf!«

Seine Tochter weiß, hierherzukommen war die richtige Entscheidung. Zacharias wird August großziehen, ihm die Welt erklären, bis er selbständig ist.

Wer nun denkt, August blühe das Leben eines Einsiedlers, der solle sich belehren lassen. Eines Besseren.

Nach drei Tagen, in denen sich Heidi, August und Zacharias durch die Vergangenheit gewälzt, die Gegenwart genossen und sich die Zukunft ausgemalt haben, verabschieden sich Mutter und Sohn vom Großvater. Der Zustand der Mutter wird über den Zeitpunkt von Augusts Rückkehr entscheiden. Am Gartentor fassen sie sich alle an den Händen. Heidis Armreif hat jeden Glanz verloren. Stumpf und matt reflektiert er die Sonne. Ihr Blick ist müde. Ihrem Aussehen nach zu urteilen, liegt Augusts Rückkehr nicht in weiter Ferne.

Zacharias drückt August an sich. Die Umarmung zwischen den beiden hat was Freundschaftliches, Brüderliches, Geheimnisvolles, Gleichgesinntes. Zacharias und Heidi umarmen sich auch. Zum ersten und zum letzten Mal. Dieses Gefühl ist unbeschreiblich, unfassbar, unverständlich. Es fallen keine Worte. Wie auch? Die Tränen ersticken jeden Laut.

Einen Monat später zieht August zu Zacharias. Von Hamburg nach Obermietraching. In den Händen zwei Koffer mit seinen Habseligkeiten. Um den Hals eine Holzfigur an einem Lederband. Ein letztes Geschenk seiner Mutter, der heilige Eustachius ist von nun an sein stetiger Bewacher. August ist erfüllt von tiefer Trauer, vom tauben Gefühl der Ungerechtigkeit, und nur die vage Hoffnung, Großvater könnte ihn mit auf literarische Reisen nehmen und in zauberhafte Welten entführen, gibt ihm ein wenig Zuversicht. Genau das tut Großvater.

Bis zum Sommer des Jahres 1996.

Es war ein Samstag, das weiß August noch genau, weil sie nicht in die Buchdruckerei mussten. Weil er sich beim Aufstehen schon gefreut hatte über einen Nachmittag mit Großvater in den Wäldern. Über einen Abend mit gediegener Jazzmusik. August bemerkte jedoch schnell, weit und breit im ganzen Wal kein Zacharias. Nur auf dem Küchentisch ein Brief mit folgenden, von Hand geschwungenen Sätzen darauf:

Lieber August,

es drängt und bestürmt mich ein Versprechen, das ich zu halten geschworen habe. Ein Eid, dessen Erfüllung in meinen Händen liegt. Wann ich wiederkomme, weiß ich nicht. Gehe du weiter aufrichtig und aufrecht durchs Leben. Und merke: Eine Moral muss es geben!
Bis bald.

Auf Wiedersehen,
Dein Zacharias

August erklärte sich diesen plötzlichen Abschied als vorübergehend.

Bis bald. Auf Wiedersehen.

Er wartete ab, die Dringlichkeit von Großvaters Aufbruch stand für ihn außer Frage. Obwohl er gerne gewusst hätte, warum.

Zurück blieben die Gedanken an gemeinsame Tage. Zacharias' innige Verbundenheit mit Bäumen und Wäldern, die August liebevoll adaptierte. Zacharias' Kleider, die er seitdem auftrug, und das mit erhabenem Stolz. Die Liebe zu Geschichten und die Liebe zur Buchbinderei, eine Aufgabe, die er akribisch verrichtete. Sowie eine umfangreiche Plattensammlung an Jazzmusik. Ein Wal. Und eine Holzhütte. Zacharias' Haus und Hof, in dem August seitdem alleine wohnt, und das sehr gern.

Der graue Wal und der olivgrüne Bär

Am Ende der Hinzestraße befindet sich das Locheranwesen. Eine, wir wissen es bereits, vom Irrwitz errichtete Baulandschaft aus zwei Gebäuden. Als neutraler Betrachter würde man sagen: »Ja, die Hinzestraße – mhm. Jaja, nichts anderes als die Sommerstraße oder die Fischergasse«, würde man nicht, kurz bevor die geteerte Straße als Feldweg im Dickicht eines Mischwaldes verschwindet, bei den sonderbaren Gebäuden stehen bleiben. Hier der Wal aus Ziegelstein und Putz, dort die Hütte aus Holz und Horn. Beides errichtet von Zacharias Locher. Beides nun im Besitz von August Locher.

Das »Haupthaus« unterscheidet sich insofern durch seinen architektonischen Baustil von dem der anderen Wohngebäude der Straße, als es eben nicht architektonisch ist, sondern eine organische Form aufweist und aus mit grauem Rauputz überzogenen Ziegelsteinen besteht. Somit erlangt das Gebilde ihre weiche, rundliche Form.

Der Wohn-Wal bemüht sich sehr um das Aussehen von Moby Dick. Die Bemühungen tragen Früchte, zumindest bei den Betrachtern, die Herman Melvilles Buch oder John Hustons Film kennen. Der Rest wundert sich gewaltig, aber auch die Moby-Dick-Kenner fragen folgerichtig: Was macht ein Wal mitten in Niederbayern?

Architekturkenner ziehen Vergleiche mit Rudolf Steiners antroposophischen Bauten, nennen beispielsweise das zweite Goetheanum als Vorbild, auch dieses sei den von der Natur gegebenen Formen nachempfunden. Keine geraden Wände oder sonstige dem herkömmlichen Wohnsinn entsprechende Eigenschaften. Kein zum Dreieck geformtes Dach darauf.

Moby Locher, wie ich Augusts Wohngebäude lapidar betiteln möchte, folgt aber weniger dem expressiven Steiner als vielmehr dem fabulierenden Melville. Sieben rechteckige Fenster sind an dem walfischartigen Bau angebracht. Jeweils drei auf gleicher Höhe an den Längsseiten, eins als Kippfenster auf der sich ein wenig verjüngenden »Rückseite«, die zum Wald hin in eine grob dargestellte Fluke mündet. Das Haus betritt man an der fast quadratischen »Kopfseite« des Wales, durch das Maul sozusagen.

Bei allem extravaganten Idealismus von Zacharias Locher – das Sanitärsystem bewegt sich funktional betrachtet im absoluten Normalbereich. Zufluss, Abfluss, Bad- bzw. Toilettenarmaturen mitteleuropäischer Standard der 1960er Jahre. Nur dass man die Ausscheidungsvorgänge an dem Ort verrichtet, an dem in etwa ein lebendiger Wal seine Ausscheidungsorgane hätte.

Ein alle Pflanzen des Wildwuchses beinhaltender Garten umgibt das graue Gebilde. Wenn leichter Wind weht, scheint es, als liege der gestrandete Wal auf grünen, sanft wogenden Wellen. Bei Regen verstärkt sich das Bild, und bizarr und unheimlich wirkt der Anblick an dunstverhangenen Herbstnachmittagen, an denen man beim Passieren des Grundstücks ein tiefes Raunen zu vernehmen meint. Wie die klangliche Kreuzung eines düsteren Dampfschiffnebelhorns und das bittere Heulen eines Pottwals im Nahkampf mit Harpunierern klingt das. Oder echot gar Kapitän Ahabs »Tod dem weißen Wal!« durch den Nebel? Unheimlich, wenn Sie mich fragen.

Ein gerader, gestampfter Kiesweg verbindet den Eingang des »Hauses« mit dem Eingang des Grundstücks. Das Grundstück misst etwa 33 auf 40 Meter. Vielleicht sind es auch 32,77 auf 40,2807446 Meter, denn das Ergebnis ist das gleiche.

Die Rückseite des Gartens ist mit hohen Nadelbäumen bepflanzt. Sie greifen über den das Grundstück begrenzenden Drahtzaun nach den Bäumen des dahinterliegenden Waldes, um sich die Hände, vielmehr Äste zu reichen. Als wollten sie sich mit ihren Zweigen über die Abgrenzung ziehen, mit leichten Sätzen über den Zaun in Richtung Wald verschwinden. Zu ihren holzigen Gefährten. Aus Angst vor Moby Locher.

Die rechte Gartenseite ist ebenso eingezäunt, dahinter verläuft eine wild wuchernde Wiesenfläche noch einige Meter weiter, um dann tangential vom Wald verschluckt zu werden. Die Wiese innerhalb der Umzäunung wird etwa zehn Meter vom Wohnhaus entfernt von einem feingestutzten, die Halme auf wenige Millimeter getrimmten Rasenkarree unterbrochen, wie es dem Klischee nach der Großteil der Engländer mit Sorgfalt und durch Anwendung von Lineal und Nagelschere pflegt. Auf diesem kleinen Hauch von Wimbledon steht der Holzschuppen wie eine Miniaturausgabe einer alpenländischen Bergbehausung, vier auf drei auf zwei Meter fünfzig – hier mit Giebeldach aus Holzlatten, also nix mehr Steiner, nix mehr Melville, eher Ganghofer. Der Eingang des Wohnwals, die Tür des Holzschuppens und das Gartentor bilden ein gleichseitiges Dreieck mit jeweils 12 Meter

Seitenlänge, wobei die Seite c gleichzeitig den Weg zwischen Gartentor und Wohnhauseingang darstellt. Gleich hinter dem Gartentor auf der linken Seite befindet sich ein roter Rosenstrauch, der ein wenig Farbe in den Wildwuchs zaubert.

August Locher geht dem Handwerk des Buchbinders in einer Druckerei nach, die in einer kleinen industriell bestückten Straße in einem Vorort der Stadt liegt. Den Beruf erlernte er von Zacharias, der ihm die Tricks und Tipps des Bindevorgangs lehrte, Hingabe, Genauigkeit und Respekt vor dem Papier einimpfte. August ist leidenschaftlicher Buchbinder, geschickt, akribisch, filigran. Sein Beruf ist Berufung und Lebensaufgabe. Da macht ihm keiner was vor. Auch wenn ihn seine dumpfen Druckerei-Kollegen belustigt nachäffen.

August Locher, mittlerweile 38 Jahre alt, ist halt ein Eigenbrötler, ein Jazzliebhaber, ein Tollpatsch, ein Keine-Freunde-Besitzer, ein Märchen- und sonderbare Geschichten-Narr, ein talentierter Radfahrer, äußerlich betrachtet leider auffällig, im Sozialgefüge leider unauffällig, gemieden und ausgestattet mit einer unsportlichen Figürlichkeit. August Locher ist eine gedrungene, fast dicke Erscheinung. Er misst nicht mehr als einen Meter und 65 Zentimeter. Diese physischen Merkmale sind nicht ungewöhnlich, würden nicht noch ein paar amorphe Merkmale hinzukommen. August hat einen Schiefhals, ist von leicht gebückter Statur – Skoliose, keine Frage –, und er hat vermutlich ein längeres linkes Bein, was seinem Gang eine auffallende Ähnlichkeit mit einem kniegeschädigten Pinguin verleiht. Dies hindert ihn jedoch keineswegs, seiner antiaerodynamischen Radfahrerstatur ordentlich Pedalkraft entgegenzusetzen. Seinem Fahrrad, dem von dem Großvater übernommenen Adler, verleiht er Flügel, keine Frage. Bitte, erlauben Sie mir an dieser Stelle eine kurze Anekdote.

Vor etwa einem Jahr, es war im Sommer, machte er einen kleinen Radausflug zum Wanderpfad »Rübezahl« im Behringer Forst. In der prallen Sommerhitze überholte er eine Truppe Sportradler in magentafarbenen Trikots, die sich im Belgischen Kreisel abmühten. Locher flog in seinem grünen Tarnparka an ihnen vorbei, leicht beschämt grüßte er. Die Sportler pfiffen und grunzten und Schweiß schoss ihnen aus den Helmen. Sie sahen mager aus. Wie ausgedörrte, von körperlichen Strapazen gezeichnete Sklaven einer Maschinerie, die bestimmt nicht vor leistungssteigernden Medikamenten zurückschreckt.

Locher hat gute Beine. Ehrliche, ordentliche Pakete. Sein Rad ist stets gut geölt. Schnittiges Alteisen. Großvater hatte im Scherz immer seinen nicht vorhandenen linken Zeigefinger, den er »im Krieg gelassen hat«, gehoben und gewarnt: »Unterschätze nie die Wildheit eines erfahrenen Drahtesels!« Wir wissen, der Esel ist ein Adler.

Einen Kilometer hatte August die Rennradler bereits zurückgelassen, sie waren zum lila Punkt geschrumpft, da erblickte er einen leeren, weißen Zettel im Graben. Der stach ihm ins Auge wie eine Stricknadel in die Masche.

Vollbremsung, Kapuze über den Kopf geschossen, abgesprungen, Blatt Papier aufgegriffen. *Wer entsorgt hier ein Blatt Papier? Kann man ja ein Gedicht drauf schreiben.* Er rollte es in seine Innentasche.

Interessant, nicht? Adlerfahrrad und Adleraugen. Der geschulte Buchbinderblick fürs Papier ist geschärft. Obwohl er exorbitante Sehhilfen trägt. Eine Brille mit etwa 17 Dioptrien. Weißbiergläsern nicht unähnlich. Was natürlich seinen Anblick etwas befremdlich erscheinen lässt. Seinen Ausblick sowieso. Also Kurzsichtigkeit, Weitsichtigkeit, Umsichtigkeit und Weltblick betreffend. Sein Haar ist wie ehedem kurz gestutzt, wie der Rasen, der seinen Holzschuppen umgibt, farblich aber anders, nämlich dunkelblond-silbrig. Ein träger Ansatz eines Scheitels links ist noch leicht erkennbar. Van Gogh hatte so einen Haarwuchs – kurz bevor er verrückt wurde.

Lochers Kleidung ist eine Beleidigung für jeden modernen Textildesigner. Bunt ein Fremdwort. Er ist eigentlich der Gaultier des Secondhand-Metiers und er sieht aus wie sein eigener Großvater. Haute Couture aus Eigensinn – aber durchaus mit Konsequenz geschnürt.

Wohlfeile, konservative, alte Stoffröhren, von Hosenträgern gestützt. Hemden, Pullunder, Strickjäckchen in Braun, Beige, Schwarz, Weinrot und mit jeder erdenklichen Bemusterung, die heutzutage nirgends mehr aufzufinden ist. Zöpfe, Schottisch, Netz et cetera. Alles blass und ausgewaschen. Dunkelgrün auch vorhanden. Das ist immer dabei, sofern August Locher sich unter freiem Himmel bewegt. Denn seinen grünen Bundeswehranorak hat er zu jeder Jahreszeit, bei jeder Tagestemperatur, zu jedem Anlass an.

Im Sommer, damit die Sonne einem nicht die Haut verbrennt,
im Winter, damit die Eiseskälte einem nicht die Haut verbrennt.
Im Herbst wegen des unheimlich eklig nassen Wetters,
das einem die Haut verbrennen kann (Gefahr sauren Regens!!!).
Und im Frühling, weil man ja im Frühling auch Haut hat.
Eine typische Locher-Theorie.

Seine blind zusammengewürfelten Textilfragmente passen insofern immer zusammen, weil nach millionenfachem Waschen jede Farbe den gleichen abgenützten, falben, verfusselten Ton aufweist. Und darüber wird sowieso der olivgrüne Bundeswehranorak geschmissen. Die textile Selbstdegradierung beruht nicht auf Kindheitstraumen oder Unwissenheit über die Existenz vielartiger Kleidungsgeschäfte, sondern ist einfach ein Akt einer bestimmten persönlichen Zuneigung. Das will ich ein wenig später deutlicher erklären. Vorerst bleibt festzuhalten: So wenig sich die Leute um eine Bekanntschaft mit August Locher kümmern, so wenig interessiert es Locher, wie er auf sie wirken mag. Eigentlich wirkt er auf den ersten Blick wie eine unglückliche Deix-Karikatur. Ein Mann, vom Schicksal benachteiligt. Der zweite Blick ändert an diesem Eindruck auch nichts. August Locher ist eine traurige Erscheinung. Eine graue Maus oder besser – ein olivgrüner Bär.

Wenn er recht eilig und hektisch sein Haus verlässt, im Schuppen sein Fahrrad holt und durch das Gartentor davonsaust und es zufälligerweise noch zutrifft, dass ein Beobachter dieses Vorgangs nicht ganz genau hinkuckt oder am Vortag betrunken war, dann könnte dieser annehmen: Der große graue Wal spucke einen kleinen olivgrünen Bären aus – zusammen mit einem Esel aus Draht.

Und überhaupt, hier Wal – da Berghütte, die Diskrepanz zwischen den beiden häuslichen Errichtungen ist groß und befeuert zusätzlich die Phantasie des Beobachters.

In den neunziger Jahren wurde das Locheranwesen einmal fälschlicherweise als Erwin-Wurm-Kunstwerk deklariert. Tatsächlich, da müssen Sie nun nicht so ungläubig den Kopf schütteln. Der österreichische Skulpturbildner stellt seine Werke an den ungewöhnlichsten Orten aus. Das Locherhaus solle einen überdimensionalen Radiergummi mit Schwanzflosse darstellen, der zu Wurms sogenannten »Fat«-Skulpturen zählt, hieß es in Fachkreisen. »Melted Rubber with Fluke«. Eines Tages standen Studenten der Kunstakademie München fotografierend vor Lochers Gartenzaun und diskutierten über Wurms Auffassung von experimentalistischer Gegensätzlichkeit. Wer dieses Gerücht in die Welt setzte war niemals aufzuklären.

Die Menschen der Umgebung urteilen schlecht über die komische Immobilie am Ende ihrer Siedlung. Es wäre seit Bestehen ein schrecklicher Klecks in ihrem schönen Wohngebiet. Ihr Problem ist, dass dieser hässliche Klecks dort schon seit Jahrzehnten existierte, als sie selbst mit ihrem neuen Eigenheim in die Bauphase starteten.

Es passt nicht in ihren wohnlichen und kinderfreundlichen Ort. Topographisch gesehen ein auffallend wunder Punkt. Insgeheim ist den Bürgern klar, dass darin irgendwelche geheimnisvollen Grausamkeiten vonstattengehen. Man vermutet mysteriöse Vorgänge, dunkle Geheimnisse, unerklärliche Machenschaften und fragliche Zustände liederlicher, asozialer oder bedrohlicher Art. Wobei niemand dieser Beschuldiger je eines der beiden Gebäude betreten hätte. Niemand kann diese Vorwürfe jemals bestätigen, beweisen oder gar konkretisieren.

Trotzdem warnt man seit je vor den Bewohnern und meidet sie.

Dabei wollte von Anfang an niemand die unmittelbare Nähe von Zacharias Locher suchen, der sich Ende der fünfziger Jahre am Waldrand dieser Gemeinde sein vieldiskutiertes Zuhause aufgebaut hat.

Über einige Ecken war Zacharias an dieses günstige Fleckchen Erde geraten. Aber das Wirtschaftswunder, der wachsende Wohlstand, die Babyboomer – es war einfach nicht zu verhindern. Im Jahre 1958 begann er seinem literarisch-romantischen Ansatz folgend Ziegel auf Ziegel zu setzen, bis das Wohnhaus nach Melville'schem Bebauungsplan errichtet war. Und wie es dem bürokratischen Auge samt seiner Bebauungsplanvorschriften entging, bleibt eines der vielen ungelösten Rätsel.

Über die Jahre kamen die Familiengebäude Zacharias Lochers Grundstück immer näher. Wie lästige Krabbelinsekten kamen sie angeschlichen, streckten ihre Fühler nach ihm aus, knabberten an seinem Drahtzaun und hätten ihn wohl überrannt, wäre er selbst nicht schon am Waldrand angesiedelt gewesen. Mit arger Besorgnis beobachtete er die Annäherung sozialer Unumgänglichkeiten. Schräg stellten sich seine Augenbrauen, runzelnd verknitterte sich seine Stirn, das aufbrausende Ankommen der Neu-Siedler war nicht zu stoppen, einer urgewaltigen Welle gleich. Verdammt aber auch. Hundsvolk, verrecktes.

Er wollte alleine sein.

Und doch war es irgendwann nicht mehr zu ändern. Ein direkter Nachbar stellte sich vor. Nicht im Sinne eines freundschaftlichen Bekanntmachens. Nein. Er stellte sich mit seinem Haus direkt vor das Haus von Zacharias Locher.

O weh. Der Atem der Gesellschaft im Nacken passte Locher nicht. Zähe Nachbarschaftsprobleme schlugen gegen das Innere seines Kopfes. Und weil alles andere nicht half, versuchte Zacharias auch, wie in der Welt der ankommenden Nachbarn so üblich, mit Brot und Salz eine Verbindung herzustellen. Respekt und Humanität sind aber keine Einbahnstraßen, und nicht jeder Deckel passt zu jedem Topf, und so blieb Zacharias, was er war. Was die Menschen in ihm sahen oder sehen wollten. Ein Einsiedler, der schon immer da gewesen war und den man allenfalls dulden, aber nicht mögen musste. Dieses Bild wurde 1:1, quasi fußballergebnismäßig, von der menschlichen Umwelt auf August Locher übertragen, und zwar ab dem Tag, als er bei Zacharias eingezogen war. Zacharias / August Locher war / ist:

»Der seltsame Eigenbrötler. Den kennen S' doch, oder? Wohnt hinten am Wald, wissen S'. Kennen S' den nicht? Schon, gell. Jaja, der mit dem komischen Schneckenhaus und der Holzhütte. Mei, ich hab mit dem noch kein Wort geredet. Ist bestimmt minderbemittelt. Eine seltsame Kreatur ist das halt. Ich möchte dem nicht bei der Nacht begegnen. Wissen S' was – bei Tag auch nicht so gern. Schaut immer weg, sofort. Den könnt man gar nicht begrüßen, wenn man wollen würd, sag ich mal. Aber wer will das schon, gell? Ich schau dem nicht in die Augen. Ja, nein. Er ist halt, wie soll man sagen, ich denk, der spinnt halt. Vielleicht eine Krankheit, oder wie. Ist auch immer gleich angezogen. Im Sommer wie im Winter, gell. Also, und im Haus muss es ja aussehen. Nein, drin war ich noch nicht bei dem, Sie wären ja nett. Aber man hat so seine Gefühle, gell. Und Vermutungen. Mit Verlaub, ich glaub, der riecht, oder? Schon gell, so schaut er aus, jaja. Ein Hexenhaus ist das. Ich möchte nicht wissen, wo der Teufel in dem Haus seinen Dreizack hat. Da geht nix mit rechten Dingen zu. Ich bin mir fast ziemlich genau sicher, dass da drin vielleicht sogar Unheil und Niedertracht beheimatet sind. Der hässliche Holzschuppen ist doch bestimmt ein Lager für pornographische Zeitschriften, ich bitt Sie, man hat doch so seine Gedanken, Entschuldigung. Ich bin ja noch nie hingegangen, das werd ich auch nicht. Pah, was meinen Sie denn, da bekommt man es ja mit der Furcht zu tun. Angst und bange wird's einem. Aber man kann ja nix dagegen tun, nicht wahr, nix. Oder, gell? Seltsamer Aussiedler, der Locher.«

Eine obligatorische Darstellung des alten Lochers früher, des jungen Lochers jetzt, bei einem Allerweltsplausch zwischen sagen wir mal Metzgermeister und Hausfrau. Wenngleich bar jeder Objektivität.

Aufsauger

Die Sonne kitzelt die Luft. Heiß und flirrend brodelt der Sauerstoff durch die Hinzestraße. Durch alle anderen auch, wobei man »alle« wieder regional eingrenzen sollte. Ist ja nicht überall auf der Erde gleiches Wetter. Das weiß jeder.

August Locher mäht seinen den Holzschuppen umgebenden Rasen. Er drückt, schiebt und zieht seinen Benzinrasenmäher der Marke Briggs & Stratton über das Grün. Zwei Kilowatt schneiden das Gras in gleich lange Halme. Einen Auffangbehälter hat das Gerät nicht, er muss später den Schnitt mit dem Rechen zusammenkratzen, bevor er das Gras über den Zaun unbemerkt in den Wald befördert. Hitze und Hautjucken machen August zu schaffen. Er schwitzt – nicht nur leicht. Seine graue Stoffhose hängt ihm über die Taille, an seinen Hosenenden klebt Frischgemähtes. Sein Hemd, jägergrün, ist fast bis zum Nabel geöffnet. Es überdeckt die Poritze nicht, welche sich aus dem Gürtel bohrt. Bäche und Seen ziehen sich über seine Kleidung. Die trockenen Stellen sind in der Unterzahl. Dieser Tag würde die Haut verbrennen. Locher hat seinen Parka an. Genau deswegen. Und genau deswegen sieht man weder die Schweißflecken auf seinem Jägerhemd noch seine glitzernde Arschritze. Nur in den Kniekehlen ist eine Überhitzung seines Körpers in Form von Feuchtigkeit erkennbar. Dort färbt sich die Hose schwarz.

Auf dem Kopf trägt er ein geöffnetes Buch.

Auf dem Kopf trägt er ein geöffnetes Buch.

Dieser Satz ist so grotesk, dass er wiederholt werden will. Sogleich zum dritten Mal.

Auf dem Kopf trägt er ein geöffnetes Buch.

Das balanciert August gekonnt, während er seinen Benziner sicher in die letzten Ecken des Gartens steuert. Durch das direkte Auflegen des Geschriebenen auf den Kopf erhofft sich August das Aufnehmen der Geschichte, zumindest eine intuitive Auseinandersetzung mit der Thematik – falls er anderes zu tun hat, wie in diesem Fall Rasenmähen.

Es ist ein Buch über die heldenhaften Taten des Admiral Nelson. Locher liest gerne Geschichten über englische Welteroberer und Helden des Königreichs, wenn er sein britisch anmutendes Rasenstück frisiert. Er liebt Heldensagen im Allgemeinen. Und die Aufzeichnungen von Abenteuern. Amundsen, Wellington, Kapitän Ahab, König Drosselbart. Märchen liebt er ganz besonders, eigentlich phantastische Geschichten aller Art. Er liebt alle Geschichten, in die er abtauchen kann. In denen er selbst zum Helden wird. Er ist vernarrt in Geschichten, von deren Kick, wenn sich die Phantasie wie von einer Peitsche getrieben durch die Gehirnwindungen gräbt. Ein Buch klappt auf, der Kopf taucht ein, die Welt verschwindet, eine neue Welt geht auf. Eine bessere Welt. Wörter bilden ein buntes Gestrüpp, in dem er sich gerne verfängt. Aber gute Wörter bedarf es dafür. Nur ihnen wohnt die Magie inne, in einem Buch verschwinden zu können. Seit er Zacharias kennt, sind Bücher sein Versteck. Sein Versteck und seine Flucht. Mordende Märchen, aufständische Abenteuer, sibyllinische Sagen, moderne Mythen, endzeitliche Epen, hitzige Heldentaten, finstere Fiktionen. Lehrreich und übertragbar auf das Leben. Transponierbar. Im Grunde die Phantasie, im Kern die Wahrheit. Jede Erzählung hat ihre Moral.

Sei sie noch so erdacht, sie liefert doch eine Konsequenz. Egal ob ein Raubritter die Prinzessin befreit, ein Fisch den Mont Blanc erklimmt, vier Töchter einen Herrn namens Angst bezwingen, ein Roboter eine Ringelblume liebt, eine böse Königin ihr Volk in Holzstäbe verhext, ein Jäger einen goldenen Hirschen schießt, eine rote Burg nur rote Feinde erkennt, ein Müllerssohn im Eckenwald verschwindet, eine Quelle das ewige Leben verspricht, in London Prostituierte einen Mörder jagen, ein Hase einem Igel die Sporen zeigt, ein Jüngling auf eine Bohne klettert, ein Amulett riesige Kräfte verleiht, einer Klagefrau zwei Hörner wachsen, Hochhäuser Fußball spielen, ein Besen zu tanzen beginnt, ein Unhold in einer Höhle wohnt, ein Dorf durch die Errungenschaft der Technik verschwindet oder ein Wanderer in einer Hütte einen Ermordeten auffindet:

Jede Geschichte hat ihre Moral.
Eine typische Locher-Theorie.

Der größte Geschichtenerzähler ist verschwunden und hinterließ ihm den Eingang zu tausend regenbogenfarbenen Räumen. Der größte Geschichtenerzähler ist verschwunden, wohin, ist August nicht bekannt. Sein Großvater hat es ihm nicht gesagt. Nicht genau. Seine monotone Wiederholung »August, ich muss irgendwann einmal weg«, nahm der Enkel als kurzen Hinweis wahr, Opa müsse irgendwann einmal etwas besorgen. Oder als allgemeingültige Anmerkung, jeder müsse irgendwann einmal von dieser Erde gehen. Wie auch immer. August quittierte es meist mit einem »Jawohl« und widmete sich wieder seiner soeben verrichteten Sache.

Seit Zacharias weg ist, fehlt ein Foto im Wohnzimmer und die zerkratzte, rote Blechschachtel mit vier alten Bleistiften darin, von denen er einen als Zwölfjähriger auf der Rückseite der beiliegenden Schmierzettel getestet hatte. Großvater ist damals fuchsteufelswild geworden. August hatte die Blechschachtel in einem oberen Fach des Kleiderschranks entdeckt und sie geöffnet. Als er den Stift kurz ansetzte, fuhr ihm ein harter Wind durch die Frisur. Die einzige Ohrfeige, die August von seinem Großvater je einkassieren musste.

»Alles, August, alles darfst du anfassen. Meine Kleider, meine Bücher, meine Platten. Nur das hier nicht. Bitte, fass das nie wieder an, hörst du? Ob du das gehört hast?«

Nach Augusts zaghaftem Nicken verstaute Zacharias das Kistchen mit dem Stift und den Blättern an seinem Ort, im besten Wissen, der Enkel würde es nicht noch einmal wagen, es zu öffnen.

Zacharias wusste tausend und weitere eintausend Abenteuer, die er August erzählte. Aus dem Stegreif, aus Büchern, von Blättern ablesend, aus den Tiefen seiner Erinnerung hervorgeholt. Frisch, bildhaft, bewegend, bunt, spannend. Er hört Großvaters Stimme deutlich, wie sie summt und singt und Wörter durch den Raum segeln lässt. Kleine Wörter, die große Taten malen. Große Wörter, die wie Riesenräder aussehen, sich wie Bergmassive anhören, aber Kleinigkeiten beschreiben.

Abergroße Winzigkeiten.

Mikroskopische Monumente.

August Locher saugte alles auf. Zwölf Jahre lang lebte er in diesem Kokon aus Geborgenheit, konnte seinem Abenteuerdrang, seiner Unternehmungslust und Wissbegierde freien Lauf lassen.

Bis zu jenem Abschiedsbrief in der Küche:

...es drängt und bestürmt mich ein Vorhaben, das ich zu halten geschworen habe. Ein Eid, dessen Erfüllung in meinen Händen liegt...

Seitdem forscht August nach den Gründen von Großvaters Verschwinden – nicht wie Sherlock Holmes, aber doch seine Fühler hier und da ausstreckend.

Und die Geschichten, die sie damals miteinander teilten, verbinden Enkel und Großvater immer noch auf unsichtbare Weise.

August Locher mäht Rasen. Auf dem Kopf trägt er ein geöffnetes Buch. Er saugt es auf.

Nachbarland

Den restlichen Häusern der Hinzestraße und deren Umgebung ist im Vergleich zu den beiden Lochergebäuden zumindest eine bautechnische Annäherung an das Schönheitsideal mittelständischen Wohnens anzumerken. Rein äußerlich sind sie normal, teilweise gar schön anzusehen. Familienhäuser mit allem Brimborium und im Falle von kindlichen Mitbewohnern: Schaukel, bunte Rutsche, wild zusammengenagelte Fußballtorgehäuse, Sandkasten mit allerlei Arbeitsutensilien – daneben Bungalows junger Elitepaare und Karrieregeier, Holzhäuser und überaus normale Reihenhäuser in einer üblichen Wohnsiedlung des 21. Jahrhunderts. Jedes Einzelne mit:

Dach und Giebel,
Tür und Fenster –
Und vielleicht auch Hausgespenster.

August Lochers liebster Nachbar heißt Wald. Die Familienmitglieder: Tannen, Kiefern, Buchen, Birken und so weiter. Sie haben Namen: Astmeier, Rindenbichl, Tannenturm, Wipfel, Baumberger und die anderen Holzigen. Dieser Nachbar ist schön und schweigt. Oder er flüstert Locher leise Sätze zu, die prompt von ihm beantwortet werden.

Wald: »So wuchs ich wohl zusammen, der Dir so schön erscheint, weil ich in holden Flammen noch Ahn und Enkel eine. Ich mahne mit allen Ästen, dass man sich lieben soll …«

Locher: »… und von gelehr'gen Gästen bist Du beständig voll.«

Locher spricht nicht so gern. Mit dem Wald aber schon. Frei nach Friedrich Hebbel, wie das Beispiel oben zeigt. Dies trägt unter anderem dazu bei, dass alle menschlichen Nachbarn ihn klassischerweise für irre halten. Verrückt und kauzig. Ein Buch während des Rasenmähens auf dem Kopf zu balancieren trägt nicht zur Milderung dieser Ansicht bei. Im Gegenteil. Nur mal angenommen, Ihr Nachbar spricht mit seinen Tomaten und hat den Pschyrembel auf dem Kopf, da würde es Sie doch drängen, in demselben Pschyrembel nach der pathologischen Diagnose dieses krankhaften Verhaltens zu blättern.

Herr Malangré ist Urologe und Lochers »Über-die-Straße-Nachbar«. Er lebt von seiner Frau getrennt. Dieser Umstand ist auf seinen Beruf zurückzuführen, was hier nicht näher erläutert werden will. Er hat eine Tochter, die wiederum von ihm getrennt lebt, weil sie bei seiner Frau lebt, und einen Golden Retriever, der im besten Fall auf den Namen Bombe hört. Eigentlich heißt er Bombay. Bombe klingt aber in Augusts Ohren besser. Wieso ein Hund nach der indischen 13-Millionenmenschenmetropole benannt ist? Bitte fragen Sie Herrn Malangré selbst. Muss aber keinen Grund haben.

Ungewöhnlich ist Folgendes. Obwohl Herr Malangré ein beneidenswertes Grundstück besitzt, ist es die Alltäglichkeit, dass der Hund jeden Tag vor Lochers Eingangstor abkotet. Wie auf Befehl. Locher hat schon unzählige Theorien der Abwehr ersonnen.

Eine ganze Dose Pfeffer müsste dem haarigen Köter das Rektum ausbrennen.

Schön wäre, so Lochers Gedanken, auch eine Anusexplosion gewesen. Aber der wandelnde Teppich wischt stets mit seinen Schwanzzotteln das Areal sauber, bevor er sein Geschäft verrichtet.

Glasscherben wären eine weitere hilfreiche Alternative… aber das würde auffallen und geht sogar Locher zu weit. Was bleibt? Er schreitet bei jedem neuen Anblick der Hundewurst zur Tat. Eigens dafür zugelegte Plastiktütchen entsorgen den tierischen Unrat. Lochers Hände stinken danach manchmal. In seiner Abfalltonne häufen sich die Haufen.

Sieht Herr Malangré die Beseitigung seitens Lochers, zuckt er unschuldbewusst mit den Schultern und nickt in Richtung des Hundes: »Gell, Bombey, gell, brav.« In Richtung Locher nickt er nicht. Er kann ja schlecht sagen: »Gell, Locher, gell, brav.« Das geht nicht. Was gehen würde wäre: »Grüß Gott.« Oder meinetwegen: »Guten Tag.« Oder: »Entschuldigung für die Verunreinigung, die mein Hund hinterlässt.« Aber nichts dergleichen.

Neben Augusts Heim steht ein Familienhaus. Es ist in Besitz der Familie Wolf. Mann. Frau. Sohn. Tochter im Internat.

Er, der Herr des Hauses, ein Mercedesler. Er verkauft die Bonzenboliden an Wohlsituierte und bindet Menschen an Leasingverträge, an denen sie dann zugrunde gehen. Sie, die Frau Wolf, arbeitet in der Bank. Aber nicht dass Sie an Privatkundenbetreuung denken. Nein, unten im Kellerarchiv. Akten sortieren.

Der Sohn ist von einer fiesen Naturquälerei durchdrungen. Ein Zerstörer von Flora und Fauna. Rotzfrech obendrein. Ihm ist die Boshaftigkeit ins Gesicht geschrieben. Nun, nicht dass Sie jetzt den Vergleich mit »Chucky die Mörderpuppe«, ziehen sollen. Aber wenn Sie sich an den groben Nachbarsjungen Oswald Richter aus der tschechischen Kinderserie »Luzie, der Schrecken der Straße« erinnern wollen, dann liegen Sie nicht so verkehrt. Nichts ist dem hageren Kerl heilig. Er köpft auf dem Fahrrad passierend Blumenbeete mit Holzschwertern, entreißt frischgepflanzte Jungbäume, sprengt Vogelhäuser in die Luft, zertritt liebend gerne Nacktschnecken zu schleimiger Knetmasse, schießt mit Steinschleudern auf Spatzen, sengt Katzen die buschigen Schwänze an, bindet Maulwürfe auf Straßenbahnschienen, taucht Frösche in Benzin, spinnt voll und ganz.

Die Tochter der Wolfs ist selten da und ziemlich fett. Zumindest übergewichtig. In der Auffahrt zur Doppelgarage steht ein Basketballkorb. An die Seite dieser Auffahrt grenzt Lochers Grund und Boden.

»Ach, Sie.« Die Begrüßung von Frau Wolf, an August Locher gerichtet, fällt knapp aus. Antipathie schwingt mit, knattert wie eine Fahne im Winde des Orkans. Von Herrn Wolf kommt, im Falle einer Zusammenkunft, ein tiefes Brummen, das an eine Fankurve nach einer verpassten Großchance der eigenen Mannschaft erinnert. Nur viel leiser, versteht sich. Das Gefühl einer Enttäuschung ausdrückend.

Der Sohn, der übrigens Björn-Ben heißt, streckt August tagtäglich die Zunge raus.

Er steht oft lange am Zaun und stiert in Lochers Haus. Seine Zunge ist dabei gebleckt. Wie ein durch und durch dummes Lama steht er da. Frau Wolf schreit »Bjöööööööööörn-Ben«, um den starrenden Quälgeist ins Haus zu befehlen. Nicht selten kommt auch Herrn Malangrés doofer Köter in die Auffahrt der Wolfs getrottet, weil er vermutet, Frau Wolf habe »Boooooooooooooombay« gerufen.

Fernanda-Kora, die Tochter, grinst Locher wenigsten an, auch wenn sie dabei leicht debil guckt und mit dem Kopf wackelt. Manchmal formt sie ihre Hände zu Hip-Hop-Gesten und ruft über den Zaun »Yo, Locher!«

Immerhin kennt sie seinen Namen. Sie ist selten da.

Neben der Familie Wolf wohnt die körperbehinderte Frau Kowalski. Sie verlor das Gefühl für ihre Beine bei einem Reitunfall in späteren Lebensjahren. Die Querschnittslähmung zwingt sie zur Benützung eines Rollstuhls, auf dem ein Aufkleber angebracht ist, der besagt: Ich bremse auch für Tiere. Für Frau Kowalskis Alter ein ziemlicher unpassender Sticker, vielleicht haben ihn aber auch die Rotzbuben aus der Tybbkestraße aufgeklebt, ohne dass sie es bemerkt hat. Sie wohnt allein, wird von Essen auf Rädern beliefert und von Menschen auf Beinen gepflegt und betreut. Man soll sich über Behinderte aus Gründen der Ethik, Pietät und Empathie nicht lapidar äußern, im Grunde gebe ich aber nur August Lochers Meinung wieder: Maria Kowalski ähnelt in ihren Wesenszügen einem intriganten, xanthippischen Hexenweib.

Seit der zehnjährige August bei Zacharias einzog, schickte die alte Kowalski in regelmäßigen Abständen wahlweise das Jugendamt, die Polizei, das Bauamt, und sandte, weil alles nicht fruchtete, nicht jugendfreie Verfluchungen und Verleumdungen zum Locheranwesen.

Der Groll, den sie auf die Lochers hegt, findet den Ursprung in der Tatsache, dass ihr mittlerweile verstorbener Mann Forstoberaufseher des Waldes war, der hinter Lochers Zaun beginnt. Die hirschgeweihte Hütte wäre im Grunde nach eines Försters Fasson gewesen. Aber ein ichthyologisches Bauwerk der Marke »Schwermatrose« mitten im schönen Niederbayern? Indiskutabel. Der große Aufreger war allerdings folgender, bitte hören Sie sich das an: Den Kowalskis widerstrebten die Konversationen der Lochers mit »ihren« Bäumen zutiefst. Joseph Kowalski erteilte dem alten Locher ein Gesprächsverbot. Das Holz würde inneren Schaden nehmen und überhaupt: »Wir dulden hier keine Verrückten!«

Zacharias Locher: »Ich spreche, mit wem ich will.«

Die Kowalskis rasten vor Wut. Vorerst war aber nichts zu machen.

Im Jahr darauf ereignete sich der tragische Reitunfall von Frau Kowalski im Behringer Forst während eines einfachen Ausritts. Die Folgen kennen wir. In ihrem unerträglichen Leid und ihrer schäumenden Wut gaben die Kowalskis bei der Polizei an, dass der alte Locher den Reitunfall verschuldet habe. Sein Gespräch mit den Bäumen verunsicherte das sich nähernde Pferd in so hohem Maße, dass es der führenden Hand von Frau Kowalski nicht mehr zu folgen imstande gewesen sei und die Reiterin abgeworfen habe, gab man zu Protokoll, und Joseph Kowalski wandte sich an den Bürgermeister und ersuchte »Ein Verbot der verbalen Kontaktaufnahme zwischen Herrn Locher und dem Baumbestand vom Behringer Forst«. Herr Kowalski wurde sofort, aber immerhin ehrenhaft, aus seinem Forstberuf entlassen. Auf ein psychologisches Gutachten wurde verzichtet. Maria Kowalski verstand die Welt nicht mehr. Nun hatte sie neben ihrer Körperbehinderung auch noch einen geschassten Förstermeister an ihrer Seite. Was sagen nur die Leute zu dieser beruflichen Schmach ihres Mannes? Die Schuld für Behinderung und Entlassung lag natürlich bei dem asozialen Locherpack, den geistig eingeschränkten Baumrednern.

Seitdem verleumdet die alte Kowalski: Erst beide Lochers. Jetzt nur noch August.

Wie eine rasende Furie hat sie August angeschrien, als er ihr beim Überwinden einer diffusen Situation zur Hand gehen wollte. Panik zitterte in ihren Augen, und aus ihrem Mund prasselte Hysterie:

»Ich verfluche dich! Nimm die Pratzen sofort von meinem Rollstuhl. Ich verfluche dich!«

Für ihre siebzig Jahre ein stolzes Organ. Locher zog eine Entschuldigung brabbelnd von dannen. Dabei blieb er mit seinem Parka an der Bremse des Rollstuhls hängen. Der Stuhl drehte sich um seine eigene Achse, blockierte am Randstein der Hinzestraße und kippte.

Geschockt entfuhr ihm ein »Grimm und Ingrimm!«, das er in unkoscheren Situationen intuitiv benützt. Konsterniert und blass wollte Locher ihr Gefährt samt ihrer Person aufstellen.

»Pratzen weg! Nimm die Pratzen von meinem Rollstuhl. Ich verfluche dich!«

»Aber Frau Krawallski … ich will Ihnen …«, versuchte es August nervös.

»Kowalski, Sie Arschloch. Ich verfluche dich!«

»Ich fasse Sie unter den Armen …«

»Sexueller Übergriff!!!!«, brüllte die Alte. »Sexueller Übergriff auf eine Behinderte!« Sie feuerte ihre Einkaufstasche wie einen Morgenstern in Lochers Lendengegend. Dieser vollführte ein Klappmesser im Stand und ließ sie die bereits angehobenen Zentimeter wieder fallen. Elfenbeinfarbene Kauleisten flatterten über den Asphalt.

»Übelgliff! If vefluffe dif!«, hallte es aus ihrer leeren Mundhöhle.

Locher floh, eine siebzigjährige Querschnittsgelähmte hilflos auf der Straße zurücklassend. Über ihm zog ein schnatternder Krähenschwarm. Darin verfingen sich seine ungehörten, mit Entschuldigungen gefütterten Worte, und der Himmel verdunkelte sich kurz.

Vorfälle haben Nachspiele. Kennen Sie den Pavlov'schen Hundeversuch? Ein Hund bekommt kurz vor seinem Fressen eine Glocke zu hören. Wenn der Hund das Essen sieht, setzt der Speichelfluss ein. Irgendwann bleibt das Fressen aus, aber die Glocke impliziert dem Hund, es müsste ja gleich Nahrung geben. Und: Speichel fließt. Eine klassische Konditionierung.

In unserem Fall ist Frau Kowalski der Hund. August Locher die Glocke. Und die Speichelsekretion ein sirenenartiges »Ich verfluche dich!« Locher muss sie nicht berühren, nicht mal in ihrer Nähe sein. Der bloße Anblick reicht. Tragisch.

Aufgrund ihrer ostpolnischen Abstammung ist sich August Locher sehr sicher, dass es sich bei Maria Kowalski um eine Reinkarnation der hinterlistigen Hexe »Baba Jaga« handelt, die ihn als ihre Gestalt ändernde Unruhestifterin mit ihren Ausrufen und Flüchen in den Tod hetzen will. Weitere Merkmale sprechen dafür. Ihr Wohnhaus steht auf Hühnerbeinen, so wie es die slawische Mythologie übermittelt. Es sind natürlich keine echten Hühnerbeine, aber der dicke Efeuwuchs an jeder Ecke des Hauses gleicht knotigen Hühnerkrallen. Ihr zweiter Vorname ist Jadwiga, die Abkürzung hierfür Jaga. Maria Jadwiga Kowalski. Wenn das kein Omen ist, fress ich einen Besen. Einen Hexenbesen. Für Locher ist sie »Baba Jaga« Krawallski, die Hetzhexe aus der Hinzestraße.

Gegenüber von ihrem Wohnsitz befindet sich ein Garten, gespickt mit Holzskulpturen. Teure, mühevoll angefertigte und von diversen überregional angesagten Künstlern stammende hochangesehene Kunstwerke. Dahinter ein modernes, verschachteltes Holzhaus. Düsentrieb ist Ihnen ein Begriff? So in der Art.

Wie es der vermaledeite Teufel will, gehört der Besitz einem Künstlerpaar namens Gisbert und Lydia Engelhardt. Klingt fromm und friedlich. Ist es aber nicht. Sie sehen Lochers Anwesen als Konkurrenz zu ihrem von künstlerischem Anspruch durchtränkten Besitz. Klammheimlich könnte es sein, dass die beiden kinderlosen Bildhauer und -maler Augusts Garten und die zwei Gebäude interessant finden.

Vulgär-expressionisitisch mit einem Hauch von Wurm. Das würden sie nie zugeben, denn der architektonische Platzhirsch des Viertels sind sie, das wollen sie so. Neid und Missgunst verweigern den Schritt zur Ehrlichkeit. Und der Weg hin zu Abneigung und Hass sind nicht weit. Die Engelhardts geben zwar begrüßungsähnliche Laute von sich, aber August hat schon öfter bemerkt, dass sie hinter seinem Rücken mit Gesten der Verachtung hantieren. Scheibenwischer, exponierter Mittelfinger und Weiteres. Künstler sind extravagant, auch eine Spur irre. In Lochers Augen sind die Engelhardts böse Magier. Und die Holzskulpturen sind für ihn wirr zerhackte, verletzte Baumstämme. Körperverletzung an der Natur, was auch seine holzigen Freunde bestätigen.

Die Hinzestraße ist nicht lang, aber weitere Familien haben in ihr Platz. Manche nicht so bösartig wie die direkten Nachbarn. Aber selbst sie verfluchen den Wal. Alle aus der Siedlung gegen die Hinzestraße 12. Die niederbayrische Kleinbürger-Pequod gegen Moby Locher. So fühlt sich August. Oft. Bedroht von den Menschen.

Der Fragenmann

Karl Rettig, der Fragenmann. Wohnt nicht in der Hinzestraße, sondern in der Reinekestraße, Ecke Tybbkestraße, Sie wissen schon, die mit den Rotzbuben. Die Reinekestraße keine dreihundert Meter von der Hinzestraße entfernt. Karl stammt aus Afrika, genauer aus Nigeria, genauer aus der Nähe von Iwo im Bundesstaat Osun. Eigentlich ist er von hier, weil er als Baby hierherkam, per Losverfahren, an Familie Rettig ging, und seit dem Jahr 1985 hier aufwächst. Er ist dunkelhäutig, verhaltensauffällig, liebenswürdig. Er ist der Fragenmann und stromert durch die Gegend wie einst der Messias. Er verkündet, das schon, aber keine biblischen Botschaften oder Gebete der Heilung und Linderung. Er verkündet rhetorische Fragen. Er ist der einzige Freund von August Locher.

»Wussten Sie schon, dass am siebenundzwanzigsten März neunzehnhundertachtzig auf der durch einen Sturm gekenterten Erdölplattform Alexander Kieland hundertdreiundzwanzig Menschen starben?«

Karl Rettig ist Autist. Er leidet an einer besonderen Form, die ich Ihnen pathologisch nicht näher erläutern kann.

Seine Fragen bestechen durch phänomenales Wissen. Oder durch wilde Erfindungsgabe.

»Wussten Sie schon, dass die akribischen Emirate mehr Fußvolk aufbieten könnten, als es in den Weiten der unergründlichen Textilchemie Bowie-Messer gibt?«

Erstaunlich. Zusammenhangloses Gefasel wechselt mit bestechendem Fachwissen ab. Wieso er wann welche Information verpackt in Frageform anbringt, ist keinem klar. Karl Rettigs Eltern natürlich auch nicht, sie haben ihn adoptiert und leben nun mit einem wandelnden Lexikon, das inhaltlich mit einigen Karambolagen aufwartet.

»Wussten Sie schon, dass japanische Falzkunst auf High Noon verlegt wurde, damit er hydraulisch besser verpufft?«

»Hallo Karl«, grüßt August Locher. »Wie geht's denn heute? Heißer Morgen, nicht?«

»Hallo August«, bringt Karl Rettig. August ist der Einzige, den er erkennt und namentlich grüßt. Eine Farce, dass ein Mensch, der nur mit rhetorischen Fragen kommuniziert, der Einzige in Lochers Nachbarschaft ist, der ein ordentliches Hallo hervorbringt. Mehr noch. Die beiden verbindet ein unbändiges Urvertrauen in die Gutherzigkeit des jeweils anderen. Und ein paar autistische Züge trägt August Locher schon auch in sich, das darf man sagen.

WIR SITZEN ALLE
IM SELBEN BOOT!

»Wussten Sie schon, dass der Ahuehuete-Baum in Santa Maria de Tule im Staat Oaxaca, Mexiko, genannt El Gigante, achtundfünfzig Meter Stammesumfang hat?«

»Nein, Karl, keine Ahnung. Ich weiß nur«, schnurrte Locher, »dass man aus Bäumen Papier herstellt, auf das man Millionen wundervolle Geschichten schreiben kann.«

»Wussten Sie schon«, mechanisch, aber lächelnd antwortet beziehungsweise fragt Karl, »dass ›Tausendundeine Nacht‹ eine Rahmenerzählung mit vielen Schachtelgeschichten ist?«

Locher lächelte. »Ja, Karl, das wusste ich. Bis später.«

»Hallo August«, verabschiedet sich der Fragenmann.

Die Supermarktelfe

Der Fragenmann blickt Lochers Kopf nickend nach, als dieser mit seinem Rad die Hinzestraße hochstrampelt. Hinter einem Wall aus Thujen steigt ein schrilles »Ich verfluche dich!« auf. Offenbar hat Frau Kowalski beim frische Luft Schnappen am Fenster den vorbeirauschenden August erspäht. Oben an der Tybbkestraße legt er sich in die Kurve. Man wundert sich, wie Locher trotz einer antiaerodynamischen Gestalt hochwertig beschleunigen und konstant Tempo halten kann. Hohes Tempo. Er werkelt wie ein Löwe auf dem Adler. Das strampelnde Geschöpf ähnelt einem Greif. Halb Adler – halb Löwe.

Der Greif lässt die Umwelt Umwelt sein und diese neben sich vorbeiziehen.

»A-Locher! A-Locher! August Locher! Arschlocher!«

Aha, August passiert gerade die Tybbkestraße, Sie wissen, die mit den Rotzbuben. Eine nicht überzeugende Begrüßung. Ein unliebsamer Zwischenruf. Nicht der Rede wert – für Locher. Das ist er gewohnt.

Die Rotzbuben ziehen heute zu langsam ihre Steinschleudern. Versuchen nun ihre Worte als Waffen zu benützen. Sie treffen das Zielobjekt, aber sie perlen an ihm ab. August Locher, die menschliche Teflonpfanne.

Er ist etwas spät dran. Kinder schlendern schon zu den diversen Erziehungsanstalten in dieser Gegend. Grundschulen, Hauptschulen, Gymnasien. Einige Jugendliche zu Berufsschulen und Baumschulen. Die Rotzbuben, die er schon hundert Meter hinter sich hat, zur Sonderschule.

Seine Waden nehmen Form an. Er presst Energie in seine Oberschenkel. Die Nadel seines Tachos zittert sich weiter nach oben. Wie ein Taktstock klopft sie gegen die 33 km/h. Sein Adler schwingt über den Markartplatz in die Lupardusstraße. Schnalzend flattern die Pedale an den Geschäften und Läden vorbei, die zum Teil schon geöffnet sind. Die Kreuzapotheke. Sigi Wagner, der Uhrmacher. Elektro Wehmayer, der vor seiner Glastür jeden Morgen eine Havanna raucht. Das Bild passt nicht. Ein Elektrikermeister mit einer schweren Zigarre. Er sieht damit wie eine Fidel-Castro-Kopie im Blaumann aus. Der Phasenprüfer am Gürtel könnte eine Pistole sein.

Locher grüßt den Arm hebend, automatisch, jeden Tag. Wehmayer schüttelt nur den Kopf, automatisch, jeden Tag.

August grätscht in die Bremsen. Die Kapuze seines Parkas schnellt über seinen Kopf nach vorne. Er steigt wie ein Polarforscher von einem Schlitten. Einem Expeditionsführer in der Antarktis gleich – bei 26 Grad. Amundsen im Frühling. Schnell wackelt er in den Supermarkt, in dem er sich täglich seine Mittagspause besorgt.

»Ui«, macht er, als er beim Eintreten in Richtung Kassen schielt. Der Puls steigt ein wenig, noch weiter, als er von der Anstrengung der körperlichen Belastung eh schon war. »Ui, tatsächlich.«

Ein Apfel rollt über die grauschwarz melierten Fliesen, eine Mango poltert hinterher. Locher bleibt mit seiner Umhängetasche, die aus Ziegenhaaren besteht, an einer Dose Litschis hängen. Zack – sie fällt zu Boden. Er bemerkt es nicht.

»Hee, Sie.«

Locher dreht sich um. »Guten Tag.«

»Hee, oder?« Wieder so eine tolle Begrüßung.

»Wie bitte?«, fragt Locher die Dame, die in grüner Uniform, die obligatorisch für diese Supermarktkette ist, vor ihm steht. Es ist eine neue Angestellte.

»Heben Sie das wieder auf, oder?«

Locher versucht das, was er wieder aufheben soll, zu finden. Er denkt: *Müsste es nicht heißen …*

»Können Sie das bitte wieder …« *… oder aber:* »Sie heben das schon wieder auf, oder?«

Und dazu ein aufmunterndes Lächeln der Dame.

Er erblickt das Fallobst und bückt sich danach. *War das ich?*, denkt er. Und noch: *Ein Apfel kann nicht schaden – für die Mittagspause.*

Locher macht seinen Fingernageltest. Der Apfel ist saftig und zum Kauf empfehlenswert, wenn durch Druck von etwa 1,65 Kilogramm das Kernobst einen Fingernagelabdruck hinterlässt.

Der leicht austretende Saft ist eine ideale Pflege
für die Haut des Nagelbetts.
Eine typische Locher-Theorie.

Abwesend steckt er den Apfel, den er später an der Kasse käuflich erwerben will, in seinen Parka. Beim Aufstehen stößt er mit seinem Gesäß gegen die Wand mit den Frühstückszerealien. Zwei Packungen Haferflocken und eine amerikanische Neuheit im Metier Cornflakes verlieren den Halt und fallen.

»Gehen Sie, bitte gehen Sie, oder?«, drängt die Frau und drückt ihn energisch weiter. Er blickt nervös zur Kasse. »Ui, tatsächlich«, kommt es ihm wieder aus. »Frau Cernak.«

»Ja, die werde ich gleich holen, falls Sie nicht mit Ihrem Elefantengehabe aufhören, oder?«

Holen, o ja.

»Eine Frage noch.« August legt seinen Kopf schief. »Eigentlich habe ich es sehr eilig. Aber was mich interessiert, wieso ›odern‹ Sie immer am Ende eines jeden Satzes?«

»Frau Ceeeeernak!«

August trippelt davon. Am Fleischwarenkühlregal krallt er sich einen Ring Lyoner. Nahrhaftes Phosphat. Eine Flasche Karamalz wird neben das abgepackte Bauernbrot gestopft. Alles in die Ziegenhaarumhängetasche, die ihn, seit er denken kann, begleitet. Er benützt weder Wagen noch Korb, wenn er im Supermarkt Besorgungen macht. Er transportiert seine unbezahlten Waren in der Ziegentasche, die er an der Kasse leert, bezahlt und wieder füllt. Beschwert hat sich darüber noch niemand, gestohlen hat er ja noch nichts. Aber Blicke erntet der haarige Beutel, und was für welche. Es ist kein Schmuckstück, mit Verlaub, es sieht aus wie ein überfahrener Gamsbock.

Locher ist es egal, dieser Weg ist pragmatisch, weil er sich das Schleppen eines weiteren Gegenstandes, Korb oder Wagen, erspart.

Ein Stückchen extremer Spitzbub gleitet in die ausgehöhlte Ziege. Der Käse ist Lochers Lieblingsspeise. Allerdings sorgt die Käsespezialität oft für soziale Dysbalancen in der Papierfabrik, da das gute Stück einen enorm hohen Anteil an Gestanksmerkmalen besitzt. Ein Spitzbub kann es mit einer Stinkbombe der Stärke vier leicht aufnehmen.

Ärmere Länder, welche sich Uran nicht leisten können, versuchten einmal bei Prototypen von Atomraketen die Sprengköpfe mit Spitzbubkäse zu füllen. Vergeblich, aber der Vergleich mit den gefährlichen Waffen hinkt nicht. Es ist bestialisch. Locher wertet den Kauf des

Käses als Beleg seiner Freiheit, sich sein Essen in dem Maße zusammenzustellen, wie er es für delikat hält.

Seine Arbeitskollegen werten den Verzehr des Käses als Beleg seiner Gefangenschaft, weil er sich dadurch in der Mittagspause weder in der Kantine noch in der Umkleidekabine aufhalten darf. Ihm wurde eine Abstellkammer als Esszimmer zugeteilt, solange er nicht von dieser Hiroshima-Fermentation absieht. In der Kantine schmeckt das Essen durch die Ausdünstungen des Käses nicht mehr nach Essen, sondern nach unglaublich häufig gebrauchten Turnschuhen. In der Umkleidekabine riechen die Schutz- und Arbeitsanzüge danach. Locher muss bei Ankunft in der Firma zuallererst seine Ziegenhaartasche in seinem »Esszimmer« verstauen, bevor er die Umkleide betreten darf. Und mittags ab ins »Fressexil«. So sind die Regeln. Er akzeptiert sie, weil er somit auch den Beleidigungen und Anmachsprüchen in der Mittagspause entrinnt. Und mit Hilfe einer kleinen Taschenlampe kann er dort ungestört ein Märchen vertilgen. Seine Liebe zu den Erzählungen hat ihn oft Häme, Schmäh und Schläge gekostet. Von phantasielosen Eklektikern. In der Besenkammer kann er seinem Hobby bei zu verzehrenden Deftigkeiten ungestört nachgehen. Der Geruch irritiert ihn nicht.

Aber Locher braucht dieses Stück Käse und nennt es »mein Gold«.

Lyoner, »mein Gold«, Bauernbrot, Karamalz.

Das war schon immer sein Mittagessen bei der Arbeit. Das Menü wechselt selten. Es könnte auch mal Folgendes sein:

Kaminwurz, Gouda, Breze, Zitronenlimo.

Fleischsalat, Emmentaler, Kornspitz, Orangensaft.

Hirschsalami, Tilsiter, Powerlaiberl, Spezi.

Aber eigentlich bleibt er stets bei Lyoner, Atomwaffe, Bauernbrot, Karamalz. Hier und da mal ein Utensil aus der Obstkiste.

Hurtig jetzt. Hurtig zur Kasse, an der Frau Cernak sitzt. Frau Cernak – eine Blüte.

Seit vielen Jahren verköstigt sich August Locher in diesem Supermarkt. Der zeigt sich mit seinen ständig wechselnden Mitarbeitern mal mehr und mal weniger von seiner gastfreundschaftlichen Seite. Im Grunde eher weniger. So wie es August von seiner Umwelt gewohnt ist.

Frau Cernak ist da eine Ausnahme. Seit fünf Jahren schon. Aus ihrem wohlgeformten Mund schweben tagtäglich folgende rosige Wörter.

»Morn, Loha.«

Süßlich vibrieren die Vokabeln in Lochers Ohr. Niemand wünscht ihm einen guten Morgen, niemand nennt ihn beim Namen. Frau Cernak tut das.

Sie zieht seine Waren besonders gefühlvoll über den Scanner. Schmeißt sie behände und rücksichtsvoll in den Auffangbereich des Rollbands. Meist fallen vom Obst Blätter ab, der Käse bekommt Dellen oder Joghurtbecher reißen auf. Schlechte Ware, denkt Locher.

»Fünf dreiundzwanzig«, lautet heute der zweite Satz. Himmlisch, diese liebliche Wortwahl, als ob sie ihm ihre Telefonnummer diktiere. Locher fuchtelt die Münzen nervös und zittrig aus seinem Papierkuvert, das seine Geldbörse darstellt, und lässt es sanft in ihre offene Hand gleiten. Da, eine Berührung. Eine Zusammenkunft. Locher schwitzt unter der Nase. Er nestelt an seiner Brille.

Sein linkes Bein zuckt. Er will etwas sagen, die körperliche Berührung verbal erwidern.

»Abr…« Sein Hals schnürt sich zu, Tag für Tag in diesem Moment der vertrauten Gemeinsamkeit. Zwischen Frau Cernak und Locher funkt es, da ist sich August sicher.

Die Kunst, wie ihre wasserstoffblonde Mähne hochgesteckt ist. Formvollendet wie ein Damenhut beim Pferderennen von Ascot. Locher will sie 24 Stunden am Tag kämmen. Ihr Zöpfe flechten! Einen Rapunzelzopf und an diesem in ihre Arme klettern.

Ihre braungebrannte Haut, die sie wie ein Piz-Buin-Modell erscheinen lässt. Locher will sie einölen. Mit Nussöl!

Ihre mit knallrotem Lippenstift nachgezeichneten vollen Lippen. Locher will sie küssen!

Ihre freundlichen Worte, die wenigen, die er im wahren Leben zu hören bekommt. Ihr heißer, nach Zigarettenrauch duftender Atem. Locher will ihn aufsaugen. Saug es auf!

Das Dekolleté, das einen aufregenden Einblick bietet. Zwei weiche, neben sich ruhende, braune Melonen. Gepresst, nicht gehängt. Locher will hineinhechten. Darin baden, sich darin suhlen. Er will das. Das am meisten. Vehement!

Ihre Hände, im Nagelstudio geformt. Ihre Haut, im Sonnenstudio gereift. Ihre Erscheinung, vom Himmel gesandt.

Das alles macht Frau Cernak zu einem Schmetterling, zu einem fünfzigjährigen, wunderhübschen Schmetterling.

»Auf Wiedersehen, Frau Cernak. Bis morgen«, kullert es dann doch aus Locher heraus. Die Worte prallen gegen die Haut der Kassenkraft und purzeln danach ungehört zu Boden. Frau Cernak ist meist schon bei der Verarbeitung des nächsten Kunden. Wenn keiner außer Locher da ist, tut sie so, als wäre sie unter der Kasse mit etwas enorm Wichtigem beschäftigt. Oder wie heute. Sie verlässt rapide die Kassenbox, um sich zu entfernen. Um sich wie eine Elfe zu entfernen, schwärmt Locher. Eine Prinzessin aus »Tausendundeiner Nacht«. Sagen wir Königin, das ist dem Alter angemessener. Oder eine Fee. *Ach was*, denkt sich Locher, *ein zauberhaftes Wesen.*

Aber immer kommt ihr dritter, letzter Satz, der duftend in seinem Ohr kitzelt.

»Bischan.«

Was wohl »Wiederschaun« heißen soll. Für unsereins ein fast unfreundliches Brummen. Für Locher die süßeste Verabschiedung, die ihm in seinem Leben zuteilwird.

Er liebt Frau Cernak, da gibt es keine zwei Meinungen.

Mit zwei Sätzen schwingt er sich auf sein Fahrrad. Zwei, weil er beim ersten mit seinem Hosenzwickel am Sattel hängen bleibt. Dann gibt er aber Sporen.

»Hurtig, mein Adler!«, ruft er.

Der Elektrikermeister Wehmayer, der diese Situation beobachtet, schüttelt den Kopf. Seine Zigarre glimmt zornig, wie das aufflackernde Signal eines verärgerten Leuchtturms.

In der Swinegelallee bemerkt August einen reibenden Gegenstand in der Tasche seines Parkas. Er greift danach und zieht einen blinkenden Apfel heraus. Amors Apfel! Elektrische Blitze durchzucken seinen Körper. Nadeln der Weichheit. Locher kann einen Sturz in letzter Millisekunde durch gekonnte Ausgleichsbewegungen verhindern.

Er hebt den Arm auf Augenhöhe und betrachtet das Stück Obst, das im Paradies schon für Aufruhr sorgte. Der Boskop aus Frau Cernaks Laden prangt nun wie ein Reichsapfel in Lochers Hand.

»Das ist ein Zeichen!«, brüllt er im Vorbeifahren ein Grüppchen älterer Großmütter an, die auf den 34er Bus warten. Sie schütteln ihre Fäuste und schwingen ihre Handtaschen.

»Das ist ein Zeichen – könnte man sagen!«

Das ist eigentlich Diebstahl – könnte man auch sagen.

»Frau Cernak mag mich. Da gibt es keine zwei Meinungen!«

Zielsicher steuert er sein Rad in einen Fahrradständer im Vorhof der Papierfabrik. So zielsicher, wie Amors Pfeil die Herzen trifft.

Die Phantasiefabrik

»Guten Morgen, heute ist ein guter Tag!« Locher schwingt sich leichtfüßig in die Umkleide seiner Abteilung vier der Druckerei C.H.Schering. Mit Cernaks Apfel in der Tasche hat er moralisches Oberwasser.

»Halt's Maul.« Das ist Panzer, der so freundlich den Arbeitsbeginn einleitet.

»Locher, wenn du heute nicht das Maul hältst…«, droht der Mann, der den Gabelstapler fährt. »Maul halten, okay?«

August Locher zuckt eingeschüchtert mit den Schultern. Er schraubt sich vorsichtig in seinen Arbeitskittel. Und dennoch schlägt er Franz Groß mit dem Ärmel ins Gesicht, ohne dass er es selbst bemerkt. Der antwortet prompt mit einer Topspin gezogenen Hinterkopfohrfeige. Die übrigen Mitarbeiter glotzen mürrisch oder grinsen süffisant vor sich hin. Nur Panzer nicht. Der zieht ebenfalls durch und touchiert Lochers Kopf schmerzhaft.

Panzer ist Lochers Damoklesschwert. Irgendwann fällt es. Wenn es so weit ist, will Locher nicht Locher sein, oder am besten – Locher ist dann gar nicht da.

Panzer fährt den Stapler und kommandiert wie ein Feldwebel. Er ist aber keiner. Ein Vorarbeiter ist er auch nicht. Panzer ist ein Säufer und Schläger. Er verfügt über Bärenkräfte. Manche behaupten, er kann einen Schraubenschlüssel wie Kaugummi verknoten. Panzer heißt nicht so, weil er im Wehrdienst diese camouflagierten Kettenfahrzeuge geführt hat. Auch der Gabelstaplerberuf drängt ihm diesen Namen nicht auf. Es ist wie folgt:

Panzer hat eine Tätowierung. Einen Panzer, richtig. Am Oberarm? Auf dem Rücken? Am Unterarm? Hören Sie sich das an.

Es prangt ein Panzer aus Tinte auf seinem Unterbauch, quasi im Zentrum seiner Lende. Knapp über seinem Geschlechtsteil. Das Kanonenrohr? Das Geschlechtsteil.

»Volles Rohr!« und »Deckung! Feuer!«, soll Panzer seinen Gespielinnen in der Bar Eden immer zurufen. Das hat Locher erfahren, als er Martin und Breitner, die beiden Folienarbeiter, bei einem angeregten Gespräch belauschte.

Panzer ist gefährlich. Ein Monster. Ein Ungeheuer. Ein Drache. Ein am Sack tätowierter Tyrann. Der Antichrist. Martin und Breitner meinten vor kurzem, er will sich noch ein Mündungsfeuer auf die Eichel tätowieren lassen. Locher wünscht ihm einen Rohrkrepierer.

Infame Beleidigungen, irreversible Beschimpfungen, intrigante Beschuldigungen und immense Bedrohungen stehen auf Lochers Tagesordnung. Hinter Panzer steht der Rest der Abteilung und lacht zustimmend. Panzer ist Lochers Damoklesschwert. Irgendwann fällt es.

Aber auch Locher ist gepanzert. Gepanzert mit einer stählernen Würde erträgt er die tagtägliche Schmach. Locher will nur arbeiten. Vor allem will er in der Nähe von Papier sein.

Papier. Rein und weiß. Träger von Phantasien. Heimat von Buchstaben.

Ein aus Holz gewonnenes Vorprodukt von Büchern. Deswegen spricht Locher mit den Bäumen. Für ihn ist der Anblick eines leeren Blatt Papiers wie für einen Kunstkenner der Blick auf ein stilvolles Gemälde. Wie für einen Gusteau eine schmackhafte Gaumenfreude. Wie für einen Manchester-City-Fan eine Niederlage von United. Locher ist kein Sportfreund – ganz im Gegenteil. Er verabscheut körperliche Ertüchtigung zur Vertreibung von Langeweile. Radfahren außen vor. Das tut er gern und kann er gut.

Papier ist ihm heilig. Papier ist sein Sauerstoff. Die Druckerei sein Sauerstoffzelt. Das Unternehmen C.H. Schering darf sich durchaus einer bemerkenswerten Größe erfreuen. Hundertzwanzig Mitarbeiter:

Fachinformatiker, Industriekaufmänner, Mediengestalter, Drucker, Handlanger, Gehilfen, Gehilfeshilfen und ein Buchbinder. Der Buchbinder ist August Locher. Als filigraner Papierkünstler ist August verantwortlich für das handwerkliche Relikt aus der Historie C.H. Scherings. Obwohl die Chronik der Druckerei seit 1793 stets von fachspezifischen Veränderungen im Maschinenpark zu berichten weiß und Berufe kommen und gehen, bleibt Lochers Reich eine Konstante.

Im Mittelpunkt seiner Arbeit das Binden des »Bestiariums von Freyung«.

Ein im 19. Jahrhundert entstandenes modernes Bestiarium von Hannes von Lautenbrück, einem Passauer Lyriker. Das »Bestiarium von Freyung« ist eine Aufzählung der Fabeltiere des bayrischen Waldes und deren wundersamen Eigenschaften. Von Lautenbrück wollte den großen Bestiarien von Rochester oder Aberdeen eine bayrische Variante zur Seite stellen. Auf Burg Wolfenstein zu Freyung entstand sein Werk voller mystischer Geschöpfe aus den Untiefen des Böhmer- und Bayerwaldes. Der zwischen 1876 und 1889 in Grainet lebende Maler Gottlieb Prammer illustrierte einige der phantastischen Sequenzen. Wort und Bild ergaben ein meisterhaftes Gesamtwerk. Sehr erfolgreich. Sehr düster, märchenhaft, apokalyptisch und doch mystisch, fabelhaft, moralisch.

Das letzte extravagante Überbleibsel des Schering-Verlages, der dieses Buch als einzige Verlagsfahne in den Bücherhimmel reckt. Die Fahne bindet August Locher. Die hundert bunt und wild illustrierten Seiten werden auf kunstvolle und traditionelle Weise zusammengefügt. Ein fast schon musealer Akt. Eine Meisterhaftigkeit, gepflegt und bewahrt von August und ausgeübt in der Abteilung vier, genauer, in einem Blechschuppen, einem Raum im Raum quasi, in dem er alleiniger Herr und Meister über die Produktion dieses altehrwürdigen Buches ist. Es ist ein gekonntes Hantieren mit Material und Buchblockbilden, Ableimen, Beschneiden, Runden, Abpressen, Hinterkleben, Verzieren. Ergibt: Das »Bestiarium von Freyung«.

Eingeführt wurde August als sechzehnjähriger Auszubildender von Zacharias. Dieser wiederum von einem Mann namens Hans Heiner Vogt. Dieser von einem Mann namens Rudolph Kappelmeier. Und dieser wieder von einem anderen, der es von einem anderen erlernt bekam.

Schon Zacharias betrieb diese Manufaktur in der Fabrik. Nur beschäftigt mit dem Binden dieses einen Buches. Der Wirkungskreis im Wellblechbestiariumkabuff beginnt bei der Bearbeitung der Rohbögen und endet mit der Finalisierung des Einbandes, samt der kunstvollen Verzierung der ledernen Buchdecke durch Blindprägung und Vergoldung, die das Bestiarium zu einem bibliophilen Glanzstück machen. Auf der Front des Buches thront ein erhabener roter Hirsch mit einem goldenen zwanzigendigen Geweih. Ein Säufer, wer jetzt an ein Kräuterlikörprodukt aus Wolfenbüttel denkt.

Das Blechhüttchen, in das man durch ein großes Plexiglasfenster Einblick bekommt, ist dem Rest der Fabrikarbeiter ein Dorn im Auge. August ist es egal. In seiner Blechhütte scheint die Zeit stehengeblieben zu sein. Eine altertümliche, fast schon antiquierte Atmosphäre herrscht in dem mit allerlei Werkzeug behangenen, von Papierschnipseln überzogenen, von Kleisterbüchsen, Blattgoldschachteln und anderen Behältnissen zugestellten Raum. Der Geruch pendelt zwischen würzigem Papieraroma, scharfem Kleisterdampf und einer märchenhaften Note, die deutlich vermittelt: Hier entsteht ein zauberhaftes Werk.

»Hat der alte Hexenmeister sich doch einmal wegbegeben, und nun sollen seine Geister in erster Linie nach seinem, aber auch ein wenig nach meinem Willen leben!« Augusts Goethisierung seines Tuns nach Zacharias' Verschwinden ist nicht druckreif, aber Fakt ist, mittlerweile ist er selbst Hexenmeister. In seinem eigenen Labor.

Ein Dompteur, der das Fauchen, Brüllen, Pfeifen, Zähnefletschen und Aufbegehren der Fabeltiere mit Hammerschlägen bändigt und in einem Papierkäfig, zwischen zwei dicken, ledernen Gitterstäben, gefangen hält.

In der Abteilung vier der Papierfabrik Schering lagert stapelweise Papier. Bögen, frisch, duftend, warm und pulsierend, die in Kürze oder Länge bedruckt werden.

Je nach Dicke und Beschaffenheit zu Büchern, Zeitungen oder Magazinen mit Hilfe von Digitaldruck, Bodenoffsetdruck oder Rollenoffsetdruck.

Hier brodeln Geschichten. Der Materialträger der Autoren liegt jungfräulich im Gebinde. Kurz vor dem Startschuss, in die Welt der Erzählungen entlassen zu werden. Locher weiß es zu schätzen, dass die Schering-Fabrik keine bürokratische Drucksachen oder sonstige fachliche, sachliche Kopien in Auftrag nimmt. Auch für die restlichen weißen, unschuldigen Papierschnitte dieser Welt, außerhalb der Druckerei Schering, will er das nicht annehmen. Für ihn steht auf einem leeren Blatt ein noch nicht erzähltes Abenteuer. Ein leerer Bogen Papier ist für ihn wie ein gemachtes Bett. Bereit, darin einzutauchen und zu träumen. Milliarden potentielle Bücher sieht er in den Industriehallen aufgestapelt. Episoden, Chroniken und Dichtungen. Prosa und Lyrik.

Locher liebt Papier. Mehr noch. Sein fanatisches Ansinnen nimmt kuriose Ausmaße an. In unbeobachteten Momenten, in denen er sich alleine in der Halle wähnt, nimmt er Kontakt auf. Tuchfühlung mit dem Material. Er streicht mit seinen Handflächen über das unschuldige Pergament. In gebückter Haltung platziert er seine Nase auf die Oberfläche von Papier, schnüffelt, riecht, inhaliert. Er saugt es auf. Mit dem Duft die möglichen Gleichnisse und Mären, die es einmal tragen wird.

Gerade heute verharrt er einen Moment, entschließt sich kurz zu einer kleinen Inhalation des Duftes eines vor seinem Kabäuschen geparkten Papierblocks, bedruckte Bögen fürs Bestiarium. Sie wissen, so wie manche nach dem Essen Espresso trinken oder eine Zigarette rauchen. Seine Karamalzflasche, die er gerade voller Vorfreude geöffnet hat, stellt er vorsichtig auf die Bögen ab. Er kniet nieder.

Saug es auf! Saug alles auf! Nur kurz.

Er vergisst die Zeit und beginnt zu illusionieren. Mit der Nase auf dem Papier. Unbeobachtet, denkt er. Durch die Fabrikfenster strahlt die Sonne, wirft regelrecht einen Spot auf Locher, der dort ruhend einem religiösen Bildnis gleicht. Staubpartikel tänzeln im Sonnenlicht. Es sieht aus, als falle Schnee auf das Bildnis.

»Der fickt Papier!«, schreit es aus einem Durchgang, der zur Halle führt. Locher schnalzt hoch, taumelt von den Paketen weg. *Oh, nein. Panzer.* Ihm wird schwindlig.

»Seht euch das an.« Panzer winkt deutlich amüsiert einen Teil der Mannschaft aus der Abteilung vier herbei, die neugierig angekrochen kommt. Er versetzt der Karamalzflasche einen leichten Stoß. Die braune, klebrige Flüssigkeit ergießt sich über die wertvollen Bestarium-Bögen. In Lochers spitzem Schrei liegt Verzweiflung.

»Locher, der versaute Kerl! Hat Sex auf den fertigen Drucken und verschüttet dabei auch noch seinen Liebessaft.«

Für diesen Stehkneipenhumor erntet der Staplerfahrer schallendes Gelächter.

Locher, erst sprachlos ob der unverfrorenen Lügen dieses widerwärtigen Individuums, verteidigt sich nun doch.

»Das warst du, Panzer.«

Seien wir ehrlich, das ist keine überzeugende Verbaloffensive. Eher eine kindliche »Aber-du«-Argumentation.

Der Abteilungschef Hans Berger tritt hinzu.

»Was ist das hier? Schlägerei oder Volksversammlung oder will keiner mehr arbeiten oder wie?«

Panzer ganz wichtig.

»Der Locher liegt auf unserer Ware und pennt. Beschmutzt hat er sie auch. Der ist ein Perverser.«

Mit dem Ellbogen stößt er den Mann neben ihm in die Rippen. Es ist Öner Cicek, der ein kurzes »Puh« ausstößt.

»Der hat sein Getränk drübergekippt, während der auf den Bögen lag und mit ihnen gesprochen hat.«

Wieder Gelächter. Von allen. Von Öner am lautesten. Sein dicker Oberlippenbart sträubt sich wie der Schwanz einer kampfbereiten Katze. Locher steht am Pranger.

»Locher?«, fragt Berger eine Verteidigung abwartend.

»Ich … Ich bin gestürzt.« Locher weiß, die Wahrheit kann ihn nicht retten, denn sie wird gerade von einem Haufen Verschwörern neu geschrieben.

»Der hat darauf gelegen, Chef.« Panzer macht sich breit.

»Der hat, wenn Sie mich fragen, da Sex gemacht. Mit dem Papier.«

Großes Amüsement.

Locher steht da, nicht bereit, sich zu wehren. Zu eingeschüchtert und verstört. Ein Bündel Elend. Nicht zum ersten Mal in seiner Karriere als Buchbinder in dieser von niveaulosen, nicht belesenen Hilfsarbeitern durchtränkten Druckerei.

»Locher«, wieder Berger, »was geht in dir vor? Hast du irgendwelche Probleme? Weißt du, was das kostet? Wenn es nach mir ginge, würde deine Buchbinderkarriere schon längst beendet sein, aber die Scherings wollen es ja nicht anders. Das nun unbrauchbare Material werde ich dir vom Lohn abziehen.«

Panzer lacht.

Lochers letzter Versuch startet so: »Ich habe doch gar nicht …«

Berger: »Alles hin. Alles kaputt. Was hast du denn da überhaupt gemacht?«

Locher wird von einem Anflug von Ehrlichkeit übermannt.

»Es ist schön, da zu liegen.«

Fragende Gesichter. Große Augen blicken in erstaunte Münder.

»Wie bitte?«

»Papier ist eine Schönheit. Es ist schön, darauf zu liegen«, stottert er in Erwartung, dass gleich die Welt untergehen wird.

»Sag mal, hast du sie noch alle. Du liegst auf Papier, weil Papier schön ist?« Berger deutet auf die Stapel.

»Der ist ein Irrer«, brüllt Panzer dazwischen. »Ein Irrer!« Andere trauen sich nun auch. Locher vernimmt ein »Trottel« und »Arschlocher«.

»Papier schreibt Geschichten. Ist selbst Dichtung. Grimm, Hauff, Ringelnatz, alle. Papier ist Märchen.«

»Märchenprinz« und »Vollidiot« steigt es nun aus dem Pulk von schnatternden, lachenden Köpfen auf.

»Papierficker!«, kreischt Panzer triumphierend.

»Locher«, gibt Berger vehement an, »sollte ich dich noch einmal beim Pennen erwischen oder beim Erledigen von Dingen, die hier nichts zu suchen haben, oder wie du unsere Ware kaputtmachst, dann setzt es was. Verstanden, du Freak?«

Locher nickt. Traurig und geschlagen. Alles Eklektiker. Phantasielose Eklektiker.

Panzer klopft ihm schmerzhaft zwischen die Schulterblätter. Die Luft bleibt kurz weg. »Wir sind ja hier kein Papierbordell, har har har!«

Har, har, har – alle hinterher. Locher steht da und schweigt. Seine Brille läuft an. Er zittert, es zehrt. Er bröckelt, aber er bricht nicht.

Der Utopier

»Wussten Sie schon, dass man bei einem Körpergewicht von siebzig Kilogramm nach einer Stunde Joggen etwa tausend Kalorien verbraucht hat, man diese aber nach dem Konsum von einer Fertigpizza wieder aufgenommen hat?«

Karl Rettig steht an der Kreuzung Hinzestraße–Grünwaldstraße. Der Fragenmann nützt die Zeit, die achtzehn Uhr beträgt, um an der Bushaltestelle die heimkommenden Arbeitnehmer mit seinem Wissen zu unterhalten.

»Wussten Sie schon, dass der Olympus Mons auf dem Mars mit vierundzwanzig Komma sechs Kilometer Höhe der höchste Berg des Sonnensystems ist und es auf ihm nachweislich noch Edelweiß gibt?«

Viele Fußgänger beachten ihn kaum oder beschleunigen ihren Schritt, um dem Verrückten nicht zu lange ausgesetzt sein zu müssen. Dann marschiert der Fragenmann die Hinzestraße hinab. Schreitet wie ein wandelndes Sprachrohr durch die Wohngegend.

»Wussten Sie schon, dass Ringo Starr von den Beatles in der Uhrzeitfilmkomödie ›Caveman‹ einen Neandertaler namens Adhuc spielt?«

Die Sonne schickt glitzernde Schwerter vom Himmel, geschärft von der Hitze. Und obwohl Karl eine Jimi-Hendrix-Frisur in Medizinballgröße trägt, die noch dazu von einer Fellkappe eingefasst ist, schwitzt er nicht. Er sieht aus, als hätte er zwei riesengroße schwarze Ohren aus Schurwolle. Auf seinem ausgeleierten weißen T-Shirt ist ein rotes Schlauchboot abgebildet, auf dem in poppig gelben Lettern steht: »Alle sitzen im gleichen Boot«. Darunter schwarz: »Günther Vierling Versicherung«. Poppige Sicherheit.

Frau Kowalski sitzt in ihrem Garten im Rollstuhl und liest eine Zeitschrift, die sich mit Strickmuster und Häkelutensilien beschäftigt – sie heißt »Wolle & Nadel« oder so ähnlich. Neben ihr steht eine Flasche Mineralwasser auf dem Gartentisch. Der Fragenmann stellt sich an ihren Gartenzaun und brüllt ihr zu.

»Wussten Sie schon, dass Häufigkeit und Frequenz in sich so proportional sind wie Stärke und Intensität?«

Die gelähmte alte Dame erschrickt, wischt mit ihrem Magazin wedelnde Verschwind-Bewegungen in die Luft.

»Gsch – gsch – gsch!«

Wie eine streunende Katze oder eine schmutzende Taube will sie den Fragenmann in die Flucht schlagen. Karl Rettig winkt freudestrahlend zurück und meint zu ihr:

»Wussten Sie schon, dass Karl Marx den totalitären Konsum im Insgeheimen nicht verabscheute, sogar Segmente von ihm transformi …«

»Ich verfluche dich!!!«, donnert es.

Locher ist hinter Karl Rettig erschienen. Legt ihm den Arm um die Schulter.

»Hallo Karl.«

Karl nickt und lächelt breit.

»Ich verfluche dich! Diebesgesindel! Vandale! Lügner! Ich verfluche dich!« Frau Kowalski wirft mit ihrer Zeitung in Richtung des schrägen Duos. Dabei verschüttet sie ihr Glas Mineral.

Beobachtende Passanten von der anderen Straßenseite schütteln empört den Kopf. Wie Sie richtig annehmen, missbilligen sie nicht das Verhalten der körperbehinderten Greisin, sondern die Anwesenheit der beiden dunklen Schurken. Diebesgesindel in ihrer Gegend? Untragbar. Polizei!

Locher und Rettig spazieren zum Ende der Hinzestraße. Es ist Freitag. Das irre Kind der Wolfs steht in der Auffahrt und sticht mit einer Schweizer Klinge tollwütig in den Stamm der Lärche auf Wolfs-Grund, die zwischen der Garagenauffahrt und dem seitlichen Rasengrün zu Lochers Anwesen steht. Die Rinde schreit. Neben den ausgehackten, blutenden Wunden des Baumes stecken zwei Aluminiumpfeile, mit einem Sportbogen tief ins Holz getrieben. Locher wird übel bei dem Anblick. Sein Freund, der Baum, wimmert leise ein Lied der Qual.

Als Björn-Ben Locher und Rettig sieht, hält er in seinen aggressiven Hackbewegungen inne.

»Pfeil her«, befiehlt der Junge frech und deutet mit der blitzenden Klinge auf Lochers Anwesen, wo sich ein Aluminiumpfeil mit grünen Federn, offenbar das Ziel verfehlt, in Lochers Rosenbusch verfangen hat.

Locher betritt seinen Garten, Rettig trippelt ihm hinterher. Vor dem Gartentor liegt wieder wurstförmiger Kot von Dr. Malangrés Hund.

»Wie heißt das?«, will Locher wissen. Das Beisein von Karl ermutigt ihn zum Gegenangriff.

»Dalli dalli«, frotzelt der Junge mit gebleckten Zähnen.

Locher lässt den Pfeil in den Nachbarsgrund zurücksegeln. »Und bitte hör auf, dem Baum weh zu tun.«

»Geht dich doch nix an, du Vollspast.« Der überaus hassenswerte Junge geht nun über, ganze Nadelzweige abzuschneiden. Naturvandale.

Kopfschüttelnd geht Locher mit Rettig zur Hütte. Immerhin wartet keine von der Kowalski hinkomplimentierte Polizei vor seinem Haus, die nach dem Rechten sehen muss. Die Besuche des Jugendamts bleiben Gott sei Dank seit seinem achtzehnten Lebensjahr aus. Wenigstens das.

August sperrt mühselig die Pforte zu den Büchern auf. Sie treten ein.

»Kennst du ›Die unendliche Geschichte‹? Kennst du Ende?« In der linken Hand balanciert Locher das Buch und lässt es vor Karls Augen tanzen.

»Wussten Sie schon, dass in jedem Ende ein Anfang innewohnt.«

»Oder willst du etwas anderes hören?«, fragt Locher den Fragenmann.

Der streicht über die Holzplanken, auf denen sie sitzen. Inniglich berührt er die provisorische Sitzgelegenheit, die Zacharias Locher vor Ewigkeiten zusammenzimmerte. Breite, herbe Balken.

»Wussten Sie schon, dass aus Bäumen Papier hergestellt wird, auf das man Millionen wundervolle Geschichten schreiben kann?«

Locher schenkt ihm ein durchdrungenes Lächeln. Er greift dann doch zu einem verstaubten alten Band, in dem griechische Sagen wüten. Leider fallen ihm weitere Schmöker vom oberen Regal. Einer findet sein Ziel in Lochers Gesicht. »Grimm und Ingrimm«, schimpft er. Nachdem er die Bücher zurückgestellt hat, beginnt er dem wippenden Fragenmann vorzulesen. Aus Gustav Schwabs »Die schönsten Sagen des klassischen Altertums«.

Äxte treffen auf Schilder, Intrigen auf Liebesaffären. Helden treffen weise Entscheidungen, Philosophen voll ins Schwarze. Mythologien der Antike flirren durch den Raum, haften anschließend in den Ecken des Schuppens, in dem August Locher von seinem Großvater schon unterhalten wurde. Tag und Nacht.

Abertausende Male saßen sie da bei Kerzenlicht. Der Mond schüttelte eine weiche, helle Decke über die Hütte, das kleine Fensterchen gewährte einem hellen Streifen des fahlen Lichts Einlass. Sterntaler trommelten auf das Holzdach, oft waren es auch nur Regentropfen. An heißen Sommertagen herrschten Temperaturen jenseits einer finnischen Sauna, an denen sie nur in Unterhosen (und Parka: August) erzählten oder horchten, um einen Hitzschlag zu vermeiden. Der beißende Winter konnte sie ebenso wenig davon abhalten, hier ihre lyrischen Sitzungen abzuhalten. Aus Jacken und Wollschals bliesen sie ihre dampfenden Worte, die Türme bauten, auf denen Fahnen wehten. Wehende Wortfahnen. Zacharias Locher war der Fahnenschwenker. Seine Zirkulationen schwebten von seinem Mund in Augusts Ohr und kreierten dort einen literarischen Fluss an Bedeutungen. Er verfügte über eine großartige Bandbreite an Modulation. Er wechselte bei seinen Reden zwischen harten und weichen Klangfarben hin und her und strickte kunstvoll angelegte Kleider aus Worten, die blumig rochen und wohlig wärmten. Er zauberte mit poetischen Tricks aus dem Stegreif oder bediente sich an den Ausführungen anderer Wortakrobaten.

Er verblüffte August in dem Maße, dass dieser das Gesagte wie Honig ins Ohr fließen ließ und nicht selten dabei vor Glück sabberte.

Dann strich ihm Großvater unsanft über den Mund, fast einer Schelle gleich, und schreckte ihn aus seiner konzentrierten Fabellethargie. Zacharias zeigte sich leicht beschämt ob seines in diesem würdelosen Zustand befindlichen Enkels, aber hätte er nicht so verzaubernde Geschichten erzählt, wäre August auch nicht das Wasser aus dem Mund gelaufen. So einfach ist das.

73 Minuten spitzt Karl Rettig nun schon die Ohren. Aus seinem Mund schlängelt sich ein Rinnsal an Speichel nach unten. Ob er etwas von dem ganzen Zeug versteht, weiß August Locher nicht. Aber er, Locher, fühlt sich verstanden.

»Kreusa hatte am Altar Apolls die Früchte ihrer verzweifelten Tat erwartet. Diese aber keimten ganz anders auf, als sie vermutet hatte. Ein Tosen aus der Ferne schreckte sie aus ihrer Versunkenheit auf…«

»Wussten Sie schon«, unterbrach Rettig plötzlich, »dass Äthiopier Hunger leiden, wenn sie nichts zu essen bekommen, und Utopier Hunger leiden, wenn sie nichts zu phantasieren bekommen.«

Locher stutzt. Laut, obwohl das ja kaum geht. Ein ziemlich doofes »Hmmmm?« fällt ihm aus dem Mund. So eins, das am Anfang ganz tief und am Ende ganz hoch klingt. Ein Zwei-Oktaven-Hmmmm.

»Wussten Sie schon, dass das M. bei Boney M. für Boney M. Weissmüller steht?«

»Nein, nein, nein, Karl. Das davor. Wiederhole das davor«, drängt Locher. Er stupst ihn in die Seite. Höhe Rippenbogen. Von draußen schießt ein »Schwules Pack!« durch die Bretter. Die Sonderschüler. Locher kümmert es nicht. Nicht im Geringsten. Die Sonderschüler, Sie wissen schon, die Rotzbuben, Sie wissen schon, die aus der Tybbkestraße.

»Wiederhole das davor, Karl. Bitte.«

Doch Karl Rettig, der Fragenmann, hat für heute seine letzte Frage gestellt. Stumm erhebt er sich und verlässt die kleine Holzbibliothek.

Wie ein Schlafwandler schreitet er auf Schienen. Wahrscheinlich nach Hause.

Locher bleibt sitzen. Die Vögel im Wald pfeifen ihn zum Abendessen. Er grübelt über Karls Worte, die für ihn einen enormen Tiefgang versteckt hielten. Wie war das?

Wussten Sie schon, dass Äthiopier Hunger leiden, wenn sie nichts zu essen bekommen, und Utopier Hunger leiden, wenn sie nichts zu phantasieren bekommen?

Ein Utopier, das ist er. Das ist, was er sein will. Ein Phantast. Ein Urheber von Traumwelten. Ein Wanderer durch Wunschbilder. Wie Winston Smith in Orwells »1984« in sein Tagebuch abtaucht, wie Bastian Balthasar Bux in Endes »Die unendlichen Geschichte« nach Phantasien reist, so begibt sich August Locher in seine ureigene Utopiewelt.

In der realen Welt ist er ein Verlierer und schwindender Aussatz. Welkes, dörres Trockenfleisch, schlaff und zäh. In der Wahrnehmung der meisten ein Wurmfortsatz. Keiner braucht ihn, und wenn er sich meldet, dann tut es weh.

In den fernen Abenteuerreisen, in den Büchern und Geschichten, da ist er gesund und umtriebig. Dort hat er Freunde, die ihn benötigen, und Feinde, die er besiegt.

Wieso kann das in der Wirklichkeit nicht sein?

Weil er die Wirklichkeit nicht braucht.

Weil er sich durch das wahre Leben bewegt, als wäre es eine Improvisation. Weil er wie eine Strichfigur durch eine illustrierte Illusion wandelt.

Weil er am Ruder eines Traumschiffes steht.

Er ist ein Phantast.

Er ist ein Eiferer.

Er ist: Der Utopier!

Im Bauch des grauen Wals

Die Wände im Inneren des Locher-Hauses sind für jeden Neuankömmling ungewöhnlich.

Auch August war zu Beginn seiner Ankunft im Jahre 1984 über das äußere und innere Erscheinungsbild des Wals verwundert. In all den Jahren wich dieses besondere Gefühl einer vertrauten und irgendwie logischen Wonne. Auf Augusts kindliche Frage, warum Zacharias diese ungewöhnliche architektonische Entscheidung traf, antwortete der Großvater: »Ganz egal ob man in Häusern, Zelten, Iglus oder Höhlen wohnt, Hauptsache ist, man baut sich Luftschlösser.«

Sehr richtig, dachte sich damals der junge August und wurde in seiner Phantasie zum Baumeister der phantastischsten Himmelsgebilde. Er war plötzlich sehr glücklich, in so einem abenteuerlichen Heim zu leben.

Locher liegt auch manchmal, so wie der Wal, den er bewohnt, ausgestreckt da. Muskelkomplettrelaxierend Klängen lauschend. Jazzmusik, die durch die räumliche Extravaganz des Raumes sogar richtig stark klingt, findet August.

Jazz ist groß – für Locher die einzige musikalische Zutat in seinem Einheitsbrei Leben. Jazzmusik ist weich, beruhigend und tiefsinnig, gleichzeitig eckig, zappelnd und stimulierend. Je nachdem, welcher Künstler das soeben vorgetragene Blech, Holz, Metall oder Perlmutt benützt.

Auf dem Plattenspieler dreht sich Dexter Gordon schwindlig und saxophoniert Cheesecake durch sein Horn. »Jaaawiiiiiiiduadididi« reißt »Long Tall Dexter« sein Instrument ans Mikro, das eine direkte Verbindung über Kabel zu Lochers staubigen, unmodernen Boxen zu haben scheint. Der Klang ist somit erdig, ehrlich und nostalgisch perfekt. Es würde im Auge des Betrachters liegen, ob eine bessere Hi-Fi-Anlage Locher noch mehr Genuss bringen würde. Es gibt aber keinen Betrachter. Hat es in Lochers Haus noch nicht gegeben. Außer den Fragenmann. Der vermeldete, als Locher ihm zum ersten Mal Jazz präsentierte, Folgendes.

»Wussten Sie schon, dass der Radetzkymarsch von Charlie ›Bird‹ Parker in Großbuchstaben geschrieben wurde?«

Ohne Worte. Oder mit Worten, aber ohne Inhalt. Seltsam.

Eine Musikanlage aus den frühen Sechzigern steht im Wohnzimmer auf einem grauen Beistelltisch. Eine zum Zeitpunkt der Erwerbung hochmoderne Kompaktanlage »Studio 60« von Braun, bestehend aus dem Verstärker »CSV 60« und dem Plattenspieler »PCS 5«, mit deren Hilfe August Locher, wie sein Großvater davor, in die wunderbaren, sphärischen, swingenden Klangwelten eintaucht. Ähnlich wie mit seinen Büchern, nur auditiv, bewegt er sich hier auf einem Terrain, das ihm seelischen Balsam verabreicht. In neue Welten mit alten Helden!

In einem einfachen, altargroßen Regal an der Wand, neben der »Studio 60«, stapeln sich die runden Körper der Jazzplatten. Sie sind eingefasst in viereckige Kartonagen samt Bildaufdruck, so wie man es von Platten eben gewohnt ist. Was man nicht gewohnt ist, ist ein karierter kleiner Block, der neben dem etwas moderneren Grammophon ruht. Der Stift ist gerade zu Boden gefallen, das ist aber eigentlich egal. Die Funktion der Schreibutensilien unterliegt dem apodiktischen Wunsch Lochers, jedes gespielte Lied zu notieren. Interpret und Titel. Bei manchen Notizen ist zum Beispiel noch *bei Klaviersolo abgebrochen* angefügt. Wenn ein Lied nicht das Ende erlebt, frühzeitig der Grammophonnadel entzogen wird, aus Gründen der Rastlosigkeit, der Langeweile oder der Zeitnot, wird dies von Locher genau vermerkt. *Nach dem C-Teil abgebrochen, Nach Dukes Solo abgebrochen, In Ellas letztem Refrain abgebrochen.*

Big Brother is hearing you!

Somit herrscht Chancengleichheit unter allen sich in der Musikbibliothek befindlichen Künstlern.

Es kann kein böses Erwachen aufgrund ungerechter Verteilung von Abspielhäufigkeiten geben. Wie das gemeint ist? Keine Ahnung.

Es ist eine typische Locher-Theorie. Aber auch eine leichte Locher-Paranoia.

Ein schwerer Deutschlandatlas trennt die interessanten Jazzplatten vom kümmerlichen, unerheblichen Teil der Vinylsammlung.

»Wieso ist denn der Atlas nicht in der Bibliothek draußen?«, wollte der kleine August einmal wissen. »Ist doch auch ein Buch.«

»Aber eins ohne Geschichten. Deswegen verwende ich den Atlas als Plattentrenner«, sagte Opa belehrend.

»Warum hast du überhaupt einen Atlas, hast ja nicht einmal ein Auto.«

»Weil der Mensch wissen muss, wo er herkommt, wo er ist und wo er hinwill, das ganz besonders.«

Wo er hinwill, das ganz besonders.

Der letzte Teil der Erklärung hatte in Augusts Ohren etwas Prophetisches, ohne es näher bestimmen zu können. Von Zeit zu Zeit blätterte August darin, um sich eine geographische Grundkenntnis anzueignen. Immerhin kommt er ja von woanders her, wohnt erst seit kurzem hier, und wer weiß, vielleicht will auch er einmal woanders hin. Ferne Atlasgedanken.

Beim Durchforsten des nicht so beliebten Anteils der Schallplattensammlung fand August vor etwa drei Jahren eine Aufzeichnung. Vielmehr war es eine zwar kindliche, aber detaillierte Skizze in Klarsichtfolie, die aus einer der Kartontaschen einer Vinylschallplatte segelte. Der Interpret war Robert Merrill, ein amerikanischer Opernsänger, was hat der hier zwischen den Jazzgiganten zu suchen? Ach ja, hier, gucken Sie mal, Lied Nummer 16: »Jonah and the Whale«.

Offenbar eine musikalisch-architektonische Verzahnung. Auf dem recht alten Blatt Papier waren mehrere Darstellungen eines Walfisches zu sehen. Sofort war zu erkennen, dass der Urheber bemüht war, mehr ein Gebilde als ein Tier zu veranschaulichen. Dünne Zeichenstriche boten mehrere Perspektiven auf das Bau-Wal-Gebilde, das architektonisch durchleuchtet wurde. Der Zeichner skizzierte mehrere Bauphasen, und August hätte augenblicklich einen Besen beziehungsweise einen gesamten Pottwal gefressen, wenn diese Striche nicht vom jungen Zacharias gezogen wurden. Die Raumaufteilung stimmt mit dem existierenden Moby Locher überein. August ordnet wie folgt: Entree: Garderobe, Stauraum. Flur: Zubringer zu den Zimmern. Bad: Badewanne, Toilette, Waschbecken. Zwei Schlafzimmer: August und ehemals Zacharias. Die Küche: Koch- und Essplatz. Das Wohnzimmer: Musikzimmer, Aufenthaltsraum mit Couchlandschaft, Gemälde- und Fotokammer. Passt.

Die Technik, einfach verputzter Ziegelbau im Gewölbeprinzip mit Raumtrennung durch Wandeinzug, alles aufgezeigt. Unten steht noch in Opas geschwungener Handschrift: *Scharlih und Pip im Bauch des Wals, Dezember 1937.*

Dieser Fetzen bestätigt August, dass Großvater Zacharias nach diesem skizzierten Vorbild sein Haus errichtete. Offenbar von langer Hand geplant. Von sehr langer. Scharlih und Pip – die Namen kennt August doch. Richtig, sie stehen an der Wohnzimmerfotowand, ganz außen, etwas entfernt vom Rest der ganzen Lichtbilder. August hat sie da hingeschrieben.

Auf den kahlen Wandfleck, den das Foto hinterlassen hat, das Großvater bei seinem Aufbruch mitnahm. Das sepiafarbene Foto, das zwei junge Burschen an einer großen Nähmaschine der Marke Singer, »Modell 29-DSV-205«, Baujahr 1931, zeigte. Einer war Großvater in Lederschürze. Der andere war »Ach, bloß so ein… ein anderer«, wie Opa meinte, falls August danach fragte. Auf dem goldbemalten hölzernen Bilderrahmen war in Großvaters schöngeschwungenen Lettern Folgendes zu lesen: *Scharlih & Pip*.

Es hing ganz außen. Wieso das Bild, das Großvater als Jugendlichen zeigte, neben dem offenbar etwas jüngeren Mann, so angebracht war, kann nur daran liegen, dass dem besonderen Motiv ein besondere Position zugeteilt werden wollte. August versuchte, dem Geheimnis auf die Spur zu kommen, aber Großvater ließ sich nichts entlocken. Die Namen Scharlih & Pip standen August nichtssagend vor den Augen. Angebracht in Altschriftlettern auf dem Rahmen. Was blieb, ist ein weißer, kahler Fleck an der Wand, den der entwendete Rahmen hinterlassen hat. An dieser Stelle kritzelte August mit Bleistift *Scharlih & Pip* – zur Erinnerung. War Großvater Scharlih? Zacharias »Charly« Locher? War Pip der Name des anderen? Oder umgekehrt? Ein Rätsel.

Kommen Sie mal näher ran, noch etwas näher, hier zu den Bildern, deren unterer Teil des Rahmens durch die leichte Wandkrümmung nicht anliegt. Sehen Sie das Foto? Auf diesem grinst sogar der alte Locher, und einmal sieht man ihn sogar in die Hände klatschen.

Bei einem Foto schaut der Großvater grimmig, winkt aber doch mit der linken Hand in die Kamera. Vielleicht deutet Zacharias mit dem fehlenden Zeigefinger eine Antwort auf Augusts Frage an, wie lange sie sich zum Zeitpunkt der Ablichtung schon Familie nennen können. Viereinhalb Jahre nämlich. Großvaters buschige Augenbrauen und sein wilder grauer Bart standen seinem in Übermaß wuchernden Haar in nichts nach. Meist bändigte ein graugefilzter Hut die Frisur, so dass eine farbliche Einheit zwischen natürlicher Gesichtsbekleidung und angefertigter Kopfbedeckung bestand. Dieses Foto aber gibt die Furchen des hut- und zeigefingerlosen Großvaters preis und lässt ein bewegtes Leben erahnen, reich an Erlebnissen, reich an Geschichten.

Oder schauen Sie mal, das hier, August und Zacharias stehen vor der Holzhütte. Die blendende Sonne malt ihnen ein schiefes Grinsen ins Gesicht. Wer das Foto, das einzige, auf dem beide gemeinsam abgelichtet sind, gemacht hat, weiß August nicht mehr. Er vermutet auf Selbstauslöser.

Auf einem anderen Bild ist August mit fünf riesigen Büchern in den Armen abgebildet. Er droht nach vorne aus dem Rahmen zu kippen, so schwer scheinen die Folianten. Eins von vielen zwar immer gleichen, aber immer tollen Geschenken Zacharias' an seinen Enkelsohn. Und immer dabei: Das Etymologische Wörterbuch von Jakob und Wilhelm Grimm. Ein Marathongeschenk, jedes Jahr zum Geburtstag ein weiterer Band. Seit dem ersten Zusammentreffen hält bei August die Begeisterung für dieses Belegwörterbuch zur Erklärung von Herkunft und Gebrauch eines jeden deutschen Wortes an. Das Absonderliche ist: Seit Großvaters Verschwinden kommt an Augusts Geburtstagen ein Paket über den Postweg ohne Absender mit einem neuen Band. Keine Postkarte. Kein Brief. Keine Nachricht. Nur das Buch.

Seit Band 31 fehlt nur noch ein Exemplar bis zur Vollendung der kompletten Reihe. Was hat es damit auf sich? Macht sich wer über August lustig? Oder sitzt Zacharias auf einem unbekannten Flecken dieser Erde, tut, was er tun muss, und verschickt von dort weiterhin das verbindliche Geschenk an August? August grübelt oft darüber nach. Fragt sich, warum, wenn es Zacharias ist, keine Nachricht von ihm beiliegt. Manchmal streicht er über den Einband. Riecht an den Seiten. Saugt es auf in der Hoffnung, es möge sich eine versteckte Botschaft offenbaren. Er stellt das Buch zu den anderen in die Bibliothek. Dort ist genau noch ein Platz frei. Eine letzte Lücke für ein letztes Buch. Für Band 32. Wer wird ihn schicken? Ein Rätsel.

Lichtbilder sind nicht das Einzige, was die Innenwände ziert. Auch nicht das Einzige, was die Erinnerungen aufrechterhält.

Seit je prangt an der Wohnzimmerwand das Ölgemälde einer Berglandschaft, in der man sich als brennender Alpinist definitiv wohl fühlen würde. Um ehrlich zu sein, Sie müssen nicht unbedingt ein sportlicher Klettermaxe oder ein Messner-Apostel sein, um dieses gemalte Höhenzugpanorama schön zu finden.

Wie es der Teufel und das Klischee so wollen, röhrt im Vordergrund auf einer Almwiese, am Rand eines zauberhaften Waldes, ein Hirsch. Zwölfender. Majestätisch. Im Hintergrund eine nicht zu verachtende Hütte, wiederum dahinter ein Bergmassiv, dass man sich denkt: »Hollareiduljö!« Aber in perfektem Bayrisch.

Vor diesem Gemälde stand der Großvater immer sehr lange und sinnierte kopfnickend. Aus seiner Keramikpfeife dampfte dann das Kraut, und der Rauch tanzte im Raum. Das letzte Mal vor sechzehn Jahren.

Vor diesem Gemälde steht auch August lange und interpretiert jeden Tag eine andere Geschichte hinein. Was in dem silbernen Märchenwald so geschieht, was in dem von Sagen umwobenen Bergmassiv alles passiert, welcher Bauer, Hexer, Bettler oder König in der Hütte wohnt. Ein Blick, ein Intermezzo. Jeden Tag von neuem. Der gleiche Blick, ein anderes Erlebnis. Tausendfach verschieden. Elfen, Ritter, Roboter, Drachen, Adler, Zwerge, Maschinen, Menschen und und und, in einem halben Quadratmeter Ölmalerei versteckt. Die Tür zu einer mystifizierten Welt. Er öffnet sie immer noch gelegentlich und verschwindet darin. Das letzte Mal vor sechzehn Minuten.

War es die Atmosphäre des Bildes, das Großvater beim Betrachten auf die gleiche Reise wie August schickte? Oder sah Großvater in dem Bild etwas ganz anderes, etwas Tieferes, etwas im Motiv, dessen Bedeutung noch hinter den in Öl gefassten Pinselstrichen lag? Ein weiteres Rätsel.

Die fehlende Schachtel mit den Blättern und Stiften darin, die August als Kind einen saftigen Backenstreich einhandelte.

Das fehlende Foto von Zacharias und dem unbekannten jungen Mann – Scharlie & Pip.

»Das Deutsche Wörterbuch«, das jährlich per Post in die Hinzestraße 12 rauscht.

Das Ölgemälde mit dem unwiderstehlichen Bergpanorama, das Zacharias, wie auch August, stets bei Betrachtung in magischen Bann zog.

Viele Rätsel, viele Geheimnisse, Teile des großen Verschwindens des Zacharias Locher.

Verzeihen Sie, aber dies habe ich mir nicht aus den Fingern gesaugt. Dies sind nicht wegzudiskutierende Tatsachen, welche rätselhaft, fast undurchschaubar auf Augusts Gemüt drücken. Nicht dass er nicht mehr arbeiten, essen, trinken, Rad fahren, lesen, buchbindern oder leben könnte, das funktioniert alles bestens. Er ist mit sich im Reinen. Doch bei genauerer Betrachtung dieser mysteriösen Umstände steigt die Neugier. Bei Ihnen. Bei mir. Bei Locher. Deswegen wird die Nase dann und wann länger. Die Spürnase. Dann und wann. Nicht heute.

Locher steht in der Küche und schneidet die Zutaten zu einem Gericht, das er häufig zubereitet. Die Zutaten entwendete er seinem Gemüsebeet. Es wird Gemüsesuppe geben, das haben Sie gut kombiniert. Während er eine gelbe Rübe zerkleinert, aus dem Wohnzimmer immer noch Dexter Gordon tönt, spricht er mit seinem Kanarienvogel, der auf dem Fenstersims in einem Drahtkäfig sein Zuhause hat. Der Vogel heißt Nilrem, Sie müssen nicht lange raten, nach wem benannt. Na? Versuchen Sie es rückwärts. Richtig, nach dem größten Magier der Märchenwelt. Locher erhofft sich immer noch eine Verwandlung des Kanarienvogels, so dass eines Morgens ein alter graubärtiger Zauberer im Käfig sitzt und über die Enge schimpft, seine Bandscheiben wären ja nicht aus Gummi.

Warum er ihn Nilrem und nicht Merlin nennt, hat einen driftigen Grund. Locher wünscht sich im Falle des Falles eine einwandfreie Metamorphose. Da es sich ja dann um eine rückläufige handelt, will er keine Verärgerung des Magiers riskieren, der, würde der Vogel Merlin heißen, ja durch die Umkehrung des Ganzen Nilrem hieße.

Ein verärgerter Zauberer könnte giftig werden,
da können Sie Gift drauf nehmen.
Eine typische Locher-Theorie.

Also heißt der Vogel eben Nilrem. Falls Sie den letzten Zeilen nicht folgen konnten, überspringen Sie diese einfach und fahren Sie hier fort.

Nach einem intensiven Gespräch mit dem Federtier über fremdartige Kulturen und deren Finessen blickt August aus träger Gewohnheit durch die Käfigstangen aus dem nicht mehr ganz sauberen Fenster. Steht doch der Nachbarsjunge, der Sohn der Wolfs, wieder am Zaun und streckt ihm die Zunge raus.

Wie lange steht der fiese Balg schon da?

Unterm Arm klemmt der mörderische Sportbogen. Vermutlich ein Geschenk vom Herrn Papa, weil dieser wieder irgendeinem Geldigen ein oder sogar zwei von Karl Benz verkauft hat.

Der einzige menschliche Muskel, der nur an einem Ende befestigt ist, hängt Björn-Ben triefend aus dem Mund. Wüsste August es nicht besser, würde er annehmen, der schmächtige Junge leide unter einer geistigen Einschränkung. Tut er aber nicht. Er ist ein gesunder Mensch, wobei gesund hier außerhalb der gängigen Definition liegt. Als der Junge bemerkt, dass Locher ihn als »Zungenblecker« erkannt hat, geht er grinsend und mit erhobenem Kopf in die Garage. Von dort ist etwas später ein helles Surren zu vernehmen, dem ein dumpfer Schlag folgt. Deutliche Zeichen des Vorgangs Bogenschießen.

Schieß dir doch in den Schuh.

Bei dem Wort Schuh fällt Locher wieder der Malangré'sche Kothaufen vor seinem Portal ein. Damit nicht noch mehr seiner Schuhe der Unsauberkeit anheimfallen, müsste er umgehend handeln und zur Säuberung schreiten.

Andererseits kocht er gerade und will sich die Finger und das Gemüt nicht verschmutzen. Nun trifft aber das gute Gemüt auf das schlechte Gewissen und lässt ihn aufmerksam werden, woraufhin er das schwarze Messer prompt fallen lässt. Es bohrt sich zwischen großen Zeh und Zeigezeh durch seine Joseph Beuys'schen Filzpantoffeln, ohne einen geritzten Schaden am Fuß anzurichten. Im Grunde hat er das doch gerade dem Wolf-Flegel gewünscht. Kleine Sünden bestraft der liebe Gott eben sogleich. Glück gehabt. Wie Excalibur steckt das Metall nun in seinem Schuh, der mit dem PVC-Boden verankert ist.

Er zieht die Küchenklinge aus dem Schuh, aus dem Socken, aus dem Linoleum und eilt zur Haustür. Mit dem blitzenden Schwert in der Rechten marschiert er auf dem dämmrigen Weg zur Gartentür. In der Linken einen Plastiksack. Er geht eilig, soll doch die Suppe nicht überkochen. Mit genervtem Gesichtsausdruck und hohen Bewegungsamplituden erreicht er die Pforte, an der gerade das Künstlerpaar Engelhardt vorbeispaziert. Hat offenbar einen Verdauungsspaziergang im Wald abgehalten. Der heranstürmende Locher mit erhobenem Schwert und einer Plastiktüte, in der er vielleicht Leichenteile entsorgt, schockt die Engelhardts schwer. Sie weichen schreiend auf die Straßenmitte zurück.

»Sind Sie irre, Mann«, giftet der Ehemann und zieht seine Frau mit ängstlich flimmernden Augen zu ihrem Grundstück.

Locher ist konsterniert.

Was denken die denn? Dass ich hier mit einem Küchenmesser auf die Leute losgehe?

Ja, du lieber August, das denken die.

Kurz bevor Gisbert und Lydia Engelhardt in ihrem Haus verschwinden, schreit die Frau noch »Sie Schwachsinniger!«

Sie Schwachsinniger. Kein weiteres Substantiv. Nichts sonst. Ein Schwachsinniger. Lydia Engelhardt hätte auch schimpfen können: »Sie schwachsinniger Buchbinder!«, »Sie schwachsinniger Drecksack!« oder originellerweise »Tod dem weißen Wal!« Aber nein, in Lydia Engelhardts Augen ist August Locher ein minderbemittelter Mensch.

»Sie Schwachsinniger!«

Und Gisbert noch mal: »Das hat ein Nachspiel! Sie Attentäter! Das kostet Sie was, das schwören wir! Sie… Sie… Sie!…«

Die Gemüsesuppe schmeckt heute nicht.

Von Humpelstilzchen und Meerjungfrauen

Würde man Locher durch eine Wärmebildkamera betrachten, sähe man aus seinem Parka Hitzewellen in Form von roten Flimmerarealen aufsteigen. Der Mann brennt zweifelsfrei. 37 Grad im Schatten, die Geschichte lügt nicht, wenn sie behauptet, einen der wärmsten Junis seit Messung des Klimas vorweisen zu können. Wie Gregory Peck als Kapitän Ahab in der Schlussszene in »Moby Dick«, nur ohne den seemännischen Kinnbart, so lehnt Locher an seiner Hauswand und winkt den Bäumen. Seine Kumpels stehen ohne Windbewegung vor ihm stramm, wie die Crew der Pequod.

Locher: »Ein buntes Wehr vorm Grau in Grau, einen Schutzwall voll der Nadel, Blätter, Äste, Wurzelschlag …«

Wald: »… bauen wir Dir ohne Tadel.«

Frei nach Locher, in diesem Fall.

Nach einer langen Verneigung tritt Locher in den Schuppen, an dem die Vielzahl der darauf angebrachten Geweihe von der Hitze erschlafft herabhängen. Sie sehen aus wie Dampfwürste, bevor sie gekocht werden, obwohl sie gerade gekocht werden. Locher stöbert 35 Minuten in einem orientalischen Märchenband. Ihn interessiert eine Geschichte über türkische Bäder und danach sucht er, findet sie und genießt sie.

Pah, die Türken hatten schon Ahnung von Zauber und solchen Kalibern. Und Kalifen natürlich.

Nun sitzt er auf dem Fahrrad. Er tritt mit einer ungemeinen Wucht in die Pedale, weil er bis zum Freibad, das er ansteuern will, versucht, seinem Schatten zu entkommen. Kurzzeitig denkt er, es wäre ihm gelungen, doch der zähe Hund heftet sich nach der Birkenallee wieder an seine gummibereiften Fersen.

Eigentlich ist ihm das öffentliche Bad nicht angenehm. Jedoch, und da spielt die Öffentlichkeit keine Rolle mehr, weiß er von Frau Cernaks Vorliebe für das Freibad. Kein erarbeitetes Wissen, sondern ein Zugeflogenes. Letzte Woche ist ihm diese Information während eines Gesprächs unter den Supermarktangestellten in sein unschuldiges Ohr geflattert. Locher weiß seitdem noch mehr. Die Cernak besucht jeden Donnerstag das Sonnenstudio »Sunny Side Up« neben dem Blumenladen in der Stadt.

In seinen Träumen holt ihn seitdem das Bild einer braungebrannten Cernaknixe ein. Es muss ja nicht beim Traum bleiben, und so riskiert Locher den Aufenthalt im öffentlichen Bad. Erhascht er nur einen Blick auf seine Angebetete in Schwimmtextilien, hat sich jeglicher Aufwand als rentabel erwiesen.

»Suchen Sie wen?«, fragt die Dame im Kassenhäuschen am städtischen Freibad.

»Wa… äh… rum?« Entgeistert schaut Locher die ältere und vor allem beleibte Dame an, auf deren Brustschild ein lachender blauer Delphin und der Name »Zilly« abgebildet ist.

»Ja, weil Sie hier eingepackt wie ein Schneeräumer antanzen. Bei dreißig Grad oder was. Und Tasche haben S' auch keine dabei. Lang bleiben S' nicht.«

»Äh… doch. Ich wollte die Badeeinrichtung…äh… mitbenützen… also nützen, Frau…äh…«, er blickt schnell auf ihr Schild, »…Zilly.«

Achselzuckend und kopfschüttelnd reicht ihm die Dame ein Billett mit dem Hinweis, er solle drei Euro bezahlen und sich vom Kinderbecken fernhalten. Locher weiß nicht, ob der Kopf mehr wackelt oder die Achseln stärker zucken oder ob das »Pfh«, das sie ertönen lässt, schnippisch oder eine Verabschiedung war. Durch ihren wuchtigen

Gesamteindruck verwandelt sich ihr Name auf dem Schild in »Godzilly«. Das teilt er ihr nicht mit.

Er wählt seinen Platz unter ein paar Linden. Den Parka lässt er an, viel los ist nicht, und das ist gut so. Er zieht ein kleines Büchlein aus den Weiten seiner unergründlichen Bundeswehrjacke und lehnt sich gemütlich an einen Baumstamm. Die wenigen Gäste, die schon da sind, haben bunte Decken oder Liegetücher ausgebreitet. Bastmatten sind nicht mehr so in Mode. Locher braucht nichts von alledem. Er hat seinen multifunktionalen Parka – Liegeunterlage, Transportmittel, Kleidung, Schutzanzug und sein Zuhause in einem.

»Der Zauberer von Oz« liegt leicht und drollig in seinen Händen. Sehr benützt, weil schon oft gelesen. Nach wenigen Minuten kommt Geruhsamkeit auf. Diese wandelt sich in Müdigkeit. Der Länge nach ausgebreitet, sieht Locher nun aus wie ein erlegter Jäger, vom Waidmannskumpel absichtsfrei niedergestreckt. Den »Zauberer« platziert er auf seinem Gesicht, Sie wissen schon, »Saug es auf!«, Locher-Theorie und so weiter. Er schläft ein.

Sein Traum trägt ihn quer durch die türkischen Bäder, nach denen er sich heute noch in seiner Hütte erkundigte. Nur dass in den Schwimmbecken kein Wasser, sondern Fanta sprudelt und die dunklen, männlichen Badegäste mit geflochtenen Gesichtshaaren und Badeanzügen auf der Flüssigkeit Kopfstände machen. Auf einem Thron an der Längsseite des Nichtschwimmerbeckens sitzt ein Kalif mit einem Gesicht aus Gold. Der Kalif ist Locher selbst. Er befiehlt nach Lust und Laune und schreit durch das orientalisch hallende Hallenbad: »Mehr Märchen, ihr holden Kopfständler. Mehr Märchen!«

Die Männer verwandeln sich in Pinienkerne, welche wippend auf der grünen Fanta tänzeln. Ihre langen Bärte schwimmen wie Schiffe in der trüben Limonade. Locher sitzt auf einmal nicht mehr auf einem Thron, sondern fummelt nach den Bärten, aus denen er sich eine prunkvolle und aerodynamische Sänfte spinnt. In dieser sitzend, trägt er sich selbst aus der Stadt hinaus. Die Stadt heißt Senfhausen und ist selbst für einen Träumer skurril, er war doch noch eben in der Türkei. Sich selbst schleppend, ächzt und schimpft er arg, das Eigengewicht zwingt ihn in die Knie, und er heißt sich eine fette Sau, die jahrelang nur immer auf Thronen herumsitzt und Feigen frisst. Er verteidigt sich mit den Worten: »Aber das ist doch mein goldenes Gesicht, das so schwer ist. Außerdem mag ich Feigen nicht – nur Datteln.«

Sein Träger-Ich rebelliert weiter: »Dann lass dir doch das Gold rausmachen … aus dem Gesicht.«

Sein Sänften-Ich meint dazu: »Aber dann bin ich ja nichts mehr wert.«

»Du hast doch immer noch deinen Kopf, ein Gesicht braucht doch kein Mensch«, schlaumeiert der eine.

»Das Gesicht muss man wahren, selbst wenn es aus Gold ist«, philosophiert der andere.

Plötzlich beginnen beide Ichs zur Melodie von »Somewhere over the Rainbow« den Text von »Yellow Submarine« zu singen. In diesem Moment schwebt die Cernak herbei, prunkvoll verkleidet als Glinda, die gute Hexe des Nordens, nimmt sein goldenes Antlitz in beide Hände und küsst ihn sanft auf den Mund, der nun dem Blechmann aus »Der Zauberer von Oz« zu gehören scheint.

Der Unsinn nimmt überhand, Locher wacht auf.

Er öffnet die Augen und erschrickt. Das Erste, was er sieht, sind eine Sultanfeder und ein Krummsäbel.

»Jessas, Jessas …«, brummt er verschlafen. »So was.«

Noch drin – im Traum?

Aber es sind nur Wolken am blauen Firmament, die den beiden orientalischen Utensilien ähneln. Sein Büchlein liegt neben ihm, das mit dem Aufsaugen hat wohl heute nicht so geklappt. Er nimmt kurz seine Brille ab, reibt sich die Nasenwurzeln, setzt die Gläser wieder auf.

Ein 180-Grad-Blick teilt Locher mit, dass das Freibad mittlerweile gut besucht ist. Größere Familien, pubertäre Jugendliche, Kids und

Frechdachse aller Art, ältere Herrschaften und Sportler tummeln sich mittlerweile in der städtischen Badeanstalt.

Wie lange hab ich denn geschlafen?, fragt sich Locher.

Warum er so geträumt hat, fragt er sich nicht, weil er und auch Sie, also wir alle träumen ja oftmals ungereimten Mist.

Locher rappelt sich auf und lehnt sich wieder an den Baum. Eigentlich will er schleunigst weg, es war nie seine Absicht, unter diesen Massen auf der Liegewiese zu verweilen. Die Cernak lässt sich doch nicht blicken.

Locher fabuliert: *Glinda Cernak, die gute Hexennixe aus dem Norden.*

Offenbar setzen Ozonstrahlung und Chlorduft Lochers Denkapparat unter Betäubung. Phantastische Verwirrung kommt auf. Und ein Lächeln.

Ein paar kleine Buben stehen wenige Meter von ihm entfernt und lachen. Einer sagt immer: »Der muss ja schwitzen, dem muss ja heiß sein.« Andere grinsen. Der Kleinste pisst mitten auf den Rasen.

Locher winkt ihnen freundlich zu. »Na, ihr Lümmel?«

Die Jungs sausen erschrocken weg und drehen sich erst wieder an ihren Liegeplätzen um, was etwa hundert Meter entfernt ist. Nur der kleine Pisser steht noch vor ihm. Er grinst blinzelnd, da die Sonne ihm ins Gesicht scheint. Mit gekreuzten Beinen und am Pimmel drehend, meint er trocken: »Du bist der Blödi, stimmt's?«

Locher reißt die Augen auf. »Was?«

Der Kleine wiederholt: »Bist doch der blöde Heini, nicht?«

»Wer sagt denn so etwas?« Locher ist grau im Gesicht.

Der Junge rennt weg, anfangs in eine andere Richtung, als es seine Freunde oder Brüder taten, dann schlägt er den Weg zu deren Liegeplatz ein.

Der blöde Heini. So ein Witz.

»Ich bin der Utopier!«, schreit ihm Locher hinterher.

Weg hier, bloß heim.

Locher manövriert behände sein Buch in eine Außentasche seines Anoraks und steht auf. Gerade will er den Zehendesinfektionsapparat ansteuern, weil die Gesundheit der Füße für Locher eine hohe Wichtigkeit besitzt, da springt ihm eine Person ins Auge. Eine weibliche Schönheit, knackig frisch, nur mit pinkfarbigem Seidenblouson und ebensolchem Bikini bekleidet, stolziert sie wie ein Flamingo über die Liegewiese, manövriert ihren Luxuskörper geschickt um die bereits ausliegenden Handtücher. Ein rosafarbenes Frottee-Stirnband bändigt ihre blonde Mähne, die wie eine Flamme bei jedem Schritt auf und ab züngelt. Das makellose Braun ihrer Seidenhaut blinkt pulsierend. Die runden Weiblichkeiten wackeln ansprechend im Takt. Hinter ihr weht eine Fahne aus Parfüm und Haarspray, rein und verführerisch und einige Fransen dieser Duftfacette reichen so weit, dass sie Locher in der Nase kitzeln. Er wird heiß, also ihm wird heiß. Er nestelt an seinem kakifarbenem Hemdkragen.

»Ui, tatsächlich.« Er geht in die Knie, weil er denkt, in dieser Position deutlicher erkennen zu können. Er nimmt in dieser Hockposition seine Brille ab, versucht sie an seiner speckigen Jacke zu säubern, setzt sie wieder auf.

»Ui, tatsächlich. Die Cernak.«

Nachdem er seine Kleidung hinter der Linde penibel zusammengelegt hat, schleicht er dorthin, wo er die Cernak hat verschwinden sehen. Im Schwimmerbecken. Das ist frappant. Denn zum einen ist Locher für maritimes Sporttreiben nicht spezifisch gekleidet. Er trägt nur eine normale, feingerippte Unterhose am Mann. Zum anderen ist Locher überhaupt in den letzten Jahren wenig geschwommen, da schwimmen Haut zeigen bedeutet, und Haut zeigen Verbrennungen nach sich ziehen kann, und Sie wissen ja…

Hallenbäder sind meistens so voll und eng, und da ist sozialer Kontakt noch weniger zu vermeiden als im Freibad. Sozialer Kontakt bedeutet Demütigung und Unfreundlichkeit. Einsame Badeseen würden gehen, aber die liegen ja wieder im Freien und im Parka ist schlecht schwimmen. Jedoch, er muss zum Schwimmbecken. Hier und jetzt und überhaupt.

In seiner weißen Feinrippunterhose hüpft er dorthin. Seine Körperfarbe ist von der Unterhose nicht zu unterscheiden. Eine farbenlose Allianz. Ein reines Weiß, nur die Hände und der Kopf zeigen deutlich Teint. Dadurch, dass die Sonne auf ihn scheint, reflektiert er wie ein Spiegel und schickt gleißendes Licht durch das öffentliche Bad.

»Hey, wohl 'ne Zehnerkarte im Sonnenstudio gewonnen, was?«

Jugendliche Flegel rufen einige Frotzeleien.

»Ein Illuminati!« oder »Alle Sonnenbrillen auf!!!« oder »Bitte Blitzdingsen Sie mich nicht!«

Betreten versucht er die Rufe zu überhören, wobei er den Inhalt des letzten nicht versteht. Sind Sie kein Cineast, ergeht es Ihnen genauso.

Jetzt, so ohne seinen Anorak, friert er sogar. Gänsehaut kommt. Er sieht aus wie ein gerupftes Huhn. Sein Schiefhals und seine unrunde, ellipsierende Gangart verstärken das Bild. Unsicher geht er weiter. Seine Brille musste er aufbehalten, damit er den Weg findet. Sonst wäre er am Ende doch noch ins Kinderbecken gesprungen. Er hat die beiden Sehgläser Richtung Schwimmerbereich gereckt.

Hätt ich mir doch schon früher denken können, dass die ins Freibad geht. Und ihre sonnenstudiogebräunte Haut präsentiert. Wäre ich doch schon öfters hier gewesen. Lecker wie Spitzbubkäse.

Neugier und Verehrung lassen ihn Fahrt aufnehmen. Die Beine holen weit aus, die Zehen greifen tief wie Spikes in den Rasen. Sein Kopf dreht sich suchend wie ein Radar. Ein Cernak-Radar.

»Grimm und Ingrimm!«, entfährt es ihm plötzlich gereizt. Er ist vor lauter Gucken mit dem Fuß gegen eine Abfalltonne gestoßen. Schmerzhafte Angelegenheit. Der große linke Zeh pocht gemein. Der

Abfalleimer, der immerhin aus einem Eisengeflecht besteht, ist umgestürzt. Der sich darin befindende Unrat, Eistütenpapier, Obstschalen, leere Plastikflaschen, ergießt sich über eine nicht besetzte Liegefläche. Einige Bienen surren verstört aus dem Abfallbehältnis. Humpelnd durchwatet Locher das knöcheltiefe Duschbecken, dessen Wasser furchtbar kalt ist und in dem Blätter und Haare schwimmen. Der Schmerz lässt nach, das Humpeln bleibt.

Du Humpelstilzchen.

Locher kichert. Kurz darauf steht er in Feinrippwäsche an der Beckenseite neben den Startblocks. Die ihn bestaunende Menschenmenge summiert sich. Was für ein Anblick – dieser völlig apathisch blickende, in weiße Haut gewickelte Mann.

Die Cernak schwimmt in Lochers Richtung, also nähert sich ihm an. Gut so.

Eine Elfe.

Ihre Brüste schiebt sie wie zwei nach oben treibende Styroporkugeln vor sich her. Bei jedem Armzug drohen sie, seitlich davonzuschwimmen.

Ein Schmetterling.

Ihr Frisurturm sticht wie eine Krone vom Wasser unberührt durch das Becken. Er analysiert schnell ihren Beinschlag.

Wie eine Meernixe. Wundervoll.

Mehrere Badegäste deuten auf den seltsamen Bleichen. Manche kichern, andere halten entsetzt die Hände vors Gesicht, Eltern ziehen ihre Kinder aus seiner Nähe weg.

Personen, die ihn kennen, sei es vom Sehen oder persönlich, winken entweder ab oder scheinen von Lochers Aufzug belustigt. So wie sein türkischer Arbeitskollege Öner Cicek, der mit seinem Familienclan, insgesamt 67 Mitglieder, heute anwesend dreizehn, auch die Sonnenstrahlen an diesem wunderbaren Familiensamstag genießt. Der steht hinter der Hecke auf der Liegewiese, hat Locher aber entdeckt und ruft nun:

»Locher?!«

Locher hat nur Augen für die Cernak. Sein Umfeld, das sich zum größten Teil über ihn wundert, nimmt er momentan nicht wahr.

Ich muss hinein, ins Wasser. Ich muss zu ihr.

Öner versucht es noch mal. »Ey Locher! Unterhose, oda was?«

Keine Reaktion.

Locher nimmt auf Startblock zwei Position ein. Kurze, ruckartige Gymnastikübungen hält er als Aufwärmmanöver für geeignet. Da er nie Sport treibt, sieht das aus, als ob er Fliegen verscheucht oder eine Oper dirigiert. Die kleinen Banausen, welche ihn vorhin als blöden Heini betitelten, machen ihn nach und kichern wie Erbsen. Locher vernimmt wenige Geräusche. Von ganz weit her. Kurz ist er geneigt, den Fokus seiner Aufmerksamkeit zu verändern. Jedoch drängt es ihn, und er setzt zum Sprung an, einen Finger an der Brillenbrücke, den anderen Arm zum halben Hechtsprung gestreckt. In Erwartung des kühlen Nass. Gleich ist er seiner Wasserelfe ganz nah.

Kurz bevor das Gleichgewicht sich aufzulösen droht, kommt ihm folgende schwerwiegende Erkenntnis, die er lautstark über das Chlorwasser posaunt: »Hilfe, ich bin Nichtschwimmer!!!«

Und das ist nun einmal im ersten Moment ein belustigender Anblick, wenn Sie sich am Rand eines Schwimmerbeckens nach achthundert Metern Freistil ausruhen und beobachten, wie ein untersetzter Mann in Unterwäsche mit der einen Hand seine Hornbrille festhält, mit dem anderen freien Arm rudert wie Pete Townsend von The Who an der Stromgitarre und brüllt: »Hilfe, ich bin Nichtschwimmer.« Klar, es hat was Slapstickhaftes und, weil Sie selbst lachen, etwas Diskriminierendes, aber wenn dem grotesken Menschen auf dem Startblock durch seine eigenen Ruderbewegungen die Feinrippunterhose nach unten wandert, Eltern entsetzt ihre Kinder aus dem Ort des Geschehens ziehen, Jugendliche Anfeuerungen und Ungepflegtheiten rufen, eine viel zu sehr geschminkte Frau mit rosa Stirnband an Ihnen vorbeischwimmt, lachend meint: »Um Himmels willen, das ist ja der irre Locher«, und Ihnen einen Scheibenwischer gestikuliert, ja, dann schätzen Sie diese Szene als sehr bizarr ein. Und nun, während Sie vielleicht immer noch kichern, warten Sie gespannt darauf, ob der Mann ins Wasser fällt und wirklich Nichtschwimmer ist, weil ein bisschen sensationsgierig sind wir alle. In dem Moment, wo das Schauspiel seinem Höhepunkt entgegenzueilen scheint, beendet ein hünenhafter Bademeister selbiges, indem er den Fastertrinkenden vom Startblock nimmt. Wie alle anderen applaudieren auch Sie, und geben humorvolle Äußerungen von sich, den blöden Heini betreffend. Mit einem entschlossenen »Auf geht's« drehen Sie sich wieder Richtung Schwimmbahn, gehen in die Tiefe und stoßen sich ab, wollen weitere zweihundert Meter kraulen und vergessen: Sie waren gerade Teil einer Diskriminierung, die dem blöden Heini tagtäglich widerfährt.

Oh Gott, mach den Erdboden auf. Lass mich versinken.

Locher schält sich beschämt in seine Kleider. Vor ihm steht abwartend der Bademeister, der ein Hausverbot ausgesprochen hat.

Gebrüder Grimm, die ihr seid im Himmel, nehmt mich zu euch. Jetzt und sofort in der Stunde meiner Peinlichkeit.

Tränen stehen in Augusts Augen, fallen aber nicht. Sein Blick ist trüb.

Kurz vorm Abtransport des Bademeisters zu seinem Liegeplatz, noch im Fokus der Erheiterung, hatte Locher freie Sicht aufs Schwimmbecken. In dem glitt die Cernak am Beckenrand entlang und lachte. Locher verformte seine Gucklöcher zu Sehschlitzen. Trotz aller Scham und Peinlichkeit während des Badaufenthalts durchzuckte es ihn beglückt:

Die Cernak lächelte mich an. Und sie winkte mir. Sie mag mich. Da gibt es keine zwei Meinungen.

Er muss sich jedoch eingestehen: Diese in Unterhose vollführte Peinlichkeit und die Reaktionen der meisten Badegäste sind für ihn so beschämend, dass es vielleicht doch mehrere Meinungen gibt. Wäre er ins Wasser gefallen – er ist sich nicht sicher, ob ihn irgendwer gerettet hätte. Eine sehr traurige Erkenntnis.

Und überhaupt bemächtigt sich seiner Traurigkeit. Eine Traurigkeit, wie er sie vielleicht als Kind zum letzten Mal empfunden hat. In diesen Tagen, als ihn die auf ihn hereinprasselnden Gemeinheiten noch ins Mark trafen, oder besser gesagt, mitten ins Herz.

Als er mit Tränen in den Augen von der Lupardusstraße in den Markartplatz einbiegt, ein wenig zu schnell, das darf man sagen, bricht sein Vorderreifen aus, und er knallt längs auf den Asphalt. Bremst zuerst mit dem einen Ellbogen, dann mit Kinn und Nase. Einige geschlitterte Meter weiter kommt er zum Liegen. Ein Jugendlicher zückt sein Handy und schießt Fotos. Andere glotzen. Niemand hilft.

Locher steigt sich schüttelnd aufs Rad. Er will schnell weg. Er legt sein gesamtes Gewicht in den ersten Tritt. Die Pedale drehen durch, die Kette ist abgesprungen.

Locher schiebt sein Rad heim, begleitet vom Gelächter des Jugendlichen.

Nichts passt jetzt zum anderen.

Was für eine Boshaftigkeit steckt in den Leuten?

Locher schüttelt den Kopf. Schmerz und Enttäuschung prallen in ihm aufeinander.

Aber sie mag mich. Die Cernak hat mich gern.

In diesen Satz schlägt er seine Pickel und Steigeisen und zieht sich daran hoch.

Irrlichter

Locher: »Bist seit meinen ersten Tagen mich begleitend allen Lagen.«

Wald: »…aus meinem Innern ich heraus geb' dir sehr viel jahrein, jahraus.«

Die Bäume hinter Lochers Grundstück wiegen leicht ihre Köpfe, wispern beruhigende, tröstende Worte frei nach Franz Waldl. Sie schaukeln ihre grünen Nadeläste beschwichtigend auf und ab. Zwei Tannenzapfen sausen zu Boden und schlagen kurz nacheinander auf dem Locherrasen ein. Es klingt, als würden sie sagen: »Kopf hoch.«

Locher bedankt sich, und ein kurzes Rauschen dringt aus den Bäumen. Vielleicht war es nur der Wind. Locher geht in den Schuppen, greift beim Eintreten mit der Fingerspitze an die scharfe Spitze eines Geweihs.

So hart, so scharf, so kantig möchte ich sein. Hörner möchte ich haben.

Trost will er finden. In seinem Refugium, seinem Schlupfloch, in der von totem Horn bewachten Hütte. Trost will er finden. In einem schlichten Märchen. Er blättert planlos in Großvaters großem Schatz, der alten, antiquierten Ausgabe der Grimmschen »Kinder- und Hausmärchen« von 1896. Der Daumen lässt die Seiten springen. Wohliger Duft flattert um seine Nase, Erinnerungen im Gepäck.

Wahllos hält er bei einigen Seiten an.

»…Knüppel aus dem Sack.«

Ja genau.

»Das kleine Entchen.«

Das hässliche Entlein, oder was?

»Von einem, der auszog, das Fürchten zu lernen.«

»Der Gevatter Tod.«

Ja, ist denn das zu fassen?

»Lieb und Leid teilen.«

»Das Unglück.«

»Das Totenhemdchen.«

»Des Teufels rußiger Bruder.«

Beängstigend. Ja, finde ich kein Heil heute?

Locher zündet in der Hütte drei dicke Kerzen an. Einige goldene und silberne Titel der Buchrücken blitzen im flimmernden Schein auf. Wohliges Licht verbreitet nun auch eine ruhige Stimmung. Er legt sich rücklings auf den staubigen Holzboden, die Beine ruhen hochgelegt auf der knorrigen Sitzbank.

Im Kerzenschein tanzen Staubteilchen um die Flamme, steigen auf und wirbeln aus dem Lichtstrahl. Wie Goldregen sieht das aus. Er blättert liegend weiter.

»Der alte Großvater und der Enkel.«

Das ist es.

Locher liest, vom Titel der moralischen Parabel aufgemuntert, einige Seiten und verliert sich noch in sieben weiteren Märchen der Gebrüder Grimm.

Eine halbe Stunde später schreckt er aus der märchenhaften Verschnaufpause auf. Hat er nicht gerade ein Geräusch gehört? Eine Art Klopfen? Innehaltend horcht er nach allen Seiten.

Nein. Er täuscht sich.

Die Beine sind ihm eingeschlafen. Nur mühsam kann er sich auf den Beinen halten. Er bläst die erste der drei Kerzen aus. Kräuselnd steigt Rauch auf. Der Rücken ist verspannt, er streckt sich. Da, wieder. Ein Knacken. Die eingerostete Wirbelsäule wahrscheinlich. Ein Knistern. *Aber warum riecht es so? So…so…verkokelt?*

Die Kerzen? Nein. Zwei brennen noch still und friedlich und verströmen Bienenwachsduft.

Locher wird unruhig, da ist noch etwas anderes.

Das ist doch … ist doch … Feuer!

»Grimm und Ingrimm!«, entfährt es Locher, der jetzt an der Eingangstür zur Hütte tatsächlich Rauch und Funken wahrnimmt. Es brennt.

Wie kann das sein? So was gibt's doch nicht.

Er rennt zum Eingang, wirft sich gegen die Tür. Seine Schulter knallt gegen das harte Holz. Nichts. Sie bewegt sich keinen Millimeter. Es züngeln Flammen von unten ins Innere, Rauch dampft in die Hütte. Er rüttelt heftig am eisernen Hebel, drückt mit aller Macht gegen die Holzlatten. Nichts. Panik kriecht aus dem Magen in Richtung Extremitäten.

»Hilfe! Verbrennung! Verbrennung!«

Um Himmels willen, fährt es Locher durch die Adern, *die ganzen Bücher.*

»Holt uns hier raus!«, brüllt er.

Er stürmt zur Fensterluke, reißt das Türchen auf und will seinen Kopf hinausstecken. Zu groß, der Kopf. Er verhakt sich im Rahmen. Mit Mühe, Schmerzen und verbogener Brille kann er ihn wieder befreien. Bei dieser ruckartigen Bewegung stößt Locher mit dem Knie Großvaters Bibel, die »Kinder- und Hausmärchen«, von der Sitzbank. Das wertvolle Kleinod purzelbaumt gegen die Eingangstür. Dort, wo es zum Liegen kommt, wird ihm heiß. Panische, stumme Schreie tönen aus den Kehlen der Märchenfiguren. Locher hört sie nicht. Im Gegenteil. Er schreit selber.

»Hilfe! Wir sind hier drin.« Und auch wirres Zeug wie: »Rettung! Wer kann?!«

Ich muss die Sauerstoffzufuhr stoppen, sonst breitet sich die Brunst nach innen aus.

Mit schnellem Handgriff schließt er das kleine Fenster Stockt. Öffnet es wieder. Schließt es wieder. Öffnet. Schließt. In seinem Gehirn setzt sich ein Denkprozess in Gang.

Ich Trottel, ich dummer Trottel.

Er stürmt zur schon brennenden Tür und zieht sie nach innen auf. Offen.

Die ihn übermannende Panik hat seine Automatismen gelähmt. Automatismen, wie das jahrelange Öffnen des Portals zu seinen Büchern. Die Tür geht von außen nach innen auf. So ist es immer gewesen!

Er schreitet schnell ins Freie, vorbei an dem flammenden Holz, atmet tief aus, dann ein. Er eilt zum Gartenschlauch, mit dem er für gewöhnlich sein Gemüsebeet wässert.

Wut und Erleichterung treiben ihn an. Wut über den Brand, Erleichterung über seine Rettung. Wobei, verbrennen können immerhin noch die Bücher.

»Lauft!«, schreit er nervös in Richtung Schuppen, während er den Schlauch Richtung Brandherd zieht. »So schnell ihr könnt.«

Als er vor der Hütte steht, bemerkt er, dass das Wasser noch nicht marschiert.

»Hexenmist!«, er lässt das Schlauchende zu Boden sausen. Er humpelt wieder zum Wasserhahn. Dreht vehement und schnell an den Armaturen. Das Wasser stößt nun in den schlaff daliegenden Schlauch, der sich prompt kobraartig aufbäumt. Wie eine lebendige, wild gewordene Peitsche tanzt der Schlauch wellenförmig über den Rasen. Wasser spritzt in unkontrollierten Bögen durch die Luft. Locher greift, einem englischen Torhüter gleich, viermal am Wasserspender vorbei, dann hat er ihn.

Er hält den Wasserstrahl auf die züngelnden Flammen. Ein heldenhafter Feuerwehrmann würde nicht anders agieren. Kampf der lodernden Gefahr! Sekunden später erklärt ein finales Zischen das Feuer für erloschen. Letzte Funken zittern wie Irrlichter durch die Luft, verglühen bald an Sauerstoffmangel.

Brand gelöscht.

Locher sucht Halt. Irgendetwas pfeift. Er blickt um sich, der Wasserschlauch. Er rennt zum Haus und bringt die Quelle zum Versiegen.

Das Pfeifen ist noch da. Der Wind? Wie er so dasteht und atmet und schnauft und pfeift, merkt er, dass es seine Lungen sind.

Locher begutachtet die Eingangstür zu seiner Schuppenbibliothek kritisch. Verkokelt. Fast bis zur Mitte. Das Feuer hat zum Glück nicht auf die Wände übergegriffen. Dafür war Feuerwehrmann Locher zu schnell.

Aber da ist noch etwas.

Locher kniet nieder, hebt den Gegenstand auf. Schwarze, verbrannte Überreste eines Schuhkartons. Stinkend. Nach Rauch, aber auch nach Spiritus. Aber auch, und so fügt sich ein Bild zusammen, nach Defäkation. Dieser vom Löschwasser aufgeweichte und feuchte Brei, hängt ihm nun an der linken Hand.

Teufelswerk!

Im nächsten Moment weckt ein anderes grauenhaftes Bild seine Aufmerksamkeit. Großvaters Bibel. Die Bibel Grimm. Ihr geliebtes Märchenbuch. Etwa ein Drittel des unteren Teils sind verbrannt. Schwarzes, abgenagtes, wasserdurchtränktes Papier. Beschmutzt. Entseelt. Wie tot.

August ist entsetzt. Seine Kehle zuckt. Er würgt, erleidet Atemnot. Er könnte kotzen.

So kniet Locher in der Abenddämmerung. Mit gesenktem schweren Haupt. In Memoriam Bibel Grimm.

Was war das? Ein Bubenstück, das außer Kontrolle geriet. Offenbar. Locher lässt seine Augen durch die Düsternis der Hinzestraße streifen. Verstecken sich wohl. Er sieht nichts.

Der Wald gibt nur bekannte Laute von sich. Da ist niemand versteckt. Locher blickt zurück. Plötzlich vernehmen seine Ohren mehrere erstickte Lacher. Nun erahnt er doch den Absender dieser Geräusche. Im Garten der Engelhardts sind Umrisse auszumachen. Düstere Gestalten stehen zwischen den Holzskulpturen. Als seine

Augen sich an die Dunkelheit gewöhnen, erkennt er die Rotzbuben aus der Tybbkestraße. Sie wissen schon.

»Seid ihr bescheuert! Das kann verheerende Folgen haben!«, ruft Locher sich überschlagend in die Nacht. Erstaunlich laut. Erstaunlich eisig.

»Das kommt davon, wenn man nächtlich mit Messer auf Passanten losgeht«, schallt es aus dem Vorgarten gegenüber zurück. Das war kein Sonderschüler. Die Stimme gehört zu Gisbert Engelhardt. Und als wäre es eine Aufforderung der Natur, sich immer dem Ehemann verbal anzuschließen, kommt von Lydia Engelhardt ihr berühmtes »Du Schwachsinniger« hinterher. Wie Bumerangs durchschneiden die Sätze den lauen Abend.

»Hören Sie, Sie haben meine Hütte beschädigt! Und mein Märchenbuch getötet!« Locher wartet, bis sich die Sätze durch die Dunkelheit zum Nachbarhaus gebohrt haben.

Nun ertönt im vielstimmigen Chor: »Selber schuld!«

Ein Konglomerat des Bösen?

Sonderschulschurkerei verbündet sich mit Nachbarschaftsniedertracht?

»Grimm und Ingrimm!«, flucht Locher. Was ist das für ein Tag heute?

Die Polizei verständigt er nicht. Er wüsste nicht einmal die Nummer. Er hat ja noch nie mit dem Telefon im Haus Anrufe getätigt. Angerufen hat in all den Jahren, in denen er ohne Großvater hier lebt, nur einer. Der hatte sich verwählt.

Die Eingangstüre will er selbst reparieren. Morgen. Oder Montag. Oder bald. Dennoch schließt er wie gewohnt den Schuppen mit dem Vorhängeschloss ab. Fassungslos schüttelt er erneut den Kopf. Juveniles Schlingeltum lässt sich erklären. Aber dass die Engelhardts sich eine Rotzbubenarmee anlegen, um ihren Standpunkt zu äußern, das ist ein Ausmaß besonderer Malignität.

Ein Angriff auf mein Bücherheiligtum. Auf mein Leben.

Wieder tippt Locher mit einem Zeigefinger auf die Spitze eines scharfen Geweihs. Prüft so Härte und Schärfe der Waffe des Waldtieres.

Hörner möchte ich haben, denkt er erneut. In der Dunkelheit sieht die Hütte fast wie ein mit Stacheldraht umwickelter Igel aus. So viele Spitzen und Zinken.

»Hörner werde ich haben!«, schreit er in die Richtung der Nachbarn.

In seinen Händen hält er die Überreste der Bibel Grimm.

Die wahre Bibel. Sie scheint verloren.

»Hörner werde ich haben!«, ruft er ein zweites Mal.

Es klingt wie eine Drohung. Eine Warnung an die Buchmörder Engelhardt!

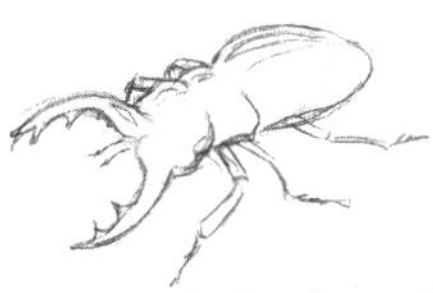

Mann versteckt Leiche im Wald

Am Sonntag ist es warm. Locher ist traurig. Antriebslosigkeit frühstückt er am Vormittag, am Mittag inhaliert er Müßiggang, am frühen Nachmittag trinkt er Apathie. Die Trauer über den Verlust von Großvaters größtem Schatz wiegt schwer.

»Die Türe der Hütte«, spricht er zu Nilrem, seinem Kanarienvogel. »Ich muss die Türe reparieren.«

»Ziep, ziep.«

»Oh, stimmt. Ohne Material wird das schwer. Morgen tu ich das.«

»Ziep.«

»Ja, morgen geh ich zum Baumarkt. Nach der Arbeit.«

Nach der kurzen Unterredung mit seinem Gelbling zieht sich Locher wieder lethargisch aufs Sofa zurück. Sein Blick streift das Gemälde. Sie wissen, das mit den Bergen. Kurz versucht er, darin eine

Geschichte zu finden, ein Rätsel zu lösen. Sein Kopf ist jedoch so leer, das sich das Bild zusehends verändert. Der Hirsch verlässt die Wiese, Wolken ziehen auf, ein Unwetter, gefolgt von Nebel, der alles unsichtbar werden lässt. Seine Augen wandern in die Küche. Dort hängt ein Korb mit Zwiebeln.

Hunger? Ist es das, was ich gerade verspüre? Ich will essen. Oder ich muss.

Langeweile schlägt Appetitlosigkeit. Er fängt an, sich im Kopf ein Mahl zusammenzustellen.

Spitzbub, als Seelenbalsam. Nicht im Haus. Gemüsesuppe. Im Haus. Aber kein Lust. Nudeln mit Tomaten aus dem Garten. Alles in allem eine zufriedenstellende Alternative.

Er will sich auf den Weg nach draußen machen, um ein paar saftige Tomaten zu holen. Er wirft sich seinen Parka über, greift nach dem Türknauf, da erklingt plötzlich ein ihm unbekannter Ton. Eine Art Signal. Locher fällt vor Überraschung fast in die Garderobe. Das Gehör ist hoch sensibel für bekannte, aber selten gehörte Tonstrukturen. So etwas nennt man den Senso-Effekt. Das weiß jeder. Könnte aber auch eine der Wahrheit ferne Behauptung von Karl Rettig sein. Lochers Ohren unterliegen dem Senso-Effekt, hin oder her.

Er ruft: »Das Telefon!«

Aufgeregt rennt er zum Apparat.

Mich hat noch nie einer angerufen. Außer einer, aber der hat sich verwählt.

Er schreit förmlich: »Das Telefon!!!« Aus der Küche piepst ebenso hysterisch eine Zustimmung.

Verdutzt stiert er auf die beige Wählscheibe, auf der mittig die Nummern für Polizei und Feuerwehr eingetragen sein sollten. Da stehen sie aber nicht. Das Einzige, was da steht, ist ein Wort, das Zacharias Locher mit grauen Lettern dort niedergeschrieben hat, lange bevor August den Haushalt bereicherte. Was es bedeutet, weiß August nicht. Sein Großvater benutzte den Fernsprechapparat auch nur alle Jubeljahre. Das Ding stand immer nur rum. Deswegen fiel ihm das Wort, das zwischen den Löchern der Drehscheibe sich selbst zum Kreis schließt nie auf: *Mandlhut*. Es hatte keine Bedeutung. Ebenso wenig die darunter stehende Zahlenkombination. Offensichtlich eine Telefonnummer. Sie könnte von einem alten Bekannten des Großvaters sein. Sie könnte die Telefonnummer der hiesigen Polizeistelle sein. Sie könnte die Telefonnummer eines Herrn Mandlhut sein. Sie könnte die Telefonnummer von Gott sein. Locher hat sie noch niemals gewählt und will es auch niemals versuchen, denkt er.

Das Telefon schellt wieder, schrill und ungewöhnlich laut.

Fast zitternd greift er den Hörer.

»Wer?«

»Äh… hihihi… ist da Arsch – Locher?«, meldet sich eine Person in seltsamer Stimmlage.

»Ja… ja«, zögert Locher. »August Locher.«

»Nein… äh… Arschlocher will ich sprechen.« Ein Kichern im Hintergrund verspricht einige belustigte Personen am Apparat.

»Nein.« Locher stutzt. »Nein, August Locher hier.«

»Herr Arschlocher, wir haben eine Nachricht für Sie. Von Ihrem Großvater. Sie sollen den Wal zurück ins Wasser…«

Locher knallt mit der freien Hand auf die Gabel. Die andere Hand fixiert noch immer den Hörer an sein Ohr, das mit einem schrillen Tuuuuut ausgespült wird. Das Tuuuut hat Stacheln, Klingen und Säurehaltigkeit.

»Ihr Idioten«, flüstert Locher bitter in die Sprechmuschel, zwischen deren Löcher sich im Laufe der Jahre winzige Spinnweben gebildet hatten. Das Tuuuut kehrt zurück, dringt durch die Verästelung der Spinnweben in die Verästelung seines Gehörganges. Er entfernt den Hörer von seinem Kopf, bevor er auflegt, schüttelt er ihn vehement, so als ob durch diese Bewegung die Schmach aus der Horchmuschel poltern würde und er sie wie Abfall entsorgen könnte. Behutsam legt er den Hörer auf. Das Tuuuut surrt lange nach – es ist das Echo seiner sozialen Ausgrenzung.

»Ihr Dreckschweine.«

Der zweite Anruf in meinem Leben, und ich werde verarscht.

Locher hat weder Appetit noch Hunger, noch den Drang etwas zu verspeisen. Er verlässt das Haus und sucht die Geborgenheit des Waldes.

Einsamkeit hat noch jeden gerettet.

Verdruss ist die Mutter der Neuorientierung.

Zwei typische Locher-Theorien auf einen Schlag.

Neuorientierung erhofft er sich im Club seiner Kumpels. In der Geborgenheit seiner Baumfreunde. Schon schräg, aber ich bitte Sie, lieber holzige Freunde als hohle Feinde. Locher verfügt über beides, so kommt es ihm vor. Uns auch, wenn man alles zu einem Gesamtbild zusammenfügt.

Er wandert zwischen dem schattenspendenden Geäst des ihm vertrauten Forstes, verlässt den Pfad, um sich ein wenig im Dickicht zu bewegen. Aus grünem Farn fliegen Tiere auf. Bei ungenauer Betrachtung könnten es Feen sein.

Seine Suche nach einer bestimmten, umgekippten, riesigen Wurzel endet wie so oft erfolgreich. Somit ist es keine Suche, sondern ein Aufsuchen. Locher kennt sich in diesem Wald aus wie in seiner Hosentasche. Wobei er oftmals den Inhalt seines textilen Aufbewahrungsfachs nicht genau benennen könnte.

Locher kennt den Wald. Die Wurzel ist geformt wie die Hand eines Riesen. Ein weiträumiger Stuhl aus Moos und Holz, bequemes, naturelles Design. Die Engelhardts wären neidisch. Darin lässt er sich nieder, um all die Niedertracht zu vergessen. Locher bettet sich gemütlich in Rückenlage. Wie ein Trollkönig auf seinem Thron oder ein Elfenprinz in seinem Farnbett liegend, blickt er geradewegs in die ihm winkenden, blättrigen Hände grünbrauner Koboldkinder. Dryaden und Meliaden, die Nymphen der Eichen und Eschen, Faune, die Wächter der Hirten und Äcker, und Satyrn – alles gute Waldgeister –, die Locher um sich schart und sich somit in sicherer Begleitung weiß. Waldgeister: »Bricht die letzte Nacht dir an …«

Locher: »… dann gönn' mir deine Einsamkeiten.
Und lass mich als stillen Mann …«
Waldgeister: »… in die ew'gen Wälder schreiten.«
Locher: »Amen.«

Nach diesem kurzen Gebet gen Blätterdach frei nach Karl Ernst Knodt schwirren Gedankenfetzen an ihm vorüber. Fragenfragmente schweben vorbei. Das eine oder andere ergreift er. Dreht und wendet es. Er fahndet kurz nach dem Ursprung seiner Isolierung, nach dem Grund seines Exils. Sein Schutzwall, seine Fassade bröckelt.

Wo ist Großvater? Warum ist er fort? Was soll diese Walskizze von Opa, die er in jungen Jahren anfertigte? Was soll der Wal? Was bedeutet Scharlih & Pip, Mandlhut, das Gemälde im Wohnzimmer und diese verdammte Blechschachtel, in der nichts zu fehlen scheint? Welche Aufzeichnungen waren in dieser Blechschachtel? Wer schickt jährlich Grimms Wörterbuch? Jede Geschichte hat ihre Moral, und das Schicksal verfasst die Spielregel. Aber hat jeder Vorgang seinen Sinn? Was soll ich denn noch hier? Streben? Forschen? Suchen? Nach der Vergangenheit? Nach der Gegenwart? Nach Großvater? Du elender Heimlichtuer, wo bist du hingegangen?

Er streicht sich mit seiner linken Hand über den Talisman, der an einem Lederband stets um seinen Hals baumelt. Eine kleine Holzfigur namens Eustachius, der Nothelfer bei schwierigen Lebenslagen und Trauerfällen. Es ist das letzte Geschenk seiner Mutter. »Nimm, August, behalte es immer bei dir. Dann sind wir uns nahe. Auch, lieber August, wenn ich nicht mehr bei dir sein kann.« Der hölzerne Eustachius ist der Dreh- und Angelpunkt seiner Erinnerungen an die verstorbene Mutter. Die letzten Bilder ihres Gesichts hängen an dem Stückchen Holz, ihre letzten Worte halten sich in den Kerben und Schnitzungen versteckt. Er hat es seither nur einmal abgenommen, um das Lederband ein wenig zu weiten. Seine rechte Hand auf Eustachius ruhend, grübelt er, wohin denn der Großvater ging, ob er noch lebt und wer denn den vorherigen Anruf initiierte. Er grübelt, ob sein Auftreten in der Gesellschaft hinterfragungswürdig oder ob seine Umwelt arm an Toleranz und Respekt ist. Es stimmt ihn traurig, dass die Diskrepanz zwischen ihm und seinen Mitmenschen immer mehr zur Diskriminierung wird. An wem oder was ist das festzumachen? Auch folgende Frage interessiert ihn, sozusagen brennend:

Wer hat wohl gestern die brennende Schuhschachtel vor seine Bibliothek gelegt?

Eine Antwort will ihm auf die Schnelle nicht einfallen. Ist jetzt auch nicht so wichtig, wobei:

Wer kniet sich wo über eine Kartonage und lässt sein Stoffwechselendprodukt auf eigenen Befehl in diese Schachtel fallen? Vielleicht unter Anfeuerungsrufen neugieriger Mittäter. Wenn so was ein Mensch war, dann aber Respekt.

Kurz kommt ihm in den Sinn, dass Herr Malangré, zumindest sein Hund Bombay, an dem üblen Brandanschlag beteiligt gewesen sein könnte. Als Rat- und Kotgeber. Er überdenkt, ob er doch noch die Polizei einschalten sollte. Es war immerhin ein terroristischer Akt, er hätte verbrennen können. Die Polizei könnte anhand der Beweismittel, vielleicht anhand der Fäkalspuren, und seiner Aussagen die Täter dingfest machen.

Die Engelhardts hinter schwedischen Gardinen, die Rotzbuben ins Erziehungsheim im hinteren Sibirien.

Andere, weniger Unrat betreffende Themen sausen durch sein Gehirn, aber nicht weniger wichtig. Sinn und Unsinn von Sinnlichkeit, welche Rolle spielt die Cernak in seinem Leben, beruht die Liebe auf Gegenseitigkeit, wo liegt das Leid bei Leidenschaft? Und immer wieder: Jede Geschichte hat ihre Moral!

Seine Ruheposition ist dermaßen gemütlich, dass er vom Sinnieren ins Schwelgen kommt. Seine persönlichen Reisen in ureigene Ängste vermischen sich mit Traumsequenzen.

Er verliert sich in einer Locher-Fiktion, in der er als Ritter Länder bekämpft, welche von Rotz und Feuer, von Telefonterror und Schuhschachteln bedroht werden. Er schlummert, schläft ein, dreht er sich wie gewohnt auf den Bauch. So gerät er unter zwei lange Arme der Wurzel, verwächst Stück für Stück mit Flora und Fauna. Käfer krabbeln an seinem den Waldboden bedeckenden Parka empor. Ein leichter Wind lässt Äste und Nadeln auf ihn regnen. Der gleiche Wind biegt Farngräser über seinem Beinkleid zusammen, ein Specht landet behände auf seinen Schuhen, pickt triolisch an der Sohle. Ohrwürmer krabbeln vorsichtig über seine Füße, Tausendfüßler kitzeln ihn am Ohr, das wie ein Baumpilz aus seinem Parka ragt. Fluginsekten lassen sich auf ihm nieder. Unter dem Baldachin aus Baumkronen, Blättern und Farngräsern wird er selbst zur Natur. Schläft friedlich inmitten dieses Tempels voll Chlorophyll.

Zwei Menschen dachten heute Morgen, ein Waldspaziergang, das ist recht. Sie fuhren zum Wald am Ortsrand und jetzt streifen sie durchs Unterholz. Ein Vater und sein achtjähriger Sohn, der mit einem rutenähnlichen Ast gegen Blätter schlägt. Er springt behände über bemooste Baumstämme und schreit immer wieder: »Vorwärts, ihr Männer. Gebt's ihnen. Mit den Schwertern. Vorwärts, ihr Waldläufer!«

Bei jedem Satz saust der Stock auf imaginäre Feinde. Sein Vater streift hinter ihm her, die Luft genießend. Seinen Sohn im Auge. Der Bub überwindet agil echte und erdachte Hindernisse, verschwindet hinter Bäumen, wirbelt wieder hervor.

»Gebt's ihnen, Waldläufer!«

Sein Vater lacht zwischendurch, fasst hier und da nach einem Tannenzapfen und schleudert ihn ins Gestrüpp.

»Los, ihr Waldläufer, haut ihn…« Keine Äste knacken mehr, die Stille kommt plötzlich. Der Junge verharrt wie versteinert. Der Schreck lässt ihn zunächst verstummen, dann ruft er:

»Papa, da hat ein Mann eine Leiche im Wald versteckt!«

Vater und Sohn stehen über einem Leichnam, der im Waldboden verankert scheint. Wie lange mag der da liegen? Überwuchert. Eine Ameisenstraße führt vom Hals den Rücken entlang und verschwindet im Unterholz. Auf dem Hinterteil sitzt gelangweilt ein Hirschkäfer, seltenes Stück. Der Junge schlägt übermütig mit seinem Stock gegen das Gesäß.

»Nicht, Marlon«, ermahnt ihn der sichtlich nervösere Vater. Er nimmt ihm das Stück Holz ab.

»Papa, wieso ist der tot?«

»Der… der ist nicht…« Er fummelt dem Leichnam mit dem Stock am Ohr herum, an dem gerade eine Nacktschnecke versucht, den Knorpelbogen zu umrunden.

»Es war einmal!«, fährt der Leichnam hoch.

»Aaaaaaaaaaaaaaaaaaaaaaaaaaaaaaaaaargh!«

Vater und Sohn stoßen zurück. Der Vater stürzt. Der Sohn sprintet hinter den nächsten Baum. Eine Toteneiche.

Der Leichnam kratzt sich hastig am Ohr. Dann reibt er sich die verquollenen Augen unterhalb seiner Brillengläser.

»Um Himmels willen!«, entfährt es dem Vater, der wieder auf die Beine gekommen ist.

»Was soll das? Wer… wer sind Sie?«

Sein Sohn versteckt sich nicht mehr hinter der Eiche, aber hinter seinem Vater.

»Ich ruhe hier«, sagt der Leichnam selbstverständlich.

»Wir dachten, Sie ruhen hier in Frieden«, gibt der Vater immer noch erschrocken zurück. Er zieht seinen Sohn schützend an sich, vermutet er doch einen Waldschrat oder Rübezahl in dem Ding, das da im Wald liegt. Zumindest einen von den Toten Auferstandenen.

»Meinen Frieden suche ich. Aber nicht den ewigen.«

Durch die Baumwipfel scheinen Sonnenstrahlen, welche aber abrupt ihre Leuchtkraft einbüßen. Vom Wetterumschwung abgeschnitten. Licht weicht durch verästelte Tunnel, die den Blick auf dunkle Wolken preisgeben. Tunnel am Ende des Lichts. Der Leichnam richtet sich vollständig auf. Dabei fallen Ungeziefer, Blätter und Zweige von ihm ab. Als würde eine Wurzel zum Leben erweckt, ein Ent, ein Baumhirte, der sich nach Jahrmillionen zum Bewegen entschlossen hat, als hätte ihm Tolkien selbst den Odem eingehaucht. Vater und Sohn weichen einen weiteren Schritt zurück.

»Papa, ist das ein Troll?«

Der Bub, der vorher noch so mutig als Waldläufer mit dem Schwert gegen Lochers Hosentasche schlug, ist eingeschüchtert, aber doch gespannt, was sich hinter dem seltsamen Wurzelwesen verbirgt.

»Hören Sie, brauchen Sie Hilfe. Oder können wir jetzt gehen?« Der Vater, durchdrungen von Unsicherheit und Faszination, scheint den Nachhauseweg einschlagen zu wollen.

»Papa, das ist ein Troll. Nicht wahr? Bist du ein Troll?«

Locher gefällt der Gedanke sehr, und es reizt ihn, ein Troll zu sein. Seine Stimme wird noch dunkler.

»Jawohl. Ein Waldmensch, ein im Baum Geborener, ein Freund von Fauna, Faunen, Flora, Trollen und allen guten Geistern der Natur.«

»Hey, machen Sie dem Kind doch keine Angst, hören Sie!« Der Vater will sich mit seinem Sohn entfernen.

»Hören Sie, Sie beide.« Lochers Stimme wird eindringlich. Sein rechter Zeigefinger fährt empor. Er bewegt sich weiter zwischen Schauspiel und Wirklichkeit. Findet weder komplett den Eingang in das eine, noch komplett den Ausgang aus dem anderen. Doch es gefällt ihm.

»Ich bin ein guter Mensch, weder irre noch verrückt, ich bin ein Suchender, aber auch ein Verfluchter, wie manche sagen. Ich bin der Utopier. Deswegen ziehe ich durch den Wald. Wollt ihr mich begleiten? Nur bis zu meinem Haus.« Zu dem Jungen gewandt. »Ganz ehrlich, ich bin ein Troll. Ein Guter.«

Lochers Körper beginnt in seltsamen, koordinativ hochkomplexen Bewegungen um die Sitzwurzel zu tänzeln. Das nachzuahmen würde Ihnen schwerfallen, ganz ehrlich, mir auch. Was tut der da? Es sieht aus wie ein mystischer Trolltanz. Plötzlich enden seine Bewegungen in der eingefrorenen Pose eines Moriskentänzers.

Fordernd blickt Locher durch seine Panzergläser in die Runde. Die funkelnden Augen des Jungen sprechen Bände, er glaubt an den Zauber, an die Phantasie und die Unschuld des Waldschrates. Er lacht und streckt ihm die Hand entgegen.

»Ich bin Marlon, ein Waldläufer.« Locher, völlig konsterniert, ob der namentlichen Fehlbesetzung des sympathischen, aufgeweckten Buben, ergreift die seine mit den Worten.

»Kein Kind soll Marlon heißen. Aber deine Liebe zur Natur erfreut mich. Sei mein Gast Marlon Waldläufer und…«

»Los, Marlon, hier entlang.« Der Vater entfernt sich. Marlon Waldläufer bleibt enttäuscht stehen. Offenbar hätte er liebend gerne mit einem Waldmenschen, einem Suchenden, einem Trolltänzer, einem Utopier Bekanntschaft gemacht. Der Vater macht kehrt, zieht grob am Kragen des Kindes. Der Ruck an der Jacke lässt Marlon aufheulen. Locher ruft dem Vater nach:

»Wehe, dreimal wehe, wer die Hand zur Gewalt erhebt, vor allem gegen Kinder und Waldläufer! Kinder, die nach Phantasie lechzen, sollte man lassen. Entlassen. In Traumwelten. Eintauchen müssen sie. Und aufsaugen, was sie sehen und erleben. Das besonders. Und Sie müssen es begleiten, Ihr Kind, Sie ängstlicher Mensch. Und überhaupt: Jede Geschichte hat ihre Moral, hören Sie?!«

Der Vater und der Sohn sind längst im Eiltempo aus seinem Blickfeld verschwunden. Lochers Worte verklingen zwischen Bäumen, Blättern, Nadeln, Tannenzapfen, Vögeln, Waldtieren, Insekten, Bakterien. Sein Denken und seine Bedenken surren in Wortform durch Äste, Vergabelungen, über Pfade, Wege und Lichtungen, Äcker, Raine, Zäune, Häuser, Straßen hinweg – hinaus in die Welt.

Ein leichter Wind schwirrt durch die Blätter. Er führt Regen mit. Tropfen schälen sich durchs Geäst. Auf Lochers Parka bilden sich dunkle Flecken.

Weint der Wald? August kommt es so vor.

Wo die wilden Kerle tönen

Triefend vor Nässe, noch immer, tritt Locher in sein Haus. Schwere Gedanken drücken auf sein Gemüt. Was fällt dem Mann im Wald ein, seinen Buben um ein Stück zauberhaftes Abenteuer zu bringen. Locher drängt es nach einer gehörigen Katharsis. Wie lässt sich der Dreck, der auf der Seele haftet, sonst noch abspülen? Mit ordentlich Bass in der Stimme? Mit Pauken und Trompeten oder vielleicht mit einem Saxophon? Ob Chris Potter es vermag?

Er spielt heute. Im »Blue Note«, dem Jazzclub der Stadt. Den gibt es seit 1979. Locher dosiert seine Besuche. Hingabe braucht Regelwerk. Einmal im Monat, falls das Programm stimmt, sitzt er in der hintersten Ecke im Dunkeln und lauscht. Inmitten swingenden Tabaknebels, hier ist Rauchen noch erlaubt, klopft er mit einem Strohhalm den Takt. Oder mit den Fingern. Dieses Stück Hingabe kostet aber auch Überwindung, schließlich bleibt es nicht aus, dass er bei einer solchen

Exkursion unter Menschen muss. Menschen, die jedoch die Liebe zu dieser Art von Musik teilen. Es sind stumme Verbündete.

Helge Schneider hat hier gespielt. Auch Klaus Doldinger. Dennis Harper und andere Altmeister. Charlie Parker ist immer da. Als Plakat wacht er über der Theke, als wolle er die Trinkfestigkeit der Zuhörer testen. Sein Saxophon ruht auf dem Schoß. Sein hellwacher Blick trifft auf die Augen des Betrachters, als wollen sie sagen:

»Trink dich groovig, aber versauf nicht dein Gehör. Du brauchst es für meine Töne!«

Seine Lieder laufen hier heavy rotated, in persona war er nie hier.

Meist sind es Jazzbands, die sich einige Standards aus der Lunge pressen. So wie heute Chris Potter, Altsaxophonist aus Amerika, New York. Mit Band. Was für ein Gast. Locher fährt hin. Mit einer Vorfreude, die ihm unter den Kieferknochen die Lymphknoten anschwellen lässt. Zu Hause föhnt der Jazz vom Vinyl durch die alte Braun, hier aber dreschen die Künstler ihm hautnah und live die Synkopen entgegen. Jetzt aber schnell. Hinein.

Es gießt immer noch aus vollen Rohren. Als Locher die Tür zum »Blue Note« aufreißt, nimmt er die zauberhaften Klänge einiger Blechinstrumente wahr. Es riecht typisch modrig, eine Mixtur aus Bier, Rauch und Feuchtigkeit, die in alten Gebäuden zum Inventar gehört. Lochers vom Regenwetter verstopfte Nase tropft wie ein Wasserhahn.

»Hundswetter.« Locher tritt an die Kasse. An der sitzt ein junger Mann.

»Pisswetter«, sagt der. »Trotzdem, vierzehn Euro.«

»Bitte.«

»Vierzehn Euro.«

»Das heißt vierzehn Euro, BITTE.«

Hat denn Gott und die Welt die Manieren verloren?

»Maria und Joseph.« Locher schüttelt den Kopf. Er fischt sein Briefkuvert aus der hinteren Hosentasche. Er holt den Inhalt hervor, den ganzen. 11 Euro, 98 Cent. Peinlich berührt zwickt es in seiner

Magengegend. Das kennt jeder, der im Falle einer Zahlungspflicht zu wenig Geld bei sich trägt. Aber haben Sie dann auch eine Notration am Mann, so wie Locher, der immer einige Euro extra in seiner Parkatasche liegen hat? Er greift in die linke äußere. Dort findet er – eine Schnecke. Eine Nacktschnecke.

Wo kommt die denn…

Locher fällt ein, dass der Wald und seine Bewohner immer für Überraschungen gut sind. Der Kassenmann kramt gerade nach der Rolle mit den Eintrittskarten, hat das Kriechtier nicht entdeckt, das kann Locher aus seinem Augenwinkel genau sehen. Er will das klebende Tier aus der Hand schütteln, damit es zu Boden fällt. Versuchen Sie das einmal, es ist nicht leicht. Das schleimige Ding verlässt Lochers Hand nicht im gewünschten Winkel und landet nicht unter dem Stehtisch, der als Kassentresen fungiert, sondern die abrupte Schüttelbewegung befördert die Schnecke im hohem Bogen in das Bierglas des Kassenmanns, das etwa einen guten Meter von August entfernt auf einem Barhocker steht.

»Bier«, erschrickt Locher.

»Was?« Der Kassenmann hat den Vorgang nicht beobachtet. Auch nicht aus dem Augenwinkel.

»Hier.« Locher streckt ihm eine Zwei-Euro-Münze entgegen und verschwindet rasch durch die Schwingtür. Viele Jazzfans haben sich noch nicht eingefunden und trotzdem ist genau sein Stammplatz besetzt. Von einer älteren Dame mit Hut, Kim-Zigaretten rauchend. Jetzt steht Locher unsicher im Raum, seine Hände wie ein Cowboy, der seine beiden Colts umfasst, in den Parkataschen vergraben. Er fühlt in der linken Tasche einen durchweichten Papierschnipsel, den er eigentlich ähnlich entsorgen will, wie das Klebetier vorhin, aber im letzten Moment macht er einen Fünfzig-Euro-Schein aus.

Wo kommt der denn…

Locher fällt ein, dass das Leben immer für Überraschungen gut ist. Ein Blick an den Tresen macht klar, der herkömmliche Barmann

Winnie wurde ersetzt mit einem Sträfling in Freizeitklamotten. Lochers Ritual bekommt Dellen. Kein Stammplatz, kein Winnie. Hilft aber nix.

Er tritt an die Bar, seinen tropfenden Parka legt er nicht ab. Auf einem Barhocker neben ihm sitzt ein Mann, der vor sich eine Art Herrentäschchen liegen hat. Der Mann trinkt offenbar Pils. Eine abgestandene hellbraune Pfütze schwimmt in einem dafür eigentlich zu kleinen Glas. Der Mann stiert geradeaus in einen unbenützten Aschenbecher. Locher blickt über den Zapfhahn in Richtung Barkeeper. Ein aus Plastik gefertigter Trompeter versperrt ihm die Sicht. Locher stupst ihn liebevoll auf das Instrument. Die Figur kippt nach hinten und fällt neben einen mit Wasser gefüllten Maßkrug auf den Schanktisch.

»Oh. Ich … äh … «

»Hey«, versetzt der Mann hinterm Tresen. »Finger weg von Dizzy.«

»Disney?«, fragt Locher verwundert. »Das ist Dizzy Gillespie.«

Der Mann, der Locher nicht bekannt vorkommt, folgerichtig Locher im »Blue Note« noch nie bediente, stellt den Plastikjazzer wieder auf die Ablage der Zapfanlage.

»Verdammter Schlaumeier«, nölt der Barmann, der ein Geschirrtuch in den Händen hält. Er fordert durch eine schnelle Kopfbewegung eine Bestellung von Locher. In Locher stellen sich alle Zeichen auf Vorsicht, vor diesem Grobian muss er gewarnt sein. Verunsichert brabbelt er: »Oh … entschuldigen Sie, mir ein Bi … ein Bi … also Bils … äh … Pier … was hat der …«

Locher wendet den Kopf zum Herrentäschchenmann, der allerdings weiter geradeaus stiert. Wieder zum Barkeeper: »Das da!«

»Wie heißt das Zauberwort?«, will der Barkeeper wissen.

»Simsalabim«, antwortet Locher wie aus der Pistole geschossen. Im Grunde ist August Locher die Höflichkeit in seltsamer Person, aber die Vorfreude und Nervosität lassen sein ausgeprägtes Formgefühl löchrig werden.

Jetzt aber keinen Fehler mehr, August.

Locher dreht sich um, zählt die anwesenden Gäste. Der stumme Pils-Mann neben ihm, die Dame auf seinem Stammplatz, und neben der Bühne sitzen zwei ältere Typen. Der eine erinnert an Reinhold Messner, die Haarpracht des anderen an »Kentucky Waterfall«, Sie wissen, er trägt so eine gewellte Mittelhaarfrisur, welche sich im Nacken wie ein Wasserfall nach unten schlängelt. So eine Frisur, bei der das Gewissen frei von Vorurteilen sein sollte. Egal ob beim Träger oder beim Beurteiler.

Sonst ist noch niemand da, aber just in diesem Moment betreten vier Jugendliche das Lokal. Zwei Pärchen. Sie grüßen freundlich, auch Locher, der eilig zurückgrüßt, bevor es sich die Jugendlichen anders überlegen. Sie finden einen Platz in der Mitte des Raumes, den zwei Lautsprecher mit Saxophonläufen des Cannonball Adderley Quintett der Platte »Country Preacher« fluten.

Ein wohliges Gefühl durchfährt Locher.

Als er sich wieder dem Barkeeper zuwendet, steht ein halbes Glas Pils vor ihm. Lacke Materie, ohne Schaum und Kohlendioxid. Wenn das Pils ist, ist Locher Gillespie.

Mit einer vorsichtigen Geste der Beschwichtigung und einem Gesichtsausdruck, der deutlich vorwegnehmen soll, auf wessen Seite der Fehler wohl liegt, nämlich auf Lochers, will er mit dem Barkeeper Kontakt aufnehmen, der sich gerade mit dem Kassenmann unterhält. Der Kassenmann hat ein grünes Gesicht und in seinem Glas schwimmt keine Schnecke mehr.

Mahlzeit, durchschießt es Locher.

»Entschuldigung, Herr Ober…« Locher schnippt mit den Fingern. »Äh… Ähhntschuldigung.«

»Entschuldigung. Hier liegt ein Missverständnis vor. Ich… hähä… wollte… äh… ein Pils. Und das da«, Locher deutet auf sein Glas, »das ist doch kein… oder etwa doch?«

Der Barmann schaut erst Locher an, dann blickt er zum Kassenmann, der verdreht die Augen, obwohl er von Lochers Anmerkung nichts verstanden hat. »Hör zu, Mann.« Der Barkeeper tritt auf Locher zu, lehnt sich über den Tresen. »Wir sind hier eine feine Jazzkneipe. Wir haben hier Anstand und Benimm. Zum Affen können Sie andere machen. Macht neun Euro sechzig.«

Eine feine Jazzkneipe. Sicherlich richtig. Mit Musik, die Locher schon seit Jahrzehnten genießt. Und dann kommt so einer. Locher mustert den Mann innig, der passt rein äußerlich nicht hierher. Mit seinen tätowierten Unterarmen.

Was stellt das eigentlich dar? Schlangenfrauen auf glühenden Kohlen?

Seine enge, durchgetragene Bluejeans, sein ausgewaschenes rotschwarz kariertes Hemd, die Ärmel zurückgeschlagen. Eine zum Pferdeschwanz gebundene Langhaarfrisur, fettig und glänzend. Ein Schnurbart, hufeisengerecht zurechtgestutzt. Ein schwerer Totenkopfring am Mittelfinger rechts. Ein breites Lederarmband links. Diese latent aggressive Ausdrucksweise. Beim besten Willen, das ist Heavy Metal, aber nicht Jazz.

»Verzeihen Sie, ich habe Bier bestellt. Ganz bestimmt. Ich sehe mich …«

»Das da, haben Sie gesagt. Und dort hingedeutet.« Der Zeigefinger des Winnie-Ersatzes deutet auf den zitternden Herrentäschchenmann.

Locher muss sich eingestehen, genau das hat er gemacht. Bevor er noch weiter Unruhe verbreitet, will er bezahlen.

»Nun … wie viel macht das?«

»Neun Euro sechzig.«

»Was? Für dieses traurige Stück Hopfengetränk?« Locher wagt sich für seine Verhältnisse weit ins Metier Auflehnung, macht dann aber eine Rückzieher.

Ich will keinen Ärger, ich will Jazz.

Locher legt den aufgeweichten Fünfzig-Euro-Schein auf das verbrauchte Holz der Theke. Neben dem Fuffziger liest Locher ein eingeritztes Wort. *Ming.* Es könnte der böse Imperator aus der Fernsehserie »Flash Gordon« gemeint sein. Locher vermutet aber eher, dass er das selbst vor etwa neun Jahren eingeritzt hat, als die Bedienung in der Küche nach einem bestellten Gericht Ausschau hielt. Es müsste in Lochers Erinnerung »Strammer Max Greger« gewesen sein. Das abrupte Erscheinen der Bedienung aus dem Küchenraum ließ ihn den Namen *Ming*...us mit Hilfe einer aufgebogenen Büroklammer nicht zu Ende schreiben. Charles Mingus, ein Künstler aus seinem eigenen und dem Repertoire dieser Kneipe. Hier verewigt. Plötzlich ist sich Locher ganz sicher.

Ja, das war ich.

Er schämt sich leicht für diese Art des Vandalismus. Somit scheinen die neun Euro sechzig im Nachhinein ein stummer und gerechter Ausgleich.

Der Aushilfsbarmann hat Mühe, die klebrige Geldnote von der Oberfläche zu fitzeln. Er schüttelt erneut den Kopf.

So, da sitzt er nun, die Kneipe füllt sich behäbig, und Locher wartet auf den Live-Act. Die wässrigen Augen seines Sitznachbarn spiegeln sich müde in der Flüssigkeit, die nun auch vor ihm in einem Schwenkglas schwimmt. Locher denkt, auch dieser Herr ist von Einsamkeit ummantelt und sucht sein Seelenheil in der Musik. Er wagt einen Verbrüderungsversuch: »Na, guter Mann, Herrentäschchen dabei?« Locher deutet auf das Mäppchen, das vor dem zitternden Mann ruht. Dieser, offensichtlich von Lochers Anwesenheit eingeschüchtert, starrt vor sich hin.

»Entschuldigen Sie, lieben Sie das hier genauso wie ich?« Locher probiert eine allumfassende Bewegung mit den Armen.

Der Mann schreckt auf, schaut in Lochers Glas und wispert fahrig: »Bitte lassen Sie mich zufrieden.«

»Verzeihung«, setzt Locher nach, »aber Potter ist phänomenal. Uns erwartet ein zauberhaftes Spektakel.«

Der Mann, der sich nun heftig an sein Täschchen klammert, wimmert: »Ich lese kein Harry Potter. Bitte lassen Sie mich zufrieden.«

Locher dreht sich enttäuscht zur Seite. Er schnüffelt an seinem »Pils«, doch seine verschnupfte Nase gibt lediglich ein kurzes Grunzen preis. Aktuell 0,0 Prozent Geruchssinn. Ein Pils ist das nicht, vielleicht Apfelschorle.

Was auch immer das ist, Locher nimmt endlich einen heftigen, tiefen Zug. Ihn dürstet gewaltig.

... Feuer!!!

Schon wieder. Er hat doch gestern erst eins gelöscht. Nun fällt es Locher wie Schuppen von den Augen – Tränen fallen hinterher. Ein Schnaps, genauer Weinbrand, Mariacron oder schlimmeres Weindestillat, hochprozentig, wild, tödlich. Eine Feuerwalze in flüssiger Form. Gebranntes aus Trauben mit Enterhaken versehen. Locher keucht. Und zwar Laut.

Hilfe.

Aus Lochers Hals strömen stumme Hilfeschreie. Höllenschmerzen steigen aus dem Schlund auf. Trinkt er Feuerquallenbowle? Eine flüssige Eisenfeile schabt sich die Speiseröhre entlang. Nach einiger Zeit kehrt seine Contenance zurück.

»Guter Tropfen«, zischt er, den dreifachen Weinbrand – deswegen auch die Unsumme von neun Euro sechzig – auf Augenhöhe musternd. Die Nase befreit sich langsam. »Auch einen Schluck?« Locher bietet dem Herrentäschchenmann sein Glas an.

»Bitte lassen Sie mich in Frieden, Sie Narr!«

Locher wendet sich achselzuckend der Kneipe zu.

Jazz ist was Feines.

Hier und da nippt er noch von seinem Getränk, die Kehle gewöhnt sich an den Geschmack des Weinbrandprodukts, das, wie Karl Rettig, der Fragenmann, richtig wüsste, Hugo Asbach in Rüdesheim am

Rhein seit dem Jahre 1892 in die Welt exportiert. Ein Bier wäre Locher bei weitem lieber gewesen, aber Sie wissen ja, Trinkerweisheit: Bleib bei einem Getränk! So schlittern im Laufe des Abends noch zwei weitere Weinbrandgetränke in Lochers Magen und er selbst ins nächste Unglück.

»Gib's ihm! Gib was her! Los!« Locher hat seinen Platz vom Tresen zu einem freien Stuhl nahe der Bühne verlegt. So ist er dem Geschehen näher, das seit zehn Minuten von den hochprofessionellen Musikern präsentiert wird.

Chris Potter trötet in sein Saxophon, dass ihm die Augen nach außen quellen. Seine Mitmusiker verbiegen ihre Körper, ihre Instrumente verwachsen mit ihren Händen und Gesichtern. Die Amerikaner wollen nichts von ruhiger Atmosphäre wissen. Energetisch knallen sie flotte Standards und Originals von der Bühne.

»Spielt, ihr Irren!«, schreit Locher. Mit der linken Hand klopft er auf den Tisch, in der rechten pocht das Williglas. Weitere Anwesende, es sollten so um die zwanzig Menschen sein, blicken teilweise befangen in die Runde. Teilweise folgen sie gebannt dem Treiben der Musiker. Jazzfreunde äußern ihre Leidenschaft anders als zum Beispiel Heavy Metaler. Fokussiertes, erfülltes Verfolgen der Synkopen, der Soli, der Riffs, Bobs und Parts verbiegen weniger die Körper, sondern die Sinne. Jazz ist komplex. Jazz ist Wissenschaft – aber freie Wissenschaft. Empirie ohne Regeln. Aber durchaus klar, da wackelt auch mal der Kopf, da imitiert der Zeigefinger einen swingenden Drumstick. Nicht nur rein seelisch das Ganze, auch ein wenig körperlich. Aber doch eher ein Anspruch fürs Innere. Obwohl, beim Applaus: Da dann wieder voll körperlich. Und laut und dankbar und wild und whooooow und so weiter. Locher natürlich auch.

Seine anfänglichen Zwischenrufe arten nun in Aufforderungen aus. Die Musiker sollen gefälligst Gas geben, er will sehen, was die da am Big Apple so alles treiben.

»Allright my friend«, wendet sich Chris Potter nach dem dritten Lied an Locher. »You're swinging man. That's treat. We play, you groove.«

»Locher. August Locher«, stellt er sich vor, steht auf und applaudiert in Richtung der Band. Der Barkeeper gibt ihm zum wiederholten Male gestikulierend zu verstehen, er solle sich zügeln. Locher antwortet jedes Mal mit einem beschwichtigenden Fernprost und schluckt weitere Mengen des Asbach Uralts.

»Cheers, my Jazzplayers. Große Musik. Spielt doch was von Duke Ellington. Haut rein.«

Und an den Schlagzeuger gerichtet:

»Solo auf der kleinen Trommel, du zappelndes Stück Tintenfisch! You zappling Inkfish!«

Zwischen zwei Stücken erhebt Locher sein Glas in Richtung Mr. Potter und dann sofort zur Entschuldigung in Richtung der Bar, an der Barmann und Kassenmann mit verdunkelten Gesichtern das agile Treiben Lochers verfolgen.

Offenbar lassen sich die Musiker nicht lumpen, denn prompt stößt das Horn das Riff von »Sonnymoon for Two« aus.

Wallungen klopfen an Lochers Kopf. Von der Innenseite aus. Er trommelt mit der flachen Hand nervös auf den Tisch, verdreht die Augen im Takt und poltert mit den Schuhen.

»Spielt! Play!« Locher erhebt sich ruckartig. »Play, ihr glandiosn Mens. More! Los!« Er schluckt eifrig aus seinem Glas. Die brennende Flüssigkeit rollt mittlerweile rund und ohne Widerstand die Kehle hinab. Von der Bühne brettern die Künstler groovige Erhabenheiten in den Zuschauerraum. Das Becken zischt und swingt, dicke Finger gleiten über dicke Kontrabasssaiten. Mr. Potter verbiegt seinen Oberkörper unter höchster Anstrengung, und es wirkt, als wolle er sein Saxophon mit beiden Händen zerknittern.

»Press!« Locher winkt mit dem freien Arm. Er brüllt gegen die Musik an. »Blow, blow! Gjoßarteck. Is toll. Hey, you sseid schbisse.«

Die Zunge fängt zu lahmen an, die Gesichtshaut ist längst pelzig, und sein Tänzeln liegt nicht nur an der mitreißenden Musik. Wind kommt auf. Seegang.

Locher erhebt sich zum Getöse der Musik. Unter ihm vibriert der Untergrund. Chris Potter nutzt den Blues, um Brian Blade am Schlagzeug zu featuren. Chorusweise wechseln Saxophon- und Schlagzeugsoli in atemberaubender Korrespondenz. Der Ideenreichtum des explosiven Dialogs zwischen Front- und Sideman führt bei Locher zur Ekstase. Die Mixtur aus spontaner Kreativität und traumwandlerischer Routine der Ausnahmesolisten hinterlässt bei der Zuhörerschaft, aber vor allem bei Locher, pulsierende Wirkung. August legt stehend den Kopf in den Nacken und federt hypnotisiert auf und ab. Seinen Verstand längst aus dem Körper verbannt, wirkt er wie ein Voodoo-Mann, der seine wackelnden Arme zum Sonnengruß erhebt. Einige Zuschauer verfolgen ängstlich das abstruse Locher-Treiben. Und so geht es eben mit einem durch, der sich voll und ganz seiner Leidenschaft widmet, wenn Sie ehrlich sein wollen, das ist doch schon jedem von uns passiert. Absolute echte Hingabe kombiniert mit absolut schlechtem Asbach ergibt absolut bizarres Verhalten.

Potter lässt die Blue Notes hinter sich, geht zu Quartenmelodik über, die an den späten Coltrane erinnert. Die ganze Musik ein Bombardement an geblasenem, gewirbeltem, getastetem und gezupftem Wahnsinn. Locher taumelt in den Zuschauerraum. Auf der Bühne hat sich die Zahl der Musiker längst vervielfacht – in Lochers Augen. Er brüllt zur überfüllten Bühne hoch: »Wa snihr?! Könnnimma spln oda ws! Sowas abach. Pottaaaaaa!«

Er reißt sich die Jacke vom Leib. Das will was heißen. Die Hemdknöpfe segeln durch aggressives Zugverhalten am Kragen durch die Jazzbar. Sie drehen auf dem Boden lustige Kreise und erinnern an das Wogen des Ridebeckens von Brian Blade.

Chris Potter fällt in eine hypnotische Triolenexplosion am Saxophon.

Locher erweitert in Schieflage seinen Bewegungsradius. Er fällt in das Trinkglas der älteren Dame am hinteren Tisch, von dort auf den Boden. Ein Tohuwabohu auf ganzer Länge. Geschrei und Gezeter.

Der Messnerverschnitt und der Kentucky-Waterfall-Frisuren-Besitzer springen lachend auf und klatschen in die Hände. Immerhin im Takt.

Die beiden jungen Pärchen gucken fassungslos in die Runde. Sie sehr bleich.

Das Herrentäschchenmännlein an der Bar ist in Deckung gegangen.

Weitere Anwesende eilen der Dame zu Hilfe.

Der Barkeeper und der Kassenmann stürzen sich auf Locher. Sie tragen Utensilien der Bestrafung mit sich. Locher erkennt aus dem Augenwinkel verschwommen und flimmernd eine Machete, ein Schwert, eine Mofakette und einen Polizeiknüppel. Vielleicht malt ihm seine Phantasie, aber eher sein Alkoholpegel, solche Bilder vor die Linse. In Wahrheit strecken sie einfach nur ihre Hände nach Locher aus.

Chris Potter beendet das Schlussthema im Flagioletteregister. Ein finale Grande der Jazzgeschichte. Solch einen Abschluss nach »Sonnymoon for Two« gab es noch nie. Der Amerikaner bedankt sich für die tosende Anteilnahme. Er deutet beschwingt auf seinen Schlagzeuger.

»What a performance.«

Dann auf den immer noch am Boden kauernden Locher, den zwei erwachsene Männer auf ihm sitzend zur Räson bringen wollen.

»But not to compare with his. Thank you, man, that was a big bang! Wouldn't surprise me, if you get house banned for a lifetime.«

Und so viel Englisch verstehen wir alle, um zu wissen, dass Chris Potter diesen Eklat sehr richtig eingeschätzt hat. In seinem Musikerdasein hat er schon so einige Maßlosigkeiten erlebt. Sie müssen wissen, Jazzer stehen den Hardrockern in nichts nach. Wenn Sie denken, Mötley Crües Bandbiographie »The Dirt« sei der Gipfel der Darstellungen von Sexexzessen, Drogenausschweifungen und Handgreiflichkeiten – Sie wollen nicht wissen, was so mancher Jazzsaxophonist bei

Aftershowpartys mit seinem Instrument anstellt. Hausverbote inklusive. So auch bei Locher. Verbannt aus seinem Jazzhimmel. Bestürzend.

Schmerzen! Eine Kreissäge zerspaltet mit schrillem Geräusch eine Kokosnuss, welcher Lochers Kopf frappant ähnelt. Beim Eindringen des Sägeblatts in den Nussinnenraum spritzt bernsteinfarbene Flüssigkeit aus ihr heraus. Es entsteht eine ziemliche Sauerei und riecht nach Weinbrand. Locher sitzt auf einem Holzstuhl neben seinem Körper, der auf eine Theke angeschnallt scheint. Er sieht zu, wie der Barkeeper seinen Kokosnusskopf aufsägt. Im Hintergrund spielt Chris Potter keinen Jazz, sondern trötet auf seinem Saxophon die Melodie »Von den blauen Bergen kommen wir«. Die ältere Dame, mit der er gestern ein Tänzchen wagte, fächelt ihm Luft zu, während sie mit der anderen Hand an seiner Hosenöffnung nestelt. Sein Blick schweift zum Eingang, in dem eine menschengroße Schnecke sitzt und die Worte »Bitte«, »Danke« auf die glitschige Haut tätowiert hat. Der Korpus des Kriechtieres wabert zu Potters Sound. Ein Cognacglas ist über seinen Kopf gestülpt, wenn man bei einem solchen Tier von Kopf sprechen mag. Der Barkeeper sägt wohlgestimmt weiter, dringt immer tiefer in die Kopfnuss ein. Ein diabolisches Grinsen ist in sein Gesicht gemeißelt. Weiterer hochprozentiger Asbach schießt aus der Sägenaht. Die ältere Dame fummelt in Lochers Hosenstall, findet schlangenartig den Weg ins Innere und ruft plötzlich frivol und angetan »Glitschig!« in die makabre Runde. Sie zieht vorsichtig ein Teil aus seiner Hosenöffnung. Locher blickt mit Entsetzen auf seinen eigenen, vor ihm liegenden Unterleib. Was er da erkennt, macht ihn mürbe und fahl. Die Dame beschleunigt ihre Bewegung und zum Vorschein kommt – eine weitere Schnecke, seegurkengroß. Die Madame funkelt Locher an und spricht: »Macht neun Euro sechzig! Und Hausverbot!«

Locher erwacht in seinen schweißdurchtränkten Laken und schreit zitternd: »Grimm und Ingrimm!« Im nächsten Moment spürt er das

Schwert im Haupt. Das Schwert der Gerechtigkeit. Seine Hand umfasst den schweren, pulsierenden Kopf. Der Traum mit dem Sägeblatt ist annähernd Wahrheit. Der gestrige Asbachkonsum äußert sich auf bestialisch ungerechte Weise. Locher fühlt starke Übelkeit, er hat Orientierungsschwierigkeiten und Pelz auf der Zunge. Aber keinen der Firma Rieger, sondern einen der Marke »Räudiger Kojote«. In seinem Kopf scheint ein Stacheldraht verlegt worden zu sein. Jede Bewegung schmerzt höllisch, vermischt mit dem flauen Gefühl des Alkoholmissbrauchs, wie wir es alle vermutlich kennen. Ein Morgen, an dem man sterben möchte.

Wie er in sein Zuhause kam, bleibt ihm rätselhaft. Ob mit Hilfe, was nicht anzunehmen ist, oder kriechend, was anzunehmen ist, er wird es nie ganz genau erfahren. Auch nicht, warum seine Nase schwer lädiert ist. Sie scheint gebrochen. Vom Barkeeper, vom Regenschirm, vom Herrentäschchenbesitzer? Keine Ahnung. Leider pulsieren in seinen Ohren die Worte »Lebenslanges Hausverbot« verdächtig deutlich. Sollte er wirklich Hausverbot erteilt bekommen haben? In seinem Jazzclub. Nie mehr Livejazz zum Ausruhen von der Alltagslast. Nie mehr Rückzug in swingenden Wohlklang. Ein gellender Stich durchfährt sein schlappes Herz. Wie ein unerträglicher Saxophonton in höchster Frequenz.

Er tastet nach einem Glas Wasser, aber findet nur ein blutiges Taschentuch neben dem Bett. Er vernimmt ein leises Brummen und blickt schmerzverzerrt in Richtung Wecker, Schlafzimmertüre, Fenster, bis er merkt, es ist das Brummen in seinem Kopf. Es hilft nichts. Locher muss raus. Aus dem Bett, aus dem Haus. Arbeit ruft. Er ist traurig und erschlagen.

Als Locher am Abend seinen Nachhauseweg beendet und mit dem Fahrrad das Gartentor erreicht, ist er schlapp und ausgelutscht. Die letzten Nachwehen seiner Zecherei flattern noch in Form von Übelkeit und leichten Kopfschmerzen durch seinen Körper. Seine Gesichtshaut ist gespannt. Er hat sich, so gut es geht, aus der Affäre gezogen. Er verkroch sich in sein Reich, hielt seinen Arbeitsaufwand gering und parkte seinen Körper immer wieder ausruhend zwischen seinen Buchbinderutensilien und bedruckten Papierstößen. Die wenigen Verrichtungen, die er für sinnvoll erachtete, zerronnen ihm zwischen den zittrigen Fingern. Es war keine Sicherheit, keine Geborgenheit in seinem Blechbunker zu verspüren, kein Rückzug möglich. Die bunten Tierbildnisse erzeugten keine Regenbogengeschichten, sondern schmerzten grell in den Augen. Die Freude an der Arbeit war einer unbekannten Last gewichen. Bis auf einen gefährlichen Seitenhieb Panzers, der in die Runde rief, dass Locher wie ein Fass Rum stinke, und eine an seinen Hinterkopf geworfene Bananenschale gab es weiter keine nennenswerten Boshaftigkeiten in und aus der Abteilung vier. Die wenigen Fisimatenten schlugen aber anders als sonst ins Gemüt. Fast schon schneisenartig. Es scheint, als sei seine harte Schale gebrochen, als funktioniere sein Schutzschild nicht mehr korrekt, mit dem er bisher jeglichen Angriff abzublocken wusste. Normalerweise zieht er sich in sein inneres Exil zurück, evakuiert sich sozusagen vor der heranziehenden sozialen Katastrophe selbst. Die verbale oder körperliche Attacke implodiert und verdampft. Normalerweise.

Um achtzehn Uhr verlässt Locher pünktlich die Druckerei Schering.

Jetzt ist er daheim.

Als er das Tor zu seinem Garten aufstößt, liest er im Eintreten über seinem Namensschild eine schriftliche Anbringung weiterer Buchstaben: statt A. Locher steht da nun A.RSCH Loch~~er~~. Er ist zu müde, um irgendwelche Gedanken zu finden, die sich damit auseinandersetzen. Er schiebt sein Rad in den Schuppen. Die verbrannte Tür sticht ihm ins Auge.

Das wollte ich auch noch reparieren. Vielleicht morgen.

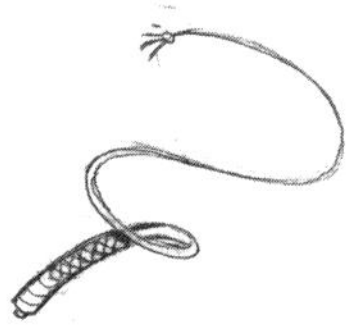

Das Joch (Sieben Tatsachen: A–F)

A – KOT FÜR DIE WELT

»Na, Nilrem. Hast du fest geschlafen?« Locher steht vor seinem Haustier und streicht sich ein Schnittlauchbrot zum Frühstück. Dabei blickt er aus dem Fenster. Die Kräuterstückchen zeichnen ein trauriges Gesicht auf die Butter. Sein Spiegelbild zeigt im Fenster das Gleiche.

»So gut und fest wie ich?« Saumseligkeit strömt durch seinen Körper, den er durch den gestrigen Schlaf wieder auf Augenhöhe mit seinem Geist bringcn wolltc. Von Erfolg war das nicht gekrönt. Weder Körper noch Geist kommen in Fahrt. Im Gegenteil. Der Gedanke an Arbeit erschreckt ihn. Kein Tatendrang will aufkommen. Kein Kraftakt in Sicht. Kein Märchen in imaginärer Reichweite, das ihm einen Stimmungswechsel gewährt.

Sein Brot verschwindet in kleinen Bissen, mit einer Tasse Carokaffee spült er nach. Als der letzte Bissen schmerzhaft nach unten wandert, wandert sein Blick nach oben. In seinem eigenen Garten steht der Wolfsjunge Björn-Ben. Aus der linken Hand ragt ein Pfeil. Den Sportbogen um die Schulter gespannt, glotzt er dumpf in Lochers Küchenfenster. Die Beine des Jungen verschwinden komplett im Wildwuchs des Locherrasens. Als sich die Blicke treffen, springt die Zunge des niederträchtigen Kindes nach vorne.

Mongoloider Balg!

Locher will gerade das Fenster öffnen, um ihn von seinem Anwesen zu komplimentieren, da tritt Björn-Ben selbst den Rückzug an. Beim Verlassen des Anwesens schlägt er mit dem Pfeil nach allem, was sich ihm in den Weg stellt. Einige der Rosenblütenblätter fallen traurig zu Boden.

»Was für ein… böser Mensch. Vor dem, Nilrem, musst du dich schön in Acht nehmen.«

Über den im Fensterrahmen stehenden Vogelkäfig legt er die gelbe Platzdecke, die den Käfig schon seit Jahren schützt. Vor Kälte, Helligkeit und Blicken. Müde gibt der Vogel einen Pfeifton von sich. »Ziep.«

»Na klar kannst du das machen«, meint Locher zum Tier. »Da musst du mich doch nicht fragen.«

Der Vogel will von einem Sitzstab zum anderen springen, prallt aber mit dem Kopf gegen die obere Decke des Käfigs und saust wie ein getroffener Habicht auf den Käfigboden. Der Vogel ist der gleiche Tollpatsch wie Locher.

Als dieser den gefiedert gefederten Aufprall hört, nimmt er noch mal das Platzdeckchen ab und öffnet das Gittertürchen.

»Klar, mach das«, flüstert er seinem Freund Nilrem zu und lässt ihm im Haus freien Ausflug, da er sich der Geschlossenheit aller Fenster sicher ist.

Locher steht schon an der Garderobe und legt sich seine Schutzdecke, den Parka, um.

»Auf Wiedersehen, mein kleiner Kanarienmensch.«

Beim Hinausgehen stößt er sich den Kopf an der kristallgläsernen Wandlampe. Er bemerkt es nicht.

»Guten Morgen, Herr Malangré.« Locher grüßt den Hundenachbarn, welcher vor seinem Eingangstor steht. Obwohl ihm nicht danach ist. Erschrocken zieht dieser ohne eine Äußerung von dannen. War ja klar. Aus dem Schuppen holt Locher sein Fahrrad hervor und schreitet zur Pforte. Er öffnet das Gatter und schiebt seinen »Adler« auf den Bürgersteig. Plötzlich fühlt er unter seinem linken Schuh eine weichliche, nachgebende Masse. Teigig. Breiig. Ein Blick nach unten verrät: Kot! »Grimm und Ingrimm! Hundssakrament!«, stößt Locher fuchsig hervor. »So ein Schei… benhaufen.« Locher ruft über die Straße, wo Herr Malangré samt seinem Hund Bombay gerade sein eigenes Stück Land betritt: »Herr Malangré, wir sollten mal reden. Ihr Hund…« Völlig gelassen verschwindet der Hundebesitzer in Richtung seines Hauses, ohne sich umzudrehen.

Verdammt, wieso kotet der Hund nicht in seinem eigenen Garten ab? Jeden Morgen diese Scheiße!

Widerwillig stapft Locher zurück. Der aufkommende Tag bringt aufkommenden Zorn. Im Regal im Vorraum des Wals befinden sich die dem Entsorgen von Hundedreck dienlichen Plastiktüten. Wieder am Schauplatz der Grässlichkeit bückt sich Locher und sammelt stringent die Bollen ein. Gar kein leichtes Unterfangen, da zum einen durch seinen Tritt eine klare Struktur deformiert wurde und der Dreck am Asphalt klebt, zum anderen der Köter offenbar gestern den gesamten Vorrat an »Bozita Nassfutter« gefressen hat – der Menge nach zu urteilen.

Soll er doch in die Büchsen scheißen und sich sein Rektum blutig schneiden.

Immer wieder neue Säcklein füllend, hantiert und balanciert Locher rastelliartig mit den tierischen Ausscheidungen.

Herrschaft! So ein Mist. Fremder Hundekot in den Händen ist ein Armutszeugnis, denkt Locher. Irgendwie ist das auch eine Theorie.

Nach zehn Minuten schmeißt er das letzte Tütchen in seine Aschentonne. Den Gedanken an einen Schuhwechsel verwirft er aufgrund Zeitmangels. Als Locher aufgebracht sein Rad besteigt und gen Arbeitsplatz losradelt, blickt ein schadenfroh grinsender Malangré aus dem Küchenfenster auf die Straße. Das konnte Locher erkennen. Der Tritt auf dem Fahrrad ist schwer. So wie sein Herz.

B – DIE GABELSTOSSLEGENDE

»'s Gott« murmelt Locher in Richtung Kasse, als er den Supermarkt betritt. Die Cernak sitzt da und manikürt sich. Keine Reaktion. Am Salatregal stößt er mit seiner Ziegenhaartasche gegen drei Körbchen Pfifferlinge, welche auf den Boden knallen und sich wie gelbe Murmeln verteilen. Kurz hält er inne, dreht sich um und denkt: *Dass bei denen immer etwas auf dem Boden liegt, wenn ich hier bin. Sollten mal eine zusätzliche Putzkraft einstellen.*

Müde trabt er zum Getränkelager. Karamalz. Er schiebt eine Flasche in seine Umhängetasche. Spitzbub, Breze, zur Kasse. Wie in Trance schwebt er schwermütig durch die Gänge. Seine Waren zieht er behäbig und mühevoll aus seiner Trageziege. Polternd fallen sie auf das Förderband.

»Fünf dreiundzwanzig.«

Jetzt erst fährt Locher aus seiner Lethargie hoch, die sich schlagartig in Aufmerksamkeit und auch einen Teil liebevolle Aufgeregtheit umwandelt. Er steht vor der Cernak, welche seine Waren über den Scanner gezogen hat. Locher sieht sich jäh mit auftauchenden Freibadbildern konfrontiert, die sich in seinen Gedanken verweben. Glinda Cernak, die bildschöne, makellose Haut zeigende, ihm zuzwinkernde, gute Wassernixe aus dem Norden des Zauberlandes Oz. Er, der makelvolle Haut zeigende Tölpel aus Dusseldorf. Die Nervosität? Na? Richtig, sie steigt.

Er gräbt in vorderer Hosentasche nach dem nötigen Kleingeld.

»Was ist nun«, gurgelt die Cernak genervt und deutet mit ihren pinken Lackfingern auf die Digitalanzeige der Kasse.

Locher findet in dem Fundus an Gegenständen in seiner Hose einen Papierschein und reicht ihn weiter. Schnell packt er seine Waren in die Ziegenhaartasche.

»Locher, bitte.« Die Cernak streckt ihm genervt eine Eintrittskarte vom Jazzclub »Blue Note« entgegen. Locher beäugt den Schnipsel, um plötzlich erfreut festzustellen: »Sie waren auch bei Chris Potter im ›Blue Note‹! Hab Sie gar nicht gesehen. Sind Sie Jazzfreund… äh… freundin?« Locher wirkt wirklich überrascht.

»Wollen Sie mich verarschen? Sie haben mir das gerade gegeben. Ich bekomme fünf dreiundzwanzig.«

Locher bemerkt seinen Fauxpas. Ruckartig fährt die linke Hand in seine Hosentasche. Die Rechte hält angestrengt seine Umhängetasche.

»Oh, selbstverständlich, das Geld, sofort, meine Liebe.«

Hoppla.

»Ich bin nicht Ihre Liebe, mein Lieber.« Mit ihrer tiefen verrauchten Stimme kontert sie sofort den augenscheinlichen Anmachversuch.

Sie nennt mich Lieber, mir geht das Herz auf!

Er stellt seine Tasche mit den Waren ab, um beidhändig in seiner Hose nach dem Geldbetrag zu fischen. Nicht einfach, wenn man soeben Empfänger eines Kompliments solchen Kalibers war.

Lieber. Bei allen Hexen von Oz.

Er würde gerne etwas auf dieses wunderbare Kompliment erwidern, so was wie: »Liebe Frau Cernak, ich betrete diesen Supermarkt nur wegen Ihnen. Sind Sie nicht da, ist mein Tag grau und öde. Ihr Anblick trägt mich durch die vierundzwanzig Stunden, bis ich Sie wiedersehe. Ich warte den ganzen Tag auf den Moment, an der Kasse zu bezahlen, Ihnen in die Augen zu blicken. Beim Geldüberreichen Ihnen über die Hand zu streifen. In jedem meiner Märchen tragen die Feen, die Elfen, die guten Hexen Ihr Gesicht. Ihr makelloser Körper, Ihr gewelltes Goldhaar, Ihre schlanken Finger, Ihre vollen Lippen und Ihr hübsches Gesicht sind in meinen Träumen allgegenwärtig. Als wären Sie an meine Wände gezeichnet. Als hingen Fotos von Ihnen in meinem Haus. Frau Cernak, ich liebe Sie.«

Er tut dies natürlich nicht.

Endlich findet er einige Silbermünzen, die er vorsichtig und zitternd in die offene Hand der Cernak gleiten lässt. Ui, eine Berührung. Lochers Herz vollführt eine Jubelpose, reckt beide Kammern in die Luft. Er bekommt einige Bronzemünzen retour. Diesmal ohne Berührung. Eine übertriebene Mimik der Cernak erklärt den Tauschhandel für beendet. Locher, dem dieses Lächeln wieder durch Mark und Bein fährt, bedankt sich stotternd und stolpert glücklich zur Glasschiebetür hinaus.

Sie hat mich »Lieber« genannt. Die gute Hexe aus dem Supermarkt hat mich »Lieber« genannt.

Der Zauberer von Oz dreht an Lochers Gefühlsrad. Locher hat die weichen Beine der Vogelscheuche, die lahmen Arme des Blechmanns und die Nervosität des Löwens. Durch und durch wacklig vor Liebe bemerkt er beim Besteigen seines Fahrrads: »Hoppla, meine Tasche.«

Hat der verblendete Amoureux doch seine Ziege samt seinem Mittagessen an der Kasse vergessen, nachdem er in seiner Hose nach dem nötigen Kleingeld gefummelt hat. Betrunken vor Glück, kehrt er in den Supermarkt zurück, es gibt sehr viel Schlimmeres, wie wir alle wissen, oder etwa nicht? Dort erwartet ihn schallendes Gelächter. In dem Moment, in dem er gerade den Eingang betritt, sausen Locher einige hohe Lachsequenzen um die Ohren. Die Cernak, seine vielleicht zukünftige Frau, da muss ihm nur ein mutiger Moment in die Quere kommen, da gibt es keine zwei Meinungen, steht neben zwei gackernden Verkäuferinnen an der Kasse.

Humor hat sie auch.

Da die Damen sein wiederholtes Eintreten nicht bemerkten, weil vielleicht die Lachsalven einer zu hohen Lautstärke unterliegen und man mit einem wiederholten Eintreten innerhalb weniger Minuten eher selten rechnet, unterbindet die Cernak ihren freimütigen, offenbar witzigen Prolog nicht. Locher geht hinter einem Chromständer, an dem frische Kräuter in Plastiktüten aufgehängt sind, in Deckung. Es riecht frisch und würzig. Er will ein wenig ihrem Humor lauschen.

»... seitdem ich hier bin. Fast jeden Tag. Zuerst räumt er reihenweise die Regale ab, der Trampel. Aber man kann ja nicht mal von einem Elefanten im Porzellanladen sprechen, weil Elefanten haben ja noch was Sympathisches.« Locher muss kichern.

»Und dann geht's los. Stinkender Käse, stinkende Jacke, stinkender Locher.«

Locher kichert nicht mehr.

»Stinkt. Alles. Der ganze Mensch. Und ich darf mir nach jedem seiner Einkäufe die Hände waschen. Nicht nur wegen dem Käse. Der drückt mir aber auch immer das Geld in die Hand, da ist Hautkontakt gar nicht zu vermeiden. Und dass solch ein unhygienischer Pfui-Teufel diverse Ansteckungsgefahren mit sich bringt, ist doch wohl klar. Eklig.

Ich sage euch, einfach eklig. Aber was will man machen, ich kann ihm ja kein Hausverbot erteilen, nicht? Und das vorhin mit der Eintrittskarte. Das gibt es doch in Wirklichkeit nicht, oder? Der ist doch minderbemittelt. Muss so sein.« Die Cernak äfft Locher nach: »Waren Sie auch im »Blue Notte« bei Chris Potter? Ich hab Sie gar nicht gesehen. Zu diesem dummen August fällt dir nichts mehr ein.«

Die Zuhörerinnen wiehern bei jedem theatralisch ausgeschmückten Wort auf. Locher zuckt bei jedem zusammen. Jeder Satz durchbohrt tief sein Herz. Wie eine Gabel, die das Innere seines Herzens wie Spaghetti aufdreht. Jede Umdrehung erzeugt einen gellenden Schmerz. Jedes Wort zerfleddert sein Märchengebilde.

Was passiert hier nur? Ich weiß es. Sie wissen es. Locher spürt es. Will es aber nicht wahrhaben. Die Demontage eines für die Cernak überflüssigen Menschen.

Die Cernak nimmt zwei Leselupen aus einem Warentisch für Ramschartikel und hält sie sich vor die Augen. Sie hinkt in gebückter Gangart um die beiden Kolleginnen, die Augen hinter den Lupen schielen riesenhaft hervor. Wieder versucht sie Lochers Stimme zu imitieren: »Hohoho, Frau Cernak, Sie haben da aber zwei mächtig dicke Dinger in Ihrem Ausschnitt hängen. Soll ich da mal hingreifen?« Die Cernak fasst sich schützend an den Ausschnitt. »Iiiihhhh, welch schlimme Vorstellung. So ein Lüstling aber auch. Der wohnt hinten am Wald in dem komischen Fischgebäude. Kein Wunder, dass der immer so stinkt. Das Haus müsste mal richtig ausgeräuchert werden, das sag ich euch.«

Die drei Discounterfrauen überschlagen sich vor Lachen. In Lochers Kopf überschlagen sich die Dinge. Wie oft hat sie ihm Signale der gegenseitigen Sympathiebekundung gesendet? Die vielen lieben Worte aus ihrem schönen Mund an ihn gerichtet, die zwischen all den Spitzbuben, den Karamalzen und weiteren Waren an sein Ohr drangen – nichts als Schall und Rauch? Nichts als Irreführungen? Die grausame verbale Hinrichtung fährt fort. Locher kniet unter den Kräuterbeuteln und muss sich auf allen vieren gegen eine durch bitterste Enttäuschung aufkeimende Ohnmacht stemmen. Lochers Herz explodiert. Glinda Cernak, die gute Hexe des Nordens, verwandelt sich in die böse Hexe des Westens. Ihre Boshaftigkeit, ihr hinterhältiges Schurkentum, ihre infame Verleumdung treiben Locher Tränen in die Augen. Sogar ihre Haut färbt sich durchs Kräuterregal grün, wie von Margret Hamilton im 1939 verfilmten »The Wizard Of Oz« dargestellt. Margret Hamilton füllte nur eine Rolle aus. Die Cernak füllt Lochers Herz mit Eis. Mit Schwermut. Mit Enttäuschung. Mit Wut. Und mit Zorn. Vor allem mit Wut. Und vor allem mit Zorn.

C – DAMOKLES' FABRIK ODER DIE VERTREIBUNG AUS DEM PARADIES

Als er verspätet in die Umkleidekabine der Fabrik kommt, sind seine Tränen nur noch getrocknete Salzkristalle. Sie ziehen zwei weiße Fäden durch sein verheultes Gesicht. Es sieht aus, als wäre es in drei Teile geteilt.

»Locher, was kommst spät, ha?« Öner Cicek, der von Locher unbemerkt den Raum betrat, feuert einen Handschuh auf Lochers Körper und trifft ihn im Genitalbereich. Locher zuckt kurz zusammen. Luft stößt hastig aus seinem zum O geformten Mund. Er bedeutet seinem türkischen Kollegen, er komme gleich. In der Tür dreht der sich noch einmal um:

»Äh Locher? Übrigens am Samstag im Schwimmbad mit Untahose, oda was? Hast gerudert in der Luft, hm?«

Locher ist müde. »Lass mich in Frieden.«

Doch der Frieden kehrt nicht ein. Auf dem Weg zu seiner Buchbinder-Wirkungsstätte wartet offenbar die ganze Abteilung auf sein Erscheinen. Fast ein Spaliergebilde, als ob er das jetzt brauchen könnte.

Nach einigen provokanten Sätzen, die Locher zu überhören weiß, kommt eine Art normales Arbeitsgefüge ins Halbrollen. Fast ist es so, als ob die Arbeit in seinem Kabäuschen sein Gemüt erhellt. Allerdings nur kurz, da der Gedanke an den Supermarktvorfall wieder aufkeimt. Die Cernak: Er konnte sich doch nicht derart in einer Person täuschen. Über viele Jahre die Grundessenz eines Menschen verkehrt deuten. Die Liebe seines Lebens. Die einzige Liebe. Vom weiblichen Geschlecht ließ er sich all die Jahre nicht beirren und nicht verwirren. Kein noch so schönes Mädchengesicht konnte ihn in der Jugend behelligen, keine noch so reizvolle Frau in der Adoleszenz ihm die Schuhe ausziehen. Im übertragenen, aber auch direkten Sinn. Tatsächlich war er noch nicht verliebt. Die einzige Verführung in seinem Leben sind Märchen. Aber die Cernak – Locher schnalzt mit der Zunge – die Cernak würde er vom Fleck weg heiraten. Und zwar für immer.

Wieso sagt sie nur solche Sachen? War sie betrunken? Sie muss besoffen gewesen sein. Oder einfach nur kindisch?

Betrunkene und Kinder sagen die Wahrheit.

Ich muss mich verhört haben. Ich glaube das nicht.

Je mehr er sich Cernaks Verhöhnungen wegdiskutiert, desto deutlicher wird ihm ihre Abneigung vor Augen geführt.

Bitte lass das nicht geschehen sein.

Ihm ist zum Flennen. Und übel.

Er will das wie ein Zauberer ungeschehen machen oder gar eine Umkehrung daraus meistern? Sie soll ihn lieben, Grimm und Ingrimm!

Während er die schmerzhafte Erfahrung zu verdauen versucht, blitzt das Damoklesschwert auf!

Er durchquert gerade gedankenverloren mit einem Lastenkarren Abteilung vier, im Schlepptau fünfundzwanzig fertiggebundene »Bestiarien von Freyung«.

»Locher, du fettes Schwein, bist du das?«

Locher hält inne, schaut aus seiner gebückten Haltung hoch und blickt in die feurigen Augen des Staplerfahrers. Panzer ragt wie ein finsteres Monument hinter ihm auf. Die eine Faust in die linke Flanke gerammt. In der anderen Pranke hält er eine Ölkanne, mit der er messergleich auf Lochers Kehle zielt. Die Unterarme gleichen dicken Holzkeulen. August muss unverzüglich an den bedrohlichen Oger aus Perraults Märchen »Der kleine Däumling« denken. Das Märchen begleitete ihn gestern traumwandlerisch durch die Nacht. Jetzt wird es wahr. Panzer ist ein missgestalteter, plumper Oger. Ein primitiver, menschenfressender Unhold. Leider ist Locher nicht der kleine Däumling, sonst würde er ihm entkommen.

Locher entgegnet erst verneinend, fragt dann aber brüchig »Was denn?«

»Ich denk mir schon den ganzen Vormittag, da stinkt doch was.«

Locher blickt sich fragend um. Hinter Panzer kommt der Arbeitsbetrieb ins Stocken. Die weiteren Kollegen recken Hälse und Köpfe: Aha, Panzer hat Locher auf dem Kieker, da wird's lustig. Mal schnell hin, denken die und bilden erneut ungewollt ein Spalier um die beiden Hauptpersonen. Die Druckmaschinen surren unbeobachtet weiter.

Nicht schon wieder.

»Ich … ich bin das nicht«, stammelt Locher.

Bitte nicht schon wieder.

»Na, wer könnte sonst so bestialisch stinken, Locher, hm? Das kann doch nur der Bestiarien-Pfurz sein? Oder Öner etwa? Du willst doch nicht behaupten, dass unser türkischer Freund streng riecht, was? Oder ist es Breitner hier?«

»Ja vielleicht«, wehrt sich Locher, der es allmählich satthat, den für jedermann zugänglichen Angriffspunkt darzustellen. Was soll er denn noch mehr verlieren als sein Herz?

»Hee, dumme Sau.« Breitner tritt aus dem Pulk hervor. »Gleich klingelt's!«

Aber die Erste bekommt er von Panzer, dem widerlichen Oger, drübergezogen. Eine über den Hinterkopf. Der brutale Staplerarbeiter schnüffelt abwertend an Lochers Kleidung. Auf Hüfthöhe hält er inne, verzieht angewidert das Gesicht. Auch diese Szene stammt aus Perraults »Däumling«. Gleich packt er zu, fürchtet Locher.

»Sag mal, Locher, kann das sein, dass du dir in die Hosen geschissen hast?«

Locher ist sprachlos.

»Hier«, Panzer weicht einen Schritt zurück. »Hier ist Scheiße. Locher, du dreckiges Mistschwein hast Scheiße in der Hose.«

Nun sieht Locher es auch. Tatsächlich. Sein umgeschlagener Hosensaum hat sich etwas geöffnet und in dieser Falte lagern Fäkalienreste.

Bombay, denkt Locher. *Du abartiges Stück Hund.*

Die tierischen Verdauungsreste fördern einen Gestank zu Tage, der nun auch Locher in die Nase fährt. Von der morgendlichen Säuberungsaktion des Trottoirs gekennzeichnet, die Schuhe wollen wir nicht vergessen, steht er nun am Pranger.

Du Malangré'sches Drecksvieh!

Locher wird blass. Unwohlsein kriecht ihm aus dem Magen in die Kehle. Er spürt, wie sich eine unsichtbare Schlinge um seinen Hals zieht.

Nicht noch eine Schmach. Bitte nicht noch einmal.

Er zittert.

»Und hier«, Panzers Stimme johlt vor Vergnügen, »deine ganzen Bücher. Alle voller Mist.«

Auf Lochers Gesicht malt sich ein mimisches Entsetzen. Panzer hat der Menge nach zu urteilen den gesamten Inhalt seiner Ölkanne auf die mit akribischer Mühe und aufwendiger Hingabe fabrizierten Bücher vergossen. Das ist, und ich bitte Sie mir hier zuzustimmen, ein Akt von hinterhältiger Arglist.

Locher brüllt erschüttert: »Bist du nicht ganz bei Trost? Meine ganze Arbeit ist …«

Panzers Faust schnellt vor und ergreift Lochers Halskette, den heiligen Eustachius, das Schild seiner verstorbenen Mutter, und will ihn daran zu Boden ziehen. Surrend reißt das Lederband, Locher entfährt ein panisches »O nein«. Panzer betrachtet das Holzding: »Was ist das denn für ein Kinderkram? Der Schrumpfkopf deines verrückten

Großvaters?« Er schmeißt das Schmuckstück achtlos zur Seite und ergreift stattdessen eines von Lochers Ohren. Zieht seinen daran verbundenen Kopf in Richtung Boden und schallt lachend:

»Putz das auf, Locher. Schleck das weg!« Er deutet auf das dunkle schmierige Öl, das von den nun unbrauchbaren Bestiarienwerken auf den Fabrikboden tropft. In Lochers Ohren erklingen die Angstrufe der Fabeltiere »Hilf uns, wir ertrinken!« Machtlos kauert er auf dem Boden, da steigt unfassbarer Groll in ihm auf.

Panzer reißt und dreht amüsiert an der Gehörmuschel. Ein piratenartiges »Harharhar« begleitet seine Tyrannei. Der Schmerz tobt am Ohr. Gänsehaut zieht über seinen Nacken und vor seinem geistigen Auge tanzen drakonische Monster, Dämonen und Oger um ein Feuer. Sie haben glühende Zangen, in den Zangen klemmt ein Kopf, der dem seinen verdammt ähnlich sieht.

»Schleck es auf, du abartiges Stück Dreck. Du Bastard!«

Da schlägt Locher Panzers Hand beiseite, weicht ein wenig zurück und presst ein wütendes »Halt's Maul!« hervor. Im Affekt.

Einige Sekunden reagiert nichts und niemand.

»Was?« Panzer braucht einen Moment, um diese Gegenwehr zu registrieren. »Was war das?«

Locher lässt verunsichert seinen Blick durch die Reihen wandern. Keiner lacht mehr, nichts raschelt. Totenstille. Stecknadel und so. Gebannte Augenpaare huschen zwischen Panzer und Locher hin und her. Ihm ist, als ob sein Ohr bis auf die Schulter herabhängt. Lochers Finger fummeln unruhig an den Knöpfen seines Arbeitshemdes. Als käme es aus einem anderen Menschen, als käme es aus einem anderen Ort, aus einem anderen Land, von einem anderen Universum und doch aus Lochers Mund:

»Halt's Maul!«

Ein Nu vergeht.

Da packt Panzer Lochers Genick und das Gemisch aus Öl und Bombay-Exkrementen kommt unaufhaltsam näher. Locher versucht sich zu wehren, spreizt seinen Körper gegen die Kraft des Armes, der unerbittlich die Nase in Richtung Dreckhaufen drängt. Locher wimmert, fleht tatsächlich laut und betet leise, das möge doch jetzt bitte nicht wirklich geschehen. Da presst sich stinkende Masse in seine Nasenlöcher. Für einen Moment scheint er in dem Hundekotöl zu ersticken, ehe die stemmende Kraft von oben nachlässt. Locher schießt sofort zurück, schnaubt prustend den Dreck aus den Nüstern. Vermaledeit, es stinkt, es schmerzt. Die Vorstellung und die Tatsache, dass Fäkalien in seine Mundpartie gelangt sind, lassen ihn heftig würgen. Keiner sagt ein Wort, diese Abartigkeit geht selbst den »Locher-Gegnern« zu weit. Hierfür kann sich keiner aussprechen. So lange nicht, bis Panzer als Erstes belustigt losbricht und auffordernd in die Runde blickt. Immer noch herrscht geschockte Stimmung ob solcher Entehrung. Keiner willigt in seine Lachsalven ein. Prompt knallt er Öner Cicek mit der flachen Hand auf den Rücken, und es kracht, dass man denken könnte, das Fabrikdach wäre eingestürzt. Schon poltern alle wieder los, man soll sich ja nicht gegen Panzer stellen. Der kleine Türke rappelt sich gequält auf. Er geht davon aus, dass seine Schulter ausgekugelt ist. Seine Mundwinkel zeigen nach oben.

»Der sieht aus wie ein Clown – aber wie ein Scheißclown. Wie der dumme August«, amüsiert sich Panzer.

Und Tränen füllen die Brille langsam wie ein Aquarium.

Plötzlich tritt Panzer wieder aus dem Pulk auf Locher zu und will ihm mit einer Klopapierrolle, die er von irgendeinem zugesteckt bekommen haben muss, die Nase putzen. Ehe die Rolle seine Nase berührt, spuckt ihm Locher ins Gesicht.

Dann trifft das Damoklesschwert.

Locher liegt am Boden. Seine Nase blutet heftig und pulsiert schmerzhaft. Die Brille ist entzweit. Der Kopf pocht und alles dreht sich. Von ganz weit her vernimmt er immer wieder die aufgebrachten Worte: »Nicht mit mir, Locher. So nicht!«, bis ihn ein »Was ist hier los?« in die Wirklichkeit zurückholt. Hans Berger, Abteilungschef, bahnt sich den Weg durch die Schaulustigen.

»Locher schon wieder, oder?« Genervt bleibt Hans Berger vor Locher stehen. »Was ist hier los?«

Panzer mandelt sich als Erster auf, deutet auf die versauten Bestiarien:

»Der beschmiert unsere Produkte mit Mist, Berger. Der verschandelt die Ware. Hat Öl drübergekippt, der Trottel. Der ist eine Schande für unsere Firma, Berger. Der spinnt!« Die Beschuldigungen krachen durch die Halle.

»Stimmt das, Locher? Hast du unsere Ware verunreinigt?«

»Nein.« Unsicher kommt die Antwort.

»Hast du Panzer geschlagen? Hast du Panzer bespuckt?« Selbst der Abteilungsleiter nennt den Staplerfahrer nur bei seinem Kosenamen. Aus Ehrfurcht.

»Nein«, zittert Locher. Die Meute tobt und zetert: Doch! Er habe ihm gegen den Arm geschlagen, ihn sogar angespuckt, hat Öl verschüttet, und Scheiße hat er auch am Bein und überhaupt, er hätte angefangen. So ist der Grundtenor des Pulks, der sich gegen Locher verschwört.

»Stimmt das, Locher? Hast du Panzer angegriffen?«, bohrt Berger weiter. Was für ein lächerlicher Vorwurf.

Verbittert und durch den kehligen Zorn unfähig zu sprechen, schüttelt Locher nur den Kopf. Franz Groß, René Weigl, Martin, Breitner, Sven Keulerts, Manni, Öner Cicek und wie sie alle heißen, versichern Hans Berger, die Schuld liege bei »dem dummen August«.

Berger vehement:

»So, Locher, mir reicht's mit dir. Deine Spektakel habe ich mir lange genug angesehen. Schon wieder können wir durch dein Ungeschick die teuer produzierten Bücher wegwerfen. Diese Ware ist kostbar, verstehst du das nicht? Deine Papiere holst du dir auf der Stelle. Dein Gebaren ist nicht mehr tragbar, deine Kinkerlitzchen und Ausfälle stecken das Arbeitsklima laufend in Brand. Jede Woche mindestens einmal Unruhe und Aufregung. Und deine andauernden Hirngespinste mit Märchen und Geschichten. Zum Kotzen! So geht das nicht! Und wenn du denkst, du bist davor gefeit hinauszufliegen, weil dein Großvater schon hier gearbeitet hat… du kannst dir sicher sein, der Schering ist sicher nicht begeistert, wenn du laufend seine Produktionen manipulierst.«

Manipulation – ganz genau!

Berger hält kurz inne. »Außerdem blutest du den ganzen Boden voll.«

Hans Berger verschwindet mit einem »Und ihr macht's gefälligst weiter!« aus der Halle.

Die Versammlung löst sich träge auf. Die Schar der Judasraben flattert auseinander.

»Na, Locher? Ich hab doch gewusst, dass ich dich irgendwann erwische. Endlich bin ich dich los, du Bastard. Mir stinkt nur, dass ich dich nicht bewusstlos geschlagen habe. Lass dich nie wieder in meiner Nähe blicken. Nie wieder, beschissener Einzelgänger.«

Blind tastet Locher nach den zerbrochenen Brillenteilen und nach dem heiligen Eustachius. Er braucht mehrere Sekunden, um zu begreifen, was soeben geschehen ist.

Man hat ihm seinen geliebten Job geraubt. Ihm seine Verantwortung und Aufgabe entzogen. Sein Glück genommen. Das Herz zum zweiten Mal am Tag herausgerissen. Eine Welt bricht für ihn zusammen. Seine Welt. Das will er nicht begreifen.

Locher bringt seine Wirbelsäule in aufrechte Haltung. Es knackt wie nervöse Holzdielen. Sein Kopf dröhnt und ist hellrot vor Zorn, Wut, Enttäuschung und Verbitterung.

Er putzt sich mit dem Ärmel Panzers Speichel, das Blut, das Öl und die Reste der Exkremente aus dem Gesicht. Ihm ist, als ob er damit all die Erinnerungen an sein Paradies aus seinem Gedächtnis wischt. Seine Papiere holt er nicht.

Locher verspürt tiefstes Leid. Falls man sich einen apokalyptischen Tag vorstellen möchte, es wäre ein Abbild des heutigen. Mit einem zerhackten Herzen, mit einer zerbrochenen Würde, mit einem zerschundenen Körper, mit allen Flüchen der Märchenwelt belegt, mit allem Übel von Grimm bis Perrault übersät, wankt er Richtung Heimat. Es ist eine Trauerfahrt. Locher ist ein Seelenloser. Ein radelnder Zombie. »Ride of the Dead. Dead Man cycling.« Falls Regisseure, Autoren oder Musiker Inspiration für eine Geschichte über ein gescheitertes Individuum suchen: Bitte sehr, hier ist sie. Das Leben des August Locher.

Die Zeugen dieser Trauerfahrt reagieren unterschiedlich. Sigi Wagner, der Uhrmacher, lacht kurz auf, als er ihn vorbeirollen sieht. Elektromeister Wehmeyer deutet einen Scheibenwischer, bis seine Zigarre wackelt. Die Jugendbande am Marktplatz, sicher, wie immer, Handys raus und Film ab. Karl Rettig, der die Swinegelstraße entlangtrottet, bringt sogar Empathisches: »Wussten Sie eigentlich, dass Sie scheiße aussehen?«

Locher nimmt nichts von alledem wahr.

»Ich verfluche dich!« Schrill, unbändig laut, aus dem Nichts ertönend und den gepeinigten Schädel messerscharf durchschneidend, hupt Frau Kowalski aus dem Rollstuhl ihren verbalen Schutzreflex. Hinzestraße, Höhe Frau Kowalskis Haus.

Locher, gedankenverloren und in sich gekehrt, reißt es dermaßen stark aus seiner Apathie, dass er, obgleich in einer langsamen Fahrtgeschwindigkeit, vor Schreck einen Sturz verursacht. Zeitlupensturz, keine Frage unglücklich, aber tatsächlich: Er verreißt beim Ertönen des hexengleichen Ausrufes der querschnittsgelähmten Kowalski die Lenkstange, steuert gegen den Bordstein, lenkt zur Erhaltung der Balance ruckartig gegen und blockiert dadurch das nun querstehende Vorderrad. Abgang über die Lenkvorrichtung. Ein Zeitlupenlooping.

Er knallt ungeschützt mit dem Gesicht auf den Asphalt. Im Hintergrund schallt fortwährend ein krächziges »Ich verfluche dich!«, während er versucht, die Situation in einen zeitlichen Ablauf zu bringen. Egal, die Chronik des Sturzes. Es tut wieder weh. Sehr weh. Wieder läuft Blut, diesmal auch an den Händen. Wieder laufen Tränen, das ist nun mal so, wenn man Schläge auf die Nase bekommt oder wenn man unglaublich wütend ist oder wenn man unglaublich geschockt ist oder wenn man unglaubliche Schmerzen im Gesicht verspürt oder wenn man denkt, dieser Tag – einfach unglaublich. Und dieses ewige, bis aufs Mark reizende »Ich verfluche dich!«, gepaart mit den Verleumdungen, welche Manipulationen Dritter fördert und Lochers Ansehen noch mehr verunreinigt. Wie ein weggeworfener Kleidersack kauert er auf der Hinzestraße. Locher erspäht die krakeelende alte Hexe in ihrem Rollstuhl. Ihr faltiges, zerrissenes Gesicht ist in rote Farbe getunkt. Ihre dünnen, in hellblauer Angorawolle steckenden Arme fahren unkoordiniert auf und ab.

»Baba Jaga Kowalski, was habe ich dir nur angetan?«

Baba Jaga Krawallski platzt: »Du unehelicher Locherbalg, ich verfluche dich. Bis in alle Ewigkeit. Du Lügner! Du Dieb! Du Steuerhinterzieher! Du Brandstifter! Du Versicherungsbetrüger! Du…«

Bitte hören wir weg, selbst für uns Leser wird diese zerschmetternde Litanei an Beschimpfungen unausstehlich. Wie muss sich Locher fühlen?

Ein wässriger Blick auf sein Fahrrad verrät: Das Vorderrad ist stark verbogen. Als Verkehrsmittel unbrauchbar. Plötzlich bekommt Locher einen unsagbaren Hass auf die alte Kowalski, die immer noch zürnt und spukt.

Einige verhallende »Ich verfluche dich« schweben noch an sein pfeifendes Ohr. Locher zieht gekrümmt, geschlagen, gedemütigt und gezeichnet ab, wie die 6. Infanteriedivision von Napoleon Bonaparte nach der Schlacht bei Belle-Alliance. Der heutige Tag ist sein persönliches Waterloo. Unter seinem linken Arm schleppt er seinen beschädigten, verletzten, treuen Adler die letzten Meter zu seinem Haus. Ein rotes Dreieck breitet sich auf dem Parka und dem Hemd auf der Höhe der Brust aus. Ein Zeichen der Solidarisierung alles Bösen, das sich gegen ihn gewendet hat.

Heim, endlich nichts wie heim. Für immer schlafen.

E – BLUTMALE UND ANDERE SCHMIERERREIEN

»Sie! Äh, Entschuldigung.« Kurze Pause. Dann: »Sie!«

Locher stößt müde das Gartentor auf, als er hinter sich eine unbekannte Stimme vernimmt. Er dreht sich um, noch bevor er das Tor passiert und blickt in das Gesicht eines Polizisten, der sich mit seinem fülligen Oberkörper weit aus seinem Autofenster lehnt. Es ist der Fahrer selbst, der verbotenerweise die Fahrbahn wechselte und nun das Polizeiautomobil vor Locher zum Stehen bringt. Das Blaulicht schmeißt stille Lichtkegel in die Luft.

»Sie! Sind Sie Locher?«, wiederholt der Polizist.

»Sie, ja, das stimmt. Ich bin August Locher«, provoziert Locher leicht. Er stellt sein Rad am Gartentor ab.

»Gut«, sticht der Fahrer hervor, würgt den Motor ab, bedeutet seinem Beifahrer auszusteigen und schwingt sich selbst so elanvoll, wie seine Körperfülle es zulässt, aus dem Auto. Er tritt dann aber doch eher gemütlich, seine Hose am Gürtel packend und auf Anschlag hochziehend, auf Locher zu. Der denkt nichts. Was soll denn noch kommen?

»Also, Locher August?« Dass der sprechende Polizist seine Stimmlage am Ende von August nach oben befördert, verdeutlicht, dass dies eine Frage war.

Das hab ich doch gerade gesagt.

Der andere Polizist, ein sehr junger Blonder, wackelt unsicher hinter dem offenbar Höherrangigen her. Weißer Flaum sprießt auf der Oberlippe und an den Wangen. Seine roten Pupillen schießen aufgeregt hin und her, während er sich ständig mit der Zunge über die Unterlippe fährt.

Die Präsenz der Grünröcke, wie Lochers Opa die Gendarmerie immer nannte, wirkt nicht unheilvoll. Locher fühlt nichts.

Der erste Polizist tippt sich auf seinen Stern am Revers und spricht: »Oberwachtmeister Saller. Guten Tag. Sind Sie August Locher? Gut. Ich würde mit Ihnen gerne reden.... äh... Locher, das ist mein Kollege Brinkmann.« Der tippt sich an die Mütze. Saller fährt fort: »Wir haben da Hinweise erhalten. Hinweise... äh... Locher, Sie haben da Blut an Ihrem Hemd. Und auf Ihrer Jacke auch. Alles in Ordnung?«

Locher nickt.

»Hinweise aus der Nachbarschaft, dass Sie vor ein paar Tagen in Ihrem Garten verbotenerweise Feuer gemacht haben.«

Ein prüfender Blick verlässt Oberwachtmeister Sallers Gesicht. Dann fährt er fort:

»Öffentliche Feuerstellen sind in dieser Gegend der Stadt strengstens untersagt.«

Locher glaubt kaum, was da aus den Mündern der Exekutiven kommt.

»Was?«

»Sie haben offenbar ein Feuer gemacht, Herr Locher. Einige Nachbarn bestätigen, dass Sie in der Nacht von Samstag auf Sonntag in Ihrem Garten Feuer gemacht haben. Das dürfen Sie nicht.«

Locher, zu konsterniert und perplex zugleich, um zu antworten, zieht Falten des Unverständnisses auf seine Stirn.

Was?

Nach einer Weile: »Wer sagt das?«

Lochers Stimme klingt erstaunlich ruhig. Er ist zu müde, zu ausgelaugt, zu verletzt in allen Belangen, um sich über diese lächerliche Anzeige auch nur einen tieferen Gedanken zu machen.

»Die Kowalski und die Engelhardts.«

Zum ersten Mal ertönt die engelsgleiche Stimme des blonden Jünglings, der sofort von seinem älteren Kollegen einen bösen Blick erntet.

Anfängerfehler. Natürlich sollen die Urheber dieser Anschuldigungen anonym bleiben.

Der junge Kollege Brinkmann begeht den nächsten Fehler: »Das ist nicht alles. Man munkelt Versicherungsbetrug, Frau Kowalski meint, Sie würden…«

Saller fährt schnell dazwischen: »Locher, sollten wir wiederum erfahren, oder vielmehr Sie dabei erwischen, wie Sie in dieser Gegend ein offenes Feuer machen und die angrenzenden Grundstücke einer übergreifenden Brandgefahr aussetzen, müssen Sie mit einer Anzeige rechnen, Locher, haben Sie mich… ?«

»Sagen Sie mal, ist Ihnen eigentlich bewusst, welchen Drecksmist Sie hier verbreiten?« Locher kann nicht mehr. Nicht mehr an sich halten.

»Vorsicht, Locher, das Eis ist dünn. Beamtenbeleidigung.« Saller zieht wieder am Gürtel seine Hose über den Bauchnabel.

»Was Sie hier sehen, Herr Wachtmeister, ist das Resultat eines gemeinen Brandanschlages. Initiiert von den Menschen, die Sie auf mein angeblich selbstgelegtes Feuer aufmerksam gemacht haben«, sagt Locher eindringlich. »Das war Brandstiftung. Die hätten mir fast das Haus abgefackelt.«

Saller: »Hoho, Locher. Das ist eine schwerwiegende Anschuldigung. Können Sie das beweisen? Der Schritt von Falschaussage zu Rufmord ist kurz. Also – wir verstehen uns.« Locher fasst es nicht, was er da hört. Er fasst es nicht, was ihm den ganzen Tag schon widerfährt. Die beiden Beamten neigen dazu, sich in Richtung Auto zu entfernen.

Das blonde Schnittlauchbürschchen dreht sich noch mal um, deutet auf den Betonpfosten an Lochers Gartentor und quiekt:

»Und hier, nicht? Sie sollten Ihr Namensschild etwas dezenter gestalten. Das gleicht ja fast schon Erregung öffentlichen Ärgernisses.«

»Ja, Grimm und Ingrimm, denken Sie denn, ich würde meinen eigenen Namen dermaßen in den Dreck ziehen? Denken Sie denn, ich hätte diese Verschandelung hier angebracht? Denken Sie denn, ich bin blöde?«

»Man weiß nie, Locher. Entfernen Sie das. Schnell.«

Mit diesem Satz deutet der beleibte Polizist erst auf das Klingelschild, dann auf die Blutmale auf den Textilien. Routiniert schwingen sich Oberwachtmeister Saller und sein Kollege Brinkmann in das Auto, das sich gemächlich nach einer Wende in fünf Zügen aus der Hinzestraße entfernt.

BAM! Die Welt dreht durch!

In welchem grausigen Märchen befinde ich mich hier? Das Märchen vom Schlamasselland?

Nicht schlecht, Locher, gar nicht mal so schlecht.

F – TAPETENFRESKEN

Da er seinen Freund Nilrem in freier Umgebung weiß, betritt Locher schnell sein Haus.

Er schlurft durch die Diele ins Wohnzimmer.

In der Küchentür lehnt er sich an den Rahmen. Aus der Magengegend kommt ein tiefes Rumoren. Wahrscheinlich ein Tumor, denkt sich Locher.

Bei meinem Glück heute.

Aber eigentlich ist es Hunger, da er seit dem Schnittlauchbrot am Morgen keine weitere Nahrungsaufnahme vollzogen hat. Aber nach Essen ist ihm nicht.

Jede Geschichte hat ihre Moral. Wo ist die Moral bei einem Tritt in Hundekot? Wo ist die Moral bei einer Verunreinigung seines Besitzes und seines Namens? Bei einem Brandanschlag, bei einer Tracht Prügel, bei dem Verlust seines Arbeitsplatzes? Bei einem gebrochenen Herzen? Wo ist die Moral? Lochers Weltbild scheint zu wackeln.

Eine Moral MUSS es geben.

Die Worte seines Großvaters schwirren in seinem Kopf umher. Saug es auf!

Was denn? Was denn aufsaugen? Den ganzen Mist, der mir widerfährt?

Er würde sich gerne an tröstende Bilder und Worte seiner Mutter erinnern – doch da ist nichts. Nur wenige Erinnerungen an sie blieben bestehen. Für den Moment nichts Nützliches.

Aber eine Moral MUSS es geben.

Ein Gedankenkarussell fetzt durch seinen Kopf.

Wie er so sinniert, streifen seine Augen den Fußboden, auf dem er einige helle Scherben erkennt. Er stockt. Hat er heute Morgen etwa ein Glas fallen lassen? Nicht dass er wüsste, aber er weiß ja oft nicht, was hinter seinem Rücken geschieht. Sein Vogel. Möglicherweise ist er für diese Scherben verantwortlich – irgendwie.

Ächzend kniet er sich nieder und beginnt die Scherben aufzulesen.

Scherben bringen Glück.

Die Hand voll von zerbrochenem Glas rafft er sich zum Abfalleimer unter der Spüle und lässt vorsichtig die Scherben aus seiner Hand in den Eimer gleiten. Jetzt erkennt er, dass auch in der Spüle Scherben liegen. Große Scherben. Glatte Scherben.

Locher kann sich keinen Reim darauf machen. Aber doch passend zur Lage: *Mein Leben – ein Scherbenhaufen.*

Dann spürt er einen Luftzug, der ihm ins Gesicht stößt. Instinktiv will er das Fenster schließen, das er eigentlich gar nicht geöffnet hatte, bevor er in diesen schicksalsträchtigen Tag schritt. Er beugt sich über die Spüle zum Fenstergriff hin. Nun fällt es ihm auf: Das Fenster ist offen, aber der Rahmen geschlossen. Sofort fällt es Locher wie Schuppen von den Augen.

Björn-Ben, das Mistkind der Wolfs.

Der Nachbarsbengel muss das Küchenfenster eingeschlagen haben. Oder eingeworfen. Oft genug steht der Balg im Wohnzimmer der Bonzenhütte seines Mercedes-Vaters und stiert in Lochers Haus. Erst heute Morgen stand er sogar vor diesem Fenster im Garten.

Locher dreht sich um, sucht auf dem Küchenboden nach einem Wurfgeschoss, das die Fensterscheibe zum Bersten brachte und logischerweise hier irgendwo noch liegen muss. Ein Stein oder so was. Wahrscheinlich ein Stein. Locher befürchtet, dass sein Vogelfreund Nilrem durch das Fenster geflattert ist. Im selben Moment erkennt er das Tierchen aus dem Augenwinkel. Es ist schon noch da. Aber da ist mehr als der gelbe Kanarienmensch, wie ihn Locher liebevoll nennt. Weitaus mehr.

Lochers Atmung stoppt.

Lochers Herzschlag stoppt.

Lochers Augenlicht versagt.

Schwarz. Alles schwarz.

Dann ein harter Aufschlag seines Körpers auf den PVC-Boden.

Blut ist das Erste, was Locher sieht – und schmeckt, als er seine schweren Augenlider öffnet. Seine Nase – wer will raten? Wieder blutend vom harten Aufschlag.

Gebrüder Grimm im Himmel.

Ein Pfeil steckt da in der Tapete. Ein grauer Aluminiumpfeil mit blaugrünen Federn. Zwischen Pfeil und Tapete ein gelber Kanarienvogel. Aufgespießt. Gelbrot hebt sich das Tierchen von der Tapete ab. Die Flügel, noch vom Versuch dem tödlichen Pfeilgeschoss zu entrinnen, gespreizt. Aus Lochers Mund dringen undefinierbare Laute. Er spürt, wie sein Herz explodiert. Als ob eine Horde Zwerge in seinem Inneren Sprengladungen zündet. Dann bricht Locher wieder in sich zusammen.

Als Locher die Augen öffnet, steht der kindliche Vogelmörder vor dem Haus, seine Finger stecken in den vorderen Taschen seiner Cordhose. Er gafft über den Zaun in Lochers Küchenfenster, blickt auf ein wimmerndes Bündel, das sich vom Küchenboden abhebt. Björn-Ben grinst hämisch und denkt: Da liegt er, der blöde Locher.

Plötzlich nehmen ihn zwei blutunterlaufene Augen ins Visier. Aus tiefen, dunklen Augenhöhlen funkeln sie durch die kaputte Scheibe.

Sie fixieren Björn-Ben. Sie versprühen Unheil. Versprechen bittere Rache. Ein animalischer Schrei dringt aus Lochers brennender Kehle. Ein Laut, der aus dem »Bestiarium von Freyung« zu entstammen scheint.

Lochers Gesicht färbt sich rot. Rot wie Blut.

Björn-Ben hört auf zu grinsen. Angst steigt in ihm auf. So stark und plötzlich, dass er sich vollpisst. Sein Gesicht ist bleich, die Haut fast weiß. Weiß wie Schnee.

Lochers Herz färbt sich weiter schwarz. Schwarz wie Ebenholz.

Beschaffungsmaßnahmen

Das Herz eines Handwerkers schlägt hoch, sobald er einen Baumarkt betritt.

Wie bei einem Kind vor einem Bonbonladen funkeln die Augen des Amateur- beziehungsweise Profihandwerkers. Da wird die Schlagbohrmaschine zum Zuckerstangerl, der Kärcher Dampfstrahler zur Kokoswaffel, die Hilti zum Magenbrot und Verlängerungskabel zu sauren Schnüren. Jetzt mal so vergleichend betrachtet: Kind–Handwerker. Oder umgekehrt. Das Handwerkerherz verformt sich jedenfalls zu einem dicken Ausrufezeichen.

Auch Lochers Herz schlägt wie wild. Zumindest das, was davon übriggeblieben ist. Nicht etwa vom Anblick der tausend Baustoffe und Werkzeugartikel, sondern von getaner Arbeit. In seinem Warenkorb – wie ein Transportpanzer rollt das schwere Gefährt durch die Gänge – liegen:

Ein Fuchsschwanz (Säge)

Bretter

Einige Rollen Klebeband, sozusagen Gaffatape in diversen Farben
Teppichmesser samt Ersatzklingen
Bauschaum, tubenweise
Eine Werkzeugkiste, komplett
Ein Dampfstrahler mit 1200 Atú
Pfefferspray
Seile
Etc.
Usw.
Usf.
Ff.

An der Kasse sammelt er aus allen möglichen Taschen seiner Kleider das Geld zusammen. Er lässt es schließlich dem verdutzten jungen Mann in orangefarbenem Kittel in vielen klimpernden Münzen und zerfledderten Scheinen in die Hand rieseln. Auf die ironische Frage der Kassenkraft hin, ob er es nicht kleiner hat, pickt sich Locher die größten Münzen aus der noch offenen Hand des Jugendlichen und kramt nach weiteren Groschen im Centbereich. Gefunden, legt er es auf das Fließband. Der junge Mann namens Harald, was das Schild an seiner Brust bezeugt, meint genervt: »Nehmen Sie alles so wörtlich?«, während er die Münzen aufzusammeln versucht.

Locher antwortet ruhig: »Seit einigen Tagen ja, mein Lieber.«

Harald zieht die Brauen lang. Er hält Locher die Rechnung und eine Postkarte entgegen. Die Front schmückt ein gezeichnetes Bild von Old Shatterhand und Winnetou, der den rechten Arm zum Gruß erhebt. In Comicschrift ist darüber zu lesen »Howgh ruck!« Darunter der Name des Baumarkts. Offenbar eine tolle Idee eines sich geistig auf Zack fühlenden Graphikdesigners.

»Was soll ich damit?«, fragt Locher.

»Geschenk des Hauses«, murrt Harald.

Locher verlässt mit dem Einkaufswagen den großen Baumarkt. Er fährt damit nicht zu seinem Rad, das normalerweise im Ständer vor der elektronischen Eingangstür zu stehen hätte, sondern den Einkaufswagen bis zu seinem Haus. Zurück bringt er ihn nicht.

Für die Reparatur der Tür seiner hölzernen Bibliothek braucht er Fuchsschwanz, Bretter, Hammer, Nägel und drei Stunden des Mittwochmorgens, an dem er zum zweiten Mal, nach gestern, nicht in die Papierfabrik geht. Bisher war sein Arbeitspensum ohne Fehl und Tadel.

Dieser Mensch hat jetzt was vor! Großes, möchte man meinen.

Irgendwann reicht es nämlich!!!

Betrachtungsmaßnahmen

»Wussten Sie schon, dass Winnetou und Old Shatterhand Blutsbrüder waren?« Karl Rettig steht am zerbrochenen, runden Küchenfenster. Locher müsste schleunigst dem Glaser Bescheid geben oder zumindest mit Folie und Klebeband das Fenster provisorisch verarzten. Rettig deutet durchs Fenster auf die Baumarktpostkarte. Sie liegt auf dem Küchentisch. August sitzt, seinen Kopf in beide Hände vergrabend, davor. Seine Einkäufe hat er verstaut. Jetzt rastet er am Küchentisch. Eine offene Flasche Karamalz zischt leise vor sich hin. Weder verwundert ihn die plötzliche Anwesenheit Rettigs, noch stört sie ihn. Auf dessen Frage antwortet er: »Na klar. Wer weiß das nicht, Karl? Willst du reinkommen? Sollen wir was lesen?« Locher bedeutet dem Fragenmann, er solle um die Ecke zum Eingang kommen. Der aber verabschiedet sich mit den Worten: »Wussten Sie eigentlich, dass Moby Dick und Kapitän Ahab sowie Sherlock Holmes und Dr. Watson keine Blutsbrüder waren, aber doch unzertrennlich scheinen? Hallo August.« Weg war er.

Locher lächelt. Dieser Mann ist eine Sensation. Eine nicht zu durchschauende. Die menschliche Sensation hat sich schon verflüchtigt, seine Worte bleiben. Sie zeichnen ein Lächeln in Augusts Gesicht. Dies sitzt ihm wie eingefroren auf den Lippen. Was hat der Fragenmann da wieder von sich gegeben? Von wegen Blutsbrüder? Von wegen Moby Dick? Er blickt auf die Postkarte.

Und als ob es nun in Lochers Gehirn »Hau ruck« machen, als ob sich tosend ein gedanklicher Urknall erheben würde, so bringen sich einige Überlegungen in Position, sausen wie auf Startschuss los und versuchen sich zu vermengen.

Winnetou und Old Shatterhand.

Es durchfährt ihn ein Blitz, ein surrender Pfeil aus des Indianerhäuptlings Bogen, der in Lochers Denkzentrale ins Schwarze trifft.

Scharlih, mein Bruder.

So nannte der Häuptling der Apachen seinen weißen Freund Old Shatterhand, ein Querverweis des Autors Karl »Charly« May. All die Jahre schwirrte das Wort vor Lochers Augen und war so offensichtlich, so deutlich greifbar. Scharlih, mein Bruder. Scharlih – offenbar Pips Bruder. Egal nun, ob Großvater auf dem Bild Scharlih oder Pip war, es besagt: Großvater hatte wohl einen sehr engen Freund, einen Blutsbruder, wenn nicht sogar einen wahren Bruder, ebenden jungen Mann neben ihm auf dem abhandengekommenen Foto. Und wenn August seine Sinne schärft, würde er auf Letzteres tippen. Hat diese Tatsache mit Zacharias' Verschwinden zu tun? War es gar Auslöser, den grauen Wal zu verlassen?

Der graue Wal.

Ein weiterer Denkprozess nähert sich einer Auflösung. Sie kennen das bestimmt, wenn einmal etwas ins Rollen kommt, wenn das eine unwillkürlich das andere ergibt, ein Aha-Effekt den nächsten jagt, oder man bei einer komplexen Mathematikaufgabe endlich den

Lösungsweg erkennt, dann ist jegliche Hinterfragung hinfällig. Der graue Wal – der weiße Wal – Moby Dick – Pip. August hat Moby Dick bestimmt einige Male gelesen, nicht nur der Architektur seiner Behausung wegen. Er hat sogar eine eigene Ausgabe des Buches. »Nennt mich Ismael« – der Beginn der wahnwitzigen Hetzjagd des Matrosen Ismael samt Kapitän, Steuermännern, Schiffsmaaten, Harpunierern und dem kleinen, dunkelhäutigen Schiffsjungen namens Pip. Scharlih, der Bruder, und Pip, der kleine Schiffsjunge. Großvater Zacharias und ein unbekannter junger Mann. Was hat es damit auf sich? Wieso standen diese Namen auf dem Fotorahmen? Wieso Karl May? Wieso Herman Melville?

Großvaters Verschwinden lässt sich jetzt vielleicht erklären.

August will es wissen! Angetrieben von einem Sherlock-Holmeshaften Spürsinn sitzt Locher, trotz Kurzhaarschnitt, völlig zerzaust und aufgebracht am Wohnzimmertisch. Seine lädierte Nase hat wieder zu bluten begonnen. Vor Aufregung. Auf dem Tisch liegen, nach einigen scharfsinnigen Überlegungen, ausgebreitet:

Der skizzierte Bauplan des jugendlichen Zacharias vom grauen Wal mit dem Vermerk *Scharlie & Pip im Bauch des Wals, Dezember 1937.*

Augusts eigene und neuere Fassung von Herman Melvilles »Moby Dick«. Ein Weihnachtsgeschenk von Großvater 1986. Und Zacharias' zerfledderte alte Ausgabe.

Drei Bände des »Grimmschen Wörterbuchs«.

Das Papier von der Wählscheibe des Telefons mit dem Wort »Mandlhut« darauf.

Das Ölgemälde von der Wohnzimmerwand. Die Leinwand ist aus dem Rahmen genommen.

Die Postkarte vom Baumarkt. »Howgh ruck!«

Ein Deutschlandatlas. Der schwere von ADAC.

Ein leerer Papierbogen. Ein Bleistift in Augusts Hand.

Diese Dinge sind auf dem Tisch ausgebreitet wie Tarotkarten, die zu divinatorischen Zwecken der Zacharias-Geheimnisauflösung dienen sollen.

Augusts bisherige Notizen auf dem Blatt Papier.

1. Moby Locher

In Opas altem Melville auf Seite drei folgende Widmung gefunden:

»Von Buchmann zu Buchmann: Scharlih, mein Bruder – hier die ganze Geschichte des weißen Ungetüms. Irgendwann werden wir in ihm wohnen. Dein Bruder Ignaz«

Scharlih und Pip = Scharlih und Ignaz = Zacharias und Ignaz = Großvater und dessen Bruder. Keine weiteren Beweise, oder gar eine Ahnentafel, gefunden. War, wenn es sie gibt, wahrscheinlich in der roten Blechschachtel versteckt.

Großvater hat ihn nie erwähnt, aber er war offenbar der junge Mann auf dem Foto mit der Nähmaschine.

Von Buchmann zu Buchmann: Auch Ignaz war wie Großvater Bibliomane.

2. Grimms Wörterbücher

Grimms Wörterbücher: Blöderweise nie den Poststempel der Sendungen geprüft. Bücher wurden aber höchstwahrscheinlich aus Ehrwald/Österreich verschickt, zumindest dort gekauft. In einem der Bände befindet sich eine Werbebeilage der Ehrwalder Buchhandlung »Menzinger & Murr«. Warum sind die mir nicht vorher aufgefallen?

Schickt sie Großvater? Aus Ehrwald?

3. Mandlhut

Wählscheibe: Mandlhutnummer angerufen – kein Freizeichen. Papier aus der Wählscheibe genommen, gedreht. Auf Rückseite mit Bleistift: Onkel Hermann, Bürgermeister zu Grainau. Rest unleserlich.

Mandlhut = vielleicht Hermann Mandlhut. Wer ist Onkel Hermann? Noch nie gehört. Auskunft angerufen: Kein Hermann Mandlhut in Grainau. – Vielleicht Mandlhuthütte von Onkel Hermann?

4. Ölgemälde

hinten auf Leinwand steht: Unterm Vorderen Tayakopf, zwischen Hoher Gang und Seebenwand, 1889.

Ist dort vielleicht die Mandlhuthütte? Onkel Hermanns Hütte?

Warum zog sie Großvater so in den Bann?

5. Atlas

Grainau und Ehrwald gesucht. Deutsch-Österreichisches Grenzgebiet. Ein kleines Areal zwischen Ehrwald und Mieming mit Kugelschreiber eingekreist. Inmitten der Bergwelt.

Ist dort die Mandlhuthütte? Ist dort etwa Großvater? Mit seinem Bruder Ignaz?

August erinnert sich an Großvaters Satz, nachdem er ihn über die Sinnhaftigkeit eines Atlas befragt hatte.

Ein Mensch muss wissen, wo er hin will, das ganz besonders.

Wollte er dorthin, wo dieser blaue Kugelschreiberkreis alarmierend aufleuchtet?

Wie war die Nachricht auf dem Abschiedsbrief?

… es drängt und bestürmt mich ein Vorhaben, das ich zu halten geschworen habe. Wann ich wiederkomme, weiß ich nicht … Bis bald. Auf Wiedersehen …

Liegt das Vorhaben im blauen Kreis in den Österreichischen Alpen? Dauert die Einhaltung des Schwures an? Dauert Großvaters Leben an? Falls er tatsächlich dort sein sollte, was zur Hölle tut er dort nur? Einen neuen Wal bauen? Mit seinem Bruder zusammen? Märchen erzählen? Bücher binden? Welcher Schwur soll das sein?

August Locher sitzt noch lange über seinen Aufzeichnungen. Alle Spuren führen in die Alpen. Zwischen Grainau und Ehrwald, zwischen dem Vorderen Tajakopf und der Zugspitze. Er versucht die neuerworbenen Informationen, mitsamt den unterbewusst erhaltenen Erkenntnissen, zu ordnen. Nach all den Jahren eine Lösung?

Aber wir kennen das, wenn der Knoten platzt, dann läuft die Maschine heiß.

Im Inneren des Wals rumort es. Locher weiß jetzt, er wird seinen Adler abflugfertig machen. Er wird auf Reisen gehen. Später.

Zuerst wird er seinen Rucksack packen, seinen Plan optimal vorbereiten, seine Instrumente, Werkzeuge und Waffen bereitlegen. Seine ihm möglichen Zauberkräfte bündeln und auf Jagd gehen!

Die Septologie des Glücks oder
Von einem der auszog, anderen das Fürchten zu lehren
(Sieben Märchen: A – G)

A – DIE PUMPE UND DIE BRENNENDE LUFT

Donnerstag, 9 Uhr 23

Locher frei nach Böhm: »Sage mir, du lieber Wald, hältst du fern des Tages Sorgen dort im grünen Hinterhalt ein verschwieg'nes Glück verborgen? Oder zumindest irgendetwas Brauchbares für mich?«

Wald: »Lieber August, das Glück schmiedest du dir selbst! Fass an die Kette, die dir einst deine Mutter als ewigen Trost mit auf deinen Weg gab. Eustachius, er wird dir zur Seite stehen. Jage nach deinem Glück und dann: Saug es auf!«

Locher: »Ich will jagen. Ich will saugen!«

Nach den zustimmenden Worten seiner Kumpanen begibt sich Locher in Position. Er verharrt einige Zeit lautlos, einem Apachen gleich, in seinem Rosenversteck.

Erst der Hut, dann der Köter, dann der ganze Malangré. Aus Lochers Blickwinkel taucht die Gestalt des Nachbarn auf, dessen Hund verdächtig am Gartentor schnüffelt. Locher beobachtet in gebückter Haltung, hinter einem dicken Rosenbusch lauernd, das Treiben des human-animalen Paares. Locher erhebt sich leicht aus seinem nahen Versteck. Der Nachbar blickt seinem Hund liebevoll beim Koten zu.

Obacht, da, der Hund platziert sein Rektum über die übliche Stelle am Betonpfeiler des Gartentors. Zum Abdrücken bereit. Auf Viecher ist insofern Verlass, dass sie automatisierte Gewohnheiten nicht mehr so schnell ablegen. In diesem Fall zielt der Hund genau richtig.

Hundebesitzer sprechen oftmals stolz von »Territorium abstecken«. Doch Hunde stecken meist Territorien ab, auf denen sie nichts zu suchen haben.

Bevor sich der Anus dehnt, ertönt ein grelles Geräusch. Als würde Luft mit Hochdruck entweichen. Jedoch nicht aus des Hundes Öffnung. Im unmittelbar nächsten Moment schnalzt Bombay etwa einen halben Meter in die Höhe. Ein befelltes Katapult, eine Bombaybombe. Ein einem Tier untypischer Aufschrei begleitet den Flug, das den Eintritt erheblicher Schmerzen vermuten lässt, gefolgt von einem bitterlichen Jaulen. Dieses setzt ein, als der Hund den Boden wieder berührt. Unsanft, wie ich hinzufügen möchte. Was nun folgt, gleicht einer zeitgenössischen Tanzdarbietung. Der Hund führt, da gibt es keine zwei Meinungen, kreisende Bocksprünge auf und zieht den verdutzten Malangré hinter sich her, der, zappelnd wie eine Strohpuppe, den ausrastenden Hund nicht halten kann. Beim Tier werden autonom geschützte Reserven frei, ich bitte Sie, was denn sonst: Bei einer derartigen Ladung Schrot, die einem ins Arschloch geblasen wird. Das Malangré'sche Gesindel entfernt sich jaulend und hilferufend. Immer wieder: »Aus«, und vor allem: »Platz!« ist aus Herrn Malangrés keifendem Mund zu vernehmen.

Keine Angst, denkt sich Locher, der platzt gleich.

Locher erhebt sich genüsslich aus seinem Versteck. Neben seinem rechten Schuh liegt der Abzug des Dampfstrahlers. Bei der Betätigung des Dampfstrahlgerätes trat nicht das übliche Wasser aus der Öffnung, sondern ein Spezialgemisch, das eine Beendigung des Kotvorganges auf Lebzeiten hervorrufen sollte. Locher präparierte den Dampfstrahler mit einer Sonderflüssigkeit. Bestehend aus: Pfefferspray, Tabasco, Cayennepfeffer, die abgezwickten vorderen Enden von Kaktusnadeln und kleinen zermahlenen Scherben, Glasmehl, um genau zu sein, gewonnen aus seiner zerstörten Küchenfensterscheibe. Als Locher nun aus seiner zwei Meter entfernten, aber dennoch wohlgetarnten Position erkannte, dass der Hund seinen Vorgang starten wollte, betätigte er den Lauf der Pistole. Mit 1200 Atu bohrte sich ein Strahl aus Feuerwasser und Mini-Klingen in Rektum und Darminnenwand des Hundes. Ich nehme es vorweg: Auch das Skrotum wurde stark in Mitleidenschaft gezogen. Blut und Fellfetzen markieren den Fluchtweg des pavianesken Köters, dessen zukünftige Ausscheidevorgänge mittelfristig schmerzhaft sein werden. Falls der Hund überhaupt eine Zukunft hat.

So ein Fall kann Tierschützer auf den Plan rufen. Aber Locher hat davor überhaupt keine Angst. Menschenrechtsschützer haben sich die letzten zwanzig Jahre auch nicht blicken lassen.

Jede Geschichte hat seine Moral:

»Verrichte dein Geschäft nie auf fremdem Land.«

B – DAS RASENDE WEIBLEIN

Donnerstag, 12 Uhr 42

»If faflafa dif! If faflafa dif!«

Gedämpft klingt das. Wie durch ein starkes Klebeband aus Plastik gesprochen. Das Gesicht, das zu der Stimme gehört, ist von Falten und Rissen durchzogen, die Augen sind wässrig. Angst spiegelt sich darin. Alte Angst.

»If faflafa dif!«

Der dünne, schwache Oberkörper versucht sich zu befreien. Aber da ist nichts zu machen. Wie hingeleimt, von Kopf bis Fuß, von Hand bis Brustkorb. Baba Jaga Kowalski sitzt fest in ihrem Rollstuhl.

Locher führt sein Vorhaben in aller Ruhe aus, schließlich hat die Kowalski seit Jahren seine ihm zustehende Ruhe gestört. Und nicht nur das.

Hilbert oder Gilbert oder wie der verdammte Zivi heißt, liegt bewusstlos, die Hände mit den eigenen Dreadlocks am Rücken geknebelt, auf dem Linoleumboden in der Küche. Es war für Locher ein Leichtes, den jungen Mann zu überwältigen. Der war sehr erschrocken, Gegenwehr gleich null. Und dem Geruch nach völlig zugekifft.

Eine müde Person, den Körperaufmerksamkeitszustand aufs Minimum herabgefahren. Aber was will man erwarten: Ein Zivildienstleistender ist ein Zivildienstleistender, weil er einst den Kriegsdienst verweigerte. Vielleicht liegt darin die pazifistische Haltung begründet. Von Pazifismus ist bei Locher nichts zu spüren. Ein bisschen tut ihm der Zivi aber doch leid. Zur falschen Zeit am falschen Ort.

Jeder Handgriff sitzt, Locher hat alles genau durchdacht, analytische Kampfpläne geschmiedet. Perfektionistisch und mit Akribie, genauso wie er viele Jahre seine Arbeit in der Buchbinderei durchgeführt hat, vollzieht er auch hier seine Handlung.

Er fährt mit der sich immer noch verbal aufbäumenden Alten durch die Wohnung in die Garage. Mitgefühl zeigt Locher nicht. Das hat sich bei Locher verflüchtigt. In Luft aufgelöst.

Sein rollendes Paket fährt er über eine metallene Rampe in den Kofferraum eines hellblauen Mercedes, der zu Frau Kowalskis Eigentum zählt. Sicherlich, die Frage ist gestattet: Was macht eine querschnittsgelähmte Frau mit einem motorisierten Vehikel? Aber der Mercedes ist ein Van, das Modell ein Vito 108D und dessen Kofferraum eine Ladefläche, auf der der Rollstuhl der Kowalski bei Bedarf samt Kowalski transportiert wird. Wenn Sie nun richtigerweise anmerken, dass solch Fahrzeuge die sozialen Pflegeeinrichtungen stellen, muss ich Ihnen sagen, dass Herr Jägermeister Kowalski diesen Wagen schon zu Lebzeiten zum Transport von erlegtem Wild und erlahmter Hexe benützt hat. Nun chauffiert eben Locher Frau Kowalski mit ihrem eigenen Gefährt. Locher kann eigentlich nicht Auto fahren. Wir wissen, er ist leidenschaftlicher Pedalsportbetreiber. Hin und wieder hat Locher in der Druckerei den Gabelstapler bedient, ist kurze Strecken gefahren, um die »Bestiarien von Freyung« über weite Strecken zu transportieren. Allerdings natürlich nur, wenn Panzer nicht da war. Somit ist ihm das Prinzip von Getriebefahrzeugen geläufig, und da der Vito eine Automatikschaltung hat, lässt Locher abenteuerlustig den Motor an. Die Fahrt beginnt und dauert nicht lange. Nur einige wenige, aufgrund von Lochers fehlender Praxis dann doch ein wenig wacklige Kurven den Kalvarienberg hoch. Oben am Kalvarienberg ist ein kleiner Parkplatz, von dem aus man mittels eines kurzen Fußmarsches zu einer Kapelle kommt, welche bei Pilgern und Gläubigen beliebt ist und den Namen Marienkapelle trägt.

Lustig, weil ja Frau Kowalski mit Vornamen auch Maria heißt, aber die beiden Marias werden sich nicht treffen. Nicht heute.

Locher fährt stangengerade auf den Parkplatz, bremst und stoppt den Motor. Diese Fahrt hätte für das Bestehen der Führerscheinprüfung gereicht. Rapide hüpft er vom Fahrersitz. Er eilt nach hinten zur Ladefläche. Das sieht beschwingt aus, er fühlt sich gut. Augenpaare dritter Personen fehlen. Kein Mensch weit und breit, außer Frau Maria Jadwiga »Habe sie selig« Kowalski.

Nach dem Öffnen springt er agil auf die Ladefläche und begrüßt die ängstliche Frau mit den Worten: »So – wollen wir?«

Frau Kowalski reagiert nicht mehr, ihre ganze Haltung verkörpert panische, steife Angst. Die lautstarken Äußerungen, mit denen sie ihre Abneigung gegen Locher zum Ausdruck bringt, gehören der Vergangenheit an. Ihre hysterischen Ausraster sind einer Art Vortotenstarre gewichen. Ihre Augen schimmern angsterfüllt. Locher will die Rollstuhlrampe am Ende der Ladefläche einhängen. Das stählerne Ding, das während der Fahrt mit dem »Spanngurt« an der rechten Seitenwand befestigt war, ist nicht so schwer, wie es aussieht.

Nachdem er die Aluminiumplatte fachgerecht angebracht hat, dreht er den Rollstuhl um 180 Grad. Der Rollstuhl steht nun direkt vor der Rampe, wie eine Rakete zum Abschuss positioniert. Wie ein Abfahrer, sagen wir mal, Hermann Maier, oder, weil Frau Kowalski eine Dame ist, wie Hilde Gerg guckt sie nun aus dem Starthäuschen den Abhang hinunter. Die Kitzbühler Streif, vergleichbar ist diese legendäre wie gefürchtete Abfahrt mit dem Kalvarienberg schon, irgendwie.

»So Baba Jaga Kowalski«, Locher befreit sie von den Körperfesseln, »die Hetzjagd hat ein Ende! Wir sind angekommen. Am Ziel. Nur sitzt du nicht auf meinem Rücken, wie im Märchen, sondern auf deinem Besen. Einem verfluchten Raketenbesen aus Metall und Gummi.«

Damit reißt er ihr den Klebestreifen von ihrem wimmernden Mund, ruckartig. Was ihn antreibt, ist der Gedanke an exzessive Genugtuung im Namen der Gerechtigkeit. Eustachius um seinen Hals wippt zustimmend. Hipp, hipp und ein Hurra auf den Revanchisten und Utopisten! Was sagen Sie? Arme Frau Kowalski? Bitte, hören Sie auf, Mitleid mit der alten Hexe zu haben. Ihre jahrelangen Bombardements an Flüchen und Verleumdungen erlauben keine Anteilnahme.

Der Rollstuhl samt Fahrgast zittert wie Espenlaub.

Locher verpasst dem Rollstuhl von hinten einen Tritt. Dieser stürzt über die Metallrampe Richtung Asphalt, von dort gleitet er umgehend auf die um dreizehn Prozent abfallende Steigung der Kalvarienbergstraße. Der Besen auf Rädern nimmt höllisch Fahrt auf. Von der alten Frau hört man nichts. Baba Jaga hat ausgezaubert. Kein Schreien, kein »Ich verfluche dich«, vielleicht rettet sie die Ohnmacht vor dem Endspurt des Spektakels.

Der Rollstuhl bleibt ordentlich in der Spur, hat eine enorme Beschleunigung. Diverse Reibungen von Kleinteilen des Radlagers ergeben eine flotte Melodie. Das Ganze klingt nach John Coltranes Saxophon in »Countdown«, wie Locher findet. Ein Rodeostück. Der Rollsplit, der gegen die Stahlspeichen und Kunstledersitzfläche springt, markiert das swingende Schlagzeug, die quietschenden Gelenkverbindungen ein wild röhrendes Saxophon, die springenden und pumpenden Pneureifen geben hin und wieder dumpfe Basstöne von sich. Ein klingender, singender, swingender Hexenbesen.

Der beste Jazz, den ich je gehört habe.

Das Lied wird immer leiser – und immer schneller. Coltranes prustende Saxläufe brechen schlagartig ab, der Countdown wird gezählt – 3, 2, 1, aus! – und der Rollstuhl knallt unten gegen den Bordstein des Bürgersteigs, der am Garten des Altenheims St. Ottilien vorbeiführt. Dort angekommen, blockieren die Räder die Höllenfahrt des Stuhls. Er verliert schlagartig sein Tempo. Hier können sich nun physikalisch Begabte Folgendes besser vorstellen, als Nicht-Physiker: Durch das abrupte Abbremsen der Geschwindigkeit wird Frau Kowalski aus ihrem Sitz geschleudert. Sie wird unfreiwillig zum Geschoss, der Rollstuhl zum Katapult. In hohem Bogen saust der Körper der alten Hexe über den Holzzaun des Altenheims St. Ottilien.

Für Ungläubige, die diesen flugakrobatischen Vorgang als unmöglich erachten, erbringe ich keinen Beweis, aber folgende Bemerkung: Doch, das geht. Ich habe es mit eigenen Augen gesehen.

Im Seemannshecht landet Maria Jadwiga Kowalski im Geranienbeet, fast vor den Füßen von Herrn Abel, Bewohner des Altenheims St. Ottilien. Er blättert gerade auf einer Parkbank sitzend in einem gelben Reclamheft.

Dürrenmatt: Der Besuch der alten Dame.

Gibt's solche Zufälle? Jawohl, sie existieren.

Der Aufprall des alten Gerippes auf der Erde klingt wie ein Pressschlag auf der Marschtrommel. Knochen schieben sich in Knochen, Osteoporose tut ein Übriges. Ein etwas verspäteter Finalschlag zu »Countdown«. Frau Kowalski liegt im Beet wie ein lappriger Sack voll zerbrochener Knochen. Wie eine faltige Tüte Waffelbruch. Zerstörte Calciumstangen mit toter Haut ummantelt.

Und weil dem armen Herrn Abel vor Schreck das Herz versagt und er ebenso das Zeitliche segnet, passt alles irgendwie zusammen. Auch hier trägt Coltranes »Countdown« – 3, 2, 1, Stillstand! – Früchte. Allerdings kann man August Locher das Ableben Herrn Abels nicht ans Revers heften. Kollateralschaden sozusagen.

Das Leben ist ein Puzzle aus zufälligen Ereignissen. Die guten Ereignisse bleiben im Köpfchen, die schlechten zerfressen die Seele. Der Tod tanzt dabei um die Protagonisten herum und sammelt, was er kriegen kann. Ein Geschäftsmann ist er. Ein guter, der Tod. Lässt viele vom wirtschaftlichen Teil seines Jobs profitieren. Jemand stirbt. Es braucht einen Arzt, ein Bestattungsservice, mehrere Beförderungsmittel, Benzin, Steinmetz, Pfarrer und solches, bis der Verstorbene unter der Erde liegt. Der Leichenschmaus ist Tradition, und da kommen dann Metzger, Bäcker, Brauereien, Kaffee- und Porzellanhersteller, Gastronomie und und und auch noch auf ihre Kosten. Da sage noch einer, der Tod sei ungerecht. Aber das wollte Locher dann doch nicht. Das mit Herrn Abel. Selbst das bei diesem Racheakt sehr wahrscheinliche Lebensende von Frau Kowalski war Locher im Vorfeld nicht eine anzunehmende Selbstverständlichkeit. Aber davon wird seine Seele nicht zerfressen. Wüsste man es nicht sicher, man würde denken, er hat zu viel Tom und Jerry gesehen. Was bleibt? Jede Geschichte hat ihre Moral:

»Überschütte deine Mitmenschen nicht mit Flüchen, Verleumdungen und hetzender Lärmbelästigung.«

Über den Kalvarienberg zieht ein Schwarm Krähen vorüber, das sieht Locher noch, als er sich Richtung Kapelle und über einen Fußweg durch den Wald zu seinem Zuhause aufmacht. Er beneidet die Flugvögel samt ihrer Luftakrobatik. Ihre Flügelschläge klingen wie Applaus in seinen Ohren. Ihre Schnäbel schnattern: »Weiter! Weiter! August, weiter!«

Donnerstag, 13 Uhr 38

Die orange-weiße Katze windet sich. Fast sieht es aus, als ob das Tierchen eine Kiesertrainingsübung für die gerade Rückenmuskulatur vollführt. Rundrücken, Durchbeugen, das abwechselnd. Der Nackengriff löst sich jedoch nicht vom buschigen Fell. Björn-Ben hat die kleine Katze, die bitterlich maunzt, wohl auf seinem Nachhauseweg eingefangen. Der Wolfsbalg steht nun auf der asphaltierten Auffahrt, etwa zwei Meter vom Basketballkorb entfernt.

»Du liebes Pussykätzchen.« Er zieht das ängstliche Tier grob am Schwanz. »Du kleine Muschikatze.« Er reißt an den angelegten, zitternden Ohren.

Mit opulenter Kommentatorenstimme tönt er: »Die Zuschauer hält es nicht mehr auf den Rängen. Die Uhr läuft ab, es sind nur noch wenige Sekunden zu spielen. Drei, zwei, eins …«

Urplötzlich wirft Björn-Ben die quietschende Katze in Richtung des Basketballkorbs. Das kleine Tier schlägt auf dem Brett auf, prallt von dort ab und klammert sich mühevoll an den Metallring, durch den sie rutscht und mit verzweifelten Bewegungen das Netz zu greifen versucht. Nach einem kurzen Moment, in dem das Tier am Korb hängt, verliert es den Halt und knallt nach drei Meter freien Fall auf den Asphalt.

Fauchend und humpelnd trollt sich das Kätzchen, nur weg vom lachenden Wolfsgeheul. Björn-Ben schreit der Katze hinterher: »Jetzt Fressi-Fressi. Kriegst auch was von meinem »Heiße-Hexe«-Burger, harharhar!«

Locher flüstert: »Dir schick ich den geballten Zorn aller Grimm'schen Hexen!!!«

Björn-Ben wird die Hamburger-Verpackung nicht zu sehen bekommen, ja, er wird nicht mal das Haus betreten.

Locher verschanzt sich weiterhin hinter der Lärche. Er schmeckt Galle, wenn er dem Wolf-Buben zusieht. Der Mörder seines liebsten Freundes. Seines Kanarienmenschen.

Der böse Wolf und die sieben Geißelungen.

Vor Lochers geistigem Auge wachsen dem Buben spitze lange Ohren, die weißen Zähne in dem immer noch lachenden Mund werden zu gelben Reißern, seine Cordhose und das blaue T-Shirt mit der Aufschrift »Völkerball« weichen einem grauen, borstigen Pelz.

Wolf junior stapft Richtung Garage.

Plötzlich und vehement zerrt etwas ungemein schmerzhaft an Björn-Bens dürrem Nacken. Mit einigen geschickten Handgriffen drückt Locher den Wolf-Knaben in den Stapel Autozeitschriften. Ehe sich dieser der prekären Lage bewusst ist, woher und vor allem warum diese Gewalteinwirkung über ihn hereinbricht, ist sein Unterkiefer in Klebeband gehüllt. Locher dreht den dünnen Körper zu sich. Seine Nase berührt die Nase des Jungen. Die Augen des Buben weiten sich.

»Wf fl d, d bld Pn?« Soll heißen: Was soll das, du blöder Penner?

»Hallo, böser Wolf«, flüstert Locher wie Pennyvise der Clown in Stephen Kings »ES«.

»Ich habe dir etwas mitgebracht.« Locher reißt seinen rechten Arm in die Höhe und streckt einen Pfeil zur Garagendecke. »Der gehört wem?«

Björn-Ben, frech wie eh und je, frotzelt ins Klebeband: »Du bescheuerter Penner, was machst du mit meinem Pfeil? Gib ihn mir sofort wieder.« Es klingt natürlich anders.

Locher brüllt: »Der gehört wem?« Björn-Bens Ohr flattert. Er spürt, er befindet sich womöglich in einer für ihn doch sehr ungünstigen Position. Er schwitzt. Kleinlaut kommt: »Mha.«

»Dir?«

Der Bub nickt schnell mit dem Kopf. Sein sehniger Körper versucht sich zu befreien. Angst dringt nun aus jeder Pore.

»Wieso steckt er dann in meiner Küchenwand? Warum hast du damit meinen gefiederten Freund getötet?«

Keine Antwort, nur erstickte Laute. Schrill und hilferufend zugleich, aber wer soll ihn hören, gar erlösen? Der Vater im Werk, die Mutter im Keller der Bank, die Schwester im Internat, die eine Nachbarin im Geranienbeet. Der Nachbar quer über der Straße mit seinem Hund in der Klinik usw. Und dass ein Junge einfach mal wild brüllt, gehört zum kindlichen Spieltrieb. Wer achtet da schon auf unkontrolliertes Geschrei.

Ehe er sich versieht, ist der ganze Wolfskörper nicht nur mit Angst überzogen, sondern auch mit einem gelben Plastikklebeband. Von den Füßen bis unter die Achseln. Die Arme frei, aber ebenso eingehüllt in Gelb.

Lochers Finger kribbeln während des Klebevorgangs, unter seinen Nägeln pocht es.

Ein zwei Zentimeter dickes Seil wird dem zuckenden Leib um die Brust gelegt. Locher bindet einen Achterknoten als Halt, zieht das Seil straff. Dann, fern jeglicher Güte, schleift er den weinenden Balg hinter sich durch die Garage ins Freie. Solche Szenen kennt man aus Wildwestfilmen, bei denen Bösewichte an einem Lasso hinter galoppierenden Pferden hergezogen werden. Meist ein theatralischer Akt der Rache. Und genauso ist das gemeint.

Locher vollführt einige Seilwürfe, erreicht mit dem Hanf eine Position, mit der er flaschenzuggleich den gelben Koloss über den Basketballring in die Höhe manövrieren kann. Er vertäut das Seil an der Metallstange, auf der das Sportgerät angebracht ist. Agil, obwohl eigentlich unsportlich – doch Vergeltungsdrang sorgt für Flexibilität – klettert er über die unter dem Ring platzierte Mülltonne nach oben. Und heftet den Wolf-Jungen, der als solcher nicht mehr zu erkennen ist, mit noch mehr Gaffa-Band ans Brett.

Wie Jesus am Kreuz, steckt nun Wolf junior mit den zusammengebundenen Füßen im Korb, die ausgebreiteten Arme mit Gaffa an die äußeren Ränder des Brettes getapet.

»Und hier. Dein Pfeil.«

Kurz blitzt das emporgereckte Aluminiumgerät in Lochers Hand auf, ehe seine Spitze wuchtig unterhalb der linken Schulter in den Körper eintritt. Der Pfeil durchtrennt den Musculus pectoralis minor, einige Muskelfascien und die Spitze findet ihren Ruhestand zwischen Schlüsselbein und erstem Rippenbogen. Blut tritt langsam aus dem Einstichloch, sickert zwischen den Klebestreifen hindurch. Nach dem ersten Schmerzensschrei, der gegen die Klebebandschicht prallt, beginnt Björn-Ben zu wimmern. Er weint. Er atmet schwer und zitternd. Ob er bereut? Bei all seinen ausgeübten Widerlichkeiten, bei all seinen sieben und abersieben Geißelungen, die ihm nun in Erinnerung gebracht worden sind, muss man annehmen: Ja, er bereut.

Jede Geschichte hat ihre Moral:

»Töte niemals das Liebste anderer.«

Locher, mittlerweile schon wieder in seinem Haus und diverse Utensilien ordnend, sieht aus dem zerbrochenen Küchenfenster. Gedanken rasen. Gefühle wirbeln herum. Unbekannte Gefühle. Neuartige Empfindungen. So etwas wie Leichtigkeit.

D – DAS GLÜHENDE TEILCHEN

Donnerstag, 14 Uhr 45

»Wussten Sie schon, dass der rote Sandsteinmonolith Ayers Rock seinen Namen vom europäischen Entdecker William Gosse erhalten hat?«

Mit einer Jagdmütze aus Fell und einer grünen Fliegerjacke bekleidet, die Beine sind von einer blauen Puma-Trainingshose mit Steg umgarnt, plärrt Karl Rettig dem aus dem Gartentor eilenden Locher entgegen. Dabei deutet er auf den jungen Wolf, der am Basketballkreuz wimmert.

»Und wussten Sie schon, dass ein Teil eines Rechtssatzes aus dem Sefer ha-Berit, dem hebräischen Bundesbuch, Folgendes besagt: … du sollst geben Leben für Leben, Auge für Auge, Zahn für Zahn…«

»… Hand für Hand, Fuß für Fuß, Brandmal für Brandmal, Wunde für Wunde, Strieme für Strieme, ja, Karl, das weiß ich, ich weiß es nur zu gut.«

Karl: »Ja dann – auf geht's! Weil wussten Sie schon, dass der hintere Teil der Hindenburg…«

Das hört Locher nicht mehr. Er enteilt dem Schallfeld des Fragenmanns, der den Satz zu Ende führt, welcher aber für diese Geschichte irrelevante Bedeutung hat. Vielmehr wäre wichtig zu beschreiben, dass zwanzig Minuten später ein Streifenwagen am Straßenrand der Tybbkestraße stoppt. Unter der blauen Plastikhaube dreht sich das Licht. Noteinsatz mit stummer Sirene? Ein rundlicher, schwitzender Polizist beugt sich aus dem Fenster und schreit in Richtung Karl Rettig:

»He! He, Doldi! Komm mal eben her.«

Rettig folgt, tritt ans Fenster von Oberwachtmeister Saller, der ungeduldig mit den Fingern auf das Blech der Autotür trommelt. Saller weiß ob Rettigs Beeinträchtigung. Offenbar erhofft er sich dennoch Auskunft in verwertbarem Maße. Handzeichen. Augenbewegungen. Ein Kopfnicken. Sonst würde er diesen vermeintlich aussichtslosen Versuch nicht starten.

»Hast du Locher gesehen? Den kennst du doch. August Locher, hm?«

Rettig gafft nur den Oberwachtmeister an. Vielmehr die dunklen Achselflecken auf dem braunen Hemd.

Wenn man gafft, spricht man nicht.
Eigentlich eine typische Locher-Theorie.

Er wiederholt sich. »Hast du August Locher gesehen? Hm? Locher?«

Und in der Annahme, man müsse bei einem Behinderten Sprachreduktion betreiben, formt er die Worte langsam, gewillt, sich selbst für einen Autisten verständlich auszudrücken.

»Du gesehen Locher, hm? Mann mit grünem Mantel, hm? Und Brille auf Kopf. A-U-G-U-S-T L-O-CH-E-R? Hier wohnen. Du gesehen?«

Der Fragenmann sieht dem Polizisten lange und unverwandt in die Augen. Anschließend deutet er auf den Wald, der, wenn man den Blick die Murnerstraße entlanggleiten lässt, saftig durch die Häuserreihen blitzt. Mit ausgestrecktem Zeigefinger gibt Karl Rettig, der Autist und Fragenmann, Antwort:

»Wussten Sie eigentlich, dass August Locher in dem Wäldchen da vorne eine kleine, illegale Jagdhütte besitzt? Ziemlich weit im Dickicht, fast schon beim Wendacher Wanderpfad, da wo ein Schild ›Nach Weichselbach 2 Kilometer‹ anzeigt. Da sitzt er immer drin, malt Aktbilder von Füchsen und anderem Wildgetier in Öl. Ich hab es bei einem Spaziergang mal zufällig entdeckt. Ziemlich langer Fußmarsch von hier. Aber er wollte heute dorthin.«

Um zu verstärken, dass mit dem Wort »hin« seine Ausführung beendet ist, zuckt Karl Rettig mit den Schultern, subito klatscht er in die Hände und entfernt sich vom Wagen Richtung eigenes Zuhause. Dann schickt er beim sich Entfernen doch noch ein »Fuck off« Richtung Dienstwagen. Es war keine Frage, aber eine ernstgemeinte Antwort erntet er dafür trotzdem von Saller: »Gesundheit.«

Das Polizistengeschäft driftet oft in Routine ab. Die aufschlussreiche Information von Rettig nimmt er interessiert auf. Der Polizeifunk rauscht.

»Hört ihr? Ich fahr mit Brinkmann ins Galgenhölzchen. Ich check da einen Holzschuppen oder was auch immer. Müssen durch den Wald. Bitte ab nun auf dem Handy, falls was wäre. Over and out. Saller. Out.«

Das Blaulicht bleibt an, lässt kreisende Lichtkegel regnen. Noteinsatz? Irgendwie nein und irgendwie ja. Das Licht lässt Oberwachtmeister Saller immer rotieren. Als Untermauerung seiner Autorität als Schutzmann.

Für Heinrich Saller ist immer Noteinsatz. »Wichtig, wichtig, lasst den Mann durch! Er löst den Fall auf jeden Fall!«

Saller ist vollkommen fokussiert. Sonst wäre ihm etwas an Rettig aufgefallen. Zum Beispiel, dass es sich um eine brauchbare Antwort handelte – brauchbar für Locher.

Der Wagen braust die Murnerstraße hinunter.

Locher wartet. Er sitzt in einer nicht einsehbaren Ecke des Druckereihofes. Container, Altpapierpakete, Maschinen, Instrumente und Fahrzeuge jeglicher Art kreieren ein Labyrinth unter freiem Himmel.

Locher kauert in einem kleinen Gang aus Altpapierwänden. Den Rücken angelehnt, den Duft des verbrauchten, aber unschuldigen Pergaments einatmend. Das sind Reste, Abschnitte, Fehldrucke und Überproduktionen aus der Druckerei. Zusammengepresst zu Stapeln, gestapelt zu Türmen, aufgetürmt zu Mauern. Eine papierarchitektonische Landschaft voll Wörter und Muster, Bilder und Fotos.

Sein Blick fliegt hinüber zur Druckerei, die er liebte, die für ihn Aufgabe und Sinn bedeutete. Ob sein Reich noch existiert?

Augusts Augen hängen wieder an der Wand voller Altpapier. Ein Lüftchen weht durch sein Versteck. Der säuselnde Wind streicht über die Millionen Blätter und Seiten. Es riecht nach Reform und Erneuerung.

Nach einer Weile vernimmt er schwallartige Wortfetzen, die wie Rußpartikel durch die Gänge der Mauern schweben.

»Wegschmeißen … hinten … Altpapier … mach ich selber … halt das Maul …!«

Tiefsinn ist nicht Inhalt des Gesprächs. Die beiden sich unterhaltenden Personen diskutieren über eine Arbeitsverrichtung, deren Verantwortungsbereich unklar scheint. Dann erklingt Motorengeräusch. Locher springt auf, packt seinen Rucksack und läuft ans Ende des Ganges. Er lässt sich, wie ein Soldat, der hinter einem Schlupfwinkel verschwindet, in eine Nische fallen. Wie ein Soldat im Kriegseinsatz. Obwohl er nicht einmal in der Bundeswehr Dienst leisten musste. Locher ist so unbeliebt, dass nicht einmal der Staat diese Pflicht von ihm abverlangte.

Locher horcht wiederum. Das gelingt auch ohne Ausbildung.

Der alte Texaner, grinst Locher.

Den Flüssiggas-Frontgabelstapler der Firma Hubtex erkennt er am Motorengeräusch. Er nähert sich. Mit ihm der fluchende Staplerfahrer.

»Die Hurenböcke. Nix, aber auch gar nix kapieren die. Arschkrawatten. Mehr Lohn verlange ich, so sieht's aus. Verdammtes Pack!« Und so weiter.

Trotz des lärmenden Gefährts nimmt Locher diese Flüche wahr und kann sie dem dafür Verantwortlichen zuordnen. Ist ja keine Kunst. Diese niveauarme Primatensprache, die den Ogerwesen zugeordnet wird, kann nur einem gehören: Panzer. Welch glückliche Fügung!

Locher blinzelt durch die Papierecken, schleicht durch die Gänge und erspäht Panzer auf dem Texaner. Er bewegt den Gabelstapler auf einen kleineren, grünen Container zu und stoppt. Der Motor erstirbt, Panzer springt vom Gefährt und schlendert gemächlich zum Container.

»Mehr Lohn!«, schallt es aus Lochers Schlupfwinkel.

Panzer stockt. Blickt sich verwirrt um. Locher blickt ebenso verwirrt, was zum Teufel treibt ihn dazu, Panzers Aufmerksamkeit auf sich zu ziehen mit dem Ausruf »Mehr Lohn«? Aber war es nicht das, was Panzer verlangen wollte? Mehr Lohn. Lochers Unterbewusstsein suggerierte ihm, Panzer sei für diese Wortkombination besonders aufnahmefähig. Nun gut, er hätte auch »Menschenfleisch!« schreien können, der Oger wäre darauf wohl auch angesprungen. Egal jetzt. Getan ist getan. Keine Zeit verlieren. Jetzt wird's interessant.

»Mehr Lohn!«

Verdammt, das klingt aber wirklich zu blöd.

Locher kauert hinter einigen Papierstapeln, am Beginn eines Weges, der in die Untiefen des Papier-/Containerlabyrinths führt. Er hofft, Panzer springt auf den zugegebenermaßen saudummen Köder an.

»Viel mehr Lohn!«

Panzer reagiert grantig: »Was soll das? Schau, dass du da rauskommst, du Saumensch.«

Der Gabelstaplerfahrer beschleunigt seine Schrittfolge, die nun auf Lochers Versteck ausgerichtet ist. Locher zieht sich in das Gängewirrwarr zurück.

»Mehr Lohn. Hierher. Mehr Lohn.«

Klar, das klingt unglaubwürdig. Doch Panzer lässt sich locken. Die Taktik greift, was interessiert dann das Mittel? Locher hat den tätowierten Fisch an der Angel.

»Du mistiger Saukopf. Vermaledeites Diebesgesindel. Dir schlag ich das Kreuz weg!«

Panzers Drohungen schießen wie elektrische Ströme durch die Gänge. Papierfetzen erzittern. Er folgt den Geräuschen, verfolgt den Urheber der Verlautbarungen.

»Zeig dich, du Huren…«

Eine überdimensionale Taschenlampe, die eigentlich in Lochers Plan C einen anderen Gebrauch finden sollte, beendet Panzers Flucherei, indem sie hart in seinem Genick aufschlägt. Der Getroffene fährt perplex herum. Ein Gesichtsausdruck wie eine Fledermaus. Seine Augen nehmen etwas wahr. Etwas, das aussieht wie zwei Weizengläser, die auf einem Bundeswehrparka montiert wurden. Aus einem Ärmel ragt eine menschliche Faust, die eine schwarze Stange mit sich führt. Panzer greift nach den Gläsern, das geht schnell. Schläge verteilen geht bei Panzer immer schnell, selbst in einem Zustand der Verwirrung. Die kräftigen Hände ergreifen so etwas wie einen Hals. Drücken augenblicklich zu. Hinter den Weizengläsern erscheinen

Augen, ein silbriges Stoppelfeld stülpt sich wie ein Dach über die Brillenrahmen aus Horn. Panzers Sinne sammeln sich, er fängt an zu begreifen.

»Arschlocher? Bist du das? Du Huren…«

Ein Aufwärtshaken, von Süden nach Norden gezogen, trifft Panzers Visage am Kinn. Verzeihung, aber Locher arbeitete jahrelang in dieser Fabrik, musste schwere Kanister wuchten, Papierstapel verladen, »Das Bestiarium von Freyung« schleppen. Locher ist kein Schwächling. Er zeigt es nur nie. Und haben Sie aufgepasst? Die Taschenlampe hält er immer noch in der Hand.

Mit Verlaub: Dieser Schlag Lochers ist geschmiedet in den tiefsten Hallen Odins. Eine Betonhand aus Wut und Hass, ein Hammer aus der Waffenhalle des Zorns.

Panzer bricht stöhnend und ohnmächtig zusammen.

Locher kramt schnell in seinem Rucksack.

Die Unterarme sind zwischen aufgestapelten Zeitungsbündeln wie zwischen Betonblöcken gefangen. Sein Rücken lehnt gegen Zeitungen. Ein Thron aus Papier. Die käsigen Staplerfahrerbeine weisen gestreckt und gespreizt von ihm weg. Scharf und brennend scheuert ein Seil an den Fußfesseln, das hinterrücks um die Sitzvorrichtung gestrafft wurde. Somit befindet sich Panzer mehr als wehrlos auf dem Präsentierteller. Die Arme unbrauchbar, die Beine seltsam verrenkt und abgespreizt, und er ist nicht imstande, sie wieder zusammenzuführen. Panzer stöhnt, als ihm Wasser aus einer Feldflasche ins Gesicht spritzt. Zwei, drei Backpfeifen hinterher, und der Exarbeitskollege erwacht aus seinem Dämmerzustand.

Lallend bringt Panzer an: »Das soll wenn das?«

Seine Pupillen kreisen, finden dann beide die Mitte.

»Locher. Scheiße. Du Hurensohn.«

Locher steht einen Meter von Panzer entfernt und begutachtet sein Kunstwerk. Die Engelhardts wären neidisch. Moderne Kunst – meuble de papier.

»Wenn ich dich erwische, ist schon klar, dass du das dann nicht überleben wirst.«

Die Pupillen springen in ihre ursprüngliche Stellung zurück.

Locher sieht ihm unverwandt in die gemeinen Augen. Jegliche Pein, die ihm von dem Unmensch zugefügt wurde, all die Unmenschlichkeiten und niederschmetternden Momente, die er durch die seelischen wie körperlichen Misshandlungen hat über sich ergehen lassen müssen, blitzen darin auf.

Locher schweigt.

»Dachte, nach unserem letzten Treffen hätte Berger dir den Laufpass gegeben. Suchst hier wohl nach Klopapier, um dir die Nase zu putzen, was?«

Locher nickt.

Panzer spuckt süffisant vor Locher auf den Boden.

»Du Penner, was soll denn das? Du Irrer. Komm doch her, wenn du was in den Knochen hast. Mumm oder so was.«

Panzer wird wild, versucht sich aus dem Papiergefängnis zu befreien. Er zerrt kurz an den Fußfesseln. Und weiß schon bald, wie sinnlos das ist. Es folgt eine Salve aus dem Reich der Koprolalie, also der Fäkalsprache, die ich Ihnen, obwohl ja schon einiges geboten wurde, hier und jetzt ersparen möchte. Ich hoffe, Sie akzeptieren das.

Locher lächelt – und nickt mit dem Kopf in Richtung von Panzers Hüfte.

Erst jetzt schaut Panzer nach unten und bemerkt nach all dem Surren im Kopf, dass der Unterkörper frei hängt, und dass er völlig nackt vor Locher sitzt. Zum ersten Mal bemerkt Locher bei Panzer einen Anflug von Unsicherheit. Und in diese Unsicherheit rammt Locher ein Stemmeisen. Er hält eine Rolle Klebeband vor Panzers Nase.

»Ha.« Panzer scheint sich schnell gefangen zu haben. »Du dreckige Schwuchtel. Willst du dich an meiner Kanone zu schaffen machen? Das Gerät ist ein wenig zu groß für dich.«

Locher nickt zustimmend.

»Dann lass die Finger von meiner Wumme!«

Aus Panzer knattert nun ein hysterischer Lachanfall. Den flackernden Blick zwischen seinem Geschlechtsteil und Lochers Augen hin- und herwerfend, geht die Lachsalve in einen bösen Hustenanfall über.

»Hör mal, du Versager. Was soll das denn alles?« Wieder prüft Panzer ruckartig, ob nicht doch eine Befreiungsmöglichkeit bestünde. Keine Chance. Locher war sorgfältig. Der dreht sich nun um, steht auf, schreitet auf den Staplerfahrer zu. Was er da in den Händen hält, kann Panzer noch nicht genau sehen.

Locher beugt sich vor, sehr nah zu Panzers Gesicht und spricht zum ersten Mal zu Panzer:

»Wir spielen jetzt Bar Eden, Panzer. Hast du Lust?«

Panzer verzieht sein Gesicht. Seine Augen stellen Fragen, sein Mund bleibt stumm.

Nun macht sich Locher wirklich an Panzers Geschlechtsteil ran. Wenige Handgriffe genügen. Panzer, zu perplex, zu konsterniert und zu gefesselt, um sich zu wehren, sitzt da und schweigt. Eine Stille, die Locher gerne auf Tonband aufgenommen hätte. Panzer und er alleine zusammen – und der Tyrann hält die Fresse. Ein Geräusch für die Ewigkeit. Nur der Wind pfeift leise durch die Containerlandschaft. Es riecht. Riecht nach Reform und Veränderung. Und nach Gas. Das kommt von dem Feuerzeug, das Locher anwirft.

Kennen Sie diese Situation, wenn sich binnen wenigen Sekunden eine Stimmung um 180 Grad dreht? Sich komplett verändert. Vielleicht wollen wir uns zwei dreijährige Kinder vorstellen, die sich umarmen und im nächsten Moment zu prügeln beginnen, weil das eine dem anderen aus Versehen an den Haaren gezogen hat. Genau richtig, hier ist das auch so. Nur dass Locher nicht an den Haaren gezogen hat, sondern schlimmer. Panzer, der Berserker, der Maulaffe, der Riese, der übermächtige Oger fängt urplötzlich an zu wimmern. Bitterlich. Voll der Panik. Voll des Verständnisses, dass in den nächsten Sekunden etwas Markverzehrendes passieren wird.

Locher sieht Panzer in seine vor Angst berstenden Augen. Harmonie flutet durch Lochers Körper. Dann flüstert er in Panzers Ohr:

»Volles Rohr!«

Er weicht von Panzers Seite, sagt:

»Deckung!«

Locher beugt sich nach unten und wirft zum letzten Mal das Feuerzeug an. Die Flamme tanzt ein wenig im Wind, hält sich aber am Leben. Locher ruft:

»Feuer!«

Er entzündet die Lunte.

Die durchschnittliche Lunte eines Chinaböllers E, oder in diesem Fall Superböller II, ist zwei Zentimeter lang und brennt innerhalb von drei Sekunden ab. Die Länge des roten Sprengkörpers beträgt elf Zentimeter. Nochmals streng eingewickelt in Klebeband, damit die Sprengkraft erhöht wird. Das Ganze angebracht an Panzers Penis.

Diese Angaben sind ohne Gewehr, aber hier ist es eben so.

Bitte beschimpfen Sie mich nicht als Sadisten, diesen Vorkommnissen muss ich als Erzähler nachgehen. Brutal ist vieles, auch Seelenpein, vielleicht ist das sogar schlimmer. Der Detonation nach zu urteilen war es eine heftige Explosion. Da ich dort jetzt auch nicht so gern hinsehen möchte, kann ich nicht mit Sicherheit sagen, ob das gesprengte Geschlechtsteil des Unterlegenen wie eine aufgeplatzte Knackwurst oder wie eine überfahrene Kröte aussieht, oder gar völlig weggefetzt wurde. Ob die abgetrennte Eichel wie ein Flummiball in eine der Papiermauerecken gehüpft ist und zwischen zwei Magazinen der Druckerei, möglich wäre »Jagd & Waffen« und ein Sparkassen-Comicheft, stecken blieb, ob der Mann nun verblutet, was anzunehmen ist, oder nicht, weil ihn rechtzeitig einer der Kollegen findet – Franz Groß, René Weigl, Martin, Breitner, Sven Keulerts, Manni, Öner Cicek oder Berger selbst. Ich kann nur, genauso wie Sie, spekulieren.

Klar ist, August Locher hat eine neues Märchen geschrieben: »Schrumpelstilzchen«.

Den eunuchösen Schrei von Panzer kann Locher hören. Noch lange hört er ihn. Ein Gewimmer, das Panzer nicht so gut steht – wie Locher findet. Nun hat er endlich seinen Rohrkrepierer erhalten. Der Panzer ist Altmetall. Schrott. Sperrmüll. Die Waffe zerstört. Der Krieg ist zu Ende.

Eine Moral muss es geben:

»Esse nie die Seele anderer.«

Glück pocht in Lochers Brust. Schweiß läuft ihm übers Gesicht. Oder sind es Tränen? Tränen der Freude. So befriedigt fühlte er sich noch nie in seinem Leben.

E – DIE GEISTERBRAUT

Donnerstag, 17 Uhr 36

Das Bild, das sich vor Lochers Augen auftut, kann ihm den Hunger nicht verderben. In dicker, roter Schaschliksauce liegt müde eine zu Scheiben aufgeschnittene Currywurst. Das gelbe Pulver sorgt für farbliche Abwechslung. Sieht aus wie ein überfahrenes Eichhörnchen. Eichelhörnchen. Automatisch muss Locher an Panzer denken.

Der Imbiss ist schmackhaft. Locher lehnt an der Theke der Bude auf Rädern. »Wurst-Kanone« heißt der Stand, an dem familienlose Feierabendgänger sich ihr Abendbrot servieren lassen. Es riecht nach Fritteusenfett, in Öl getränkte Tierware und pomadige Kartoffelgerichte. Welliges Fleisch und schwarzverkrustete Würste liegen auf der schmierigen Bratfläche. Die Currywurst ist aber lecker, da gibt es keine zwei Meinungen.

Je ekliger die Bude, desto gustiöser die Wurst.

Eine typische Locher-Theorie.

Besonders die Sauce, welche schöpflöffelweise aus Zehn-Liter-Eimern über die aufgeschnittenen Phosphatstangen gekippt wird, findet Locher exzellent. Und sein Leben. Das flüstert ihm gerade märchenhafte Komplimente ins Ohr.

Es kitzelt im Bauch.

Anarchie und Wohlbefinden kreisen durch seine Innereien und zaubern ihm ein Lächeln auf den Ketchupmund.

Er isst mit den Fingern, warum auch nicht? Und trinkt ein Bier aus der Büchse, auf der sich ein schäbiges Brauereiwappen um Qualitätsvermittlung bemüht. Mit seinem modischen Auftreten, dem mittlerweile dem Tagesverlauf entsprechend zerzausten Aussehen und diesem Menü, das er zu sich nimmt, fügt er sich in die Imbissstandklientel nahtlos ein.

Aus Gründen der kulinarischen Überzeugung bestellt er eine weitere Wurst, Zeit hat er ja noch ein wenig. Von hier aus überblickt er bestens das Terrain. Auf der gegenüberliegenden Straßenseite das Gasthaus »Semmelmayer«, daneben die »Rosenapotheke«, dann, etwas nach hinten versetzt, »Chic«, der Modeladen für ältere Frauen, an dem seitlich die Eckturmgasse vorbeiführt, wieder vorne an der Straßenzeile der türkische Laden, welcher keine Wünsche offenlässt. »Bütün« – Alles – so steht es über der Eingangstür. Vom Haarföhn bis zum Kinderkeyboard, von Autoreifen bis zu Hostien, und das in einem islamisch geführten Geschäft. Hier hat Locher auch den Sprengkörper erstanden. Dort angrenzend in rotem Backstein »Ernas Blumenladen« und daneben dann »Sunny Side Up«. Das Sonnenstudio der Stadt. Man kommt als Geist und geht als Brauner. Eine Zehnerkarte kostet 35, ein Jahresabonnement 280 Euro. Hurra. Haut wie Bronze, so erhaben wie Ben Hur, so fein wie helle Schokolade. Und vereinzelt ein wenig Hautkrebs. Verteilt wie Rosinen in einer Trauben-Nuss-Schokolade. Das ist das »Sunny Side Up«. Dem ist zur Rechten der Seconhand-Plattenladen »Wundertüte« zugeteilt. Vor diesem steht heute in sexy, hautenger Lackmontur Shakira. Leider nur aus Pappkarton, aber immerhin in Lebensgröße. Sie wartet, bis ihr ein schönes Plätzchen im sehr engen Auslagefenster der Wundertüte zugeteilt wird. Sicher, an der breiten Masse darf man nicht vorbeizielen, deswegen auch Shakira, Madonna und Rihanna im Angebot, aber die »Wundertüte« wartet zu Lochers Wohlbefinden auch mit feinstem Rare Groove und exzellenten Jazzsammlungen auf. Auf Vinyl wie auf CDs. Und als hätte die Dramaturgie persönlich das Drehbuch geschrieben, so schallt aus der offenen Ladentür die Filmmusik zu Lochers Treiben, quer über die Straße zur Wurstbude, direkt in Lochers Ohr. Andrew Hills »Hope«. Ein Lied seines 1966 aufgenommenen, verwegenen Freejazzalbums Change mit der Songliste »Violence«, »Pain«, »Illusion«, »Hope«, »Lust«, »Desire«. Ein Stück Querulantenmusik, wie es Locher nicht besser auf den Leib geschneidert, besser, komponiert hätte werden können. Ja, ist dies nicht die Legitimation zum Rundumschlag für Jazzfreund August Locher? Er musste »Gewalt« und »Schmerz« über sich ergehen lassen, nun klammert er sich an die »Hoffnung«, sein Leben zu verändern. »Veränderung«, wie das Album sagt, und dazu verspürt er eine enorme »Begierde« und ein brennendes »Verlangen«.

Und um den Bogen zu schließen, steht auf Shakiras Pappaufsteller der Titel ihres 2010 erschienenen Albums »Sale el sol«, die Sonne kommt raus. Perfekt wäre jetzt natürlich gewesen, würde ihr Album »Sunny Side Up« heißen. Tut es aber nicht.

Die Besitzerin des »Sunny Side Up« heißt Gundis Ayala, Spanierin, Exporteurin der iberischen Sonne in Form von UV-Strahlenquellen, erstaunlich blass für ihre Position, wahrscheinlich kennt sie die Risiken dieser Hautkrematorien sehr genau. Ihre Frage ist erlaubt, warum heißt das Sonnenstudio einer heißblütigen Spanierin nicht Todo Sol oder O sole mio oder Banca del Sol oder (S)Olé oder gar Sale el Sol? Aber nichts da, »Sunny Side Up«. Die Sonnenseite nach oben.

In dieser spanischen Sonnenbank räkelt sich auch regelmäßig die Cernak. Auch im Sommer. Obwohl die naturgegebenen Bräunungsmöglichkeiten zu dieser Jahreszeit täglich abrufbar wären. Was animiert Menschen dazu, sich neben der Freibadbräune nach künstlicher Farbveränderung zu sehnen? Der Doppeleffekt? Das Surren der Solarien? Wie auch immer: Die Cernak liebt es. Auch im Sommer. So wie heute. Jeden Donnerstag nach der Arbeit.

»Noch 'ne Wurst?«

»Nein«, entgegnet Locher dem launischen Budenbesitzer, der sich Franz Klammer nennt, aber mit dem österreichischen Skifahrer nichts gemein hat. »Danke. Ich zahle.«

Locher kippt sich genussvoll den letzten Schluck Bier in die Kehle, während er mit der anderen Hand das Kleingeld in der Parkatasche zählt.

»Hier, bitte. Wiederschaun.« Einige Gäste blicken kurz von ihren Papptellern auf. Franz Klammer brummt etwas Unverständliches, das entweder »Danke« oder aber auch »Hau bloß ab, du Pfeife« bedeuten könnte.

Die Cernak hat vor zehn Minuten das »Sunny Side Up« betreten. Locher läuft über die Straße, kramt in seinem Rucksack nach einigen Utensilien, Tischtennisbälle, Alufolie, Holzwolle, Salpeter und so Zeugs. »Change, Hope, Desire!« Bestätigend und im Takt federnd macht er sich an die Arbeit.

»Feuer! Feuer! Fuego! Ayuda me! Um Himmels willen. Alles Frau raus. Feuer!«

Panik. Hysterie. Im Sonnenstudio herrscht Aufruhr. Locher drückt sich noch weiter hinter Ernas Thujenkästen vom benachbarten Blumengeschäft. Vor den schillernden Thujen sind auf einem Tisch aufgereiht sieben Keramikzwerge. Recken ihre Rotkappen in Richtung Tumult. Das liebe Schneewittchen schält sich lächelnd aus deren Mitte. Locher späht durch die Zweige und Zwerge.

Gundis Ayala brüllt ins Innere ihrer Sonnenbude: »Todas fuera! Alles Frau raus!« Dabei klickern ihre Perlenketten aufeinander und klingen wie Gevatter Tod beim Tanz.

Spitze, hohe Schreie dringen aus der offenstehenden Eingangstür vom »Sunny Side Up«. Und Qualm. Starke Rauchbildung lässt Menschen ins Freie tanzen. Und Gestalten. Menschen schälen sich aus dem dicken Grau. Türmend. Ja, diese Menschen, ausschließlich Frauen, sind pudelnackt. Zwei junge Studentinnen, schwitzend, in rote Haut gekleidet, machen den Anfang.

Dann kommt sie.

Lochers große Liebe. Lochers große verflossene Liebe. Als sich der braungebrannte, nackte Körper der Cernak ins Freie schiebt, fallen Glanz und Anmut von ihr ab. Lochers wundes Herz heult auf. Die Bilder der Demütigung im Supermarkt flattern vor seinen Augen.

Sein Herz verformt sich zu einer Faust, schlägt dreimal auf den Tisch und anschließend korrekt weiter. Er tritt aus seinem Versteck und erkennt, was für ihn jahrzehntelang nicht erkennbar war. Der reale Körper der Cernak. Die Supermarktelfe hat in Wahrheit nichts Elfenhaftes, nichts Geheimnisvolles, nichts Anbetungswürdiges.

Wie sie da aus dem Eingang torkelt.

Ihr zerzaustes, zerrissenes Haar, wie trockene Strohbüschel.

Ihr klebriger, zu einem roten Loch verformter Mund, aus dem es hustend »Hilfe, ich brenne« wimmert, das Gesicht bemalt wie eine Faschingsmaske. Schandflecken eines Kosmetikwahns.

Ihr Körper, nun, so freigelegt im Evaskostüm, versprüht selbst für Locher nichts Anziehendes, nichts Sehnsüchtiges mehr.

Wie konnte er diesen verlebten Körper, dessen Hautporen durch Zigarettenkonsum in eine Kraterlandschaft verwandelt wurden, dermaßen obsessiv anhimmeln?

Die Liebe versengt das Augenlicht.
Die neuste typische Locher-Theorie.

Als die Cernak auf die Straße wankt, ist die Sonne hinterm Kirchturm verschwunden, der sechsmal zur Apokalypse läutet. An der Imbissbude regt sich etwas. Große Stielaugen im Gesicht, Büchsenbier in der Hand, sich die Lippen leckend – wankende Schaulustige in Bauarbeiterkluft. Runde Säufer mit Plastiktüten. Lederbejackte Halbstarke mit Mofazündschlüssel am Finger. Und alle belustigen sich lautstark an den nackigen Sonnenanbeterinnen. Selbst Franz Klammer beugt sich aus seiner Frittenbude, seine Zigarette fällt ihm aus dem Mundwinkel.

Die barhäutige Cernak scheint in ihrer Verwirrung noch einen kleinen Funken Geistesgegenwart gefunden zu haben. Sie steuert auf die Papp-Shakira, den Aufsteller vorm Seconhand-Plattenladen, zu, schiebt ihre Nacktheit hinter die kolumbianische Pop-Perle und guckt ihr hilfesuchend über die Schulter. Dieses zweiköpfige Frauenbild gleicht der aus der griechischen Mythologie stammenden Echidna, halb schönäugiges Mädchen, halb grausige Schlange. Locher weiß das. Wer die griechische Mythologie nicht kennt, und das tut der Großteil der Anwesenden, sieht nun eine Shakira und eine Frau, die ihre Mutter sein könnte.

Keiner hilft. Selbst neu hinzukommende Passanten bleiben untätig, versuchen, die Situation zu ordnen. Wir wollen uns ehrlich hinterfragen, würden wir diesem skurrile Schauspiel nicht auch passiv beiwohnen? Würden wir uns nicht stumm folgenden Satz denken: Vorerst besser nicht eingreifen, könnte ja ein Filmdreh sein.

Natürlich, sicher, das steht außer Frage, wir würden nicht lachen, nicht applaudieren, keine Schmähgesänge anstimmen. Aber würden wir sofort zu der bemitleidenswerten Frau rennen und ihr die neugekaufte Sommerjacke über die nackte Taille binden? Vorerst besser nicht eingreifen, könnte ja eine verrückte Amokläuferin sein.

Die Cernak scheint verwirrt, ihr Orientierungssinn vom Schock angenagt. Sie treibt unsicher, sich an den schützenden Aufsteller klammernd, in Lochers Richtung.

Gundis Ayala ruft nun »Alles Frau draußen!« Sie löscht mit dem Inhalt einer Zwanzig-Liter-Gießkanne vom Nachbarladen den brennenden Papierkorb, den Locher vor einigen Minuten unbemerkt in Brand gesteckt hatte.

Verletzen wollte Locher niemanden damit. Das ist ihm gelungen. Und mehr:

Lochers ehemalige Rose ist entblättert. Welk. Trocken. Stachlig. Die Supermarktelfe aus dem Märchen genommen. Jeder Zauber verflogen.

X-beinig und erdrückt, die verkrampften Hände von hinten in die seitlich wegkippende Shakira verkrallt, das angemalte Gesicht von einem porösen Strohvorhang verdeckt, kauert sie starr vor der Ladenzeile.

»Hilfe, ich brenne.«

Locher muss sich eingestehen, die Abrechnung ist gelungen. Er wollte ihr einen geräucherten Schreck einjagen. Die Cernak wird sich in Zukunft hüten, auf enttäuschten Herzen lustige Stepptänze aufzuführen.

Ein kleines Missverhältnis nagt allerdings an der Genugtuung. Das öffentliche, niveauarme Publikum hätte nicht unbedingt sein müssen. Nun gut, sein zertrampeltes Herz pocht wieder. Die Cernak wird für ihn die böse Hexe des Westens bleiben. Verliebt ist er nicht mehr. Die Hochzeit ist geplatzt. Ich bitte Sie, wer ist schon mit einer Hexe verheiratet? Hm, wahrscheinlich würden jetzt 95% der männlichen Wurstbudenkunden »Ich« rufend die Hand heben.

Die Cernak schleicht auf Locher zu, schwebt geisterhaft auf ihn zu, erkennt diesen, wirkt kurz beschämt und erhofft dann ihre Rettung, breitet fordernd die Arme aus. Shakira gleitet pfeifend zu Boden.

»Locher, Ihren Mantel. Schnell.«

Locher blickt nicht an ihr herab. Er hat gesehen, was er jahrelang als unerreichbar schön empfand. Nun schaut er ihr nur tief in die funkelnden, flehenden Augen, in denen er folgende Moral findet:

»Die Würde eines Menschen ist unzertrampelbar. Ebenso sein Herz.«

»Nein«, Locher schüttelt den Kopf. »Sie sagten, der stinkt.«

Die sieben Zwerge blicken diesem Treiben bedrückt zu und bemerken bei dem ganzen Aufruhr nicht, dass sich Schneewittchen aus dem Staub gemacht hat.

F – KNÜPPEL IN DEM SACK

Donnerstag, 1 Uhr 40

Die Polizei findet um 1 Uhr 40 die vier seit viereinhalb Stunden als vermisst gemeldeten Kinder aus der Tybbkestraße. Sie wurden in vier Kartoffelsäcke gepackt, unter der hinteren Sachbachbrücke gefunden und wiesen schwere Prellungen am Armen, Beinen, Rücken auf. Das Seltsame dabei war, dass sie sich die Verletzungen mit Knüppeln, die jedem Sack beigelegt waren, beim Versuch, sich zu befreien, selbst zugefügt hatten.

Sie wissen schon, Tybbkestraße, die mit den Rotzbuben, die Sonderschüler, Befreiungsversuch…

Aber erzählen wir das Ganze der Reihe nach und verstehen diesen kurzen Exkurs als Ausflug. Als Vorwegnahme. Als märchenhaften Zusatz. Der Vollständigkeit halber. Aber mit folgender Moral:

»Strapaziere nicht die Nerven der Mitmenschen. Füge ihnen keine Schmerzen zu!«

G – DIE FÜNF KAMERADEN UND DAS EWIGE LACHEN

Donnerstag, 20 Uhr 55

Locher wandert auf dunklen Umwegen durch die Stadt in sein Viertel.

Sein Magen klopft ihm gegen den Hals. Dieses nervöse, freudige Gefühl ist neu. Fast wie fliegen fühlt sich das an. Locher spürt eine

Richtigkeit. Es ist richtig, was er tut. Weil es richtig ist, dass man das tut, was man fühlt. Es ist richtig, sich zu wehren.

Da geht ein Mann, dessen Erscheinung man als schräg bezeichnen würde. Khakibraune Stoffhosen mit leichtem Schlag. Unter dem Schlag hervorschielend schwarze, abgewetzte Arbeiterschuhe. Der olivgrüne, verschmutzte Bundeswehranorak bis zum Hals zugeschnürt. Das Gesicht gezeichnet:

Eine verbeulte, rote Nase.

Darauf eine entzweite Brille, mit Klebeband zusammengehalten.

Striemen und Blutkrusten von diversen Stürzen.

Ein diabolisches Grinsen von gelungenen Retourkutschen auf den Lippen.

Lochers großer Rucksack hüpft bei jedem Schritt leicht auf und ab. Als wolle er ihm über die Schulter kucken, um zu sehen, wo das letzte Schlachtfeld liegt. Im Innenraum klimpert es verdächtig.

Locher durchquert ungesehen den Garten der Grimbartstraße 5, welche parallel zu Hinzestraße verläuft, schält sich durch die Thujenhecke, springt nahezu leichtfüßig über den Holzzaun in den Garten und steuert seinen letzten Posten an. Der liegt im hinteren Hofteil der Grimbartstraße 7, welcher direkt an den hinteren Hofteil der Reinekestraße 6, dem Anwesen der Engelhardts, angrenzt.

Locher kniet im Baumhaus von Michi Fischer, einem achtjährigen Cowboy, der, wenn er Locher über den Weg lief, immer an seinen Cowboyhut aus Stroh tippte. Gesprochen haben sie nie miteinander.

Locher beugt sich zurück ins Innere des Baumhauses. Er lehnt nun mit seinem Rücken an der Wand, sein Gesäß ruht auf einem Stapel Comicmagazine.

»Winnetou«. Das ist ja witzig. Eine enorme Sammlung von den begehrten Heften aus den 1960er Jahren, erschienen im Lehning-Verlag.

Normalerweise legt sich Locher zum Aufsaugen der phantastischen Geschichten das Leseutensil auf den Kopf. Ob dies auch durchs Gesäß funktioniert?

Seine vom Tagwerk verschmutzten Handflächen liegen ruhig auf seinen Kniescheiben, die sich wie zwei Revolvergriffe anfühlen.

Die Atmung stößt rhythmisch zufrieden Luft aus. Ruhe übermannt ihn. Er schweift gleitend in die Vergangenheit, schließt die Augen.

»Jede Geschichte hat ihre Moral.«

Er sieht nun hinter geschlossenen Lidern, wie Großvater und er gemeinsam Bilder an die Wohnzimmerwand nageln. Diverse Fotos. Erlebtes eingefroren in rechteckige Formate.

Auf einem Foto balanciert er einen Stapel Bücher: Das letzte Wort, das er heute Morgen im »Grimm'schen Wörterbuch« nachgeschlagen hat, war: »Vergeltung – … leistung von gegendiensten für empfangene wolthat oder im üblen sinne für übelthat (strafe).«

Auf einem anderen steht er mit einem Kochlöffel am Herd und schaut beleidigt: Das war an Augusts zwölftem Geburtstag. Beim Vorhaben, ihre Küche in das Schlaraffenland zu verwandeln, verbrannte gleich das erste Gericht. Das Brathühnchen war kohlrabenschwarz und flog, statt in den offenen Mund, in den Müll.

Ein Foto zeigt Großvater grinsend unterm Weihnachtsbaum sitzend: Zacharias und August schmückten, wie er sich noch gut erinnern kann, den Weihnachtsbaum mit Schreibpapier, auf das sie Weihnachtsgedichte gekritzelt hatten. Das war vor etwa zweiundzwanzig Jahren.

Auf einem Abzug sieht man Großvater auf seinem Adler sitzen. Der treue Adler steht mittlerweile wieder repariert, geheilt von allen Wunden und abflugbereit in der Hütte. Wenn August mit seiner Komposition fertig ist, fliegt er mit seinem Adler los. Richtung Zacharias. So sein Plan.

An dem Tag, als August sein erstes gebundenes »Bestiarium von Freyung« in der Hand hält, wurde festgehalten, aber nur auf einem

Foto sind Großvater und Enkel gemeinsam abgelichtet. Sie stehen vor der Bibliothek und blinzeln, von der Sonne geblendet, schief grinsend in die Kamera: August beginnt ebenfalls schief zu grinsen.

Scharlie & Pip. Die Aufzeichnungen vom grauen Wal, ihrem Haus. Die rote Blechdose. Die Pakete mit den Wörterbüchern. Die Hütte und der Hirsch in Öl. Grainau. Ehrwald. Tajakopf. Seebenwand. Mandlhuthütte.

»Großvater, du elender Geheimniskrämer. Wenn du noch lebst, dann finde ich dich!«

Locher öffnet die Augen. Bald ist er ein freier Mensch.

Ein Knattern lässt ihn in die Realität zurückschlittern. Eine Krähenschar durchstreift den dunkel werdenden Abendhimmel. Sie krakeelen aufmunternd: »Weiter, August. Go. Go. Go.«

Der Wind dreht sich.

Der Schlussakkord fehlt.

Der Schlussakkord in Moll.

Für ihn wird dieser Klang reinstes Dur sein. Hell und klar. Er hat die Töne schon komponiert. Muss sie nur noch spielen, auf der Klaviatur des Lebens. Dann ist sie fertig:

Seine Sonate der Vergeltung.

Das Baumhaus, das Locher als Aussichtsplattform dient, steht im Anwesen der Familie Fischer, und grenzt an der Grimbartstraße rücklings ans Grundstück der Buchmörder Engelhardt. Locher blickt durch das kleine Fenster. Durch das sieht er bis zur Hinzestraße hinüber, in der ein wenig Aufruhr herrscht. Die Straßenbeleuchtung der Hinzestraße ist keine Stadionbeleuchtung, aber was da vor sich geht, weiß er. Locher erkennt einige Polizisten am Haus der Wolfs. Deren grobes Kind ist vom Basketballkorb entfernt worden. Locher zählt drei Polizeiwagen. Auf einem dreht sich stumm das Martinslicht. Sallers Dienstwagen. Noteinsatz!

In dem Menschenpulk wedeln die Engelhardts aufgebracht mit den Armen, deuten immerzu auf Lochers Besitz, der aber vom Engelhardtwohnhaus verdeckt ist. Sie sehen dabei aus wie verrückt gewordene Dirigenten von Wagners Walküre.

Lochers Blick schweift ins erhellte Wohnzimmer der Malangrés. Herr Malangré sitzt auf einem Sofasessel, das Gesicht in die Hände vergraben, sich schüttelnd. Offenbar weint der Mann. Jemand ist bei ihm und notiert etwas auf ein Blatt Papier. Sieht aus wie ein Notarzt.

Für Locher ein hervorragendes Gesamtbild. Was für ein Tag. Eine Revanche, wie sie im Buche stehen könnte.

Locher entscheidet sich für eine solidarische Nachricht an Michi Fischer, den kleinen Westernhelden, indem er mit seinem mitgeführten Taschenmesser in krakeligen Buchstaben *Winnetou war hier* in eine Bohle neben das Fenster ritzt.

Es sollte kein Kind geben, das Karl May nicht kennt.

Eine typische Locher-Theorie.

Leider gibt es aber Kinder, die keinen Geschichtenerzähler als Großvater haben. Keinen Buchempfehler und Holzhüttenbibliothekenbesitzer, der die Phantasie am Köcheln hält. Und somit nicht wissen, dass die Engelhardts die gleichen charakterlichen Wesenszüge aufweisen wie Parannoh, der weiße Häuptling der Ponkas, alias Tim Finnetey, die Kröte von Athabaskah. Tim Finnetey, der Intimfeind von Old Firehand.

Feuerhand.

Feuerland.

Locher zieht seine Waffen – flüssiges Dynamit, sieben Flaschen voll. Warum diese Wurf- und Brandwaffen nach dem ehemaligen russischen Regierungschef und Außenminister Wjatscheslaw Michailowitsch Molotow benannt wurden, weiß Locher nicht, aber sehr wohl, dass dieses zündende Gemisch einen ähnlichen Effekt haben wird wie

Winnetous Sprengstoffangriff auf den Saloon von Rocky Town. Es wird Feuer sein. Und Entsetzen.

Buchmörder Gisbert Engelhardt beschießt Oberwachtmeister Saller mit bitteren Worten der Anklage.

»Wissen Sie was? Der Mann war immer schon gefährlich, bedrohte Umwelt und Mitmenschen. Mit Waffen. Trat meiner Frau mit'm Messer gegenüber. Der hat hier keinen guten Ruf, müssen Sie wissen. Dreck am Stecken. Immer schon. Ja. Wissen Sie, der alte Locher war schon plempem, ja, also nicht ganz richtig im Oberstübchen, nicht? Und der Sohn, also der spinnt total. Klapse, wenn Sie mich fragen, also ich bin Zeuge, falls Sie einen brauchen, wissen Sie. Also das ist ja furchtbar, was der mit dem armen Wolf-Jungen angestellt hat. Aber das war ja klar, wissen Sie, dass der mal so austickt, nicht? Verrückt. Gänzlich verrückt.« Buchmörderin Lydia Engelhardt ruft in einem fort: »Der Schwachsinnige war es! Der Schwachsinnige!«

Oberwachtmeister Saller notiert, wie es sich für einen guten Polizisten gebührt, das Gesagte auf einen verknitterten Din-A6-Ringblock, um den Fall auf jeden Fall zu lösen.

»Haben Sie ihn dabei gesehen? Oder Sie?«, will Saller von den Engelhardts wissen.

Gisbert Engelhardt fragt: »Gesehen? Ja nun, bei was?«

»Na, als er den Jungen da Dingsbums an den Korb.«

Saller deutet mit seinem Kugelschreiber auf den Tatort Nummer drei, den Basketballkorb der Familie Wolf. Wer genau hinblickt, kann zwei leichte Grübchen an Sallers Mundwinkel ausmachen. Die hat er nur, wenn er grinst. Ihn amüsiert etwas. Seien wir ehrlich: Trotz der überaus brutalen Vorgehensweise schlummert in diesem Fall eine gewisse Phantasie und Originalität. Das gilt für alle Vorfälle, die Saller heute bearbeiten musste.

Nervenzusammenbruch beim Herrchen eines explodierten Hundes.

Die fliegende Kowalski. Und die zufällige Solidaritätserklärung des Herrn Abel.

Der Junge in Klebeband eingewickelt am Korb, aufgebahrt wie der Messias am Kreuz.

Eine abgesprengte Peniseichel samt aufgeplatztem Panzerrohr.

Brand im Bräunungsstudio und das Einfangen einer verwirrten, nackten Sonnenanbeterin.

Ein Feldzug der Kreativität.

Oder Einzeltäter?

Er hat die einzelnen Fälle mit Namen versehen.

Der Fall »Jesuskind am Korb« bleibt vorerst ein Rätsel, aber was drängelt sich bei dem Fall »Flugobjekt Maria Kowalski« in den gedanklichen Vordergrund? Die greise Dame wollte sich auf ihre alten Tage bestimmt nicht am Rausch der Geschwindigkeit ergötzen. Ihr gefesselter Zivi bringt das Bild einer möglichen Entführung zur Verdeutlichung. Seltsam.

Der des Papierarbeiters und Gabelstaplerfahrers, Opfer eines kuriosen Geschlechtsteilanschlags, wirft ebenso Fragen auf wie der Brandanschlag auf die Sonnenbank »Sunny Side Up«, bei dem die Supermarktangestellte Petra Cernak um ein Haar ihr Leben ließ. »Pralle Eichel« und »Sonnenbrand«.

Den Fall von Herrn Malangré, der seinen Hund durch eine »Arschbombe« verlor, lässt Saller erst mal außen vor. Ein Bubenstreich. Oder doch Teil dieses bitteren Streifzugs der Verwüstung? Alle Wege führen zu Locher.

Aber warum sollte August Locher diese unsinnigen Taten begangen haben? Wo liegen Antrieb und Motiv?

»Ja nun, wissen Sie. Gesehen hab ich schon etwas. Aber der Junge hat doch deutlich gesagt, dass es der Locher war«, windet sich Gisbert Engelhardt. Engelhardt merkt, dass er als Zeuge mehr bieten muss als mutwillige Anschuldigungen. Locher muss an den Pranger – nach seinem Empfinden.

Was Lydia Engelhardt empfindet ist unklar, vielleicht ist sie mittlerweile verrückt geworden, ihr monotones »Der Schwachsinnige war es!« wirkt mittlerweile beängstigend pathologisch.

Im Kopf des Oberwachtmeisters steigt die Frage empor, wer hier wohl schwachsinnig sei, aber er bedankt sich trotzdem höflich für die definitiv unnützen Aussagen.

Und dann weckt etwas gänzlich Unerwartetes seine Aufmerksamkeit. Ein Aufblitzen, kleine Flammen züngeln in den Pupillen, die zu einer Leinwand für ein lichterlohes Schauspiel dienen.

Teure, unschätzbar wertvolle, übergroße Holzskulpturen stehen in Flammen. Einst ausgezeichnet mit Publikums- und Kritikerpreisen, tragen sie jetzt tanzende Hüte aus Feuer. Ihre Holzgesichter und Münder lassen stumme Hilfeschreie über die Hinzestraße flattern.

Herr Engelhardt: schaut ohnmächtig.

Frau Engelhardt: wird ohnmächtig.

Saller staunt.

Es knackt und knistert.

Fünf brennende Holzskulpturen erhellen die Sommernacht und verdrängen das Mondlicht und die Leuchtkraft der wenigen Straßenlaternen.

Und bevor sich ein Polizist oder ein anderes, geistesgegenwärtiges Individuum um einen Löschzug oder dergleichen kümmert, züngeln über dem Holzdach des Engelhardtwohnsitzes giftige Flammen. Im Nu brennt das ganze Haus.

Spitz und hell durchschneidet die Stimme von Polizeimeister Brinkmann das Feuerrauschen:

»Seht mal. Da.« Er deutet in die Richtung der grellen Brunst.

»Da steht ein …«

Er beugt sich nach vorne, schärft seinen Sehsinn.

»Da steht …«

Er richtet sich wieder auf, nimmt die Dienstmütze vom Kopf und kratzt sich seinen weißen Schopf an der Schläfe. Seine Haare deuten zum Himmel. Und ein wenig könnte man meinen, auch auf seinem Haupt züngeln Flammen.

»Da steht Schneewittchen.«

Ob Sie es glauben oder nicht. Brinkmann hat recht. Vor dem brennenden Besitz der Engelhardts grinst ein 50 Zentimeter großes Schneewittchen aus Keramik über die Straße, ehemals im Besitz des Blumenladens Zimmering, mit folgender Moral auf den lachenden Lippen:

»Brennen muss der, der Bücher verbrennt. Brennen muss der, der das Eigentum anderer verbrennt. Brennen muss auch der, der mit ungerechtfertigten Anschuldigungen Rufmord und mehr begeht. Und im Übrigen sollen alle brennen, welche fern der Gerechtigkeit und in Boshaftigkeit Mitmenschen gegenüber leben.«

Durch die Tausenden Funken und Lichtbrechungen kreiselt immer noch das Martinshorn von Sallers Dienstwagen. So blinkt das Gesicht von Schneewittchen abwechselnd blau, orange, gelb, schwarz und gold. Ihre aufgebogenen Mundwinkel tanzen im Licht- und Schattenspiel.

Eine der bekanntesten Figuren der Märchenwelt verkörpert mit feistem Gesichtsausdruck den Triumphzug eines geknechteten Teilnehmers unserer Gesellschaft.

Dieser Teilnehmer saugt es auf.

Die Genugtuung seines Tagewerks.

Die Vollendung der Septologie seines Glücks.

Die anwesenden Menschen verblassen.

Locher wird rot vor Wonne. Der Vergelter hat seinen Plan finalisiert. Der Zauberlehrling seinen letzten Trick vorgeführt. Der Verdammte ist erlöst. Eustachius, sein Schutzpatron, hat seine treuen Dienste unter Beweis gestellt.

Und Schneewittchen?

Schneewittchen lacht.

Und lacht.

Und lacht.

Und lacht.

Das Lachen klingt, als würde ein Schwarm Krähen über den Sommernachtshimmel fliegen.

Und mittendrin ein Adler.

TEIL DREI

OLYMPUS MONS

Oans - Lügenduell

Sehen Sie die beiden? Die, die da über die Autobahn rasen, als wäre eine Polizeiarmee hinter ihnen her? Trotz des hohen Tempos sitzen sie recht lässig im Volkswagen. Verfolgt werden sie nicht. Himmel, die bayrische Polizei würde sie bei der Geschwindigkeit und dem kleinen Stückchen Haschisch, das sich in dem weißem Sergio-Tacchini-Tennissockenpaar des Beifahrers befindet, umgehend einbuchten. Sie wollen nur flott ans Ziel. Das ist alles. Da »Schiffe versenken« während der Autofahrt kein geeignetes Mittel zum Zeitvertreib ist, amüsieren sie sich mit einem Aufzählspiel. Der Beifahrer beendet gerade seinen verbalen Zug. Der Fahrer, und jetzt halten Sie sich fest, das bin ICH, setzt an.

»Ich war schon mal auf Texel.«

Mein Beifahrer winkt ab und kontert sofort:

»Ich war schon auf Malle, Teneriffa, Elba. Auf Elba war Napoleon auch schon mal.« Gelächter.

»Dann ... warte mal ... auf Rügen, Amrum. Ich war in Thailand auf diversen Inselchen. Koh Samui, Phuket, Khao Lak, Phi Phi Inseln. Und auf Mainau.«

Mein Beifahrer beugt sich leicht zu mir herüber, dabei verschüttet er Bier.

»Bodensee«, sagt er belehrend.

»Ich weiß«, antworte ich. Obwohl ich mir nicht sicher bin, ob Mainau im Bodensee oder im Chiemsee liegt. Jetzt übernehme ich wieder.

»Ich war da auch schon mal. Und überall anders auch. Und ich war schon einmal auf Korfu, Pag und Capri.«

Letzteres ist gelogen, aber ich muss meinem Gesprächspartner etwas den Wind aus den Segeln nehmen. Es gelingt. Er trinkt nervös von seiner Bierflasche, die wir zusammen vor einundzwanzig Minuten an einer Autobahntankstelle bei Höhenrain erworben haben. Meine ist schon leer.

Dieses Spiel ziehen wir nun schon seit zweihundert Kilometern durch. Das Aufzählen von Orten, an denen man schon einmal gewesen ist. Im Urlaub, während der Arbeit, in Gedanken. Letzteres trifft auf mich zu, und ich hoffe, dass mein Beifahrer die Schummelarie nicht bemerkt oder gar selbst anwendet. Gerade machen wir alle Inseln durch.

»Ich war sogar schon einmal auf Malta«, gebe ich an.

»Malta ist ein Land«, kontert er. »Zählt nicht.«

»Ein Inselstaat. Zählt wohl.«

Nach einigen Umdrehungen sagt er ganz langsam:

»Ich war mal auf Hawaii.«

Verdammt.

Ich weiß, dass das gelogen ist, aber da mein Wahrheitsgehalt auch Lücken aufweist, gratuliere ich ihm innerlich zum Sieg beim Lügenduell.

Mein Beifahrer heißt Ole Olsen, kein Witz. Aber was ist das für ein Name?

Ole Olsen.

Der Name Olsen hat norwegische Wurzeln. Oder dänische. Ich glaube, Ole hat einmal erwähnt, sein Urururururgroßvater war Wikinger.

Ich nenne Ole in den meisten Fällen Olsen. Nicht seines Nachnamens wegen, sondern weil mir als Kind die Filme über die Abenteuer der Olsen-Bande so gefallen haben.

Ole meinte mal zu mir, Olsen klingt ein wenig wie Pansen, Rindermagen. Ich antwortete, ich könnte ihn auch »Dynamit-Harry« nennen, ein weiterer Protagonist der Olsen-Bande-Filme. Das verstand er nicht. So blieb ich bei Olsen.

Mit Olsen habe ich studiert. Wir haben beide in Hamburg ein Graphikdesignstudium abgeschlossen und arbeiten, einem gewieften, aber kuriosen Doppelvorstellungsgespräch sei Dank, in einem Graphikdesignbüro namens PumpLine.

PumpLine hat gerade den Auftrag erhalten, für ein Märchenbuch Illustrationen zu gestalten. 12 klassische Märchen, 36 moderne Illustrationen. Eher Kunst- als Kinderbuch. Um die Offenlegung der Moral im Märchen solle es gehen, so das Briefing.

Märchen haben für mich immer etwas Alpinistisches. Meine Meinung will ich jetzt nicht nur auf das Bergarbeiterdrama »Die sieben Zwerge« reduzieren, in meiner Vorstellung müssen alle Prinzen oder Jünglinge über das Gebirge, wo böse Wölfe und feuerspeiende Drachen auf sie warten. Vielleicht sorgten in kindlichen Jahren die bunten Zeichnungen in den Kartonmärchenbüchern für diesen Eindruck. Steinhäuser, Hügelwälder, rüstige, naturerprobte Großmütter. Ja, ich bin mir sicher, jedes Märchen hat seinen Ursprung in den Alpen. Und dorthin führt uns die Reise. Zur Inspiration sozusagen. Aber der Weg ist weit.

Hamburg – Garmisch-Partenkirchen.

857,4 Kilometer.

7 Stunden, 42 Minuten.

»Ich war schon mal auf Alcatraz.«

Olsen schweigt. Dann kommt ein »Alter Vatter« aus ihm heraus.

Gewonnen.

Zwoa – Die Katze von Anzing

Die Julisonne glitzert durch die Windschutzscheibe. 18:43 Uhr – ihr Tiefstand zwingt mich zum Tragen einer Sonnenbrille. Auf meiner Nase sitzt ein Fliegermodell, wie es Tom Cruise in »Top Gun« getragen hat. Die Brille gehört Olsen, der, den Kopf an die Scheibe gelehnt, eingeschlafen ist. Ich habe meine vergessen und ich will jetzt noch gar nicht wissen, was noch alles. Wichtig wäre, dass ich mein komplettes Arbeitsmaterial mithabe. Alles andere, zum Beispiel Gaskocher, Aspirin, transportabler Spaten oder Wollsocken für die Nacht, wären wohl noch käuflich erwerbbar. Wir wollen eine kleine Bergtour starten, und deswegen gehören auch solch überlebenswichtigen Utensilien wie Taschenmesser, Feuerzeug, Bindfaden, Zelt zu unserer Ausrüstung. Und Olsen hat sogar ein Rüdiger-Nehberg-Survival-Handbuch mit.

Titel: »Überleben ums Verrecken«.

Olsen meint, könnte ja sein, dass man in lebensbedrohlichen Nahrungsmangel gerät, dann wäre es hilfreich zu wissen, wie man Fische zubereitet, die man sich mit zurechtgeschnitzten Haselnussspeeren aus reißenden Gebirgsbächen gabelt. Olsen war noch nie in den Bergen. Und jetzt passen Sie auf: Ich auch nicht.

Bevor ich den CD-Player mit Oasis' »Masterplan« anschmeißen kann, ertönt die schmucklose Stimme einer weiblichen Sprecherin auf B5 Aktuell. Ich höre kurz zu: »...ein Amokläufer aus Deggendorf ist weiterhin flüchtig. Vor dem Mann wird ausdrücklich gewarnt. Er könnte bewaffnet sein, heißt es. Wer den....«

Ich drehe weiter am Knöpfchen. Retortenmusik blitzt kurz auf, weitere Stimmenfetzen sind hörbar. Plötzlich flattern mir die heimatliche Klänge einer Blasmusik um die Ohren. RADIO WATZMANN lese ich auf dem Display. Da Olsen schläft und ich mir von den bayrischen Klängen bajuwarische Einstimmung und märchenhafte Mystik verspreche, belasse ich es bei RADIO WATZMANN und lausche der regional-traditionellen Musik.

Ich gestehe, ganz fremd ist mir das Bayernland nicht. Ich war einige Male in München, geschäftlich, wie man sich denken kann. Im Gegensatz zu einem Großteil meiner hanseatischen Freunde finde ich die bayrische Hauptstadt schön. Auch die Mädchen. Auch die Kulinarik. Auch die Griabigkeit, die eine besondere Art von Gemütlichkeit ist, an der sich nur Einheimische laben können. Aber ich habe sie gesehen, die Griabigkeit, und sie gefällt mir. Ebenso kann mein Gehirn leicht angehauchten Dialekt verarbeiten.

Meine Affinität zum größten Bundesland könnte auch meinem Vater in die Schuhe geschoben werden. Warum?

Ich bin FC-Bayern-München-Fan.

Schon immer. Von klein auf. Lars Lunde ist mein ewiger Lieblingsspieler. Er war für mich zu seiner aktiven Zeit der Inbegriff von Kraft und Schönheit. Ich habe deshalb zwei geschwungene Lettern zwischen meine Schulterblätter tätowiert.

Und am Endschwung des zweiten L setzt halb so groß Lundes Rückennummer an.

LL11.

L-L-Elf. Als würde ein Sprachbehinderter unsere Hausnummer sagen.

Olsen hasst mich dafür. So richtig. Viele Hamburger hassen mich dafür. Was soll man machen? Ich hasse meinen Vater dafür, dass er mich mit dieser rot-weißen Krankheit infizierte, als ich sechs Jahre alt war. Pudelmütze, Schal, Teddybär in Vereinsfarben, Fahne, sich ausrollende Papiertröten in Rot und Weiß – das gesamte Paket. Ich heiße Joseph, wegen Sepp Maier, der meinem Vater einst zufällig bei einer Autopanne seines verkehrsuntauglichen Toyotas auf der B 300 bei Geisenfeld/Bayern geholfen hatte. Was mein Vater in der Gegend zu verrichten hatte, hat er mir in der kurzen Zeit, die wir einander hatten, nie erzählt, vielleicht war er auf der Suche oder auf der Flucht, was soll ein zufriedener Hanseate sonst dort treiben. Über Sepp Maier urteilte er so:

»'n überaus netter Mann, das sag ich dir. Flink war der, wie bei seinen Paraden. Griff sofort in den Motorraum. Ohne Scheu vor Schmutz und Verletzungen. Hatte dabei sogar seine Torhüterhandschuhe an. Schnackte auch mit mir. Über Schmierstoff, Öl und Waffen. Hat mir immer schon gefallen, der Sepp Maier. 'n überaus netter Mann. Ich liebe ihn.«

Deswegen fahr ich Volkswagen, da geht nie etwas kaputt.

Mein Vater dachte, Joseph Schmidt klinge trotz hanseatischer Herkunft selbstsicher und modisch. Wenigstens hat er nicht Sepp oder Die Katze von Anzing, Maiers Kosename, in die sich windende Geburtsurkunde eintragen lassen. Als Zweit- und Drittnamen jedoch Franz und Paul.

Joseph Franz Paul Schmidt.

Olsen ist, wie man das eben als Hypefollower in Hamburg so handhabt, St.Pauli-Fan. Sein Weltpokalsiegerbesiegershirt trägt er öfter, als das Textilgebinde vertragen kann. Von wegen, den Verein sucht man sich nicht aus, man wird hineingeboren. Wenn das so wäre, hat Olsen als Ex-HSV-, Ex-Werder-, Ex-Hertha- und Ex-Altonafan schon einige Reinkarnationen hinter sich.

Olsen schickt seine fußballerische Aufmerksamkeit in letzter Zeit immer öfter über den Ärmelkanal. Als integrer Paulifan kann man getrost noch Supporter von einem englischen Club sein und so, ich glaube, ohne spezielle Querverbindung, nennt er sich obendrein Stoke-City-Fan. Olsens Fazit: So eine Zugehörigkeit zu einem Verein aus dem Mutterland des Fußballs unterstreicht eher seine Glaubwürdigkeit, als es ihr schadet. Interessant ist die Tatsache, weil Olsens Englischkenntnisse wirklich zu wünschen übriglassen, was macht der

Mann in einer international geführten Firma wie PumpLine? Und so frage ich, warum muss er auch noch Stokefan sein, wenn er Irish Stew für einen irischen Goalkeeper hält? Aber bitte, ich als Lars-»Blinde«-Anhänger muss gefälligst die Klappe halten. Olsens Englisch ist nicht abiturreif, ich weiß aber, dass er die verheiratete Englischlehrerin auf der Klassenfahrt nach Cambridge im angesäuselten Zustand geküsst hat. Das Druckmittel reichte für glatte zehn Punkte im Grundkurs.

Ich wollte mit Olsen einmal nach New York zu einer Ausstellung namens »Cross'Fire« unseres Ex-Studienkollegen Martin Kreuz fliegen. Am JFK-Airport kam es zu folgender Begebenheit. Der uniformierte Zollbeamte, zugegebenermaßen ein ziemliches Donut-Gesicht, drehte verdächtig lange Olsens Reisepass zwischen den Fingern. Daraufhin folgte eine verbale Komödie, die ich, schon die Durchreise erlaubt bekommen, aus drei Meter Entfernung staunend verfolgte.

Donutface: »Good morning.«

Olsen: »Moin, Moin.«

Donut: »For how long do you stay in New York?«

Olsen: »Äh… not working… äh Olsen, out of Hamburg… just… äh… here are my tickets for the Knicks… please wait… äh..«

D: »Sir, for how long do you stay?«

O: »Steak? Äh yes, eating is great.«

D: »Listen Mister, are you here for holidays?«

O: »Oh, not Holiday Inn. I think Rivlingsten Hotel or so…«

D: »Oh my god, please get out of my face and have a nice stay.«

O: »Simsalabim!«

Jawohl, tolle Personenkontrolle. Und dann sprengt so ein Zauberer ganz Manhattan in die Luft. Meine Verblüffung trieb mir Wurzeln aus den Zehen, die sich in den Flughafenboden bohrten. Olsen wedelte mit seinem Ausweis und schritt mit einem überzeugten »Let's go« an mir vorüber. Ole Olsen, Graphikdesigner und englischer Magier – seit neuestem a hanseatic supporter of Stoke City. What a pity!

Ich hingegen bin als Hamburger Jung für immer dem Münchner Rekordmeister verbunden – der Porösität japanischer Kfz-Teile und der zuvorkommenden Hilfeleistung Sepp Maiers sei Dank.

Unser Navigationsgerät zeigt noch 27 Minuten bis zum Ziel und just in diesem Moment erklärt die weibliche Stimme, die wir »Lady Fantasy« nennen, »Exit Ahead«. Ich folge.

Die zackigen Berge malen schon längst eine Kulisse, deren Erhabenheit atemberaubend ist. Hier und da erspähe ich gezuckerte Gipfel. Ob da oben Ski gelaufen wird?

Ländliche Gasthäuser säumen die grünen Straßenseiten. Pension Sammer, Gasthaus Heilmayer, Enzianhof, Hotel zum heiligen Sankt Florian. Tausend Schilder, welche freie Betten und Ferienwohnungen anpreisen. Einige weisen den Weg zu Gondelbahnen und deren Parkplätzen. Ich sehe mächtige Bauernhäuser mit verschnörkelten Holzverkleidungen, kunstvollen Dachgiebeln und riesigen Gemälden an den Wänden. Diese zünftigen Fresken wirken, als hätte man den Videorekorder während eines Heimatfilms der Sorte »Der Wilderer vom Silberwald« angehalten. Tobende Handwerker in ausholender Pose, vom Wildbret geblendete Jäger mit angelegten Flinten, aufgewühlte Sennerinnen beim Kühe Melken oder hohe, eingebildete Amtsträger mit aufgedrehtem Schnurbart blicken von den Häuserwänden zu uns ins Auto.

Am Straßenrand erspähe ich eine lustige Gestalt. Der Mann, der ein uraltes Fahrrad hält, hat eine Schweißerbrille, oder irgendeine dicke Schutzbrille auf der Nase. Oder sind das gar seine echten Sehgläser? Er trägt bei diesem Sommerwetter einen dicken Bundeswehrparka. Olsen hat so einen, da hat er *The Who* hinten draufgeschrieben. Mit weißer Plakafarbe. Der Mann nicht. Der hat dafür eine komische Vorrichtung auf seinem Fahrradlenker montiert. Ein Autoatlas liegt darauf, quasi ein analoges Navigationsgerät. Ist das ein Bayer? Der müsste gezeichnet werden. Hochinteressant.

»Moin Bayern«, sagt Olsen mit krächzend müder Stimme. Er ist aufgewacht. Ein Speichelfaden zieht sich von seinem Mundwinkel abwärts.

»Was soll diese Musik?« Er deutet ungläubig auf die pumpenden Lautsprecher. Sein Gesicht versprüht Unverständnis und Abneigung, als würde man auf einen Leichenberg blicken.

»Der Soundtrack der Bergwelt«, sage ich fröhlich und drehe lauter. RADIO WATZMANN, you're my wonderwall of sound.

»Du bist und bleibst ein ewiges Bayernschwein.« Olsen winkt ab und blickt aus dem Fenster. Den Speichelfaden bemerkt er nicht.

Drei – Hotzenplotz

Sicherlich, wir haben die Reise geplant, sehr gewissenhaft. Aber das Navigationsgerät findet meine zum wiederholten Male überprüfte Eingabe nicht. Wir kurven seit fünfzehn Minuten durch die Ortschaft, in der wir unsere erste Unterkunft ausgesucht haben, ein Nachbarort von Partenkirchen. Eine urige Pension. Ich fahre in die Einfahrt eines Bauernhofes, der sehr traditionell und historisch wirkt, um mich nach dem richtigen Weg zu erkundigen.

Ein kleiner Junge, etwa sieben Jahre alt, kommt aus einer der vielen Holztüren des Stallgebäudes gerannt. Sein Gesicht brennt vor rötlichen Sommersprossen. Vermutlich auch seine Haarpracht, aber die ist unter einem Hut versteckt. Hinter ihm erscheint eine Zweimetergestalt in blauen Latzhosen, die uns zur Begrüßung dumpf anbrummt.

Ich übernehme das Kommando. »Guten Tag, mein Herr. Können Sie uns freundlicherweise erklären, wo wir den Brandtnerhof finden?«

Der Bub antwortet: »I bin da Gauner Hotzenplotz und hob in jeda Fotzn plotz.«

Zack!

Der Mann hinter ihm, vermutlich sein Vater, verpasst ihm eine Ohrfeige, wie ich es in den ärgsten Keilereien auf dem Kiez selten gesehen habe.

»Wia hoasst des?«, möchte der grobschlächtige Erwachsene fordernd wissen.

Der Bub, weder erschrocken ob des Schlages noch verwirrt, antwortet artig.

»Räuber. I bin da RÄUBER Hotzenplotz.«

»Oiso«, brummt der Mann zufrieden.

Olsen und ich sehen diesem Spektakel stumm zu, befangen und nicht wissend, ob man uns nun Antwort auf unsere Frage gab oder nicht.

Ich hake noch mal vorsichtig nach. »Äh, der Brandtnerhof?«

Der große Mann hebt nur den muskulösen Arm und deutet in eine Richtung, in der wir es mit dem Auto noch nicht versucht haben. Er erinnert mich an den Schmied von Kochel, dessen Statue ich beim Durchstöbern von Bergdorfidyllen als Foto entdeckte. Der Freiheitskämpfer vom Kochelsee spricht:

»Do drüm.«

Es klingt wie: »Haut ab, ihr dreckiges Volk aus Matrosen und Huren und nehmt euren Fischgestank mit.«

Unsere Blicke folgen seinem Fingerdeut und siehe da, über einen Acker blickend erkennen wir das erleuchtete Schild »Brandtner Hof – Wirtshaus, Pension, Fleisch- und Selchwaren«.

»Danke Ihnen. Einen schönen Abend noch.« Ich verbeuge mich leicht, aus Ehrfurcht und Selbstschutz. Olsen bückt sich zu dem Kleinen hinunter und zieht ihn freundschaftlich am Hut.

»Tschüß, Räuber Hotzenplotz.«

Der Junge: »Hoit's Maul!«

Worauf er wieder eine saftige Backpfeife von seinem Vater erwischt. Lachend läuft der Junge ins Wohnhaus. Uns wird es unheimlich. Wir verschwinden schnell aus dem düsteren Schatten des Ohrfeigen-Kolosses. Dunkel erinnere ich mich, dass eine Ohrfeige in Bayern auch Watschn genannt wird.

Viere – Brotzeit is de scheenste Zeit

»Grias eing.«

»Guten Tag. Mein Name ist Joseph Schmidt. Ich habe … wir haben ein Zimmer bestellt. Ein Doppelzimmer.«

Die Rezeptionsdame in bayrischer Tracht fährt mit einem Brandtnerhof-Kugelschreiber über einen Buchkalender, in dem einige handschriftliche Eintragungen stehen. Ihr üppiger Vorbau verdeckt den Kalender zur Hälfte, dennoch scheint sie unsere Reservierung zu finden.

»Joseph Schmidt. Jawoi. 's Zugspitzzimma. Glei de Treppn nauf, in zwoaten Stock nauf, de easchte Tür links am linken Gang.« Olsen blickt mich fragend an, und ich bedanke mich für die unverständliche Erklärung. Gott sei Dank steht der Name der gebuchten Räumlichkeit auf dem Schlüsselanhänger. Zugspitzzimmer. Ich habe »Du spinnst immer« verstanden.

Ich fahre mit dem Finger über die in ein Holztäfelchen eingeschnitzten Lettern. Zugspitzzimmer – das wird doch zu finden sein.

»Verzeihen Sie, können wir noch etwas speisen?« Etwas hochgestochen, wie ich finde, aber Olsen will ihrem Akzent bestimmt ein artiges Hochdeutsch entgegensetzen.

»Freile. Då is d'Wirtsstubn.« Sie deutet mit dem Kugelschreiber auf eine verglaste Doppeltüre, über der in altdeutscher Schrift »Gastraum« gemalt ist.

Wir bedanken uns und bringen unser Gepäck auf das Zimmer, das wir doch nicht so schnell finden können.

Eine kurze Erholung von der Fahrt, zu der Toilettengang, Duschen und Telefonieren gehören, und wir sind wieder frisch. Ich wundere mich über Olsens Flakons, all die diversen Düfte, die er auf die Spiegelablage im Bad drapiert. Meinen Zahnputzbecher muss ich auf dem Waschbecken abstellen. Olsen patscht sich Rasierwasser auf seine frischrasierten Wangen und sagt dabei:

»Ü hoob einen Morrrdshunger.«

Grauenvoll. Sowohl sein kläglicher Versuch, Bayrisch zu sprechen, als auch sein Rasierwasser.

Im Wirtsraum bietet man uns einen Tisch in einer Ecke an. Holzvertäfelung, Wildgeweihe an den Wänden und in der Mitte des Raumes der Kachelofen. Hier wird Tradition noch großgeschrieben. Ein Häkeldeckchen in der Größe eines Geschirrtuchs lehrt uns Folgendes:

Gott mit dir, du Land der Bayern,
deutsche Erde, Vaterland!
Über deinen weiten Gauen ruhe
Seine Segenshand!
Er behüte deine Fluren,
schirme deiner Städte Bau
Und erhalte dir die Farben
Seines Himmels, weiß und blau!!!

Schwarzweißporträts verlebter und wahrscheinlich abgelebter Männer in Anzügen reihen sich um dieses, wie mir scheint, heimatliche Gebet. Kleine Zettel verraten Amtstitel und Namen. Ich muss automatisch an eine Frikadellenbraterei in Berlin mit dem Namen »Burgermeister« denken.

Eine hinter einem verglasten Rahmen befindliche Tafel besagt, dass diese Gegend einige Kriegsteilnehmer zu verzeichnen hatte. »Vereinskriegschronik 1939 – 45 des Veteranen- und Krieger-Vereins Garmisch-Partenkirchen«. Einige Dutzend Namen. Altdeutsche Schrift. Am Rande eine martialische Tuschezeichnung. Behelmter Reitersoldat mit Reichsflagge. Hakenkreuz. Hakenkreuz? Tatsächlich. Ich fasse es nicht. Darunter einige Kameraden mit Dienstkappe und Uniform. »In Gedenken an die stolzen Krieger«. Auch ein Brandtner war dabei. Mit Vornamen hieß er Adolf. Damals durfte man das noch.

Die sportlichen Erfolge vom hiesigen Schieß-, Fußball-, Gymnastik-, Gewichtheber- und Faschingsverein glänzen in Form von silbernen und goldenen Pokalen, Medaillen und Tellern in einer Vitrine. Auf diesen Blech- und Messingbehältern vollführen erstarrte Zinnfiguren typische Bewegungsposen der jeweiligen Sportart. Um den Glaskasten, der die Siegesbeweise beherbergt, wedeln bunte Wimpel mit Emblemen und Logos von Clubs und Vereinen der ganzen Erde. Hier war und ist die Welt zu Gast.

Auf der Zapfanlage sitzt ein Tier aus »Tausendundeiner Nacht«. Ein Gemisch aus Hase, Ente, Reh und Säbelzahntiger. Es wirkt irgendwie angriffslustig. Ich denke oder hoffe vielmehr, dass es tot und ausgestopft ist. Später erfahren wir, dass die Blume, die dieses Tier hinterm Ohr trägt, dem Naturschutz unterliegt, da es so gut wie kein Edelweiß mehr auf den Bergen gibt. Hauptsache, es hat noch zum Haarschmuck für diesen Wolpertinger gereicht.

Am Korpus der Zapfanlage ist ein Aufkleber angebracht. Auf blauweißen Rauten steht geschrieben: Rum und Ähre. Ich lache still über die beiden Rechtschreibfehler. Bayern, Land der Trinker.

Blauer Dunst nebelt durch den Raum, das Rauchverbot in Restaurants wird hier nicht beachtet. Nicht vom Stammtisch. Eine kleine Holztafel gibt an, dass fünf ältere Herren zum Stammtisch gehören. Eine Zigarre, eine Pfeife und zwei Zigaretten sind für den Nebel verantwortlich. Sie werden von waschechten Einheimischen der eingesessenen Art geraucht. Echte Bergmenschen. Von der Höhensonne gegerbte Gesichter. Kernige Ausstrahlung, kräftig, trotz fortgeschrittenen Alters. Ich bin fasziniert.

»Wås schaust'n so bläd?«, fragt der Mann mit der Zigarre.

»Waschhaubensufflet?« Ich grüße mal lieber.

»Guten Abend.« Ich bin immer noch fasziniert.

»'n Abend.« Olsen ist immer noch mordshungrig.

Die meisten Tische sind leer. Nur eine Familie sitzt neben dem Eingang. Vater, Mutter und kleiner Sohn löffeln Suppe.

Eine Bedienung tritt zu uns an den Tisch. Sie legt zwei schwere in Leder gebundene Speisekarten vor uns ab. Ich bemerke, dass die Bedienung die Rezeptionsfrau ist. Sie hat ein blaues Dirndl an. Das Dirndl befördert ihre weiblichen Konturen vorteilhaft zutage. Mir ist nach Knödel zumute.

»Zum Trinkn vielleicht scho moi wås?«

Wir wollen Bier trinken.

»Zwei Krüge Bier, bitte.« Gott sei Dank versucht sich Olsen nicht wieder im Bayrischen.

»Helle oda Woazn?«

»Jo mei«, macht Olsen und grinst.

Am Stammtisch lachen die Männer. Ich höre deutlich »Saupreiß« aus ihrer Unterhaltung.

Nachdem uns die Bedienung, die mit ihrer feschen und stämmigen Art etwas dringlich Anziehendes hat, erklärt hat, dass es Matjesfilet oder Eisbein nicht gäbe, folgen wir ihrer Empfehlung und erwarten in

Kürze zwei Leberknödelsuppen, danach Schweinsbraten mit Semmelknödel und Krautsalat.

»Rudi! No zwoa Helle und drei Weizn, Zefix.«

Der Mann mit der lustigen Pfeife, sie ist aus einem bemalten Keramikkörper und einem sehr langen Zugstiel gefertigt, hat wirsch diese Bestellung aufgegeben. Sie ist an den Mann hinter dem Schanktisch gerichtet, der mürrisch und träge der Anforderung Folge leistet, nachdem er ebenso ein »Zefix« als Antwort gegeben hat.

Zefix ist eigentlich ein bayrischer Fluch der weniger dramatischen Art. Möglich ist auch, wie ich gerade erkenne, dass man dieses Zefix auch mit dem Wort »verstanden« gleichsetzt. Amüsiert erinnere ich mich an mein letztes Antibiotikum, das ich gegen Streptococcus Pneumoniae einzunehmen hatte: Cefixim.

Rudi ist übergewichtig, schwitzt auf der Oberlippe und trägt eine schwarze Weste über weißem Hemd. Sein blond-grauer Scheitel klebt ihm an der nassen Stirn. Ich schätze ihn auf Mitte vierzig und könnte mir vorstellen, dass sein Ableben in Form eines Herzinfarkts in den nächsten Jahren eintritt.

Der Schweinebraten war delikat. Die Dunkelbiersoße schwer und würzig. Unser Durst wächst.

»Verzeihung, Frau Ober, könnten wir noch …?«

Olsen reckt sein leeres Glas in die Luft und wedelt damit. Ich finde diese Art von Bestellung respektlos. Man kann doch auch den Satz zu Ende führen und sagen: »Könnten wir noch zwei Bier haben, bitte?« Aber gut, man versteht sich.

»Bittschön, no zwoa Bier, kummt sofort. Übrigens, i bin die Theres. Miassts ned Frau Ober zu mia sogn.«

Ihre Augen leuchten. Sie ist sehr freundlich und hat eine mehr als sympathische Art. Die ständige Bergluft sorgt offenbar für gute Laune bei der Bevölkerung.

»Ole. Ole Olsen.«

Olsen streckt ihr die Hand entgegen, die sie forsch ergreift.

»Und du?«, will Theres wissen. Sie kommt mir sehr nahe. Ich atme in die Falte ihrer großen Brüste.

»Joseph. Hallo.«

Hinter uns erschallt wieder Gelächter am Stammtisch. Die Männer lachen über etwas, das mit »Olli« und »Sepp« zu tun hat. Jetzt erst lasse ich die Hand von Theres los. Der Schankwirt schaut zornig und schickt ein »Zefix« in die Runde. Ich sagte, dass das Essen vorzüglich gemundet hat. Sie lächelt.

Als Theres weg ist, boxt mich Olsen in die Seite.

»Scharfer Besen.«

»Olsen, Mensch.«

Ich strafe ihn mit einem genervten Blick, muss aber zugeben, dass er nicht die Unwahrheit spricht. Dann geht es los. Theres stellt drei Schnäpse an den Tisch.

»De genga aufs Haus. Zum Verdaun vom Schweinsbratn. Prost!«

Sie lupft ein Glas in die Höhe, beim Prosten schaut sie mir in die Augen. Olsen nicht. Ich erkenne kleine Krähenfüße an ihren Augenwinkeln. Sie riecht leicht nach Parfüm. Ein wenig erdig zudem. Mir wird warm. Bestimmt vom Kirschgeist. Olsen macht deutlich, dass er Jägermeister lieber mag, aber um den Brauchtum des Bayernlandes zu verinnerlichen, will er alle regionalen Köstlichkeiten testen.

Ich flüstere ihm zu:

»Olsen, wir müssen hier nichts verinnerlichen, wir wollen nur ein wenig die Bergkulisse auf uns wirken lassen.«

Ich glaube, Olsen hat schon einen leichten Rausch. Er bestellt zweimal Williamsbirne. Und fünf für den Stammtisch. Und einen für Theres. Für Rudi, den Schankwirt, keinen.

Fümfe – Stammtischbriada

The Quality Of Work Is The Window To The Soul.

Dieser Satz prangt über dem Büro unseres PumpLine-Chefs Mike van Bergen. Alle wissen, er hat diesen hochphilosophischen Satz selbst erfunden und sich daraus ein Schild anfertigen lassen. Alle lachen darüber – hinter vorgehaltener Hand. Mike van Bergen ist ein seinen eigenen Anus leckender Schnösel. Ein ökonomisch Denkender, die Wirtschaftslage verinnerlichend und mit origineller Innovation darauf Antwortender. Das sind Designerbegriffe, die van Bergen uns jeden Montag beim allwöchentlichen Meeting mit einer Wichtigkeit aufs Morgenbrot schmiert, die weh tut, aber der Erfolg gibt ihm recht. Van Bergen nennt sich einen Kosmopoliten, den man gefälligst mit Mister und nicht mit Herr anzusprechen hat. Wir können unsere Produkte nur im internationalen Strom platzieren, sagt er, »wenn unser eigenes Blut international fließt«.

Van Bergen sagt zu mir »Tschossef«. Halten Sie sich fest – zu Olsen »Ouli«. Im Grunde spricht er ausschließlich Englisch. Pigeon English, Sie verstehen.

Er ist nämlich Deutscher und heißt Michael Berg, das hat einst eine bitter enttäuschte, weil gefeuerte und zudem von ihm belästigte Sekretärin ans Tageslicht flattern lassen.

Er will Leistung. Um jeden Preis. Flott.

Unser alpinistischer Märchentrip darf zwei Wochen dauern, und er wurde von van Bergen wie folgt genehmigt:

»Bayern? A foreign country, that's international. Go south!«

Olsen und ich haben uns das wie folgt gedacht.

1 Tag Anreise.

1 Tag Eingrooven.

7 Tage Bergtour.
4 Tage Hotelaufenthalt.
1 Tag Abreise.
Nicht in Stein gemeißelt, aber ins Gehirn gestanzt.

Van Bergen will nach der Rückkehr Ergebnisse sehen, solutions, things to work with. Das schaffen wir mit Leichtigkeit. Also gönnen wir uns einen Arbeitsurlaubsstart mit Spirituosenprobe aus regionalem Fruchtanbau. Einkalkulierte Konsequenzen inklusive.

Unzählige blaue Striche, Kreuze und Zahlen färben meinen Bierdeckel. Ich vermute unseren Konsum pro Kopf auf zwei Liter Bier und an die vier Schnäpse. Es ist eine Vermutung, genauso, dass Theres irgendwie ein Auge auf mich geworfen hat. Mittlerweile dürfen wir am Stammtisch sitzen, an der hochheiligen Tafelrunde der Könige von Garmisch.

Die Stammtischler tragen folgende Namen:
Wolfe (Zigarette: R6)
Hans (Zigarre: kubanisch)
Mundl (Keramikpfeife mit Steinbockemblem)
Martl (nix)
Adi (Zigarette: Pall Mall)

Nur einer, Martl, trägt Jeans und Pullover. Hans, Mundl und Adi haben Lederhosen an. Wolfe eine Kniebundhose aus Cordstoff. Hinzu kommen noch ein Gamsbarthut, zwei Cordhüte, Janker, Joppe, Messer mit Horngriff. Das ist kein Klischee. Das ist die bayrische Wahrheit auf dem Lande. Cowboys from upper Bavarian.

Im Laufe der folgenden Gesprächszeit bekommen wir ihre Nachnamen und einige Besonderheiten mit.

Wolfgang Buchwieser – der Mann mit den Bärenkräften.

Hans Neugschwendner – Ex-Bürgermeister. Irgendwie, irgendwo, irgendwann ein krummes Ding gedreht. Keine weiteren Details.

Edmund Gruber – aufgrund seiner vergangenen Schönheit und des Rufs eines erfolgreichen Schürzenjägers auch als »der Gruaba Bimbo« bekannt. Mittlerweile ist nur noch der Rufname »Mundl« geläufig.

Matthias Salvermoser – Großbauer, Vertreiber von Öko- und vor allem Nichtökoprodukten.

Adolf Reindl – Erfinder einer Skalierung von Waldbodenpflanzen, welche weder Patent noch breit angesehene Anwendung fand.

Sie sind sehr nett und lachen uns aus. Stellen manch ernstgemeinte Frage, die wir nur schwer verstehen und klopfen uns immer wieder wuchtig und zu hart auf unsere Rücken.

»Saupreißn, dreckade.«

»Wås deands es? Zeichnunga macha? Oda wås?«

»Då, sauf no an Schnaps. Gäh zua!«

»Gibt's bei eich obn aa an Schweinsbråtn?«

»Aba eia Bia, gell, is nix, gell.«

»Es seids scho recht, es Fischkepf.«

So was in der Art. Es ist schwer, den Männern zu folgen, sie geben sich absolut keine Mühe, sich verständlich auszudrücken. Sie behaupten, sie können nicht anders. Ihre Gesichter bestehen hauptsächlich aus Gräben und Furchen, verästelten Äderchen und grauen Stoppelfeldern. Menschliche Äcker. Ich weiß nicht, ob wir uns der zeitweiligen Aufnahme in die Runde als würdig erweisen. Aber wir lernen schnell: König Ludwig gerät hier im Bayernland ebenso ins Kreuzfeuer hitziger Diskussionen wie König Fußball. Eine zu dünne Vergaserdichtung hat die gleiche Tragik wie zu dicke Zwiebelringe auf dem Wurstsalat. Und wenn beim größten Supermarkt in Garmisch zum heftig verbilligten Kasten Mischbier, also Alkopops, eine gefrorene Pizza als Bonus gereicht wird, dann stecken hinter diesem marktverunreinigenden Billigangebot norddeutsche Modebrauereien, die einen galaktischen Frontalangriff auf das bayrische Reinheitsgebot starten.

Mundl steckt sich seine Keramikpfeife zu fast jedem Atemzug in den Mundwinkel, als sei es ein Beatmungsgerät. Sein Lebensodem dampft aus Nase und Mund. Manchmal baumelt das Nikotingenussinstrument wie ein kleines Saxophon zwischen seinen Lippen. Seine Augen sind glasig und lassen auf Gelbsucht schließen.

Olsen darf einmal ziehen und hält seine Gesichtszüge trotz Lungenzugs im Gleis. Nun bieten ihm alle Raucher ihre Glimmstengel an und fordern Lungenzüge und lange Inhalationen. Meine Warnungen prallen an Olsen ab wie Fliegen an geschlossenen Fensterscheiben.

Wir kommen irgendwann zu den Themen Bundeskanzlerin, CSU, CDU, Ausländerfeindlichkeit.

Martl löst auf: »I hob nix gega Neger. Im Gegnteil. I iss gern amoi beim Griechn oder beim Türkn.«

Mahlzeit. Mein Blick schweift zur Tafel der Kriegsveteranen. Adolf Brandtner zwinkert mir auf dem Lichtbild mit verschmitztem Lächeln zu.

Ich werde auf ein Spielkartenpaket neben dem Aschenbecher aufmerksam. Das aufliegende Blatt weist mir unbekannte, seltsame Muster auf. Sehen aus wie bunte Bälle, Lampions, die um einen Jüngling mit Krummsäbel angebracht sind.

Märchenhaft. Den merke ich mir für meine Illustrationen. In den Ecken des Kartenbildes kleben vier symmetrische U. Ich ergreife mir den Stapel. Beim Durchblättern stechen mir neben grünen Feigenblättern, roten Herzen und gelben Zirbelnüssen weitere Männer in Amtstracht ins Auge. Könige, Trommler, aber auch ein Schwein, das auf seinem Rücken einen Hund transportiert.

»Was ist das? Tarotkarten?«

Hans lacht auf.

»Ha, Tarot. I bi doch koa Hex.«

Ich fahre fort, während ich einzelne Spielkarten auf den Tisch gleiten lasse.

»Na, was soll das denn bitte sein?«

Da liegt der Säbelmann, ich deute darauf.

»Lampion Bube?«

»Nix Bube, Dame, König, As. Bei uns hoassts Unta, Oba, Kini. Und des«, Hans deutet auf das Transportschwein. »Des is d'Schoin Sau. D'Hundsgfickte.«

Meine Augenpartie verrät Ratlosigkeit. Aber irgendwas mit Ficken, das habe ich verstanden. Martl will helfen.

»Schåfkopf!«

Beleidigungen sind Olsen und ich an diesem Tisch mittlerweile gewöhnt. Ich lege die Karten wieder hin und deute darauf.

»Was ist das für ein Spiel?«

»Schåfkopf!«

»Ich habe verstanden. Wie das Spiel heißt, das man mit diesen Karten betreibt, würde ich gerne wissen.«

»Schåfkopf! Des Spui hoasst Schåfkopf, vastehst ned?«

Olsen eilt mir zu Hilfe.

»Müsste es nicht richtigerweise Schaf-s-kopf heißen?«

»Geh, Deppal.«

Adi packt sich den Kartenstapel und mischt ihn akrobatisch und geisterhaft schnell. Es flattert in der Stube.

»Schåfkopf. Tarock kennt ma aa sågn. Kennst ned? Hochkomplex. A bissal wia Skat, so hoassts doch bei eing ohm, oda? Nua andersta. Im Schåfkopf gibt's Sauspui, Farb Zuagebn, da Oba sticht an Unta, Oanasechzg Aung, Solo, Wenz …«

Ich benötige eine Dechiffriermaschine. Olsen und ich folgen kurz den ärgsten Regeln. Wer mit wem, Sauspiel, Eichel-/Gras-/Herz-/Schellen-Solo, Tarife usw. Hochkomplex. Die Theorie sei das eine, versichern die Bayern, die Praxis noch mal eine weitere Kunst. Im Grunde haben wir alles Wichtige angeschnitten. Spielen will ich nicht, Olsen auch nicht. Die Brüder scheinen darüber sehr froh.

Theres stellt wieder Bernsteinkolben auf den Tisch. So sehen die großen Gläser mit der Bierfüllung aus. Ich beiße in den blauen Dunst, der sich hartnäckig im Raum hält. Olsen beharrt weiterhin:

»Grammatikalisch richtig wäre Schaf-s-kopf.«

Adi zählt uns einige famose Persönlichkeiten des Bergsports auf und schneidet oberflächlich, aber warnend die Gefahren des alpinen Wanderns an. Vom Klettern ganz zu schweigen.

»Voa åim füa Anfänga und Schiffsbuam.«

Olsen fühlt sich ein wenig in die unzurechnungsfähige Ecke gedrängt. Ich kann in seinem Gesicht lesen, dass er eine Wanderung zu einem Berggipfel für keine große Sache hält. Er versucht einen kleinen verbalen Gegenschlag.

»Ach ihr Bayern und eure Alpen. Im Grunde seid ihr doch das meistüberschätzte Bundesland. Nur Kühe und Stiere, wie ihr es seid, und ein paar Skipisten – mehr steckt doch nicht darin.«

»Bayern is a Wåidmacht!«

Das kommt wie aus der Pistole gefeuert. Ich stiere zitternd auf das Holzschild in der Mitte der Runde, auf dem vermerkt ist, dass man sich an diesem Tisch in einer veschworenen Gesellschaft befindet. Ich hasse Olsen.

»Bayern kannt in jeda Sekundn autonomes Gebiet sei. Vo null auf hundat kannt Bayern vom Freistaat zum Staat werdn ohne logistische oder politische Unzulängligkeiten. Bayern hätt mit Franz Josef Strauß soimois d'Monarchie ostrebn kenna.«

Bei Franz Josef Strauß bekreuzigen sich die fünf Partenkirchner flott.

»Bayern is a Woidmacht.«

Adis Daumen fährt aus seiner klobigen Hand.

»Erschtns: D'beste Buidung, ned bloß in Deitschland. Pisa und so weida ois Bestätigung, ge!«

Von wegen! Ich will ihn protestierend auf den rechtschreibfehlerhaften Rum-und-Ähre-Aufkleber aufmerksam machen, kriege aber nur eine Otto-Waalkes-Grimasse zustande.

Adis Zeigefinger schnellt hervor.

»Zwoatns: Wirtschaftslage oans a.«

Ringfinger. Ich stelle fest, dass die ersten beiden Glieder des Mittelfingers fehlen, deswegen bleibt der aus.

»Ualaubsziel Milliarda Menschn.«

Kleiner Finger.

»Und s'Wichtigste.«

Dramatikpause.

»D'bestn Fuaßballa.«

Olsen nickt anerkennend. Ehrlich anerkennend. Ohne ironischen Gesichtsverzieher.

»Fünf gute Gründe«, meint er überzeugt. Er ist auf den von der Natur gegebenen Mittelfingertrick reingefallen. Eigentlich waren es nur vier.

»Warn erst viere«, klärt Adi selber auf. Seine Pall Mall hat er seit seiner Bayernrede nicht aus dem Mund genommen. Wackelt wie der Taktstock eines Wörterdirigenten.

»Da fümfte Punkt is der, dass mia in Bayern, egal wås passiat, auf Gedeih und Vaderb zammhoiddn. Imma!«

Das finde ich den schönsten Punkt. Wirtshausromantik nenne ich diesen Satz. Dafür erntet Adi ein »Jawwoi« aus allen Ecken.

Ein Tablett mit weiteren Biergläsern schneit in unsere Runde.

»Und Punkt sex: Mia hamm des beste Bia auf da ganzn Woidd.«

Theres verteilt die Gläser. Sie lächelt Olsen an und wuschelt mir durchs Haar. Mir ist, als hätte Theres ein X anstatt eines Chs im Wort sechs verwendet. Ich fange mich wieder. Das mit dem Bier stimmt, muss ich nun als Pilstrinker zugeben.

Es ist schön zwischen diesen Südländern. Hier überschlagen sich nicht Tempo und Vorwärtsdrängeln des Lebens. Hier ist eine stille Minute unter lieben Menschen keine verlorene Zeit. Der Puls schlägt weich, aber eindringlich.

Ich erzähle dem Stammtisch von meiner Kindheit, dass ich ab dem siebten Lebensjahr ohne Eltern aufwuchs, sie bei einem Autounfall aus dem Leben gerissen wurden, mein Onkel aus Uelzen mein Kindes- und Jugenddasein geleitet hat und ich Männerfreundschaften für das stärkste Eisen halte. Immer wieder krachen flache Hände auf meinen Rücken und zur Verständnis- oder Mitleidsbekundung werden mir gefüllte Biergläser untergeschoben.

Hans pustet durch seine Kubanische: »A jeds wiad ammoi gholt, vom Boandlkramer!«

Ich sage »Ja, stimmt«. Olsen fährt ein »Jaja, 's richtig« hinterher. Aber alle sehen unseren naseweisen Gesichtern an, dass »Boandlkramer« für uns ein Fremdwort ist.

Hans wiederholt: »Da Boandlkramer.«

»Bondlwas?«

Ich frage einfach mal.

»Da Knochnsammla. Da Sensnmo. Da Tod hoid. Kummt irgendwann an jedn hoin. De oan friara«, Hans deutet auf mich, meint wohl meine Eltern, »den andern späta.« Dabei lässt er drei-, viermal seine Zigarre aufleuchten, als ob er sich durch Glutschilder den Tod vom Hals halten will. Eine kurze Pause des Insichgehens hängt in der Luft.

Hans' flüsternde Stimme wird düster wie ein Herbstwald in der Dämmerung.

»Da Boandlkramer. A hagrer Mo. Blaß, gstingat, in an schwarzn, zrissna Mantl ghuit. As Gsicht nua Fetzn.«

Offenbar scheint der Boandlkramer einem George-A.-Romero-Film entstiegen zu sein. Welch scheußliche Beschreibung die Bayern dem Tod andichten. Mundl übernimmt und führt zu Ende:

»Er sammet de verstorbna Seeln ei. Und bringts nauf. In Himme. De Todgweihdn. Dem kummst ned aus.«

»Doch!«, schreit Martl aufgeregt. »Oana håds gschafft.«

»Ja, stimmt« und »Jaja, richtig« jetzt auf der bajuwarischen Seite.

Hans erklärt: »Oana håds gschafft. Da Brandner Kasper. Der hådn ausdriggst. Beim Gros Oberln. Und håd de himmlische Ordnung ziemle prellt.«

Olsen schlussfolgert: »Brandner Kasper? Der Besitzer dieses Wirtshauses?«

Die Stammtischbrüder schauen mit aufgebogenen Augenbrauen. Dann erschallt ein Feuerwerk an heiserem Gebrüll. In ihre Lachsalven streuen sie gelegentlich einige »Ja, stimmt« und einige »Jaja, richtig«.

Was an Olsens Fragestellung so erheiternd war, nehmen die Stammtischbrüder wohl mit ins Grab – oder erzählen es dem Sensenmann persönlich. Woher sollen wir denn wissen, dass die Geschichte des Brandner Kasper eine in bayrischer Mundart verfasste Kurzgeschichte von Franz von Kobell ist und dass er nicht der Urahn und Erbauer des Brandtnerhofes war.

Ich habe mir die Frage, ob ich Angst vor dem Tod habe, oft durch die Gehirnwindungen getrieben, auch, ob er mich und meine Eltern wieder zusammenführt. Nun, nachdem meine Eltern seit über zwanzig Jahren tot sind, kann ich sagen: Ich habe weder Angst, noch glaube ich daran, dass wir Schmidts irgendwann an einem großen runden Tisch sitzen, der in einer wolkigen Ecke des Himmels steht, und sagen: »Da sind wir wieder. Alle gesund und munter. Lange hat's gedauert. Aber jetzt ist wieder alles gut.« Nur eins weiß ich. Ich will nie ertrinken. Das fände ich äußerst unangenehm.

Als sich die Boandlkramerhysterie verzogen hat, bestellt Martl einen Sauren Preßsack, einen roten.

»Wås leichts voam Bettgeh«, kichert er, als ob er damit seiner Frau ein Schnippchen schlägt.

Ich deute auf die Vitrine mit den sportlichen Erfolgen in Form von Pokalen, Tellern und Medaillen darin. Ich bemerke ein leichtes Übergewicht an Wintersportpokalen. Einige Fußballdevotionalien wie Wimpel, ein Fußball mit Autogrammen des FC Nantes von 1985, Pokale, Zinnkrüge und ein Foto, auf dem Herbert Eschweiler einem Spieler im Partenkirchner Trikot lachend eine Verwarnung kredenzt. Ob gelb oder rot ist schwer zu erkennen. Das Bild ist schwarzweiß.

Olsen ruft übermütig aus, ob der Gasthof den großen Pokal, ein Monstrum aus blankpoliertem Blech, aus der Vitrine der FC Bayern geklaut hat.

»Wås, du gscheada Lump?«

»Mia han Sechzga, nix Bayernfans. An Rodn dan mia nia hia sitzen lassen.«

Ich lache kurz auf und schüttle den Kopf, so in der Art: Welche Kreatur ist schon Bayernfan? Olsen meint noch, dass bei den Sechzigern ja nix zu holen wäre und ob man in den großen Pokal Sekt einfüllen solle, den man dann gemeinsam leeren könnte, ganz so, wie es nach großen Siegen der Brauch sei.

»Du Biaschal«, beruhigt ihn Wolfe. »Des is koa Saufkelch, den ma einfach so vahunagglt. Den muasst da scho vadiena. Dann erst, erst dann derfst dein Grind neihenga.«

Er schaut ihn lächelnd, aber bestimmt an. »Håst mi?«

Olsens Worte stolpern schon beträchtlich übereinander.

»Was verdienen? Bei was habt ihr euch denn den Pokal verdient. Beim Traktorfahren?«

Ehe man bis drei zählen könnte, steht Wolfe auf dem Esstisch. Der Platz neben mir, Olsens Platz, ist leer. Erst als ich hochsehe, entdecke ich Olsen. Er schwebt waagrecht über Wolfes Kopf, gehalten von zwei nicht einmal wackelnden, ausgestreckten Baumstämmen – seinen Armen.

Wolfe ist Mitte fünfzig.

Olsen ist grün im Gesicht.

Der Rest am Tisch verschüttet Bier vor Lachen, brennende Zigaretten fallen auf den Tisch, alles bebt, so auch Wolfes dunkle Kehle: »Beim Gwichthebn, Saupreiß. Beim Gwichthebn!«

Das ist starker Tobak und großer Sport.

Wolfe war Bayrischer Meister der Leistungsklasse I, was auch immer das heißen mag. Im Stoßen und Reißen.

Olsen ist blau im Gesicht. Vom Würgen und Röcheln.

Die Familie am Tisch in Eingangsnähe verlässt fluchtartig und kopfschüttelnd die Sportarena.

»Zefix, Wolfe.«

Rudi schleicht der Familie in gebückter Haltung hinterher. Worte der Beschwichtigung sprudeln aus seinem Mund. Er bedaure den Vorfall inständig und gelobe Preisnachlass in der Gesamtabrechnung. Eine geruhsame Nacht wünsche er, sofern das möglich sei. Ein in Demut getauchter Schankwart.

Wolfe steht weiterhin wie eine Eiche. Eine von Kirschgeist und Malz gespeiste Imposanz.

»Geh Wolfe, lassn wieda nunta.« Theres holt alle Anwesenden geschickt und taktisch clever, mit einer Runde Schnaps, auf den Boden und auf den Boden der Tatsachen zurück.

Ich erwarte leicht angespannt, wie man es aus dem TV bei dieser Sportart gewohnt ist, ein sich rasches Entledigen des soeben gestemmten Gewichts.

Adieu Olsen.

Doch Wolfe dreht das menschliche Paket während des gravitatorischen Abgangs um neunzig Grad und bremst es leicht auf Nullgeschwindigkeit. Olsen klettert mit gepudertem Gesicht und entgleisten Gesichtszügen zu mir herab.

Zur Beruhigung der Lage gibt es umgehend eine hochprozentige Wiedergutmachung.

Der Alkohol schlägt zu Buche. Die Gamsbärte beginnen zu tanzen, genauso Theres' Brüste und aus Mundls Pfeife höre ich helle Töne. Tabakjazz.

Olsen ist eigentlich bedient, schreit aber lallend: »Rudi, noch srei oder besser viersen Schnapps, Zifix!«

Seinen Ausflug als Gewichtheberhantel hat er erstaunlich gut verkraftet.

»Judiiii, snell!«

Wieder knallt eine Hand auf Olsens Rücken, begleitet von prasselndem Gelächter. Olsens Gesicht ist eine Mixtur aus Schmerz und Grinsefratze. Ich glaub, er wird ohnmächtig.

Die Einheimischen scheinen weniger Probleme mit der Verarbeitung der Fruchtwässerchen zu haben. Der Mensch ist ein Gewohnheitstier, auch oder vor allem in der Bergwelt.

Adi bohrt mir mit seiner Zigarette ins Auge.

»Wås håbts es studiert?«

»Graphikdesign«, sage ich in der Hoffnung, dass der alte Mann damit etwas anfangen kann. Ich merke, das klappt nicht. »Kunst«, schiebe ich verallgemeinernd hinterher. Klappt auch nicht. Adis Gesicht verschwimmt vor mir zu einem Pfannkuchen, der Bayrisch spricht.

»I studier imma no«, sagt Adi plötzlich und zieht an seiner Pall Mall zwei Zentimeter weg. Zweiflerisch starre ich ihn an. Ich glaube, Bier läuft mir aus dem Mund.

»Immer noch? Was denn?«, versuche ich zu sagen.

»I studier den Wåid, de Viecha, de Bleamal, de Stille, de Zeit, de Leit.«

Ich habe rein gar nichts verstanden, frage aber dennoch »Warum?«

»I bin Förster.«

»Förster, wie schön.«

Ein Berufszweig, über den ich mir noch niemals in meinem Leben auch nur einen Millimeter Gedanken gemacht habe. Mein nebulöser Zustand lässt mich gedanklich abdriften. Ich schlendere durch einen tiefen Farnwald, zahme Waldtiere stehen neben mir Spalier und grüßen freundlich. Hase und Igel. Hirsch und Reh. Dachs und Fuchs. Ein Förster taucht auf. Es könnte Adi sein. Er nimmt mich bei der Hand und führt mich zum Wirtshaus im Spessart. Dort eingetreten, sitzen fünf Räuber an einem Tisch. In deren Mitte, fiebernd und schwitzend, Olsen und ich. Wir scheinen auf etwas zu warten. Ein lauter Knall lässt mich aufschrecken. Theres, die wahre Wirtshausprinzessin, hat weiteres Trinkmaterial auf den Tisch gestellt.

Olsen wird heftig malträtiert, offenbar amüsieren sich die alten Haudegen schon wieder mit ihm. Der verschwitzte Scheitel pappt auf dem Kopf. Unter der Nase trägt er plötzlich einen kurz gestutzten Schnauzer. Ich erschrecke, will ihn stotternd darauf hinweisen. Mein Zeigefinger nimmt den braunen Fleck ins Visier.

»Koa Angst, du Depp. Des is bloß a Schmeizler«, beruhigt mich Hans.

Die Stimme scheint aus seinen tränenden Augen zu kommen.

»Schweizer?«, frage ich verblüfft.

»A Schnupftabak, du Ochs. Kennst ned?«

Ich muss pinkeln.

Blass schleppe ich mich aufs Klo. Aus Versehen gelange ich in die Küche, aus der mich Rudi mit einem »Zefix« hinausgeleitet. Als ich nach dem Urinieren wieder aus der Toilette trete, steht Theres vor der Tür.

»Hallo Joseph, wo warn mia denn solang?«

Sie streicht mir mit ihrem Zeigefinger schelmisch über die textilisierte Brust. Sie hinterlässt einen Schweißfleck in der Form des Kontinents Afrika auf meinem T-Shirt. Vielleicht ist es aber auch verschüttetes Bier und war da schon vorher.

»Pissen«, fällt unbedarft aus meinem Mund. Ich verfluche mich dafür. Irgendwie finde ich Theres sexy, da passt das Wort pissen nicht so sehr in eine charmante Kommunikation. Ihr ist es offenbar nicht aufgefallen. Sie fummelt weiter an mir herum. Hat sie keinen Ehemann, oder warum macht sie mich so an?

»Du bist liab.«

Sie küsst mich auf die Wange. Ich erröte und schaue blöd.

»Theres, entschuldige, aber… äh…«, ich überlege kurz, wie ich eigentlich was sagen will, und entscheide mich dann doch, sie auch auf die Wange zu küssen. Dann gehe ich schnell an ihr vorbei und drücke mich zurück in den Gastraum. Am Stammtisch grölen alle vor besinnungsloser Heiterkeit, außer Olsen, der ist komisch verdreht, wie ein Schlangenmensch. Oberkörper unterm Tisch, Beine auf der Sitzbank.

Mundl verbeißt sich in seine Pfeife. Adi klatscht in die Hände. Wolfe steht lachend am Schanktisch und schenkt selber nach. Martl versucht grölend, Olsen wieder auf die Beine zu helfen, und Hans ist schon nach Hause gegangen.

»Dea woit uns zoang, wias auf da Reepabahn zuagäht. Gschpusi Gschpusi – Erotikdancing!«

Olsen als Tabledancer. Ich kann mir vorstellen, wie ihn der vom Alkohol zerstörte Gleichgewichtssinn vom Tisch fegte. Besoffener Sack.

»Mensch Olsen, komm auf.«

Olsen brüllt mit hochgereckter Faust: »S-s-sssafari. Biene Maja Show.«

Ich bringe Olsen schnell ins Bett und will noch einmal nach unten, um die Rechnung zu begleichen. Die Artusrunde hat sich aufgelöst. Die Bergfexen sind in ihren Almhütten verschwunden.

Theres räumt lächelnd die Tische ab, und Rudi steht schimpfend an der Reinigungsanlage, Gläser waschen.

»Zahlen«, werfe ich in Richtung Theres.

»Glei. Glei bin i fertig.«

Ich glotze stumpf in den Wirtsraum. Mein Kopf fühlt sich an wie eine Wollmütze. Und ich habe Pelz auf den Wangen.

Die Hirschgeweihe scheinen Knoten in ihren Hörnern zu haben, die alten kunstvoll bemalten Schießscheiben an den Wänden drehen sich, die Gesichter der ehemaligen Wirte des Brandtnerhofs auf den Fotos an der Wand scheinen mich zu grüßen und Theres tanzt schwungvoll von Stammtisch zu Schanktisch, von Schanktisch zu Stammtisch, von Stammtisch zu Schanktisch, von dort zu mir.

»Kumm.« Sie ergreift heimlich meine Hand. Auch da ist Pelz drauf.

»Zahlen«, brabble ich im Hinausgehen.

»Jaja, du zoist scho.«

Sechse – Auf der Alm, da gibt's koa Sünd'

»Das ist aber nicht mein Zimmer.«

Ich lobe mich innerlich, dass ich das in meinem kaputten Zustand noch erkannt habe. Theres drückt mich in einen dunklen Raum. Der Grad unserer Bekanntschaft und die energische Berührung stehen in keiner angemessenen Relation.

»Zahlen.«

Ich halte ihr eine offene Hand hin, weiß aber eigentlich, dass das ihre Geste sein müsste. Einige Synapsen sind dabei durchzubrennen.

Theres vollzieht zahlreiche Handgriffe, deren Bedeutung mir verschleiert bleiben. Schließlich liege ich rücklings auf einer federnden Matratze, eingefangen von einem hölzernen Bettkasten, und blicke auf einige hektisch flatternde Kerzenlichter. Ich will zu Olsen.

Über mir erscheint nun der breite Oberkörper von Theres. Sie hat ihr Dirndl gegen ein beiges Oberteil ausgetauscht. Ich denke mir gerade noch, dass dieses Oberteil einen herrlich weiten Ausschnitt hat, bis mir klar wird, dass Theres nackt ist. Nun knallen sämtliche Nervenzellen durch. Schlagartig bin ich nüchtern. Die Erkenntnis, dass ich mit einer fast fremden Frau liege, welche obendrein auf mir obendrauf sitzt und oben herum nur reine Haut trägt, versetzt mich in einen kribbelnden Schwebezustand zwischen Himmel und Hölle.

Und nun horchen Sie: Theres' folgende Aktion hat noch mehr Tempo, noch mehr Durchschlagskraft und Chuzpe als Wolfes Gewichtheberstemmübung mit Olsen.

Ritschratsch, und ich liege völlig nackt unter einer Dame, welche raubtierartig über meinen sich aufstellenden Körperhärchen lauert.

Ihre schweren Brüste hängen mehr als verführerisch neben ihren muskulösen Armen, die sich links und rechts neben meinen Ohren in die Matratze drücken. Beim Heben meines Brustkorbs, das meine nervöse Atmung besorgt, berühren ihre steifen Brustwarzen die meinen. Ich könnte schwören, Theres' Halsschlagader pocht im Takt von »The Lion sleeps tonight«. Aber bitte nageln Sie mich nicht fest, dafür sorgt gleich die Dame über mir.

Sie verstehen, dass ich mit dieser prekären Situation etwas überfordert bin. Deswegen liege ich eher wie eine Stange gefrorener Stockfisch da, als wie ein heißblütiger italienischer Ammiratore Sfrenato, der sofort wüsste, wie man diese amouröse Begebenheit lenkt. Ich warte.

Theres blickt mich mit leicht verengten Augen an, so als ob sie eine Horde kleiner Jungen fragen wolle, wer nun die Fensterscheibe eingeworfen hat. Ich habe überhaupt nichts eingeworfen. Außer Alkohol. Ich warte weiter.

Plötzlich stelle ich eine feuchte, vorsichtige Berührung an meinem Genital fest. Mein Oberkörper hebt sich minimal, was mir sagt, Theres über mir hat ihr Gewicht verlagert. Nun weiß ich, sie versucht mit ihrem Geschlechtsteil das meine zu greifen. Wieder spüre ich einen kleinen, feuchten Kuss dort unten. Sie senkt ihre Hüften den meinen entgegen. Wie soll das denn bitte funktionieren, wenn ich…

»Woah«, stöhne ich auf. Selbständig und ohne intensives Zutun wurde mein Glied von einer Erektion heimgesucht, über das sich nun passgenau eine wohlige Wärme legt. Als ob eine kalte Hand in einen vorgewärmten Handschuh greift. Es ist wundervoll. Was soll ich erklären, Theres ist eine wonnige Mittvierzigerin. Mit perfekt erotischer Ausstrahlung. Schön, keck, forsch, fröhlich, fromm … Letzteres eher nicht.

Ihre festen, großen Brüste glitzern, ihre breiten Hüften wirken burlesk und fordernd, ihr flacher Bauch, geformt durch stetes Schleppen schwerer Essenstabletts und Maßkrüge zeichnet eine Linie der Anschmiegung Richtung des nassen Haardreiecks ihres Schoßes, auf das oder in das meine Erektion gleitet. Ich sehe in ihr sehr hübsches, bäuerliches Gesicht. Es lächelt mich rotwangig an.

»Fertig?«, fragt sie leise und lieblich.

Meine Mimik fragt, ob sie denkt, ich hätte noch nie Geschlechtsverkehr betrieben. So schnell ist man selbst als Nordlicht nicht am Höhepunkt, und na hör mal, ich habe immerhin sieben Bier und einige Spirituosen …

»Ob du bereit bist?«, fragt sie in perfektem Hochdeutsch.

Aids, Schwangerschaft, Geschlechtskrankheiten, Eifersucht, Boris Becker, Mord und Schlimmeres schießen mir durch den Kopf.

»Ja«, hauche ich entschlossen. Und um meiner Entschlossenheit noch einen draufzusetzen, fordere ich verwegen: »Los jetzt!«

Vielleicht hätte ich das nicht tun sollen, aber am Konjunktiv geht die Welt zugrunde. Viele Raubritter, Entdecker, Weltherrscher und Eroberer scheiterten an ihrer eigenen Zaghaftigkeit. Ich gebe ihr außerdem einen schnalzenden Schlag auf ihre rundliche Flanke, in der Hoffnung, sie trägt mich rasant und abenteuerlich ans Ziel. Beides trifft zu. Ich bin noch nicht beim t von jetzt angekommen, da bricht über mir die Hölle los.

Theres spannt ihre muskulösen Arme an, stemmt sich mit dem Oberkörper nach hinten, kurz sehe ich ihren Schoß, dann prallen mir ihre Brüste ins Gesicht, weil sie ihren Körper wieder entspannt. Dies geschieht nun in stetem, stampfendem Rhythmus, jedoch immer acht darauf gebend, dass wir im Hüftbereich vereint bleiben. Theres' Bewegungen sind grazil, galant, feinfühlig, akrobatisch. Ihr Tempo und ihre Energie gleichen allerdings einem wilden Tier. Ich muss aus unerfindlichen Gründen an Eric Cantona denken, verdränge das Bild aber schnell wieder aus meinem mit Adrenalin und Testosteron gefluteten Gehirn. Theres tanzt auf mir, und ich gerate unter ihrem feinriechenden Körper und den ineinandergreifenden Gliedmaßen zum Spielball ihrer Wolllust. Sie stöhnt. Es ist eher ein Singen. Ein hohes, nicht zu lautes, aber deutlich hörbares Geräusch aus ihrer Kehle, in der ich plötzlich wohnen will. Endlich fasse ich sie an. Berühre ihre Taille, ihre Pobacken, fühle, dass sie Haut aus Samt hat, überzogen mit einem Wasserfilm, gestrickt aus feinen Perlen.

Ich beiße in ihre linke Brust, sie wirft amüsiert den Kopf in den Nacken. Ich ziehe sie an ihrem Zopf und sehe dem kleinen Schweißtropfen zu, der sich vom Rand ihres Kinns nach unten bewegt und über den Hals, über ihre Brust, über ihre Brustwarze in meinen Mund gleitet. Und immerzu klatscht meine Erektion wie Applaus in ihre Scham, so ergreifend einfühlsam, dass ich kurz überlege, ob das die bayrische Griabigkeit ist, die mich vulvarisierend, feuchtbiotopisch umschließt.

Theres steigert das Tempo, fasst, immer noch auf mir sitzend, mit ihrer Rechten unter meinen Lumbalbereich, drückt mich so stark an sich, dass ich eine Leberquetschung befürchte. Sie führt, gibt vor, ich hechle hinterher und versuche, schmerzfrei aus der Nummer herauszukommen. Aber denken Sie nicht falsch, durchaus genieße ich. Auf einem alten Fahrrad lernt man fahren, und so komme ich unter die rollenden Schenkel, in die treibenden Klammergriffe, verfange mich in den fleischlichen Pedalen und strample wie bei der Tour de France einer Gipfelankunft entgegen. Hinauf zu Alp d'Sex. Seit einigen Sekunden knallt mein Kopf gegen einen hölzernen Gegenstand, einen blauen, mit Blumen verzierten Bettkasten. Theres hat die Augen geschlossen und singt ihr Lied der fanatischen Kohabitation. Unsere beiden Körper sind glitschig und gleiten fast reibungslos übereinander, Moschusfeuchtigkeit als Schmiermittel. Mein Hinterkopf beginnt zu schmerzen, ich komme auf die dumme Idee, Theres' Brüste zwischen mir, und den hölzernen Übeltäter zu bringen. Bevor dies passiert, vollzieht Theres, ohne mich aus ihrem koitalem Polizeigriff zu entlassen, eine Achsialdrehung um neunzig Grad, und wir beide landen sitzend auf einem grobgeknüpften Flickenteppich, sie immer noch auf mir, ich immer noch in ihr. Theres reitet weiter im Galopp. Mein Kopf gerät gefährlich lange zwischen ihre Brüste. Dort riecht es nach Sex und Schankraum, und ich bekomme Atemnot. Von etwas weiter unten steigen Verkehrsgeräusche zu uns herauf. Schmatzend, pochend, hämmernd. Ich trenne mich aus ihrer Brustfalte und verbeiße mich in ihr kantiges, spitzes Kinn. Einzelne Haare kleben ihr im Gesicht. Ich befinde mich in einem Zustand absoluter Überzeugung: Dieser Geschlechtsakt ist so richtig wie der Weltfrieden.

Nur Theres hält von Frieden nichts.

Das Blatt wendet sich.

Sie wirkt plötzlich gedrängt, von einer wahnwitzigen, unsichtbaren Bosheit besessen. Diabolisch grinsend reißt sie mich zu Boden. Die Ausholamplituden ihrer Hüften nehmen zu. Ihr Libidogesang steigert sich zu einem irrsinnigen Gestöhne. Sie greift mir aggressiv in den Mund, drückt mit ihren spitzen Findernägeln gegen meine Augäpfel, würgt meinen schwitzenden Hals. Eine epochale Aggressorin, entstiegen aus einer sexuellen Sagenlandschaft. Ich merke, dass sie die Kontrolle verliert, und ich das Bewusstsein. Ich wehre mich, schlage ihr mit der geballten Faust gegen die Flanken. Sie verstärkt ihre Klammergriffe, ihr Gesicht ist wutverzerrt. Wir gleiten wie zwei kämpfende Cowboys über den Teppich. Einer teilt aus. Einer steckt ein. Dem Alkoholpegel nach würde ich sagen: John Wayne fickt Dean Martin.

Theres reißt an meinen Ohren. Wieder blockiert meine Atemzufuhr. Ellbogen drückt auf Adamsapfel, Adamsapfel drückt auf Speiseröhre. Ich vernehme ein starkes Brennen in der Leistengegend. Herzrhythmusstörungen setzen ein. Mir schwindelt. Ich panisiere.

O Gott, sie bringt mich um!

Mein »Theres, Hilfe« geht in dem Stampfen unserer fleischlichen Vereinigung unter. Was nützt dem Opfer ein Hilfeschrei, der nur vom Täter gehört wird. Mein Genital gerät schwer in Mitleidenschaft, ich huste und röchle, Theres haut nun mit der flachen Hand auf meine Wangen. Sind das Fick-Watschn? Geht so Alpensex? Was habe ich ihr getan?

Ich versuche sie verzweifelt abzuwerfen, winde mich wie ein Zitteraal, merke dabei, dass ich mit meinem Oberkörper unter dem Bettkasten gefangen bin. Somit sind zumindest meine Gesichts- und Halspartien vor der Penetration ihrer Fäuste geschützt. Sie ackert über meiner Hüfte wie ein Gaul, schreit nun schrille Flüche gegen die Wände und, ob man dem folgen kann oder nicht, ich spüre ein langsames, brodelndes Kitzeln in meinem Prostatabereich. Theres schiebt mich noch einmal mit einem letzten, druckvollen Hüftschwung unter das Bett. Dabei reißt sie mir zwei saftige Steaks aus meinen seitlichen Bauchmuskeln. Ich verliere Samen, das spüre ich genau. Es ist das eine, wenn man sinnesberauscht vom Zuckerbrot beißt. Aber wenn man gleichzeitig einen Peitschenhieb verarbeiten muss, der bis auf die Knochen Haut, Gewebe, Blutgefäße und Faszien verdrängt, dann hält sich die Süßigkeit des ekstatischen Brots in überschaubarer Grenze.

Ihr Brüllen ist eine Mischung aus Wollust und Überlebensruf. Ich schreie mit. »Hurra!«, kommt es ehrlich und erleichtert aus meinem Inneren. Nicht dass ich mich über unser gutgetimtes Orgasmusfinale freue. Ich bin aus tiefstem Antrieb glücklich, diesen geschlechtlichen Angriff überlebt zu haben, ohne zu wissen, was da noch kommen mag.

Theres zittert auf mir sitzend, wackelt unkontrolliert mit dem Gesäß, als ob kleine Stromschläge ihr an den Innenseiten der Oberschenkel verabreicht werden.

Was für eine Bergankunft, um die sportliche Metapher noch einmal zu bemühen.

Theres, immer noch auf meiner Hüfte platziert, gluckst mit ihrem Oberkörper. Das kann ich deutlich hören. Mein geistiges Torkeln durch Raum und Zeit wird durch die Überlegung, ob ich körperlich kollabieren sollte oder nicht, angereichert. In diesem Moment gleiche ich einem Kadaver, über dem ein Raubtier seinen Verdauungsschlaf hält.

»Siebenundvierzigeuroachtzig«, dringt es dumpf an meine heißen Trommelfelle.

Verdammt, ich hätte den Braten riechen können. Olsen hat mich vor den bajuwarischen Bräuchen gewarnt. Geschärfte Aufmerksamkeit zähle ich zu meinen deutlich ausgeprägten Tugenden, dennoch gerate ich an eine Dirndldirne.

Ein Geräusch von flatterndem Papier lässt mich aufsehen. Ich stoße mir am Gitterrost den Kopf, sehe Theres' Hand, in der ein Zettel wie eine weiße Fahne Kapitulation vermittelt.

Eine Quittung?

Bumsen auf Rechnung?

Ich ergreife in meiner unkomfortablen Situation das Papier. In der Bettkastendunkelheit erkenne ich folgende Schrift:

Brandtner Hof

Darunter: Datum. Bewirtung: Theres Brandtner

Dann eine Auflistung einiger Spesen, Getränke, Mahlzeiten.

Unten prangen wie zwei Hausnummern folgende Zahlen.

47,80

»Du woitest doch zoin. Oda?«

Theres liegt auf einem Himmelbett, wie ich nun im Schimmer des dreifachen Kerzenscheins erkenne. Eine kunstvoll geschnitzte Liegestätte. Habe ich vorhin gar nicht bemerkt. Ich habe mich aus meinem hölzernen Pranger befreit und sitze neben einer bemalten Kommode auf einem urigen Schemel. Das Zimmer, gehüllt in Rustikalität und bergländische Gemütlichkeit, riecht nach frischen Holzbalken, brennenden Kerzen und einem wabernden Moschusduft. Ein in dieser Kombination seltsames aber anregendes Konglomerat von Düften. It smells like Partenkirchen spirit. Und nach soeben abgehaltenem Sex.

Meine innere Zerrissenheit ändert nichts an meiner Erkenntnis. Theres hat ihren Normalzustand wieder erreicht und liegt nackt und schön, wie Partenkirchens Kleopatra, auf karierter Bettwäsche. Ein geheimnisvolles Lächeln kratzt kleine Falten in ihre Mundwinkel. Ich bin unschlüssig, ob ich ihr meine Meinung über das soeben Erlebte mitteilen soll. Immerhin fühlte es sich zwischendurch so an, als sei gegen meinen Willen Geschlechtsakt betrieben worden. Bei genauerer Reflexion muss ich mir aber eingestehen, dass es insgesamt doch sehr viel Laune bereitet hat. Unweigerlich kommt mir wieder der Name Boris Becker in den Sinn. Samenraub, Nötigung, Besenkammer. Immerhin hat Theres das Hochzeitskammerl des Brandtner Hofs gewählt. Das steht in geschwungener Bemalung über dem Himmelbett.

»Für immer vereint«, lese ich nun auf zwei Schranktüren. Liebespaare verbringen hier nach gründlicher Überlegung ihre erste gemeinsame Nacht als Ehegatten. Hier startet das Liebesleben ehrbarer Personen. Das Hochzeitskammerl, ein Ort der Liebe, Friedlichkeit, Besinnung auf ewiges Glück. Kein Ort der Vergewaltigung, von Mord oder Lüsternheit.

»Wos denkst denn?«, will Theres wissen.

Ich blicke auf meine Armbanduhr, das einzige »Kleidungsstück« an meinem Körper – bestimmt ein hocherotisches Bild – und staune. 2 Uhr 34.

»Ich denke…«, beginne ich. Mein Glied schmerzt, und meine Haut schreit: »Duschen! Duschen!« Oberhalb meiner Hüftknochen glühen auf beiden Seiten jeweils vier rote Striemen, gezeichnet mit acht Fingernägeln. Es erinnert ein wenig an die Fußballnationaltrikots Kameruns bei der WM 2002.

»Ich denke, dass du hier die Chefin bist.«

Ich hebe den Bewirtungsbeleg, den ich durch schnelle Bewegung zwischen Zeige- und Mittelfinger flattern lasse.

»Theres Brandtner.«

Lächelnd rekelt sich Theres auf dem Bett.

Ich sage: »Wo eine Chefin ist, ist auch ein Chef.«

Theres, nun in Bauchlage, hat ihr Kinn auf ihre Hände gestützt, die Unterschenkel baumeln auf und ab. Sie wirkt wie ein zwölfjähriges Mädchen, das verträumt an einem Bach liegt und den Forellen beim Schillern zusieht. Ihr noch schweißnasser Haarzopf schmiegt sich zwischen ihren Rückenmuskeln abwärts, auf die Pobacken deutend, an die Haut. Ein exzellentes Beispiel für die Schönheit weiblicher Anatomie. Ihre roten Wangen, ihre glasigen, zufriedenen Augen, ihre mit Haarsträhnen verklebte Stirn weisen zu mir. Kaum vorstellbar, dass sich diese liebliche Erscheinung eben noch wie ein Raubtier gebärdete.

»Da Chef is a Pfeifn.«

Ihre Unterschenkel wackeln immer noch, als würden sie ein Spinnrad antreiben. Dieses Spinnrad zirkelt durch meine Hirnwindungen.

Der Satz rührt mich. Nicht zu Tränen, im Gegenteil. Er verheißt Gefahr:

Mich benutzte eine verheiratete Frau zur sexuellen Befriedigung.

Auf dem Flur vor der Tür zum Hochzeitskammerl höre ich eine hektisch flüsternde Stimme.

»Theres, wo bistn? Theres? Zefix.«

Der Eigner dieser Stimme ist Rudi, der Schankwirt. Rudi, der Gästeschlichter. Rudi, der Zefix-Mann. Rudi Brandtner – Chef und Pfeife in Personalunion.

Sieme – Der Aufstieg

Fremde männliche und weibliche Geschlechtsteile sind für mich nichts Neues. Friedhelm Schmidt, mein Onkel, der mich nach dem Tod meiner Eltern adoptierte, war in Urlaubszeiten ausgeprägt auf FKK gepolt. Auch Tante Walli liebte es, wenn der Sonnenstrahl den unbedeckten Lendenbereich beschien. Wir lebten in Uelzen. An der Ostsee lag der Nacktbadestrand Wallnau. Drei Stunden Autofahrt. Jeden Sommer pulte ich mir Sandkörner aus der Poritze. Wir brieten unsere Würste. Gegrillt haben wir auch. Der Campingplatz war voller Nackter. Nackig baden, nackig grillen, nackig Müll wegbringen, nackig Sport treiben. Kein schöner Anblick. Ich erinnere mich an wie Schlangen schwebende Geschlechtsteile, deren Tanz ich durch meine Taucherbrille unterhalb der Wasseroberfläche genau beobachten konnte. Nackt sein war für diese Leute Dogma, und ich war mittendrin, bis ich fünfzehn war.

Der stete Anblick nackter Erwachsener hat mich nicht psychologisch zerrüttet, im Gegenteil. Meine spätere künstlerische Tätigkeit profitierte davon immens. Das Verarbeiten anatomischer Proportionen geht mir leicht von der Zeichenhand. Das enervierende Spiel der Muskelschlingen habe ich am FKK-Strand zu Wallnau studiert und im Studium perfektioniert. Nackte Tatsachen? Ein mir innewohnender Automatismus. Ein Vorkommnis hatte mich aber damals in Wallnau doch schockiert:

Als ich einmal hinter unserem Zelt im herrlichen Abendrot nach weiteren Campingstühlen Ausschau hielt, die dort für ungebetene Gäste, die man nicht loswurde, gelagert waren, überraschte ich einen etwa fünfundfünzigjähriger Mann, der sich knapp entfernt von unserer Behausung seines Stuhls entledigte. Ich meine hier nicht Campingstuhl, sondern Kot. Ich traute meinen Augen kaum.

»Heiliger Bimbam!«, sagte er, als er sich ertappt sah. Der dreiste Kerl deutete noch einige Dehnübungen an, während er sein Geschäft vollends verrichtete, und trabte dann mit folgenden Worten die Dünen entlang: »So ein Abendjogging mindert das Körpergewicht.« Sein sich Entfernen begleitete er mit einem schmetternden »Wenn in Capri die Abendsonne im Meer versinkt«. Er benützte weder Papier noch Wasser zur Säuberung. Was mich am meisten schockierte.

In den Bergen gibt es keine Nackten. Schon gar keine Jogger, die ihr Gewicht mindern wollen. Falls man der Notdurft anheimfiele, wäre ein ähnlicher Vorgang allerdings denkbar. Ich bin aufgrund der tausend Gipfel ein Vielfaches nervöser als damals, als mir die entblößten Mädchen in Wallnau die Sinne raubten. Es ist mein Jungfernaufstieg. Olsen und ich kennen nur das Flachland. Und selbst schiefe Ebenen sind uns ausschließlich aus dem Mathematikunterricht bekannt.

Auf jetzt, der Berg ruft.

Trotz Kopfschmerzen und einem fluchtartigen Aufbruch von unserer Unterkunft, der, nach meinem intensiven Drängen, eine Stärkung am Frühstücksbuffet nicht zuließ. Theres schrieb mir mit schelmischem Grinsen die Rechnung des Zimmers und der Verköstigung aus. Über unsere Zweisamkeit im Hochzeitskammerl verloren wir keine Silbe, aber ihre Augen leuchteten. Trotzdem wollte ich nicht im Gastraum Zeit verbringen. Olsens Widerwillen tat ich mit »Zeitmangel. Abhauen jetzt« ab. Als wir den Brandtner Hof verließen, sahen wir Rudi auf dem Parkplatz vor der gestern aus dem Wirtshaus geflüchteten Familie zu Kreuze kriechen. Der rot angelaufene Familienvater prangerte die unerträgliche Lautstärke aus dem Nachbarzimmer an. Als ob dort Hengst und Stute kopuliert hätten. Rudi warb um die Gunst des Brandtner Hofs. Er gewähre der kompletten Familie freien Eintritt in die Wellnessoase der hiesigen Therme.

Das gestrige Abendessen ginge selbstredend auch aufs Haus, ebenso die Nächtigung. Wir verdrückten uns schnell zu unserem Gefährt. Beim Aufschließen der Fahrertüre, ich habe keinen elektronischen Türöffner, erblickte er uns. Aus seinen Augen stoben Feuerquallen und Mordgelüste.

»Rudi, alter Fisch«, rief Olsen freundlich, ohne die hasserfüllte Aura des Herrn Brandtner zu erahnen. »Schöner Abend gestern. Vielen Dank für die Gastfreundschaft. Die Knödel waren lecker.« Olsen formte mit Daumen und Zeigefinger ein O. Rudis Hals wurde dicker als sein Kopf. Auf Wiedersehen im Brandtner Hof.

Eine Schiefertafel mit Sinalco-Werbung gibt Hungernden Auskunft. Olsen liest laut. Schweißtropfen regnen auf die Tafel.

»Rehragout. Gulaschsuppe. Kaspressknödelsuppe.« Letzteres liest er dreimal.

»Schnitzel mit Sahne. Apfelstrudel. Germknödel. Kaffeehaferl.«

Wir wissen, das »mit Sahne« gehört zum Apfelstrudel. Nicht zum Schnitzel. Es ist aus Platzmangel in die obere Zeile gerutscht. Wir wissen nicht, was Germknödel oder Kaspressknödelsuppen sind. Wir wissen auch nicht, wer der Mann ist, der vor dieser Berghütte sitzt und Fotos von uns macht. Als er die mit Teleobjektiv bewaffnete Nikon aus dem Gesicht nimmt, grinst uns ein Asiate an. Er schickt ein perfektes Servus über den Jagdzaun.

»Guten Tag«, sage ich.

Olsen probiert ein »Zefix«.

Ich weiß, dass Olsen die Zunge aus dem Hals hängt. Mir schmerzt der Gaumen. Trockenheit macht das Schlucken unmöglich. Unser Wasservorrat ist beträchtlich geschrumpft, was sage ich: aufgebraucht. Schon im Auto bekämpften wir das Brennen in der Kehle. Wir verfluchen laut und offen die Gesellschaft der Stammtischrunde. Unser beider Kopfschmerz ist schlimmer als der Weltschmerz.

Mein trüber Blick in Olsens rotunterlaufene Augen lässt keinen Zweifel zu. Wir müssen weiter. Trotz Durst. Wir wollen vor der Dunkelheit unser Ziel erreichen.

»Auf Wiedersehen«, sage ich zu dem Mann, auf dessen blauer Trainingsjacke in gelben Lettern »Free Tibet« blinkt. Nach netzhautreinigenden Augenaufschlägen merke ich die Einbildung. »Sport Franzl« steht da geschrieben.

Olsen sagt »Sayonara«. Peinlich wie eh und je.

Der Asiate macht zum Abschied ein weiteres Foto von uns, ruft dann »Für mei Homepage von dera Hüttn« und deutet auf ein Holzschild über der Eingangstüre.

Salzhüttn

Olsen weint. Es ist das Salz seines bitteren Schweißes. Hinzu gesellt sich Verwirrung.

»I bin da Pächta.«

Er erkennt offenbar unsere Not.

»Ia kennts dåhint eian Schädl in den Wasserzuba neihenga. Oda aa a Wasser auffülln.«

Nun deutet der japanische Bayer ans Hütteneck. Verstanden haben wir wenig, ja, man könnte sagen, für uns war das Chinesisch. Seinem Finger und unserem Gehör folgend finden wir einen Wassertrog. Ein Schluck Leben könnte jetzt doch nicht schaden. Zeitmangel hin oder her. Vier gefühlte Stunden ertränken wir unsere Häupter darin. Das steht bestimmt auch in Rüdiger Nehbergs »Überleben ums Verrecken«.

»Findet man nach Tagen der Entbehrung eine Wasserquelle, so tauche man darin ab und schlucke in größten und schnellsten Zügen den Inhalt leer. «

Wir tauchen wieder auf.

Das ist Natur pur. Bergquellwasser erster Güte. Bayern ist schön, auch Japan ist gut zu uns.

»Ned då«, hören wir den Berghüttenwirt überrascht aufheulen. »Des is da Kuahtrog. Ia miassts no ums Eck rum. Då is des Trinkwassa.«

Olsen und ich kucken wie Kühe, denen man Skischuhe anzieht.

»Noch einige Meter weiter«, bemüht sich der bayrische Asiat im staksenden Gang durchs hochdeutsche Dickicht. »Dort findet ihr Trinkwasser.«

Kuhtrog? Olsen schneidet angeekelte Grimassen. Ich denke, was uns nicht umbringt, macht uns hart, habe dann aber doch Krankheiten wie Ruhr, Diarrhoe oder sonst was Tödliches vor meinem geistigen Auge.

Ein lustiges Wassergeklimper weist uns den Weg zur von frischem Quellwasser gespeisten Tränke. Ein Holzfass, in das wir unsere leeren Trinkgefäße gleiten lassen. Japaner übernehmen die alpine Versorgung. Ein Umstand, der für den Stammtisch im Brandtner Hof reicht.

Ich vergewissere mich anhand eines geschulten Blickes auf meine Wanderkarte, ob die SALZHÜTTE auf unserer Route liegt, oder ob wir diese schon längst unbeabsichtigt verlassen haben. Eingezeichnet ist sie nicht.

»Suachts ia aa de Mandlhütte?« Der Asiat bedient den Fotoapparat, während er diese Frage stellt.

»Wie bitte?« Olsens Gesicht sieht aus wie eine Dörrzwetschge.

Nun versucht der Hüttenbesitzer wieder einen für uns verständlichen Dialekt anzunehmen.

»Ob ihr auch auf der Suche nach der Mandlhütte seid?«

»Warum?«

»Weil vor einer Stunde einer danach gefragt hat. Ein seltsamer Wandersmann im olivgrünen Anorak. Also bevor ihr auch fragt, ich kenn die Hüttn nicht. Kann aber sein, dass es sie gibt – nur ist sie dann bestimmt nicht bewirtschaftet.«

Mandlhütte? Ich bemühe mich erst gar nicht, die Hütte auf meiner Wanderkarte zu suchen.

Die Bergwelt ist eine gefährliche Welt. Wir waren noch nie in ihr. Ihr Regelwerk ist uns fremd. Wir haben kein Training in der Bewältigung der Vertikalen. Unsere Muskulatur flucht hanseatische Beschimpfungen. Wir geben vegetative Befehle.

Weiter, immer weiter!

Hinauf!

Vorbei an Wäldern und Feldern. Wiesen und Gestein. In der Höhensonne glitzert Steinstaub. Riesige Findlinge liegen seit Ewigkeiten auf grünem Teppich. Erosion, Kontinentalverschiebungen und bohrendes Gletscherwasser sind die bildenden Künstler dieser dreidimensionalen Gemälde. Schroffe Felsen hier, mit Baumwipfeln bedeckte Gipfel weiter unten. Reißerische, forsche Steilwände, die in hölzernen Kreuzen enden und die höchsten Punkte jeder Bergwelt markieren, weiter oben. Wir sind ermattet durch den Aufstieg und die abertausend Eindrücke, die die Landschaft für uns bereithält. Unsere schwerbepackten Rucksäcke drücken uns wie hässliche Gegner zu Boden. Aber es sind unsere Freunde. Ohne sie geht es nicht. Deswegen dürfen sie weiter huckepack.

Braungefleckte Kühe rufen uns zu, ihre schweren Glocken bimmeln ein langsames Alpenstück und kehren die Trägheit der Tiere noch deutlicher nach außen. Trotzdem: Für Personen, die nicht täglich mit ihnen in Kontakt treten, erreichen diese Nutztiere einen angsteinflößenden Umfang. Ich starre geradewegs auf unseren Pfad der Tugend, der uns Richtung Tajatörl leiten soll. Nie dem Feind ins Antlitz blicken. Dann lässt er einen gewähren.

Hier und da werfe ich ein ungeschultes Auge auf die Wanderkarte. Eine einzige Kryptologie – unklare Linien, Kreise, Kreuze und Farben.

Ich weiß nicht, wo wir sind, behalte es aber vorerst für mich.

»Olsen!«

Ich entdecke einen Adler. Es ist ein Falke, aber egal.

»Ein Adler. Sieh doch. Wahnsinn!«

Olsen schreckt auf, schreit auch »Olsen!« Es geht ihm offenbar schlecht. Sein Zeigefinger kann allerdings der Flugbahn des Raubvogels folgen.

»Ist ein Adler nicht größer?«

Ich reagiere nicht und hoffe, seine Sinne schwinden wieder ein wenig, damit er meine Gaukelei nicht bemerkt.

»Joseph? Ist ein Adler nicht größer?«

Olsen schirmt seine Augen vor der Sonne ab. Ich persönlich glaube nun, dass es ein Bussard ist, sage aber zu Olsen:

»Es ist ein kleiner Adler. Ein junger.«

Ich will ihn aufbauen.

»Der König der Lüfte. Wahnsinn, Olsen, oder?«

Ich bin mir nun sicher, es ist eine Krähe.

Seit vier qualvollen Stunden sherpasieren wir einen Wanderweg Steigung für Steigung nach oben. Nun in Begleitung des deutschen Wappentiers, wie Olsen denkt. Neue Kraft breitet sich aus, und die Erkenntnis: Die Bergwelt ist eine wunderbare Welt. Eine Welt voller Geheimnisse und Mythen.

Warum und wie lange liegt dieser mannshohe Fels neben uns auf dem Weg? Er gleicht einem riesenhaften Mann, der eine Rübe in der Rechten hält. Das Gestein steht dort auf der geringstmöglichen Fläche balancierend. Gott spielt David Copperfield, falls man diese illusorische Welt aus Stein der Entstehungsgeschichte zuschreiben will.

An welchem Tag schuf Gott die Alpen?

Welche Präparate hatte er dazu eingenommen?

Wir könnten seinen Sohn fragen, der plötzlich, an ein Holzkreuz genagelt, vor uns steht. Der Heiland hat, offenbar dank der guten Bergluft, eine gesunde Hautfarbe, die Wundmale scheinen verheilt und sein Gesichtsausdruck ist eher aus höhenluftiger Zufriedenheit geschnitzt als aus Leid, Qual und Erlösung. Zu seinen Füßen liegen gepflückte Butterblumen, als wären sie vor wenigen Minuten dort abgelegt worden. Neben dem Kreuz hängt eine Holztafel. Auf ungelenk gemaltem Gemälde fährt ein Blitz aus einer dunklen Wolke. Er endet im Kopf eines Mannes, der die Arme ausbreitet und sehr traurig ausschaut. Neben ihm liegt eine graue Axt.

Am 5. Augusto anno 1808 fand just an dieser Stelle der Waldarbeiter Josef Kreuzpointner zu Bichlbach den Tod durch Blitzschlag. Der Herr sei seiner Seele gnädig.

Ob ein Blitzschlag größere Kopfschmerzen verursacht als Obstbrand?

»Herr Jesus, wie lange ist es noch bis zum Drachensee?«

Ich frage aus reiner Neugier, erwarte keine Antwort. Meine grüne Lieblingstruckerkappe mit dem Aufdruck »Ferien in Wallnau« halte ich in meinen gefalteten Händen. Olsen, der langsam, aber festen Schrittes neben mir erscheint, schüttelt verschwitzt seinen Kopf.

»Manchmal ist der wie vernagelt.«

Ich weiß, Olsen kommt dafür in die Hölle.

Von der Hölle sind wir bei aller Schönheit nicht allzu weit entfernt. Das Zusammenspiel von Gut und Böse, von Himmel und Hölle ist nirgends greifbarer als hier im Alpenland. Steht man auf einem Gipfel, noch dazu einem imposanten, kratzt man mühelos ans Himmelsgewölbe. An Gottes Zelt. Lässt man sich in der Höllentalklamm, deren Einstieg sich in Grainau befindet, nach unten führen, klopft man an des Belzebubs Hallen. Ob sich die beiden Supergegner des Katholizismus hier ab und an tatsächlich zu einem Stelldichein treffen?

In der Mitte?

Zum Beispiel in der Salzhüttn?

Zum Schafkopfen?

Eine gesellige Viererrunde der Heiterkeit und Spielsucht. Gott hat Petrus im Kartengepäck, der Teufel bringt Zerberus, den Höllenhund, mit. Vier Spieler. Vier Bier. Ein 32er Blatt. Sie spielen einen humanen Tarif – oder einen humaniden.

Sauspiel – halbe Menschenseele.

Solo – ganze Menschenseele.

Laufende – viertel Menschenseele.

Mit Legen. Schuss. Kontra. Re. Und allem, was dramaturgisch Wind macht.

Bei Bier und durch Herz Wenz und dergleichen werden die Verblichenen den zukünftigen Aufenthaltsorten zugeteilt. Brisant:

Petrus sagt: »Weida.«

Zerberus sagt: »Weida.«

Teufel sagt » Weida.«

Gott sagt: »Guad. Spui.«

(Da wir uns auf Bayernland befinden, gehe ich davon aus, dass die Protagonisten Dialekt sprechen.)

Nachdem anerkennend genickt wurde, sagt Gott: »Mit da Oache Sau.«

Petrus sucht mit Eichel-Acht. Zerberus gibt Eichel-König dazu. Teufel legt Eichel-Sau auf den Tisch. Gott streicht mit Eichel-Zehn ein. Das bedeutet: Gott und Teufel müssen in diesem Spiel gemeinsam um Punkte beziehungsweise Seelen kämpfen. Doch abgerechnet wird zum Schluss. Das Ableben der Menschheit ist vorherbestimmt. Nicht aber der Aufenthaltsort danach. Wer also beim Seelenschafkopf mit Gewinn heimgeht, kann in baldiger Zukunft mit Zuwachs in seinem Reich rechnen.

Sollte man nun von Gottes Kartenglück oder Schafkopfgeschick abhängig sein, oder den handfertigen Mogelversuchen eines Zerb…

Ein Schlag in die Flanken reißt mich aus meinen christlichen Überlegungen. Die Wucht wird von den gepolsterten Trägern meines Achtzig-Liter-Rucksacks gedämmt. Olsen boxt wiederholt in meine Seite. Diesmal trifft er meine empfindlichen Rippen. Stoßartig verliere ich kostbare Luft. Mein Gesicht verformt sich zu einem ziemlich genervten »Was soll das denn?«

Die klare Alpinsonne lässt Olsens Gesicht heroisch und golden aufglimmen. Leni Riefenstahl brannte solche in Sepia getauchte Momente auf Filmrollen. Ein Hamburger Luis Trenker. Ein Hans Albers des Alpinismus. Ich folge Olsens Arm, der in die Ferne gerichtet ist. Vorerst erkenne ich dort nur eine Felswand. Unterhalb des Felsens eröffnet sich eine grüne Almwiese. Findlinge liegen wie verstreute graue Kaffeebohnen im Gras. Einzelne Nadelbäume ragen wie grüne Granatsplitter aus der Erde. Und nun sehe ich auch das Blitzen und Glitzern, auf das Olsens Zeigefinger deuten mag. Aus einer schmalen Senke leuchtet ein smaragdgrünes Wasser, das mittig ein tiefes Lapislazuli-Blau annimmt. Eine Träne der Alpen. Der Drachensee. Unser Ziel.

»Alter Vatter, Reinhold, wir haben es geschafft!«, rufe ich Olsen zu.

Olsen flennt. Er ist überwältigt. Nichts ist mehr von seiner Ermattung zu spüren.

Hier oben auf 2000 Metern herrschen Reinheit und Vergessen. Im Anstieg drohten mir in manch schauderhaften Momenten die Sinne zu schwinden. So groß war die Qual. Der Berg aber zog uns in die Vertikale hinauf, wo Glück und Tragik wie selbstverständlich nebeneinanderwohnen. Eine unerkärliche Macht befahl uns ständiges Marschieren. Neben dem Pfad des Grauens zirpten Grillen, flatterten bunte Schmetterlinge, und farbenfrohe Blumen wogen ihre Köpfe seicht und leicht im Bergwind, als ob sie zu unserem Takt des Trauermarsches mit den Köpfen nickten. In diesen Momenten wird man zum Bergmann mit dem unbedingten Willen, sein Ziel zu erklimmen.

Als Anfänger in dieser Zauberwelt blutet man doppelt. Unsere Seefahrerwaden sind blau, innen wie außen. Auf Vater Olsens Segelyacht braucht man nur drei Sachen: Champagner, einen Korkenzieher und Olsens Vater zum Navigieren. In der Welt der Drei- und Mehrtausender braucht man Körperkraft, Überlebenswillen und tausend Tricks und Kniffe, um die inneren Schweinehunde zu besiegen.

Saures Blut trägt süßen Sauerstoff durch unsere pulsierenden Bahnen. Schwindel und Taumel setzen sich zwischen Gehirn und Stirnknochen fest. Die Anstrengung spricht ein humorloses »Schach« aus. Ein Flugtier, unser Adler vermutlich, stößt einen spitzen Schrei aus, der zwischen zwei Steilhängen hin und her fächert. Wir atmen tief durch die Nasenlöcher ein. Die Reinheit des Tajatörl. Auf 2000 Metern Höhe nehmen wir einen gierigen, aber kontrollierten Schluck Wasser. Alle Qual wie weggeblasen. Dann sind wir am Zug und sagen der Anstrengung »Schach matt!«

»Reinhold, wir haben es geschafft«, wiederhole ich lustig.

Ich nehme Olsen in den Arm. Er wimmert. Als ich ihn wieder von mir drücke, hängt ein langer Rotzfaden von meiner Schulter zu seinem linken Nasenloch. Mein Wortspiel mit Reinhold Messner hat er nicht verstanden. Wie auch? Olsen hält Reinhold Messner für eine Teesorte.

Achte – Coburg auf 2000 Meter

Unsere erste Nacht im Berg, wie die Profis sagen, verbringen wir auf der Coburger Hütte. Die Coburger Hütte, 1917 Meter oberhalb unserer Heimat Hamburg, liegt in einem Hochtal nahe dem Seebensee und dem darüberliegenden Drachensee. Der Blick über den Seebensee ist unwirklich und deshalb wirklich wahnsinnig idyllisch. Das gegenüberliegende Zugspitzmassiv malt sein eigenes, umgekehrtes Bild auf die silbrige Wasserfläche. Schon jetzt falten sich Visualität, Idee und Umsetzung in meinem Kopf zu einem Stück Märchenbild zusammen, das ich dramaturgisch eher bei Dornröschen als bei Schneewittchen sehe.

Auf einem Sattel, Olsen schätzt genau 250 Meter über dem Seebensee, befindet sich die Coburger Hütte inmitten einer überwältigenden, aber für uns Neulinge auch beängstigenden Bergkulisse. Umrahmt von den Gipfeln Sonnenspitze, Drachenkopf, Marienbergspitze, Grünstein, Tajakopf und den Griesspitzen wissen wir um unsere Nichtigkeit. Ein Matratzenlager bietet uns Weichheit, unsere Schlafsäcke Intimität. In den zwanzig bettenähnlichen Kuhlen haben sich sechs weitere Bergsteiger eingenistet.

Zwei ältere Herren aus der Röhn, erfahrene Bergsteiger, wie sie sagen. Sie führen Steigeisen mit sich.

Ein Theologiestudent, der seine Vorlesungen sausenlässt auf der Suche nach einer spirituellen Erfahrung, die er zwischen Gipfelkreuzen und Almwiesen zu finden hofft. Er will die göttliche Anziehung ergründen. Müsli, so heißt er bei uns und unter der Hand, ist ein Kauz der unlustigen Art. Wir halten uns fern.

Drei Münchnerinnen Anfang vierzig, die ihre alljährliche Pilgerwanderung durchführen. Der Jakobsweg ist mittlerweile zu überlaufen. Da haben sie sich das Tajatörl ausgesucht. Aber ich bin mir sehr sicher, gepilgert sind die drei Damen, welche mit einer enormen Intensität und Geschwindigkeit ihre Weißbiere hinunterschütten, bisher höchstens zu Brauereibesichtigungen. Sie verunglimpfen ihre zu Hause gebliebenen Ehemänner mit einer Unverfrorenheit und Lautstärke, dass der Hüttenwirt einschreitet.

Olsen und ich amüsieren uns über die Frauen aus München, von denen jede Einzelne, wie wir erfahren, vor einigen Jahren im P1, der Nobeldisko der Stadt, mit Fußballprofis des FC Bayern anbandelten. Die Namen Scholl, Kahn und Trares fallen. Ich fühle mich genötigt, ihnen mitzuteilen, dass Trares ein Spieler des Stadtkonkurrenten TSV 1860 war. Sie beschimpfen mich aufs äußerste, setzen sich aber an unseren Tisch. Bevor es zu ähnlichen Szenen wie gestern im Brandtner Hof kommt, täuschen Olsen und ich Müdigkeit vor und verschwinden im ersten Stock in unseren Schlafsäcken. Ich befinde mich bereits im

Halbschlaf, als ich an die Münchnerin denke, die offenbar an Mehmet Scholl interessiert war. Sie ähnelt ein wenig Theres. Meine Gedanken schweifen kurz ins Hochzeitskammerl. Ich fasse in meinem roten Schlafsack vorsichtig an mein Geschlechtsteil. Das Brennen hat aufgehört. Das Verlangen kehrt zurück.

Neine – Der schmale Grat

Ich stehe am Eingang des Gastraums der Coburger Hütte. Müde halte ich Ausschau nach Frühstück und Olsen. An der Garderobe hängt eine in einen Zeitungsstock geheftete Tageszeitung. Es ist die mit den vier Buchstaben. Ob aktuell oder nicht, die reißerische Überschrift fällt mir sofort ins Auge.

Der Berserker aus Niederbayern.

Darunter kleiner: *Amoklaufender Märchenfreak weiterhin flüchtig.*

Ein grob pixeliges Foto eines männlichen Gesichts ist abgebildet. Offenbar der Berserker von Niederbayern. Dieser hat eine kurze Stoppelfrisur. Die dicken Brillengläser sind auffällig. Sehr viel mehr ist darauf nicht zu erkennen. Ich lache kurz auf. Der Mann vorgestern am Straßenrand mit seinem verrückten Fahrrad, der hatte ein ähnliches Gesicht. Zufälle gibt's.

Mein Interesse den Artikel betreffend ist nicht nur beruflicher Natur. Da ich auf 2000 Meter nicht die Süddeutsche erwarten kann, muss ich mich mit der Boulevard-Version der Geschichte zufriedengeben. Ferner verspricht auch die Überschrift des Artikels darunter Spannung: *Bayern beim HSV nur Remis. Hoeneß tobt.* Also, interessante Themen.

Ich will mir das Papier gerade vom Haken fischen, da ertönt Olsens Stimme. Er ruft durch einen dicken Essensbrei so etwas Ähnliches wie: »Hierher!« Ich folge der Stimme. Die Zeitung lasse ich hängen.

Olsen hat sich etwa elf Räder Jagdwurst auf den weißen Porzellanteller gehäuft. Auf einem zweiten Teller sehe ich vier Ecken Camembert und vier Scheiben Schnittkäse, womöglich Maasdamer. Diese Wurstkäseanhäufung steht auf dem Tisch, während Olsen am Buffet gerade nach Butter, Marmelade, Kelloggs, Obst, Joghurt, Nutella, Brötchen, Kuchen und, halten Sie sich fest, weiterer Jagdwurst, Ausschau hält.

»Nie wieder Hungerast im Aufstieg«, erklärt er diese räuberisch hortende Maßnahme. Nach meinen Berechnungen, die allerdings auf Annahmen und nicht auf Erfahrung basieren, wird das heute nur eine leichte Begehung schiefer Ebenen ohne große Steigungen. Kein Vergleich zu der gestrigen Königsetappe.

Olsen kommt zurück an den Tisch. Neben ihm eine Person, die, so wie er selbst, zwei mit Frühstücksutensilien gehäufte Teller balanciert.

»Hierher bitte«, befehligt Olsen dem treuen Träger. Nun stehen sechs mehr als gehäufte Frühstücksteller auf Olsens Seite. Die drei bis zum Rand gefüllten Saftgläser sorgen für bunte Kleckse in diesem Durcheinander.

Rein äußerlich wirkt Olsen harmlos. Aber er ist der Typ Mensch, der Tonnen von Zucker und Fettstoffe schluckt und kein Gramm mehr als sein Idealgewicht auf die Waage bringt. Blond, drahtig, klein. Ein Michl-aus-Lönneberga-Verschnitt im Erwachsenenalter. Ich glaube, dass er sich einer Enzymblockade erfreut. Durch das Fehlen von MGAT 2 ist er zum Dünnbleiben verdonnert. Ich habe dieses Wissen einer empirischen Studie eines renommierten Fachblatts entnommen. Allerdings ging es da um Mäuse, nicht um Olsens. Ich halte meine Vermutung dennoch aufrecht.

»Das ist Jürgen.« Olsen deutet mit ausgestreckter Hand auf den braungebrannten Mann, der sportlich und ledern wirkt. Ein Mann aus den Bergen. Ohne Zweifel.

»Jürgen bietet Führungen an. Bergführungen. Kletterpartien und so Zeugs. Ich meine, nach unserem gestrigen Aufstieg könnten wir heute noch einen drauflegen. Nüchtern, wie wir sind, haut uns so schnell nichts mehr um. Was meinst du, Joseph, hm?«

Ich blicke abwechselnd von Olsen, der sich mittlerweile gesetzt hat, zu Jürgen, der immer noch vor unserem Tisch steht, und zurück. Ein Muskelkater von der gestrigen Belastung schleicht durch meine Beine. Deswegen wäge ich den Vorschlag ab. Ich komme zu keinem Ergebnis.

Jürgen ergreift das Wort.

»I gäh eh nauf. Muass a båår Haken oleng. Kummts mit, kriagts aa an guaden Preis. Wissts wås, trågts ma jeder a båår Haken und Seile nauf, dann führ i eing umasunst.«

Führung umsonst, diese Blitze konnte ich ausmachen aus dem Sprachgewitter. Der Rest war grollender Donner. Polternd. Unverständlich.

Ich bin mir unsicher, will eigentlich wenig marschieren, dann unser eigenes Lager aufbauen, ohne dem Tempo oder der Richtung eines im Stein geborenen Einheimischen folgen zu müssen, der noch dazu eine Arbeit zu verrichten hat, die ihm ein Kletterverein oder eine Bergwacht auferlegt hat. Mein Kamillentee rumort in meiner Darmgegend, als wäre er Borscht. Mit zerknautschtem Gesicht sage ich:

»Wir sind zum Arbeiten hier, Olsen.«

Der Angesprochene hat ein halbes Brötchen mit sechs Scheiben Jagdwurst, einer Ecke Camembert, einer Scheibe Räucherlachs, zwei Scheiben Gurken, einer Scheibe Tomate und Meerrettich zwischen den Kauleisten. Dennoch drückt sich durch das Gemalme folgende Antwort:

»Jofeph. Wi find hier, um Eindücke fu fammeln. Ürgen meint, daf werdn wi nie vergeffen. Den Aufblick und fo.« Ei fliegt aus dem Mund.

Ich blicke Jürgen an, der mich stupide angrinst und mit gehobenen Augenbrauen nickt. Überzeugung sieht anders aus. Immerhin regt sich eine gewisse Neugier in mir.

»Was ist das für eine Führung, wie Sie sagen?« Ich frage lieber mal nach, bevor dieses Gespräch in Abseilungen an der Höllentalklamm endet.

»Såg DU zu mir. I bin da Juagn. Des is bloß a kloana Klettasteig. Nix wuids. Åiso, auf gäht's. In a Håibnstund draußd.«

Jürgens rote Mammutjacke entfernt sich von unserem Tisch. Ebenso mein Glaube an seine beruhigenden Worte.

»Nix wuids«, wiederhole ich ungläubig und logischerweise in fürchterlichem Bayrisch. Mein starrer Blick ist auf die Fettaugen von Olsens Jagdwurst gerichtet. Auge um Auge...

»Wir werden sterben.«

Ich habe kein gutes Gefühl.

Olsen macht sich zufrieden und voller Tatendrang über seine Wurstplatten her.

»A Schmarrn!«

Das war gutes Bayrisch seitens Olsen.

Ich begebe mich ans Buffet und hole meinerseits 250 Gramm Jagdwurst – gegen den möglichen Hungerast beim Aufstieg.

Zwei Stunden später liegt mir der Fettbrei wie ein U-Boot im Magen. Die immer wieder ausgestoßene Luft stinkt nach Wurst und Kaffee. Olsen ist grün im Gesicht und zittert in seiner an einem schmalen Grat kauernden Position. Jürgen ist einige Meter weiter oben und erneuert im Klettersteig Stahlseile und Haken, die wir ihm hier hochgetragen haben.

»Daf werdn wi nie vergeffen«, äffe ich Olsen nach, der mich mit dieser, angeblich von Jürgen ausgesprochenen Überredungskunst von diesem Höllentrip überzeugt hatte. Olsen hört nicht, er kotzt wieder mal. Nicht zum ersten Mal bringt er nun schon Mageninhalt in die entgegengesetzte Richtung zum Austreten. Aber bitte, kein Mitleid, selber schuld.

»Du Penner!«, raune ich ihm zu.

Kurz ist es still, von weiter oben höre ich Jürgen rufen.

»Bringts ma no a båår Haken, hearts es?«

Olsen explodiert. Seine Stimme überschlägt sich.

»Du kannst uns am Arsch lecken, du beschissenes Führerschwein!«

Olsen weint. Er hat wirklich Angst abzustürzen. Ich versuche ihn zu beruhigen. Er wimmert nur »Wir werden sterben«, aber ohne mich nachzuäffen.

Schwindelfreiheit, Trittsicherheit, Klettererfahrung.

Drei Komponenten, die man auf diesem Klettersteig dringend benötigt. Ferner die Hilfe von Seilen, Karabinern, Haken und Ösen, die in Fels und Stein geschlagen sind. Olsen kauert an einem schmalen Grat und presst sich wie eine »Blaue Mauritius« gegen den glatten Felsen. Hinter ihm geht es steil bergab. Ich sitze drei Meter über ihm auf einem Felsvorsprung. Der Blick in die Tiefe ist beängstigend. Ich habe keine Ahnung, wie wir es bis hierher geschafft haben. Aber noch weniger weiß ich, wie wir wieder von diesen steilen, unzugänglichen, tödlichen Pfaden unverletzt beziehungsweise lebend nach unten kommen sollen.

»O Gott, Joseph, siehst du den Mann da unten.«

»Was, Olsen?«

Olsens Stimme und Körper zittern und schwanken. Verdammt, ich fürchte, er verliert die Kontrolle.

»Der Mann da unten.«

Ich versuche, meinen Blick an Olsen vorbei hinabgleiten zu lassen. Keine Menschenseele in Sicht.

»Olsen, da ist niemand.«

Olsen schaut nach unten.

»Doch. Dort. Der schwarze Mann in dem langen Mantel. Er hat eine Sense geschultert.«

Olsen sieht Gespenster. Noch mehr. Seine beginnende Agonie malt ihm den Seelensammler vor die Augen: Boandlkramer himself. Dumme Stammtischgeschichten.

»Olsen, ruhig Blut. Da ist niemand.«

Verflixt, kurz glaube ich, den schwarzen Mann auch gesehen zu haben.

Joseph, ruhig Blut.

In meinem Körper krabbeln Ameisen. Ich versuche, durch therapeutische Atemtechnik die Insekten und das Zittern zu vertreiben. Lange aus-, lange einatmen. Aufregung raus, Ruhe rein. Ich inhaliere einige Sekunden frische Bergluft. Die Aufregung steigt. Atemtechnikfehler.

Olsen scheint ein apathisches Stadium der Gleichgültigkeit erreicht zu haben. Wenigstens brabbelt er nichts mehr vom Tod im schwarzen Gewand. Und er sieht nicht mehr nach unten, sondern glotzt gegen die Felswand.

Über mir erscheint Jürgens Gesicht. Verkehrt herum. Auf dem Kopf sozusagen. Mich ereilt ein Schwindelanfall. Es sieht aus, als schwebe sein Oberkörper über einem Überhang. Das Gefühl hatte ich ständig beim Hochklettern. Als würde man Überhänge hochsteigen, abrutschen, nach hinten wegkippen.

»Ja Buam, wås is? I brauch des Zeig då ohm.«

»Olsen geht's nicht gut. Mir auch nicht. Ich denke, wir sollten umkehren.«

»Des glaab i ned, weil mia no ned fertig han. Åiso, her mim Rucksåck.«

»Jürgen, das ist kein Spaß mehr. Wir fürchten uns. Wir wollen …«

»Hahaha!« Hier lacht der Teufel noch selbst. »Ia Angsthåsn. In de Bearg neifåhrn und dann in d'Hosn scheißn. Wås isn des füa a Saupreißngschicht, ha?«

Ich sehe nach oben, direkt in Jürgens Gesicht, und bemerke, dass seine Schmähungen bitterernst gemeint sind. »Des Zeig hea jetz!«

Der schwere Rucksack, in dem sich einiges Bergwerkzeug und Stahlhaken befinden, gleitet von meinen Schultern. Ich hebe ihn mit dem linken Arm ausgestreckt in Jürgens Richtung, so weit mein Gleichgewicht dies zulässt.

»Ja Depp, muasst scho a bissal hochkraxln«, ruft er den Kopf schüttelnd.

Ich sehe ihm in die zynisch blickenden Augen.

Hoppla, jetzt komm ich.

»Ja Depp«, sage ich ruhig in einem Saupreißn-Bayrisch. »Musst schon ein bisserl runterkraxln.«

Dann fällt das schwere Monstrum den Abhang hinab. Jürgen schreit unverständliches Zeug, will fast nach dem Rucksack hechten. Nach drei Sekunden hört man einen dumpfen Aufprall.

»Ia Saupreißn, ia blädn …«

Tiraden ohne Unterlass. Ich klettere zu Olsen und geleite ihn vorsichtig von dem schmalen Grat auf eine Art Hochsitz aus Stein. Jürgen habe ich über den Abhang nach unten klettern sehen, fern der markierten Wege. Ohne Seil und Sicherung. Eine menschliche Bergziege. Rucksackrettung, vermute ich.

Wir verharren drei Minuten in Stille, aus der wir Mut und Überzeugung schöpfen. Yes, we can. Zumindest we try. Wir wagen den Abstieg.

Gemeinsam helfen wir uns durch den Irrgarten aus Felsvorsprüngen, Stahlseilen, natürlichen Steintreppen, Steilpassagen und Wurzelgeflechten. Sobald wir ein Stück Ausblick erhaschen können, weil unsere schmerzenden Füße sicheres Geläuf ertasten, blinkt der Seebensee zwischen Latschenhängen, Schotterkarren und Berggipfeln zu uns empor. Die königliche Zugspitze und das Wettersteinmassiv, wie wir später erfahren. Wir saugen dieses monumentale Naturereignis in uns auf.

Aber wir sind noch nicht in Sicherheit.

Olsens Stirn ist immer noch von ängstlichen Furchen durchzogen. Zum letzten Mal bringt er seine Wertschätzung für Jürgen, den lebensmüden Bergführer, zum Ausdruck.

»Was für ein Arschloch.«

Stimmt ganz genau.

Konzentriert und mit wackligen Bewegungen treiben wir weiter bergab, bis wir glücklich und endlich über Wanderwege und durch Latschenwälder dahintrotten, ohne viele Worte zu verlieren. Die Schatten der duftenden Nadelbäume kühlen unsere heißen, hochroten Köpfe. In den sonnigen Passagen trocknet unser Angstschweiß zu Salz auf der geretteten Haut.

Auf dem Rückweg zur Coburger Hütte passieren wir eine silbrige Pflanze. Edelweiß. Ich will es als Erinnerung an die gemeinsame Bewältigung einpacken, erinnere mich aber, dass diese seltene Pflanze dem Naturschutz unterliegt. Genau das will ich Olsen mitteilen, da hält er das Ding schon wie einen Jagdwurstteller in den Händen.

»Edelweiß! Zur Erinnerung an das weiße Licht, das den Bergtod im Schlepptau hatte. Und zur Erinnerung an den dümmsten Führer der Alpen. Und danke, Joseph, dass du mich da rausgeholt hast.«

Wir umarmen uns. Wäre Olsen eine Frau, jetzt wäre für mich ein guter Zeitpunkt für einen filmreifen Kuss. Ich lasse es. Olsen nicht. Voll auf die spröden Lippen, die von der Höhensonne rissig geworden sind. Er lässt die Zunge weg, Gott sei Dank. Es ist ein Moment von immenser Aussagekraft. Olsen fühlte sich dem Bergtod nahe. Er blickte in den Schlund der alpinen Gefahr, vor der in Partenkirchen am Stammtisch ausdrücklich gewarnt wurde. Seine Verzweiflung war tonnenschwer, nun auch seine Dankbarkeit. Ich muss gestehen, mir ging es ähnlich. Aber bitte: Wir leben!

Das Edelweiß soll ab nun Wahrzeichen unserer unzertrennbaren Freundschaft sein. Wir nehmen uns Folgendes vor: Wöchentlich wechselt die Bergblume in unserem PumpLine-Büro den Schreibtischplatz, um uns an unseren mutigen Kampf gegen die Naturgewalt zu erinnern. »Joseph, schau mal.« Olsen knufft mich in die Seite. Er deutet in den Tannenwald. »Was tut der da?«

Ich erkenne etwa fünfzehn Meter vom Wanderpfad entfernt einen Mann, der einen längeren Wanderstock aus Holz geschultert hat.

Verdammt noch eins, von hier sieht er aus wie der Boandlkramer. Der fast bis zu den Knien reichende Parka, wie der Mantel des Sensenmannes. Der geschulterte Stab, wie die Sense des Sensenmannes. War er es, den wir in unserer Agonie als den Boten des Todes ausgemacht hatten? Aber Olsens Frage ist berechtigt – Was tut der da?

Er steht zu den Bäumen gewandt, den Kopf in den Nacken gelegt, auf einer mit Moos bewachsenen Stelle. Ein unheimliches Brabbeln bullert aus seinem Mund, wir hören das. Spricht der etwa zu den Bäumen? Mich erinnert er ein wenig an den Mann, den ich vorgestern am Straßenrand sah. Der Mann, der einen Autoatlas auf sein Fahrrad montiert hatte. Der Mann, dessen Gesicht ein wenig dem des Märchenfreaks und Berserkers aus Niederbayern ähnelt. Wieder muss ich kurz lachen. Wir, die wir Märchen illustrieren sollen, treffen auf einen Mann, der aussieht wie ein gesuchter Märchenfreak und Amokläufer. Ist das ein Witz oder Zufall? Zu Olsen sage ich: »Komm, lass uns schleunigst verschwinden, bevor er uns bemerkt.«

Zwei Stunden später sitzen wir vor der Coburger Hütte und trinken kraftspendendes Weißbier, das unsere Kehlen wiederbelebt. Das Muskelzittern ist einem Gefühl der Zufriedenheit gewichen. Angst ist kein guter Begleiter in den Bergen, aber Weißbier. Die untergehende Sonne verwandelt die Weizengetränke in zwei rötliche Tischlampen. Wir fahren unsere Maschinen herab, beschließen, eine weitere Nacht in der Coburger Hütte zu bleiben und ebenso ein weiteres Weißbier zu ordern. Fuck off Pilsner Bier!

Der Wirt namens Christian nimmt zufällig, obwohl dafür nicht zuständig, unsere Bestellung entgegen. Im Schwung zurück Richtung Eingangstür hält er inne. Er entdeckt unser Edelweiß, und ich ärgere mich, weil wir unser verbotenes Souvenir nicht versteckt haben.

Christian deutet mit dem Zeigefinger darauf und meint lapidar:

»Soll i des wegschmeißn? Die Distel, die da liegt?«

Zehne – Camp Hamburgo

»Das hätten Reinhold Messner, Hillary Clinton, Nanga Parbat und wie sie alle heißen nicht besser hinbekommen.«

Olsen steht stolz vor unserem Lager. Mich, aber vor allem sich selbst lobend ob des professionell wirkenden Basiscamps auf einer Almwiese zwischen den Seebenwänden und dem Hohen Gang. Mit Hillary Clinton meint er wohl Sir Edmund Hillary. Dass Nanga Parbat kein menschliches Wesen, sondern der neunthöchste Berg der Welt ist, werde ich ihm später sagen. Wenigsten hat er Reinhold Messner als Teesorte verbannt, nachdem ich ihn gestern bei Weißbier und Sonnenuntergang über die heldenhaften, sauerstoffarmen Erstbesteigungen des Südtirolers informiert habe. Am Morgen stärkten wir uns nach meinem Empfinden etwas zu dreist am Frühstücksbuffet, aber der Umfang des Verzehrs ist nicht vorgeschrieben.

Wir fühlen uns stark, und in einem Zustand der Überzeugung rufe ich Olsen zu: »Olsen, heute könntest du sogar den Olympus Mons besteigen, was?«

»Wen?«, schallt es zurück.

»Olympus Mons!«

»Eine Kamera?«

»Idiot, das ist der höchste Berg des Sonnensystems. Vierundzwanzig Komma sechs Kilometer hoch. Ist auf dem Mars.«

Olsen bleibt stehen und dreht sich mit nachdenklicher Miene zu mir um. »Messner könnte ihn schaffen«, meint er überzeugt. »Ohne Sauerstoffgerät.«

Wir haben ab dem Seebensee Richtung Hoher Gang den Weg verlassen und sind querfeldein gelaufen. Uns begleiten Bienen und Zitronenfalter.

Wir essen Dosenfisch und verspüren einen Hauch Heimat. Heimweh überhaupt nicht. Zu schön liegt unser »Camp Hamburgo« vor einer Bergwand auf einer saftigen Alm. Den Einstieg zum Seebener Klettersteig haben wir hinter uns gelassen. Das Rauschen eines Wasserfalls, der unweit in die Tiefe stürzt, erinnert uns an eine Disko mit schlechter Soundanlage. Der Gebirgsbach wird uns das lebensnotwendige Wasser spenden. Und das mussten wir nicht einmal in Nehbergs Überlebensfibel nachlesen.

Wir sind eingerahmt von Gipfeln, deren Namen wir nicht kennen. Wir verteilen eigene.

Großer Mantel, Landungsbrückenkopf, Nasenbär, Zinnenzopf, Reeperberg, Weißbierkelch, Schiefer, Gerader, Nadelöhr, Alte Weisheit, Röschendorn, Lawinenhang, Dopenose und so weiter.

Zu unserer Linken steht ein kleiner, aber dichter Wald aus Bergkiefern. Einzelne Felsbrocken säumen die Wiesen. Ein Jägerstand verspricht äsendes Rot- bzw. Dammwild. Das Szenario erinnert uns an die Zeichentrickserie Heidi. Olsen summt sofort die Titelmelodie, oder war es die Melodie, zu der Hund Oskar immer durchs Fernsehbild tappte?

»Sieh mal, Olsen. Zwischen den Bäumen dort.« Ich schirme meine Augen ab.

»Was soll da sein?«

Zeit vergeht, bis ich mir sicher bin.

»Ein Hirsch.«

Es herrscht Stille.

»Stimmt, Joseph.«

Vor uns erstreckt sich ein Naturgemälde in 3-D. Wie es der Teufel und das Klischee so wollen, steht im Vordergrund auf der Almwiese, am Rand des zauberhaften Waldes, ein Hirsch. Ich lüge nicht. Zwölfender oder vielleicht sogar mehr.

»Majestätisch«, flüstere ich in diese Erhabenheit.

Im Hintergrund des mächtigen Waldtieres baut sich eine nicht zu verachtende Hütte auf. Wiederum dahinter ein Bergmassiv.

Das Dach der Berghütte wird von Steinen beschwert, das tiefbraune, wettergegerbte Holz duftet, rudimentäre Sitzgelegenheiten stehen auf einer breiten Veranda, an die sich ein Wassertrog lehnt, aus dem eine Quelle sprudelt. Ein Bild des Friedens.

»Mal das auf, Olsen.«

Genau deswegen haben wir uns für diese Arbeitsreise entschieden. Als Olsen rasch und skizzenhaft alles aufs Papier bringt, hat unsere Arbeit an dem Märchenbuch begonnen.

Oife – Mitternachtsvesper

Ich sitze unterm nächtlichen Himmelszelt. Trilliarden Sterne funkeln. Olsen schmollt. Nachdem er mir seine unmögliche Vorstellung hinsichtlich der Illustration für Pechmarie und Goldmarie in »Frau Holle« dargelegt hatte, folgte eine Diskussion, die ihn ermüdete. Ich habe ihm eindringlich zu erklären versucht, dass modern nicht immer gleich übertrieben anders zu bedeuten hat. Die Figur der Pechmarie ist exemplarisch für Faulheit und nicht für Sado-Maso-Techniken im Domina-Metier. Goldmarie verkörpert Fleiß und Arbeitssinn. Sie als wohlgeformtes, ästhetisch beneidenswertes Aktmodel darzustellen, finde ich unpassend.

»Spießer«, raunt Olsen genervt.

»Zumindest sollte Sex aus dem Märchengut ferngehalten werden, das verlangt der Respekt vor dem Klassischen.«

»In der Antike war irgendwie alles sexuell. Vor allem die Götter.« Olsens stärkstes Argument probiere ich zu entkräften.

»Märchen und Antike unterscheiden sich stark. Ein Märchen hat immer Moral. In der Antike war Moral nicht existent. Der Vergleich hinkt also.«

»Moral und Ethik? Was kümmert dich das? Wie stets denn mit Betrug im Wirtshaus?«

Ich lache.

»Ich habe die Rechnung bezahlt. Du warst dabei.«

»Du hast die Bedienung verräumt. Im Nachbarzimmer. Ich war dabei.«

»Ich dachte, du hättest die Nacht kotzend im Bad zugebracht.«

»Habe ich. Ein Raum mit einer hellhörigen Akustik. Ich dachte, du stichst die Dame ab. Was wohl Ehemann Rudi dazu meinen würde?«

Touché.

Ich bitte Olsen, die beiden Marie-Schwestern nicht zu dirnenhaft darzustellen und ihre Brüste mit BHs zu verdecken. Er nickt zufrieden. Grinsend dreht er eine Zigarette mit Inhalt. Er ist kein Potthead, aber zu einem schwarzen Afghanen sagt er nicht »Salam«, sondern entzündet das zur Spitze zusammengezwirbelte Zigarettenende. Dass er Stoff mit auf den Berg schleppt, war mir gänzlich unbewusst, ist mir aber nicht egal. Ich verspüre einen Freiheitsdrang, der mit dem Konsum dieser Droge durchaus in Einklang zu bringen ist.

Die Pofe glüht.

Ein Lagerfeuer nicht.

Als Neuankömmlinge in der Wildnis entscheiden wir uns in unserer ersten Nacht unter freiem Firmament gegen eine holzbetriebene Erhellung. Warm eingepackt liegen wir auf unseren dicken Isomatten vorm Zelt und trotzen mit Daunen und Goretex der Kälte.

Vierter Dübel. Olsen lallt etwas von einem Lottogewinn, den er vor drei Wochen einheimste, und sein Leben für immer verändern wird. Er will mir die Hälfte davon abgeben – vierzehn Euro. Stark von Olsen.

Zeit vergeht. Wie viel? Das einzuschätzen liegt nicht in meiner Macht. Ich halte einen Monolog über den Unterschied des Flugverhaltens von Verkehrs- und Modellflugzeugen. Ich bemerke lasch, dass ich ein leichtes Interesse für dieses Thema hege. Aber es ist mir vor allem momentan total egal.

Meine Augen sind so gereizt, als habe ein Fremder Sand hineingestreut. Aus Olsens offenem Mund steigt Dampf auf, vermischt sich mit einem Schnarcher, der nach wenigen Zentimetern wie ein Geist verschwindet und Teil der glasigen Bergnacht wird. Olsen ist ein Schläfer. Bei dem Gedanken erschrecke ich kurz und lese auf seiner Aluminium-Trinkflasche *Metaliban*. Das kann doch nicht sein, oder? Im nächsten Moment ist mir auch das egal. Auf seiner Flasche steht plötzlich »Metallica«, und ich denke noch, während ich müde werde, was für eine doofe Trinkflaschenmarke das ist.

Kurz bevor ich es Olsen, der in seinem Hightech-Schlafsack schlummert, es gleichtun kann, halte ich in meiner Abwärtsbewegung inne. Dort, wo ich den Wald vermute, flimmert ein Licht. Erst bin ich mir nicht sicher. Müdigkeit ist ein Blender. Ebenso halluzinogene Rauchwaren. Schließlich mache ich mit Hilfe starker Augenbemühung einen deutlich hellen Fleck im Wald aus.

Ein Feuer zweier Wildcamper?

Die Spiegelung eines Feuers zweier Wildcamper, das es gar nicht gibt?

Eine Taschenlampe eines in Notlage geratenen Bergwanderers?

Eine Überlebensaktion Rüdiger Nehbergs?

Rumpelstilzchen? Natürlich nicht.

Schon stehe ich, trete Olsen sanft in die Seite. Olsen jault auf und ruft: »Du Penner. Das war mein Kopf.«

Wie liegt der denn im Schlafsack?

»Olsen, steh auf. Da hinten ist etwas.«

»Jaja, ein Hirsch wahrscheinlich.« Olsen ist genervt, seine Stimme vom Schlaf ummantelt. Offenbar befand er sich gerade in einem schönen Traum.

»Ein Hirsch mit Christbaumkerzen? Olsen, sieh doch mal, ein Licht«, flüstere ich.

Olsen schält seinen Kopf aus der Schlafsacköffnung. Eine Weile vergeht.

»Das ist in Ehrwald unten. Oder Lermoos. Das ist im Dorf«, blafft er.

Jetzt ist es an mir, Olsen einen Penner zu nennen. Keine Minute später kriechen wir mit meiner Photonenlampe im Anschlag durchs Hochgebirge auf ein Licht zu, das unsere Neugier der Rubrik »ULQ« geweckt hat.

»ULQ?« Ich höre, wie sich Olsens Gesicht zu einem Fragezeichen verformt.

»Unbekannte Lichtquelle.«

»Weiß ich«, antwortet Olsen souverän.

Neugier ist eigentlich keine Eigenschaft von Individuen, die sich, müde durch körperliche Anstrengung und Drogen, in einem Dämmerzustand befinden. Außer neue Drogen warten.

Olsen ist es, der sie entdeckt.

Am Kiefernwald angekommen, geht Olsen in die Hocke. Als es knackt, bin ich mir nicht sicher, ob es Äste oder seine Knie sind.

»Was war das?«, frage ich deshalb.

»Mein Knie auf einem Ast«, sagt Olsen.

Aha.

Wir sehen nun den Ursprung der ULQ. Licht dringt aus den Fenstern der Hütte, welche sich zu unserer Rechten am Wäldchenrand befindet.

»Licht«, sage ich.

»Ich weiß«, sage ich. Ich bin leicht durch den Wind. Auch Kiffen will geübt sein.

»Olsen, wo bist du?«

Ich lege mein Ohr in die Nacht, halte meine Nase in den Wind.

»Joseph! Hierher!«

»Mensch, nicht so laut!«, flüstere ich schreiend.

»Joseph. Hierher.«

Ich streife einige Meter in den Wald hinein. Meine Taschenlampe strahlt genügend Licht auf den von Nadeln, Zweigen, Moos und Blättern bedeckten Boden, aus dem ein frischer, erdiger Duft dringt.

»Joseph! Hierher!« Wieder zu laut, nach meinem Empfinden.

»Mensch Olsen, nicht so laut!«, brülle ich wieder, so leise es geht. Plötzlich stolpere ich über einen Gegenstand, der auf dem Boden liegt. Erschrocken drehe ich schnell die Lampe auf das, was mich zu Fall gebracht hat.

Beine!

»O Gott!« Ich krabble in Höchstgeschwindigkeit einige Meter davon. Die Taschenlampe erlischt. Ich fummle hysterisch am On-Off-Button. Nichts.

»Olsen, hier liegt eine Leiche!« O Gott, hier liegt eine Leiche.

»Verdammt. Wo, Joseph?«

Ich rüttle mit Onanierbewegungen am Schaft der Taschenlampe. Mit Erfolg. Es kommt – das Licht. Ich richte Helligkeit auf den Kopf des Körpers, der da liegt. Mein Blut gefriert zu Eissprayflüssigkeit.

Olsen ist die Leiche. Er liegt tot auf dem Waldboden.

»Wo, Joseph?«, fragt er erschrocken.

Aha. Er liegt nur auf dem Waldboden, offenbar nicht tot. So eine Verwechslung aber auch. Mein Blut erklimmt wieder die vorgesehenen 37° C-Marke. Mein Schreck entfernt sich aus meinen Gliedern. Ich atme durch.

»Vergiss es. Was machst du hier?«

Olsen hält mir etwas entgegen. Es sieht aus wie kleine Eicheln am Stiel.

»Mushroom!«

»Marschrum?«

»Ja«, sagt Olsen. »Voll das Zeug. Mushrooms. Magic Mushrooms. Psilos. Psychoaktive Pilze. Wunderpilze. Zauberpilze.«

In mir regt sich etwas. Spannung. Freude. Irgendwie so was.

»Märchenpilze«, sage ich.

»Olsen, muss man das nicht erst trocknen?«

»Hast du einen Trockner?«

Mir fällt Maria Trebens Heilkräuterbuch »Gesundheit aus der Apotheke Gottes« ein. Hier würden wir Wissenswertes über Handhabung und Medikation der Pilze einholen können. Leider haben wir nicht einmal Rüdiger Nehbergs »Überleben ums Verrecken« am Start.

Ich strahle Olsen mit der Funzel ins Gesicht. Seine Pupillen sind größer als seine Augäpfel. Er kaut auf etwas herum, und die Eicheln in seiner Hand sind weniger geworden. Ich stocke kurz, als ob ich etwas überdenken würde, nur denkt bei mir gerade gar nichts. Ich fasse ihm in die Hand und entreiße ihm die restlichen Pilze. Bevor ich sie richtig in meiner Hand spüre, verschwinden sie schon in meinem Mund. Wir warten und kauen. Wir schlucken und warten. Nichts. Außer das, was eh schon ist.

»Nichts«, sage ich.

»Noch mal«, will Olsen.

»Ist es eine gute Idee, Kiffen und Pilze zu kombinieren?«

»Ist es eine gute Idee, Frauen und Männer zu kombinieren?«

»Weiß nicht.«

»Eins zu null für dich.«

Wir stecken uns noch mal einige Stiele in den Mund, die sehr nahe an einem Baum aus der Erde sprießen. Eine Armee kleiner Männer mit Helmen. Friedliche Überbringer von kuriosen Gedankenwelten.

Sie schmecken nach Blätterteig. Knollenblätterteig vielleicht. Irgendetwas setzt ein. Ein Kombinationseffekt könnte es sein.

Ob nun das vorher inhalierte THC für meine Gleichgültigkeit verantwortlich ist oder die Neugier auf das, was kommen wird, kann ich nicht sagen. Was ich sagen kann, ist: Die Konsequenzen sind mir einerlei.

Zwischen Gaumen und Kopfdeckenunterseite ploppt etwas. Kleine Explosionen, die ich wahrnehme, kitzeln hinter den Trommelfellen. Olsen übt sich in Gesichtsentgleisungen.

Ein Sturm zieht auf.

Ich erkenne, trotz Spiralen vor meinen Augen, dass wir der Berghütte mit dem unbekannten Bewohner mittlerweile schon sehr nahe gekommen sind. Wir können von unserem Standort aus deutlich Konturen des Innenlebens erkennen. Olsen steuert auf die Hütte zu. Mir ist es, als schwebe er über die Waldwurzeln. Olsen dreht sich zu mir um.

»Bärbel. Komm.«

Ich heiße Bärbel.

»Ja, Olsen.« Ich will hinterher. Meine Beine gehorchen nicht so richtig.

»Olsen. Der Wald hält mich fest.«

Olsen kichert und läuft gegen einen Baum. Das sah schmerzhaft aus, aber Olsen umarmt den Stamm und küsst ihn. Ich kann das alles in meinem Taschenlampenlicht genau erkennen. Ich kichere jetzt auch. Der Wald gibt mich frei. Als ich nach unten sehe, fehlt mir ein Schuh. Es fühlt sich toll an. Olsen befindet sich kurz vor der Seitenwand der Hütte. Mit drei Hechtrollen bringt er seinen Körper an die Holzwand heran. Dann sieht er im Sitzen zu mir herüber und wedelt mit dem Arm. Er gleicht Kapitän Ahab, der aufgebunden auf dem weißen Wal seinen Gefährten winkt. Nur andersrum. Er ruft:

»Nimm Geld mit.«

Hab ich dabei.

Ich gehe eher den konventionellen Weg. Aufrecht und ruhig. Olsen lacht und deutet auf mich.

»Du tanzt schlechter als Joe Cocker.«

Tatsächlich drehe ich mich im Kreis wie eine Waldfee. Mir wird ein wenig übel, aber aufhören kann ich nicht. Ich kratze mit beiden Zeigefingerkuppen über meine in Goretex versteckten Brustwarzen. Ich kreiere lasziv-androgyne Gesichtszüge, indem meine Zungenspitze über meine Lippen leckt. Olsen steht mir gegenüber und psalmt: »Mit der Kraft des mir verliehenen Amtes erkläre ich dich zu Mann und Frau.«

Wir stehen Arm in Arm am Fenster und blicken ins Innere der Hütte. Wie Michel aus Lönneberga und Carlson vom Dach. Wir sehen einen abgewetzten, schweren Tisch in der Mitte des großen Wohnraums, bestimmt selbstangefertigte Kommoden und Schränke aus Holz, einen gusseisernen Herd. Utensilien des normalen Hausgebrauchs, allerdings aus der Zeit des Freiheitskämpfers Andreas Hofer, hängen an den Wänden oder liegen verteilt an Orten und Stellen. Einige Gegenstände lassen sich keiner genauen Funktion zuordnen. Mordinstrumente für Tier und Mensch. Eine Gaslampe hängt von einem Balken herab. Und Kerzen. Überall Kerzen. Was uns aber wieder zum Kichern bringt sind tausend weiße Bälle, die sich auf dem Fußboden befinden. Was sage ich. Überall im Hüttenzimmer. Millionen. Milliarden Bälle. Aus Papier, so scheint es. Wir schmeißen uns fast weg. Olsen klopft abwechselnd gegen seine Stirn und dann gegen meine. Das geht so eine halbe Minute. Wir pressen unsere Pupillen wieder in Richtung der mystischen Hütteninnenraumbegebenheit.

Ich finde den Anblick ziemlich schön. Wie meterhoher Schnee inmitten eines warmen, wohligen Raumes. Ich führe eine Rolle rückwärts in den flüchtigen Handstand aus.

Da taucht ein Schuh in mein vibrierendes Blickfeld. Ich kenne ihn, nehme ihn wie einen verlorenen Sohn an mich. Ich blicke an mir herab und erkenne zwei Füße mit Schuh und zwei nur mit Socken bedeckt. Ich halte aber nur einen Schuh in der Hand, das fühle ich deutlich. So ein Pech. Ich fange kurz ganz leicht zu weinen an, fange mich aber gleich wieder und ziehe das Lederbeinkleid über einen der beiden Socken. Mir doch egal, drei Schuhe sind besser als zwei.

Dann gehe ich zurück ans Fenster. Olsen ist nun ruhig und reibt sich den Bauch.

»Hunger?«, frage ich belustigt.

»Hewhcuab.«

»Hä?«

»Bauchweh.«

Hat er gerade rückwärts gesprochen?

Wir werfen unsere Blicke weiter durch die dünne Glasscheibe, welche fast lose zwischen dem hölzernen Fensterrahmen hängt. Wie eine zarte Scheibe eingespannter Kalbsleberkäse, würde ich meinen. Endlich wird unser Drang gestillt, der eigentlich andauernd nach Erlösung verlangte. Wir sehen den Bewohner der Hütte. Es ist ein Mensch.

Der Mann sitzt mit dem Rücken zu uns an einem kleinen, grauen Tisch. Ein Schreibtisch offenbar. Neben ihm liegt ein großes Buch. Mit rotschimmerndem Einband. Die Bibel? Oder ein Märchenschinken? Schöne, goldene Ornamente drehen sich auf dem Buchdeckel zu Spiralen. Das ganze Buch wirbelt plötzlich in der Luft. Mir wird übel. Und so, wie sich mir dieser Kasten von allen Seiten präsentiert, bin ich mir plötzlich sicher: Es ist eine Keksdose. Eine rote zerkratzte Blechschachtel.

Auf seinem Buckel hat der Mann unzählige Jahre hängen. Weißes, festes Haar fällt ihm halblang auf den karierten Hemdkragen. Aus seiner grünen Weste führen zwei karierte Arme. Der Rechte wackelt und zuckt. Entweder seziert er einen Frosch, oder er schreibt. Olsen lässt einen undefinierten Ton aus einem Gesicht fallen. Ich muss pinkeln. Irgendwie zittert alles. Und dehnt sich.

»Ist das Räuber Hotzenplotz?«, frage ich von einer gelangweilten Neugier gedrängt.

»Wenn das Räuber Hotzenplotz ist«, kommt es von Olsen, »dann bin ich Kasperl und du Seppel.«

Der Hüttenbesitzer schmeißt plötzlich eine riesige Schneeflocke über seine Schulter. Sie landet auf dem Esstisch neben acht anderen riesigen Schneeflocken.

»Herr Holle«, flüstert Olsen andächtig. »Herr Hollenplotz!«, verbessert er sich.

»Mal das auf«, sage ich automatisch, und wir beide müssen wieder streng kichern. Der Mann im Inneren hört uns nicht.

Die Farben verändern sich plötzlich, und ich frage Olsen, ob er das auch hat. Olsen sagt, er sehe alles nicht so bunt, und klopft sich dann wieder gegen die Stirn. Aber ohne Kichern. Das Licht aus der Hütte fällt ihm direkt ins Gesicht, und ich sehe, wie er sich mit dem Finger auf seinen geöffneten Augapfel tippt.

»Ich spüre nichts. Ich kann nichts fühlen.«

Anschließend versucht er sich einen Kiefernzapfen ins Ohr zu stecken.

Meine Knie werden weich, und Übelkeit oder Hunger steigen auf. Olsen dreht seitwärts ein Rad und meint:

»Ich gehe rein!«

Was?

»Ich gehe zum Mann.«

Als ich ihm hinterhersteige, liegt Olsen am Boden und schleicht wie ein Indianer auf die Eingangstür zu. Ich ziele mit dem Revolver, den ich in der Hand vermute, auf ihn und sage:

»Kauf dir endlich Cowboystiefel, du dreckige Rothaut.«

Der Indianer auf dem Waldboden dreht sich zu mir und spricht:

»Genau dafür bräuchte ich das Geld, das du mitbringen solltest. Howgh!«

Wieder ein Kichern, das mittlerweile im Magen schmerzt. Ich bekomme Sodbrennen.

Ich will stante pede einen Abnabelungsprozess mit meiner Haut eingehen. Es fühlt sich darunter an, als ob brennende Ameisen Werke vollbringen. Die Haut will ich eigentlich spenden, mir fällt aber nicht ein, wem.

Olsen versucht einen Kopfstand, kann aber das Gleichgewicht ebenso wenig halten wie seinen Urin. Immer wieder dreht er sich auf den Kopf oder versucht es zumindest. Sieht aus wie ein Überlebenskampf, so mit eingenässter Hose.

»Das Haus hat sich gedreht. Es steht kopf«, versichert er.

Auf seinem Genick liegend, die Beine wie eine schiefe Kerze in die Luft stemmend, greift er mit der Hand nach der Tür.

Ich werde unruhig, nicht weil wir eventuell von Herrn Holle erwischt werden könnten, sondern weil es mir nicht gutgeht. Beängstigend schlecht sogar. Hinter meinen Augen pocht eine unbekannte Gewalt. Angstschweiß klebt an meiner Stirn, er hat die gleiche Farbe wie die menschlichen Leiber, die ich an den Bäumen hängen sehe. Milchig. Der Kopf von Mike van Bergen liegt dort, wo wir die Mistpilze gefunden haben. Über ihm schwebt eine Sprechblase. Er sagt:

»Go South, Carlson vom Dachschaden!«

Ich fühle mich einsam und schuldig. Ich will nach Hamburg. Olsen sitzt mittlerweile leblos auf einer Holzbank neben der Eingangstüre. Er hat keine Augen mehr. Und keine Ohren. Nur noch Nase und Haare. Sein Mund ist ein Aluminiumdeckel einer Fischdose. Er sieht tot aus.

Über der Eingangstür sind Buchstaben eingeschnitzt. Sie tanzen. »Hell Awaits«, lese ich mühsam. Slayer. So kann es gehen. Am Nachmittag noch im Paradies, in der Nacht auf der Schwelle zum Jenseits. Ich richte mein milchiges Augenspiel auf den verblichenen Olsen. Neben ihm sitzt Zerberus, der Höllenhund. Bewacher des Schlundes, welcher in den Hades führt. Das Ungetüm reißt an den brennenden Ketten, an denen es angelegt zur Räson gebracht werden soll. Die Hitze hat Olsens Olivendeckelmund schmelzen lassen. Grausam.

Von innen sticht mir ein Messer gegen die Magenwand. Ich verkrampfe und gehe auf die Knie. Mein Körper nimmt die Fötalstellung ein. Es beginnt zu schneien. Ich bin mir sicher: Das ist das Ende.

Zwoife – Sense hoch!

Es gibt eine Firma namens H. J. Schröder. Sie steht seit Jahren immer neben der Achterbahn, die Hamburger Dombesuchern das Fürchten lehrt. Vorher war Günther Mühl Inhaber der Maschinerie. Günther Mühl war im Jahre 1953 auf die Idee gekommen, dass auf dem Jahrmarkt in Oldenburg Betrunkene, Beweissüchtige, Ehemänner und Möchtegernkraftprotze ihre überschüssige Energie unter Beweis stellen wollen. Er installierte eine Vorrichtung, die man mit einem Wikingerhammer bearbeitet. Dieser »Hau den Lukas« steht nun seit einigen Jahren auf dem Hamburger Dom. Genau neben der Achterbahn. Inzwischen betrieben von H. J. Schröder.

Vor allem Ehemänner lassen gerne den Kolben an der Latte nach oben schnalzen. Ohne »Hau den Lukas« wäre die Ehefrauenermordungsrate um ein Vielfaches höher, als die Statistiken präsentieren. Bevor ein von seiner Frau genervter Ehegatte seiner exorbitanten Wut freien Lauf lässt, die Gattin dabei unglücklich touchiert, so das Ableben herbeiprovoziert, geht er zum Jahrmarkt. Dort, im Wissen, sich seiner Aggression auf antikriminellem Wege zu entledigen, haut er bei einmaliger Bezahlung dreimal mit dem Hammer auf den Lukas, und die Frau bleibt am Leben. Das ist nur ein Beispiel, aber allgemeingültig.

Exactement diesen »Hau-den-Lukas«-Stand wollte ich vor drei Jahren passieren. Ich war mit Sherrill Wagner, einer Lebensabschnittsgefährtin amerikanisch-indischer-deutscher-was-weiß-ich-noch Abstammung, auf dem Hamburger Dom. Liebesapfel essen, Rosen schießen, solche Sachen. Sherrill kannte ich von einem Kunstprojekt an der Universität. Sie hatte feingliedrige Finger, pechschwarze Augen und eine spektakuläre Art, Ton zu modulieren, was mich tief befriedigte. Also begeisterte. Ferner war sie zuvorkommend und konnte nur sehr wenig Deutsch, was ich exotisch und anziehend fand. Auf dem Weg zur Geisterbahn unterbreitete ich ihr einen Heiratsantrag, da saust mir justament der ausholende Holzhammer eines angetrunkenen Werder-Fans auf die Stirnpartie. Ein unglückliches Missgeschick der Marke »Dick und Doof«.

Ich fiel in Ohnmacht.

Sherrills Stimme, isoliert von allen anderen jahrmarkttypischen Geräuschkulissen, forderte stets: »Joseph, open your eyes. Bitte, mach die Augen auf.« Es war mir ein Ding der Unmöglichkeit, obwohl ich, so schien mir, im Vollbesitz meiner mittlerweile wiedererlangten geistigen Kräfte war. Augen auf! Augen auf! Ging nicht. So sehr ich mich anstrengte.

Die Zeit heilt alle Wunden – und öffnet alle Augen. Meine nach etwa 25 Minuten. Sherrill lachte mich an und flüsterte ein zärtliches »Nein« in meine surrenden Ohren. Wir heirateten nicht und trennten uns nach drei Wochen. Was so ein Hammer alles bewirkt.

Ich bin Joseph Paul Franz Schmidt. Ich bin 32 Jahre alt. Ich befinde mich auf einer Bergtour in den bayrischen Alpen. Mit Ole Olsen. Joseph Schmidt, mach gefälligst die Augen auf.

Geht nicht. Wie vom »Hau-den-Lukas-Hammer« getroffen. Augenlider aus Beton.

Der Vollbesitz meiner geistigen Kräfte ist zugegen. Ich ergründe mit meinem sechsten Sinn meine Umgebung.

Dunkelheit. Fäulnis. Lebendig begraben. Ist das Jenseits?

Ich befinde mich im geistigen Wachtum. Ich bin Herr meiner Sinne. Leider hat man mich lebendig begraben. Womöglich war ich es selbst.

Ein Rascheln. Ich kann hören. Schritte scharren über einen bedeckten Boden. Als würde ein Kind durch Laub stapfen.

Stille.

Ich will etwas sagen.

»Hier.«

Es klingt dumpf und nach Wolle. Es klingt ein bisschen wie »Bier«. Ich höre wieder Schritte. Bewegungen. Ganz nah. Kann es sein, dass ich unter Laub liege? Über mir ist wer. Oder etwas. Ein Tier? Das spüre ich nun deutlich. Angst habe ich nicht. Entweder bin ich tot, dann kann mich der oder das nicht umbringen, oder ich bin lebendig, dann freue ich mich, weil ich noch lebe.

Über mir wird geraschelt.

Ich versuche es mit »Bier« in der Hoffnung, dass es sich nach »Hier« anhört.

Neben meinem Ohr wird gegraben. Es knistert.

Verdammt. Ich werde berührt. Jetzt habe ich doch Angst. Was, wenn es ein Hirsch ist? Oder eine Ratte?

Ich fühle Wärme an meinem Ohr. Die Wärme dreht meinen Kopf zur Seite. Plötzlich ist es mir möglich, die Augen einen kleinen Spalt zu öffnen. Ich blinzle einem grellen Lichtschein entgegen. Bin ich ausgegraben worden? Mein Herz höre ich hinter meinen Trommelfellen Wirbel machen. Ich lebe ohrenscheinlich.

Ich identifiziere weiße rundliche Gegenstände, die um mich herum angebracht sind. Papier. Papierkugeln. Ich schwimme in einem Meer von Papier. Über mir steht ein Mensch, der dieses Papiermeer geteilt und mich befreit hat.

Molsen.

Halb Moses, halb Olsen.

»Mensch, Joseph«, sagt Olsen kratzig, der mich ansieht, als wäre ich ein Stück strahlendes Erz. Radioaktiv, um Gottes willen.

»Mensch, Moses«, erwidere ich und meine es nicht so.

Ich weiß jetzt auch, warum ich nichts sehen konnte. Mein Kopf war in meiner Armbeuge vergraben. Das ist auch der Grund, weshalb sich Hier nach Bier anhörte. So eine Art von »Augen nicht mehr öffnen können« ist angenehmer als die »Hau-den-Lukas«-Variante.

»Verdammt, Joseph, was war das denn für eine Reise? Dagegen wäre ein Horrortrip die reinste Klassenfahrt gewesen.« Olsen kratzt sich am Kopf und zieht die Jochbeinmuskulatur samt Augenbrauen nach oben. So sieht er aus wie Stan Laurel.

Ich blicke mich um, setze mich auf. Der Kopf hält erstaunlich ruhig. Keine Schmerzen, kein Schwindel. Wir befinden uns in einer Hütte. In der Hütte, die wir gestern beschattet haben. Papierboller reichen mir in der Sitzposition bis zum Hals. Ein Bild, geboren im Surrealismus. Die Hütte ist gefüllt mit zusammengeknüllten Papierbögen, auf denen, so scheint es, einige Buchstaben, einige Sätze geschrieben sind. Offenbar für unbrauchbar erachtet ist das Papier dann entsorgt worden. Ich greife trunken nach einem Fetzen Papier, entfalte ihn und lese in der oberen Zeile folgenden schwer entzifferbaren Satz: »...von mir ab. Die Last der erdrückenden Vergangenheit und es war so, als ob Irmgard (oder Ignaz oder so) mit mir zufrieden schien. Verdankt...«

Ab hier sind einige Worte durchgestrichen, verkritzelt, offenbar fehlerhaft. Auf dem nächsten Blatt das ich mir ansehe steht nur immer ein Wort: »Gesellschaft«. Fünfmal in verschiedenen Größen. Alle durchgestrichen. So etwas Seltsames. Mein Kopf dröhnt.

»Olsen, wo warst du? Wo war ich überhaupt? Warum liege ich hier?« Ich versuche nun, Fäden zu spinnen. Eigentlich versuche ich, die zerrissenen Fäden der Erinnerung wieder zusammenzuknüpfen.

Olsen zuckt mit den Schultern und sagt:

»Ich bin vor zehn Minuten vor der Tür aufgewacht. Ein Reh hat mich angekuckt. Erst dachte ich, die Pilze und das Dope halten ewig an, aber es stimmte.«

Er deutet zur Tür. Sonnenstrahlen tanzen verschämt herein.

»Es war offen, und da habe ich einen Blick ins Innere gewagt. Ich habe dich hier unter dem Papier vermutet, weil du eine Schneise reingeschlagen hast, die ich gut verfolgen konnte. Und offenbar hast du gekotzt.«

Jetzt deutet Olsen auf mich. Ich rieche es. In meinem Mund tobt ein galliger Fischgeschmack. Meine Zunge ist ein Pelzfetzen. Um mich herum ist das weiße Papier besprenkelt. Künstler fänden diese Anrichtung wohl sehr arty. Mir stinkt sie.

»Alter Schwede. Olsen, hilf mir.«

Ich ziehe mich an Olsen hoch. Er versucht Abstand zu halten. Kein Wunder. Ich habe Erbrochenes an der teuren Goretex-Pro-Shell-3-Layer-Jacke, am Hals, im Haar und im Augenbrauenbereich. Verdammt, meine tolle professionelle Bergjacke einer sündteuren skandinavischen Exklusivmarke. Atmungsaktiv. Wasserabweisend. Erbrochenesabweisend? Ich hoffe.

Jetzt fällt doch irgendetwas in meinem Körper um. Ein Gefühl von Schwere füllt meine Adern. Olsen und ich tarieren uns gegenseitig aus. Letztendlich stehen wir stramm und selbständig im Raum. An unseren Unterschenkel weißer Zellstoff mit Tintenklecksen darauf. Ein Kugelmeer.

Ich erkläre es für das Beste, schleunigst die Hütte zu verlassen. Wir haben hier überhaupt nichts verloren. Außer Kotze. Im Vorwärtsgehen kickt Olsen gegen einen schweren Gegenstand, der unter den Papierkugeln am Boden entlanggleitet. Es sieht aus, als ob eine Ratte sich ihren unterirdischen Weg bahnt.

»Meine Taschenlampe«, fällt mir ein. Ich mache einige Schritte auf die vermutete Endposition der Lampe zu, da gefriert mir das Blut unter der Kopfhaut. Mit einer Geste bedeute ich Olsen innezuhalten.

Wieso haben wir ihn nicht bemerkt?

Wieso haben wir ihn hier nicht vermutet?

Der Mann, der Hüttenbesitzer, ruht am Schreibtisch. Erst in diesem Augenblick entdecken wir ihn. Wir blicken ihm auf die grüne

Weste, Rückseite. Er regt sich nicht. Sitzt dort so, wie wir ihn gestern durchs Fenster beobachtet haben. Sein rechter Arm ist still. Er trägt einen grauen Hut auf dem Kopf. Ein großer, buschiger Pinsel ist darauf montiert. Da er mit dem Rücken zu uns sitzt, können wir seinen Gemütszustand nicht deuten.

»Guten Tag.« Olsens Stimme bricht wie Glas.

Ich räuspere mich. Nicht um Aufmerksamkeit zu erlangen, das hat Olsen schon getan, sondern um den Frosch im Hals zu entfernen, der sich aus Überresten des Erbrochenen zusammensetzt.

»Hallo?«, frage ich. Der Mann rührt keinen Finger. Wir haben ihn wohl stark verärgert. Hoffentlich fummelt er unter dem Schreibtisch nicht nach einer Schusswaffe.

»Entschuldigen Sie bitte. Mein Name ist Joseph Schmidt. Das hier ist mein Freund Moses Olsen.« Olsen schlägt mich in die Seite.

»Er heißt Olsen«, verbessere ich mich unsinnigerweise.

»Bitte entschuldigen Sie unser Eindringen. Aber wir haben nur…«

Ja, was haben wir nur? Wir haben gestern Nacht nur THC geraucht, psychoaktive Pilze gegessen und dann Räder geschlagen. Wir haben Cowboy und Indianer gespielt, uns schlapp gekichert und plötzlich an den Bäumen tote Menschen gesehen. Uns schwanden die Sinne, und heute Morgen sind wir in Ihrer Hütte aufgewacht. So etwas kann man keinem Menschen anbieten, den man gerade in seinem Eigenheim überrascht. In einem seltsamen wohlgemerkt.

»Wir haben gerade Pilze gesammelt«, eilt Olsen zu Hilfe. »Und wollten fragen, was es mit den Pilzen vor Ihrem Häuschen auf sich hat. Sind die genießbar?«

Ich sehe Olsen mit fragender Miene an. Wie blöd ist das denn? Er zuckt nur hektisch und hilfesuchend mit den Schultern. Er fährt fort:

»Warum liegt denn hier überall Papier?«

Wir werden bestimmt erschossen.

»Hören Sie, Herr Waldbewohner…«

Mit einer vehementen Handbewegung versuche ich Olsen zum Schweigen zu bringen. Es gelingt für drei Sekunden, dann fährt er fort:

»Herr Hotzenplotz, sind Sie taub? Wir…«

»Olsen, halt das Maul!«, unterbreche ich ihn.

»Verzeihen Sie, wir sind unter höchst widrigen Umständen in Ihrer Hütte gelandet. Dafür entschuldigen wir uns. Wir werden nun einfach wieder gehen. Einen wunderschönen Tag wünscht Olsen mit Joseph.«

Was diese Verabschiedung soll, weiß ich nicht. Nervosität schlägt dem Sprach- und Handlungszentrum oft ein Schnippchen. Den Mann scheint das nicht zu interessieren. Eingefroren wie eine Schaufensterfigur. Irgendetwas stimmt nicht. Der Mann zeigt keinerlei Regung. Er macht keinen Pieps. Seine Kopfhaltung ist unnatürlich. Das Kinn liegt auf dem Hals, während der Schädel fast im Nacken liegt.

Ich gewinne einige Meter. Bewege mich seitlich um den großen Esstisch. Immer darauf bedacht, mit dem vorderen Bein einige Kubikmeter Papier wegzudrücken. Als ich den Bergbewohner ins Profil bringe, setzt mein Herz einen Schlag aus.

Er hatte Besuch.

Vom Sensenmann persönlich.

An seiner rechten Schläfe klafft ein Loch. Von dort aus zieht sich ein Rinnsal Blut über das Jochbein, ehe es im struppigen weißen Bart verschwindet. Am Hals ist ebenfalls Blut. Der Arm steckt in einem mit Blut getränktem Hemdsärmel. Wie ein Geschirrtuch, mit dem verschütteter Rotwein aufgewischt wurde. Mehrere Liter Rotwein. Die Hand taucht in die Papiermasse ein. Das Papier ist in Rot getunkt. Eine Waffe kann ich nirgends entdecken. Mein Magen hat Gänsehaut.

So ein Bild kennt man aus dem Fernsehen. Kriminalfilme spielen gerne mit diesem Klischee. Dem Auffinden einer Schusswaffenleiche. Jedes Mal wenn man solch ein Bild im Fernsehen sieht, denkt man, das gibt es in Wirklichkeit nicht. Falsch gedacht!

»Olsen.« Meine Stimme ist eine Zitterpartie. »Der Mann ist tot.«

»Herzinfarkt?«

»Nein, irgendwie nicht. Er... er... tot durch Waffengebrauch.« Ich weiß nicht, wie ich es anders erklären soll. Ich glaube an Selbstmord.

»Er hat sich erschossen... vielleicht. So viel Blut.« Jetzt schwindelt mir doch.

Olsen, der sich nun einige Meter durch den Papierschnee in meine Richtung gefräst hat, übergibt sich. Toll. Schön überall DNA-Spuren verteilen.

Dreizehne – Spuren im Schnee

Drogen nehmen war mir nie wichtig. Ich habe nie auch nur einen kleinen Aufwand betrieben, an Betäubungsmittel zu gelangen. Wenn sie da waren, habe ich sie meistens verflucht, nur selten ein wenig »Gras« und »Märchenpilze« ausprobiert. Wäre ich doch beim Verfluchen geblieben.

Olsen hat Tränen in den Augen. Er verweilt mittlerweile zusammengesunken auf der Essbank des Mannes, der mit einem Loch im Kopf neben uns sitzt. Der Anblick ist mehr als grotesk. Uns allen steht das Papier bis zur Hüfte.

»Wir haben ihn umgebracht«, stolpert es aus Olsens Mund.

Was für ein Gedanke. Ich habe Insekten getötet, einen Killerinstinkt beim Pokerspielen, Lichter ausgelöscht und Herzen gebrochen. Ich habe nie einen Menschen umgebracht. Was für ein Gedanke.

»Du hast ihn umgebracht«, brüllt Olsen mich plötzlich an. Angst schimmert in den Pupillen. Seine spitzen Zähne leuchten gelb, wie die vom bösen Wolf.

»Wieso ich«, entfährt es mir unwirsch. »Du wolltest doch zu ihm in die Hütte gehen.«

Erstaunlicherweise sehe ich die gestrigen Bilder scharf und deutlich vor meinen Augen. Die Erinnerung funktioniert tadellos, bis zu einem Zeitpunkt, an dem sie einfach abreißt. Ende. Nichts mehr.

Verflixt. Wir könnten den Mann tatsächlich umgebracht haben, können uns aber nicht mehr daran erinnern.

Aber wieso sollten wir das getan haben? Und mit was denn, bitte schön? Mit Kieselsteinen? Warum sollten wir einen Menschen töten?

Fragen Sie Bubi Scholz, wieso er im Vollrausch seine Frau Helga erschossen hat. Er wird Ihnen das Gleiche erzählen, wie ich es jetzt tue.

»Keine Ahnung.«

»Was?« Olsen flennt.

»Keine Ahnung, Olsen. Du wolltest doch zu ihm rein. Weißt du denn gar nichts mehr.«

Olsen verteidigt sich.

»Ich bin draußen eingeschlafen. Und draußen aufgewacht. Du aber ...«, Olsen sticht mir mit dem Zeigefinger fast ein Auge aus. Seine Stimme überschlägt sich. »... du aber warst hier herinnen.«

Verflixt. Mein Kehlkopf fällt durch die Speiseröhre in den Magen. Ich könnte den Mann tatsächlich umgebracht haben, kann mich aber nicht mehr daran erinnern. Mein Herz gefriert.

»Mit was denn, du Arschloch?«, will ich von Olsen wissen. Panik bahnt sich an.

»Vielleicht hast du ihm mit deiner Taschenlampe den Schädel eingeschlagen.«

Meine Taschenlampe. Die muss hier noch irgendwo sein. Außerdem können nur Taschenlampen von James Bond mit geheimen Schussmechanismen Leute erschießen. Die Taschenlampe von Joseph Schmidt kann nicht schießen. Und der hier wurde ganz klar erschossen. So weit mein pathologischer Befund.

»Lass uns schleunigst abhauen.« Olsen steht auf und hetzt zur Tür. »Wir gehen nicht zur Polizei. Wir hauen ab. Fahren sofort nach Hamburg. Man kann uns gar nichts. Wir gehen zur Polizei. Du hast ihn umgebracht. Ich will dich nie wieder sprechen. Ich hasse dich. Los, Joseph, wir hauen ab. Du bist mein bester Freund.« Olsen ist deutlich verwirrt. Vielleicht ist er verrückt geworden.

»Meine Taschenlampe.«

Ich tauche ab und taste unterhalb der Papieroberfläche hektisch nach einem weiteren Beweismittel, das uns zu Tatverdächtigen macht. Nicht genug, dass wir beide in die Bude gereihert haben. Die Lampe hat Olsen in die Richtung des, na ja, hoffentlich Selbsterschossenen, getreten. Ich tauche durch die Papierflut. Ich fühle ein Stuhlbein, ein Menschenbein, endlich etwas Metallisches. Meine Lampe. Ich ergreife sie, reiße sie an mich, tauche auf und will schon zur Ausgangstür stürzen. »Heilige Scheiße!«

Ein Aufschrei des Schreckens aus meinem Rachen. Der Tote greift nach mir. Mein Blutkreislauf vollführt eine 180-Grad-Wende. Olsen blickt zu mir und nimmt wahr, dass der tote Mann nach meiner Taschenlampe greift.

Olsen fällt in Ohnmacht. Vielen Dank für die Hilfe, du bist mein bester Freund.

Ich ziehe und zerre an meiner Taschenlampe. Ich schreie wie die fünfjährige Doreen, die wir in der Nachbarschaft in Uelzen immer mit Regenwürmern beschmissen haben. Der hartnäckige Bursche lässt nicht los. Was will er von meiner Taschenlampe? Mit ausgestrecktem Arm fummelt er an mir, sein Oberkörper hängt waagrecht wie ein Katamaran über dem Papiermeer. Sein Hut scheint auf dem weißen Haar zu kleben. Strähnen wehen im von dem Kampf aufgewirbelten Wind. Ich schaue auf meine Taschenlampe herab, da sehe ich, dass sein Zeigefinger der rechten Hand im Abzug meiner Taschenlampe eingeklemmt ist. Es dauert einige Sekunden, bis ich mich frage, was ein Abzug an meiner Taschenlampe soll.

Nichts nämlich.

Mein Gesicht wird aschfahl und hochrot gleichzeitig. Die Hand des Toten lässt endlich los. Der Leichnam sackt vom Stuhl zu Papier.

Ich habe eine Pistole in der Hand. Da sie blutverschmiert ist, wird es wohl die Tatwaffe sein. Deutlich erkennbare Fingerabdrücke meiner rechten Hand auf einer blutverschmierten Waffe, die, so würde ich es einschätzen, ein Fabrikat aus dem Zweiten Weltkrieg ist. Ich habe Gardinen vor Augen und muss an Schweden denken.

»Heilige Scheiße.« Das habe ich vorhin schon gesagt, aber manche Dinge kann man nicht oft genug sagen.

Die Lage steht schlecht für mich. Kein Gericht der Welt würde mir den Selbstmord abnehmen, dessen ich mir selbst nicht einmal sicher bin. Na, wenigstens gibt es keine Zeugen.

»Da kommt wer.« Olsen steht im Türrahmen, erwacht von den Ohnmächtigen.

Selbstverständlich kommt wer. Natürlich Zeugen. Warum auch nicht?

»Du große heilige Scheiße.«

Vierzehne – Der Mann mit dem verlorenen Rucksack

Ich presse die Nase auf den kalten Stein, der uns Deckung gibt. Olsen befindet sich in einem bedenklichen Zustand. Immerhin folgte er mir im Sprint 25 Meter auf die Almwiese hinaus, um hinter einem Felsbrocken Schutz zu suchen. Schutz vor einem einzelnen Wanderer, der am Waldrand entlang direkt auf die Hütte zusteuerte. Unsere Flucht hat er nicht bemerkt. Unbekümmert flattern weiter Insekten um unsere blassen Nasen.

Ich spitze aus meinem Versteck hervor.

Der Wanderer mit dem Rucksack, der mir bekannt vorkommt, ruft nun zum wiederholten Male »Adi«. Also mir kommt erst der Rucksack bekannt vor. Den hielt ich schon mal in den Händen. Über diese Eselsbrücke gelange ich zu der Erkenntnis, dass es sich um Jürgen, den Bergführer von der Coburger Hütte, handelt. »Das ist Jürgen«, sage ich zu Olsen.

Der schaut mich mit zusammengekniffenen Augen an. Er schielt leicht.

»Er schreit Adi. Das ist wohl der Tote«, erkläre ich ihm.

»Adidas?« Olsen hat einen Schock. Ihm müsste geholfen werden.

Ich beobachte nun, wie Jürgen in den Eingang der Hütte tritt. Die Papierbälle verwundern ihn, das ist deutlich zu erkennen.

»Ja wos is denn dees füar a Zeig?« und »Adi, bist dahoam?«

Rufe, die bis zum Findling nicht an Verständlichkeit verlieren. Wobei, der Tote könnte auch Hacki heißen. Da bin ich mir plötzlich nicht mehr sicher.

Jürgen verschwindet in der Kammer. Ich kann ihn nun für genau zehn Sekunden nicht mehr sehen. Aber hören. Ein spitzer Schrei und folgender gerufene Satz:

»Geh, leck mi am Oasch, der is ja hi!«

Im Anschluss stürmt Jürgen aus der Alpenbehausung des Todes. In großer Eile rennt er, direkt die Falllinie nutzend, ins Tal hinab.

»Der is hi! Da Oid is hi!«

Die hohen Flanken des Tajatörls echoen ein irres Gelächter wider.

»Hihihihi«, schallt es zu uns herab. Es klingt, als verhöhne uns der Teufel. Unbehagen setzt sich in geperlter Schweißform auf meine Stirn. In meiner Rechten halte ich immer noch die Pistole umklammert wie einen Staffelstab. Olsen deutet darauf und fragt:

»Eine Walther P38? Wo hast du die her?«

Dann dämmert er wieder weg.

Fuchzehne – Brief und Siegel

Menschen haben Vorlieben und Abneigungen. Jeder individuell, für sich alleine, subjektiv erklärbar. Ich liebe es, sexuellen Kontakt zu haben. Ich liebe es, wenn mich Sonnenstrahlen zwischen den Zehen erwärmen. Ich liebe Oasis, eigentlich nur Liam von Oasis. Ich liebe Oboe, Lachsforellen, gemulchte Waldwege, Fips Asmussen, Kopfmassagen, Kommissar Thiel vom Tatort Münster und einiges mehr. Ich hasse Riesenradfahren, Weißwein, ABBA, Sauerkraut und Rechtsmediziner Prof. Börne vom Tatort Münster. Ich hasse es, wenn man morgens aufsteht und es noch stockdunkel ist. Ich hasse es, wenn Jogger an einer roten Ampel im Stehen weiterlaufen, weil sie meinen, ihren Trainingspuls von 135 aufrechterhalten zu müssen. Und neuerdings hasse ich es, wenn man nicht weiß, ob man einen Menschen auf dem Gewissen hat.

Verdammt, ich hasse Pilze fressen und kiffen. Und ich hasse mich selbst.

Ich lasse Revue passieren – die letzte Nacht. Tragisch, aber nicht bar jeglicher Realität. Wir starten den Erinnerungsknopf zum Zeitpunkt nach unserem Dosenfischabendmahl:

Olsen kifft und diskutiert über Frau Holle. Ich kiffe mit, Herrgott noch eins, ich kiffe mit. Nicht zu knapp. Weitere Gespräche folgen. Olsen pennt ein. Ich sehe ein Licht im Wald. Seltsam. Was tut es da? Wir wollen nachsehen.

Wir stolpern high durch den Wald, Olsen findet halluzinogenes Zeug. Essbar oder nicht – wir haben die Pilze verdrückt. Spaß kam auf. Wir sind zur Lichtquelle gegangen. Es war eine Hütte. Licht brannte, ein Mann saß an einem Tisch. Er war alt. Der Mann. Überall war zerknülltes Papier.

Olsen wollte in die Hütte gehen. Unsere Aufnahmefähigkeit war mittlerweile stark eingeschränkt. Gespenster traten auf den Plan. Zu diesem Zeitpunkt zeigt sich der Mann, wir könnten ihn Adi oder Hacki nennen, in der Hütte bester Gesundheit. Zumindest lebt er noch.

Dann Filmriss.

Weiter: Olsen weckt mich unter dem Papierstapel auf. Es ist der nächste Tag. Zu diesem Zeitpunkt ist Adi oder Hacki tot.

Ich folgere: Der Mann lebte in der Nacht zwischen unserem körperlichen Niedergang und unserem Erwachen ab. Tot durch eine Walther P38. Woher wusste Olsen das so genau?

Olsen kauert im Gras und hat die Augen geschlossen. Könnte nicht doch Olsen ein Mörder sein? Immerhin kennt er Waffenbezeichnungen.

Alternative eins: Nachdem ich meinen Zusammenbruch hatte, wacht Olsen aus seinem Betäubungsschlaf wieder auf. Er ist in seinem unvorsichtigen Zustand des Deliriums schnurstracks durch den Hütteneingang stolziert, hat womöglich »Hände hoch oder ich scheiße« oder so einen Mist erzählt, der arme alte Mann ist furchtbar erschrocken und zieht seine alte Wehrmachtspistole, weil er war Gebirgsjäger, und knallt sich ab.

Was für ein Dünnpfiff. Ich bitte Sie, die letzten Zeilen überlesen zu haben.

Alternative zwei: Der Mann bedroht Olsen mit seiner alten Wehrmachtspistole. Er fordert ihn auf Bayrisch auf zu gehen. Sofort. Olsen lacht, vielleicht sogar über ein »Zefix«, das ihn noch mehr belustigt. Er tanzt durch das weiße Bällebad, bis er dem alten Mann die Waffe abnimmt und ihn im Sitzen erschießt. Dann drückt er ihm die Waffe zurück in die rechte Hand und schleppt meinen schlafenden Körper in die Hütte. Olsen wartet, bis es hell wird, dann weckt er mich auf und sagt: Du hast den Mann erschossen.

Aber warum drückt er dann nicht mir die Mordwaffe in die Hand, sondern dem Ermordeten selbst? Und Olsen wäre ein guter Schauspieler, wenn er auf eigenen Befehl kotzen könnte.

Olsen war es nicht.

Alternative drei: Ich war es. Scheiße, ich will es nicht gewesen sein. Aber mal angenommen, ich bin nach meinem Zusammenbruch in einen Zustand des Schlafwandelns übergegangen und habe mich in Adis oder Hackis Haus begeben. Dort habe ich eine Pistole gefunden und den Mann erschossen, weil ich es in meinem Betäubungsmittelwahnsinn so richtig fand. Um von mir abzulenken, habe ich die Pistole dem Toten in die Hand geheftet. Anschließend bettete ich mich auf die Pergamentmatratze, um auszuschlafen.

Selten habe ich einen größeren Unsinn gehört.

Alternative vier: Adi beging Selbstmord.

Olsen schreckt aus seinem Dösen auf, wirft sich mit dem Oberkörper über den Stein, deutet auf die Hütte und sagt:

»Joseph, was hat es eigentlich mit dem Papier auf sich.«

»Olsen, ich muss meine Taschenlampe finden.«

Denn ob nun wir es waren oder Adi oder Hacki selbst, der seinen letzten Atemzug per Knopfdruck herbeiführte: meine Taschenlampe muss da nicht liegenbleiben.

»Du Olsen, mir wäre bei Folgendem wohl. Du gehst zu unserem Rastplatz zurück, räumst unsere Sachen in die Rucksäcke und machst klar

Schiff. Ich hole meine Taschenlampe aus dem Haus, und wir machen uns vom Acker. Wer weiß, wie schnell Jürgen mit Gefolgschaft wieder hier eintrifft. Diese verdammten Bergmenschen scheinen ja Flügel zu besitzen. Wir entscheiden dann beim Abmarschieren, wie wir weiterführend handeln. Jetzt erst mal weg hier, oder?«

»Alles klar, Joseph. Mich halten hier keine zehn Pferde. Darauf gebe ich dir Brief und Siegel.«

Olsens letzter Satz zündet eine Lunte in meinem Kopf. Es regt sich eine Überlegung.

In der Hütte angekommen, verrichte ich folgende Dinge.

Ich suche nach der rechten Hand von Adi. Dem alten Mann lege ich die P38 in seine zerfurchte, schmutzige Hand. Vorher allerdings wische ich meine Fingerabdrücke, die sich in Adis Blut am Pistolenschaft befinden, mit einem verrotzten Papiertaschentuch ab. Ich platziere den Körper nicht zurück auf den Stuhl. Jürgen soll alles so vorfinden, wie er es in den zehn Sekunden seiner Inspektion vorgefunden hat.

Meine Taschenlampe finde ich nach einigen Minuten unter der Zettelwirtschaft vor dem Holzofen. Ich stopfe sie in meine teure, bekotzte Goretex-Jacke.

Nun versuche ich sporadisch, unsere DNA-Spuren zu entfernen, zumindest zu verwischen. Die gröbsten, mit erbrochenen Pilzen besudelten Papierfetzen packe ich ein. Dabei mache ich keinen Unterschied, ob der Auswurf von mir oder Olsen stammt. Das Zeug muss oberflächlich weg. Meine Goretex-Jacke ist mittlerweile mit Unrat gefüllt wie der Sack vom Nikolaus. Ich sehe mich um.

Für einen Laien ist nicht zu erkennen, ob Dritte im Haus waren. Für einen gewieften Kommissar wahrscheinlich schon vor Eintreten in die Holzhütte. Ich hoffe, dass es auf 1700 Metern Höhe keine gewieften Kommissare gibt, sondern Sonderlinge in Loden-Uniformen, die um ihren alten Kameraden Adi trauern und dabei die investigative Tatortuntersuchung schleifenlassen.

Mein letzter Gang führt mich zurück zum Schreibtisch. Da springen mir Olsens letzte drei Worte ins Gedächtnis.

Brief und Siegel.

Siehe da, bei aller Hektik, Aufregung, Panik, gegenseitiger Beschuldigung und Tonnen von Papier ist uns Folgendes gar nicht aufgefallen. Ein Paket.

Sechzehne – Der Mann, der aussieht wie ein Amokläufer und Märchenfreak

Das Paket. Es ist eher ein sehr dicker Brief. DIN A4, eingeschlagen in beiges Butterbrotpapier und mit Hilfe vieler Schnüre zusammengehalten. Der Inhalt ist offenbar von Geheimnis umwobener Wichtigkeit. Als wäre dem Verfasser viel daran gelegen, dass niemand anderer als der ausgewiesene Empfänger seine Zeilen liest.

Ich blicke auf die Adresse und den Namen, die offensichtlich in Sütterlinschrift notiert wurden.

Ich kann beides nicht recht entziffern.

Und doch greife ich nach dem Bündel und nehme es mit. Ich bin überrascht. Das, was da in Packpapier eingeschlagen wurde, ist hart und fühlt sich wie eine Blechschachtel an. Und hatte gestern Nacht nicht ein ähnlicher Gegenstand neben dem Mann gestanden?

Ob es Neugierde ist? Ob es Spurenbeseitigung ist? Oder einfach eine Art Wiedergutmachung, weil ich dafür sorgen will, dass das Paket seinen Adressaten nach dem Ableben des Autors bestimmt erreicht? In diesem Moment kann ich es nicht beurteilen, will mich aber nun schleunigst aus dem Staub machen.

Ein Kuckuck ruft. Es klingt nach: Du Dieb!

Olsen kommt mir mit Sack und Pack entgegen. Er tropft aus allen Poren. Das Blond auf seinem Kopf sieht aus, als wäre es explodiert.

»Sehr schnell, Olsen. Echt schnell gepackt. Hast du auch nichts vergessen? Ich mein …«

Ich will ihm einige Gepäckstücke abnehmen. Er läuft in flottem Tempo an mir vorbei, ignoriert mich und mein Angebot. Ein Wort flattert in unzähligen Wiederholungen wie eine Flagge hinter ihm her.

»Abhauen!«

Wir tun es.

Als ich den Weg talwärts einschlage, dort, wo Olsen wie Buster Keaton in Zeitraffer verschwunden ist, tritt plötzlich ein Mann aus dem Dickicht. Erst denke ich, Jürgen ist zurückgekommen. Dann denke ich: *Scheiße, Polizei!* Der Mann kommt mir aber bekannt vor. Der Parka. Das Stoppelhaar. Die ungewöhnlich dicken Brillengläser. Es muss der Baumredner sein.

»Guten Tag. Können Sie mir vielleicht kurz helfen?«

Bevor ich verneinen kann, hält er mir eine Wanderkarte unter die Nase. Der aufgeschlagene Teil zeigt ziemlich genau jenes Areal, in dem wir uns gerade befinden müssten. Tajatörl, Seebenwände, Ehrwald. Einige mit Bleistift gezogene Kreuze, Kreise und gestrichelte Linien verwandeln die Karte in eine wirre Schatzkarte. Er sucht etwas, das ist sicher.

»Ich suche etwas. Besser gesagt: Jemanden. Kennen Sie sich hier aus?« Bevor ich verneinen kann, fährt er schon fort. »Ich suche die Mandlhütte. Ich muss ziemlich nah dran sein. Wissen Sie zufällig, wo sie ist? Hier in der Nähe? Hab unten im Tal und an der Coburger Hütte nachgefragt. Müsste eine gewöhnliche Berghütte sein.«

Nein, mein Freund, an der Berghütte ist nichts, aber auch gar nichts gewöhnlich.

Ich mustere den Sonderling. Ich sehe in sein schwitzendes Gesicht. Ich bin kein guter Menschenkenner, aber das könnte tatsächlich dieser

Märchenfreak sein. Eine groteske Erscheinung. Er erinnert mich an Oliver Hardy, der die Dieter-Krebs-Sketchup-Brille trägt. Rasch kombiniere ich: Falls dies der gesuchte Märchenfreak ist, dann ist es auch gleichzeitig der gesuchte Amokläufer. Für gewöhnlich müsste ich es mit der Angst bekommen, aber dieser Typ hat gleichzeitig etwas Heinz-Erhardtisches, also Harmloses an sich.

Das Bild des erschossenen Hüttenbesitzers blitzt auf. Zusammen mit einem persönlichen Rat von mir an mich: Zieh Leine! Sofort!

»Es tut mir sehr leid, ich bin weder von hier, noch kenne ich die Mandlhütte. Guten Tag.«

Gelogen. Aber wahr ist, dass ich die MANDLHÜTTE gerne nicht kennengelernt hätte. Was will der Freak von dem alten Mann? Verdammt, ist er doch ein Bulle? Schnellen Schrittes stolpere ich Olsen hinterher. Talabwärts. In Doppelzeitraffer.

Siebzehne – Go North!

Vor einer Metzgerei namens »Razenberger« spricht Olsen zum ersten Mal wieder mit mir. Zweieinhalb Stunden hat unser Abstieg gedauert. Panisch, wortlos sind wir ins Tal abgestiegen.

»Olsen. Was wollen wir tun? Wollen wir zur Polizei? Lassen wir Jürgen das Ganze aufdecken? Wir könnten einen anonymen Hinweis abgeben. Olsen, ich bin mir sicher, dass wir es nicht waren.« Wobei es mich immer noch beschäftigt, warum Olsen die genaue Bezeichnung der Tatwaffe kannte.

»Olsen. Was ist los? Bitte, sprich mit mir!«

»Würstchen.«

»Was?« Ich schaue ihn verdutzt an.

»Frankfurter Würstchen und Laugengebäck. Ich habe Hunger. Und Bier. Viel Bier. Zum Abschalten.«

Ehrwald – Hamburg

838 Kilometer

7 Stunden 25 Minuten.

Dieses Mal ohne Lügenduell. Ohne Oasis. Ohne Radio Watzmann. Monotone Fahrgeräusche innen. Verwischte Landschaften draußen. Mit wenigen Worten stricken wir ab München diesen Plan aus nicht unbedingt reißfester Wolle:

Olsen und ich gehen nicht zur Polizei. Der Tote in der Hütte wird von Schutzmännern gefunden, die Jürgen benachrichtigt hat. Der Tote wird, da herrscht unter uns versicherte Einigkeit, als »der unheimliche Eremiten-Selbstmörder« in die Ehrwalder Kriminalhistorie eingehen. Mir kommt in den Sinn, dass am Ende der Märchenfreak auf frischer Tat ertappt werden könnte. Mir doch egal.

Das Restrisiko von fünf Prozent, dass doch Olsen oder gar ich den Mann in den Bergen erschossen haben, wird für lebenslange moralische Gewissensbisse nicht ausreichen. Ich bitte Sie, können Sie zu hundert Prozent davon überzeugt sein, niemals Ihre Finger bei einem Mord, Totschlag oder Unfall mit Todesfolge im Spiel gehabt zu haben?

Was war das für ein knirschendes Geräusch, als Sie im März '96 auf dem Saturnparkplatz mit Ihrem Automobil beim Ausparken erzeugt haben? Wohl nur ein Begrenzungspfosten. Oder nicht doch die Knochen eines Fußgängers? Sie haben bei Ihrem Pfingstferienbesuch im Schloss Neuschwanstein vom Turmzimmer einen hartgekauten Kaugummi aus dem Fenster gespuckt. Wissen Sie, zu welch tödlichem Geschoss dieser Kautschuk wird? Sicher, dass Sie unten im Schlosspark niemanden getroffen haben? Oder wie steht's damit: Sie vergessen bei einem Picknick im Stadtpark ein scharfes Küchenmesser, das Sie zum Schneiden des Pecorino-Käses dabei hatten. An gleicher Stelle gerät Stunden später ein homosexuelles Paar in Streit. Der Mann findet Ihr vergessenes Messer und sticht im Affekt dem Mann in die Flanke.

Selbst schuld, sagen Sie? Einspruch: Ihre Schuld! Können Sie nicht besser auf Ihr Messer aufpassen? Die Beispielpalette ist so unendlich wie tragisch.

Ich scheiß auf die fünf Prozent, manch politische Partei wäre froh darum. Also, I am free. Deswegen sieht unser weiterer Plan vor, so zu tun, als sei nichts gewesen.

Olsen und ich verkriechen uns auf die Yacht seines Vaters und zeichnen, entwerfen, skizzieren, malen, was die Erinnerung der Bergwelt in den Norden gerettet hat oder alles, was uns als Kindern bei Märchengeschichten gefehlt hat, wir aber nicht zu sagen wagten. Unser Auftrag sollte professionell zu Ende geführt werden. Tote Gamsbarthutträger werden dabei nicht vorkommen. Wobei das Morbiditätsrisiko bei Märchenpersonal nicht unerheblich ist.

PumpLine, ganz besonders Mike van Bergen, wird stolz auf uns sein.

»Ui, der Aufenthalt in den Alpen hat sich aber gelohnt«, werden die Kollegen sagen, wenn sie mit gierigen und missgünstigen Augen durch unser fertiges Produkt blättern.

Van Bergen wird jubilieren: »Tschossef! Ouli! It's amazing and awesome shit! How did you do that? You have to go south more often.«

No thanks.

We have the Schnautze full of Bayern.

Vielleicht kommt alles ganz anders. Vielleicht springt Olsen von der Yacht in die Fluten. Vielleicht kommt die Hamburger Hafenpolizei und nimmt uns fest. Haftbefehl aus Ehrwald, Bezirk Reutte. Wer weiß schon, was kommt?

Als wir in der Dämmerung die Autobahnausfahrt Soltau Süd passieren, greift Olsen nach meiner rechten Hand, die ruhig auf dem Schaltknüppel liegt.

»Joseph, du bist mein bester Freund.«

Ich drücke seine Linke.

Das Atmen fällt mir langsam schwer. Das Blechpaket unter meiner Goretex-Jacke drückt auf meinen Brustkorb. Selbst die eingesammelten DNA-Spuren in Form von bespuckten Papierkugeln und blutverschmierten Taschentüchern befinden sich noch in den Taschen.

Obwohl mich Olsen mit seinem »Brief-und-Siegel«-Halbsatz auf die Idee brachte, den Schreibtisch von Adi noch mal genauer zu untersuchen, werde ich ihm von dem Briefpaket nichts sagen.

Irgendetwas in mir verlangt, dass ich das alleine zu Ende bringe.

Mein rechter Fuß fällt schwer aufs Gaspedal.

Ich will heim.

TEIL VIER

VON FADEN & GARN

Die Suche

»Entschuldigen Sie. Verzeihung.«

Ich lasse meinen linken Ellbogen wie James Dean aus dem Fahrerfenster des Autos hängen. Endlich dreht sich der Kauz um, neben dem ich im Schritttempo herfahre. Blaue Adidasjogginghose, feingeripptes Unterhemd, darüber ein geöffnetes Holzfällerhemd mit dicken Karos darauf. Sie sind rot, schwarz und weiß. Ich trete auf die Bremse.

»Hören Sie, ich suche die Hinzestraße.«

Der dunkelhäutige Mann mit der blauen Truckermütze, auf dessen weißem aufgeschäumten Panel ein Surfer abgebildet ist, kommt über die Straße an mein geöffnetes Fenster. Er nimmt die Mütze ab, um sich am Kopf zu kratzen. Sein Haar geht auf wie ein afroamerikanischer Blumenstrauß. Wie viele Locken passen eigentlich unter eine Schirmmütze?

Er spricht langsam.

»Wissen Sie eigentlich, dass es in Hamburg mehr Brücken als in Venedig gibt? Knapp zweitausendfünfhundert sind es.«

Wusste ich nicht. Aber wie kommt der schräge Vogel auf Hamburg?

»Nummernschild«, sagt er und deutet auf meine Motorhaube, so als hätte er mir meine Gedanken von den Augen abgelesen. Er fährt fort, während er mit dem Zeigefinger über seinen haarsträubenden Oberlippenbart streicht.

»Hinzestraße? Was wollen Sie denn da?«

»Was abgeben«, sage ich und hebe das Paket, das auf dem Beifahrersitz ruht, nach oben.

»Aha.«

Nichts sonst. Nur Aha. Irgendetwas drängt mich, einfach weiterzufahren. Was bildet der sich ein? Ein respektvoller Umgang mit Mitmenschen sollte doch drin sein. Selbst für einen, der aus einem Hip-Hop-Video von Run DMC entstiegen zu sein scheint. Er zieht etwas aus seiner Hosentasche. Ich erschrecke, drücke leicht aufs Gas. Gleich darauf erkenne ich jedoch eine schwarze Zigarettenschachtel. Im ersten Moment dachte ich, es wäre eine Walther P38. Was für ein paranoider Blödsinn. Ich lache souverän. Und nehme meine Sonnenbrille eines bedeutenden Modelabels ab. Eine Weihnachtsgratifikation von PumpLine.

Im Grunde ist das äußerst unfreundlich. Allein mein aktuelles Aussehen lässt eine solche Frage zu. Bin nicht böse.

»Segeltörn. Zwei Wochen auf der Yacht.«

Und dank meiner Weihnachtsgratifikation sehe ich eben ohne diese aus wie eine Schleiereule. Schneeweiße Augenpartien. Der Rest wie geröstet Brot.

»Yuppie!«

»Wie bitte?« Ich glaube, jetzt werde ich doch böse. Gleich bekommt er auf die Mappe. Der afroamerikanische Bayer streckt mir seine Zigarettenschachtel entgegen und wiederholt.

»Fluppe?«

Ach so. Ich dachte schon, er hätte Yuppie gesagt. Ich lehne dankend ab.

»An der zweiten Ampel links. Zweite rechts. Das ist die Tybbkestraße. Dort die erste rechts abbiegen. Hinzestraße. Wissen Sie eigentlich, dass ein Navigationsgerät hilfreich ist?«

Schlaumeier.

»Vergessen«, sage ich während des Anfahrens.

Mein Herz tanzt aufgeregt in meiner Brust. Ich betätige am Eingangstor die Klingel. Auf dem Klingelschild sind üble Schmierereien angebracht.

Trotz der gut zehn Meter zum Haus, das eigentlich gar kein Haus ist, sondern ein Wal, höre ich, dass mein Knopfdruck ein Klingelgeräusch innerhalb des Fischbauchs verursacht. Wer zum Teufel baut sich ein Haus, das aussieht wie Moby Dick? Höchst seltsam und märchenhaft. Fehlt nur noch, dass Kapitän Ahab aus der Behausung humpelt. Ich schelle erneut. Das nun schon zum dritten Mal. Nichts bewegt sich. Keiner da. Der Garten scheint ziemlich verwildert. Hinter einer Holzhütte – kurz zieht Gänsehaut auf, weil dieser Schuppen verdammt nach Mandlhütte aussieht – liegt ein umgekippter Einkaufswagen.

Aus dem Nachbarhaus glotzt ein Augenpaar durchs Fenster. Neugierde ist auf dem Land weit verbreitet. Ich winke dem Augenpaar, das nur dumm weiterglotzt. Ich überlege kurz, ob ich mein Präsent einfach ablegen soll. Die Art der Übergabe hatte ich mit meinem Inneren lange diskutiert und mich schließlich für eine persönliche Übergabe entschieden und mir folgenden Satz zurechtgelegt: »Dieses Paket hier ist an Sie adressiert. Ich habe es auf tausendsiebenhundert Höhenmetern gefunden.« Was aber nun, da ich den Adressaten nicht antreffe?

Ich schrecke auf, brülle ein »Zefix!«, als mich eine Hand an der Schulter berührt. Das mit dem Zefix hat sich bei Olsen und mir ziemlich eingebrannt. Wir werden das Wort nicht mehr los und verwenden es nicht nur, wenn wir verschreckt sind. »Hier abgeben?«

Black-Bayer steht vor mir!

»Jaja«, stottere ich ihm entgegen. »So will es die Adressierung.«

Was ist das für ein doofer Satz?

So will es die Adressierung?

Bin ich Beamter? Zumindest bin ich aufgeregt.

»Karl Rettig mein Name.« Der Dunkelhäutige reckt mir seine rechte Hand entgegen. Ich ergreife sie und denke, Karl Lewis würde besser zu ihm passen.

»Joseph Schmidt.«

»Joseph? Und das als Hamburger?«, fragt Karl Rettig mich eine Spur zu durchdacht. Verdammt, ist das schon die Vorhut der Kriminalen aus dem Österreichischen Polizeibezirk Reutte? Bevor ich was sage, ergreift er mit einem »Darf ich?« mein Päckchen und dreht es um neunzig Grad. Dreist. Ehrlich gesagt, würde er durchaus als Hauptkommissar durchgehen. Die beim Tatort haben doch alle einen Knall. Borowski, Kiel. Mey, Frankfurt. Eisner, Wien. Lannert, Stuttgart. Keppler wie Saalfeld, Leipzig. Börne, Münster. Alle einen kompletten Schuss vorm Bug. Freaks. Wobei Börne ist kein Hauptkommissar, sondern Rechtsmediziner. Dennoch irre.

»Und da soll ein Brief für Locher drin sein?«, fragt er mich.

»Offenbar. Wenn das der Mann ist«, ich deute auf das sonderbare Haus, »der dort wohnt.«

»Den werden Sie hier nicht antreffen.« Karl Rettig reicht mir den Brief zurück.

»Warum denn nicht? Was ist mit ihm?«

»August Locher wohnt mittlerweile in Straubing. JVA. Lebenslange Haft.«

Die Übergabe

»Sind Sie Joseph Schmidt?«

»Der bin ich.«

»Bitte mitkommen.«

Ich verschone Sie mit Details über den Bürokratenmarathon, den ich von Hamburg aus über mich ergehen lassen musste, bis ich einen

Besuchstermin in der JVA Straubing für August Locher erhalten habe. Ich berief mich auf Punkt 4.2 der Broschüre Informationen zum Besuch von Strafgefangenen.

4.2 Besuche sollen darüber hinaus zugelassen werden, wenn sie die Behandlung oder Eingliederung des Gefangenen fördern oder persönlichen, rechtlichen oder geschäftlichen Angelegenheiten dienen, die nicht vom Gefangenen schriftlich erledigt, durch Dritte wahrgenommen oder bis zur Entlassung des Gefangenen aufgeschoben werden können.

Aber offenbar traute man mir nicht zu, dass ich etwas zur Wiedereingliederung Lochers beitragen könne. Oder man ist an dieser grundsätzlich nicht interessiert.

»Bitte mitkommen«, sagt eine brünette Justiz-Vollzugsbeamtin. Ich bin erregt. Nicht wegen ihr, sondern wegen der Übergabe. »Bitte warten.«

»Äh … hören Sie, ich warte hier jetzt schon …«

»Andere warten ein Leben lang.«

Auch richtig. Ich besinne mich meiner Freiheit und lobe mich im Geiste für meinen bisher tadellosen Lebenswandel.

Den Grund des langfristigen Aufenthaltes von August Locher in der Justizvollzugsanstalt habe ich mittels archivierter Zeitungsartikel regionaler, aber, ob der Schwere des Falles auch landesweiter Blätter ausgiebig durchleuchtet. Und das Internet gibt es ja auch noch.

Sie ahnen es längst. Ich habe Locher auf den Fotos wiedererkannt. Ich bin ihm begegnet. Er war es, der mich in den Alpen nach der Mandlhütte gefragt hat. Er war es, der mit den Bäumen sprach, als Olsen und ich dem Todeskletterpfad entronnen sind. Er war es, der mit einem alten Fahrrad am Straßenrand stand und in seinem Autoatlas stöberte, als wir mit dem Auto vorbeifuhren.

Vom »Racheengel« war in den Zeitungen die Rede. Vom »Locher-Prinzip«. Von »der personifizierten geistigen Verwirrung«. Vom »Kultkommando«. Und vom »Spiegel der Gesellschaft«.

Eine Zeitung titelte boulevardesk: »Der Berserker aus Niederbayern«. Ich erinnere mich, dass ich ebendiese Ausgabe in der Coburger Hütte an der Garderobe hatte hängen sehen. Sogar das Königsblatt der Satire, die Titanic, ging auf die Geschichte ein.

Meiner Recherche zufolge lebte August Locher in einer gesellschaftlichen Dysbalance, die er mit einigen nicht rechtskonformen Mitteln zu begradigen versuchte. Aber der Zweck heiligte sie nicht.

August Locher bekam lebenslang.

Ein ordentliches Gerichtsverfahren sorgte für das Strafmaß, in dem auch Schlagwörter wie Provokation, Affekt und Notwehr an der Justitia-Waage ihre Zünglein anlegten, jedoch nichts am Urteil änderten. Lochers Anwalt, ein gewisser Herr Professor Dr. Albrecht Dörner, Herausgeber des Fachbuches »Schuld und Unschuld – Ein Pingpongspiel«, plädierte auf Schuldunfähigkeit, die ihm eine lebenslange Haft erspart hätte. Aber jeglicher Versuch, August Locher eine saftige Psychose nachzuweisen, schlug fehl. All seinen Macken, Marotten, Manien und Monomanien werden mit all den haarklein und akribisch geplanten Widerlichkeiten verrechnet, die er seinen Peinigern hatte angedeihen lassen, und man muss wohl sagen, Lochers Verurteilung ist angemessen, wenn auch nicht unbedingt gerecht.

August Locher wurde acht Tage nach seinem zornigen Rachefeldzug von einem Konglomerat aus Ehrwalder Bergwacht, Lermooser Polizeiinspektion und bayrischer Kriminalpolizei festgenommen. Ein Major namens Bernd-Robert Haslinger schrieb in den Polizeibericht: »... Nachdem uns der Bergführer Jürgen Prachtl auf eine tote Person in der sogenannten Mandlhütte aufmerksam gemacht hatte, fanden wir beim Eintreffen den in Deutschland gesuchten Amokläufer August Locher, geborener Becker, kurz vor der Mandlhütte auf dem Wanderweg.

Sein spezielles Gepräge verriet ihn sofort. Der sich aufgrund tatkräftiger Hinweise schon in Ehrwald befindliche Kriminalhauptkommissar Walter Binsen war mit von der Partie. August Locher ließ sich widerstandslos festnehmen. Seine Frage, ob die Hütte weiter vorne die Mandlhütte sei, wurde bejaht. Seine Bitte, sie einmal kurz betreten zu dürfen, konnte aufgrund seiner Gefährlichkeit nicht nachgekommen werden. Mit den Worten ›So kurz vor dem Ziel‹ ließ er sich in Sicherheitsverwahrung nehmen. Im Helikopter begann er zu greinen. In der Hütte selbst fanden wir den Leichnam des Einsiedlers Aki, mittlerweile bekannt als Zacharias Locher, Großvater des August Locher. Ballistiker und Pathologen des Innsbrucker Kriminalamtes stuften später das Ableben von Zacharias Locher durch einen Rückstoßlader der Marke Walther P38 als Selbstmord ein. Verwunderlich war der Zustand der Berghütte. Abertausend bekritzelte Papierkugeln und Briefbögen bedeckten den Fußboden. Darauf konnten wir uns keinen Reim machen. Nach kurzer Befragung von August Locher stellte sich als erwiesen heraus, dass er den seit sechzehn Jahren vermissten Großvater gesucht, die Hütte aber nicht betreten hatte. Er kam einfach ein paar Stunden zu spät. Somit kommt er als Mörder seines Großvaters nicht in Frage. Aber es war eh Selbstmord.

August Locher wurde nach Deutschland, München, überführt. Kriminalhauptkommissar Walter Binsen übernahm die weiterführenden Untersuchungen. Für kriminologische Details wie …«

Kurz vorm Ziel, kurz vor der Wiedervereinigung von August und Zacharias, und der Auflösung des großen Geheimnisses, waren Hindernisse aufgetreten. Unüberwindbare. Dem einen war ein Walter Binsen, dem anderen eine Walther P38 in die Quere gekommen.

Nach diesem dramatischen und irgendwie traurigen Showdown in den Alpen startete einige Wochen später das »Jahrhundertstrafverfahren« von August Locher, dem zur Last gelegt und nachgewiesen wurde:

Tierquälerei und Sachbeschädigung in einem Fall. Man sollte wissen: Tiere gelten insoweit als Sachen.

Nötigung, Körperverletzung und Freiheitsberaubung in mehreren Fällen.

Totschlag in einem Fall.

Sachbeschädigung, versuchte Körperverletzung und Brandstiftung in einem Fall. Schwere Brandstiftung in einem Fall.

Versuchter Mord in vier Fällen.

Die weiteren kriminellen Handlungen, die damit verbunden waren, wurden erst gar nicht aufgenommen. So kleinkariert wollte der Richter nicht sein.

Auch so ein sattes Strafregister. Und wer genau hinkuckt, der entdeckt eine Erweiterung der zehn Gebote um sieben saftige Dekrete:

Du sollst keine Hunde mit Tabasco vollpumpen!

Du sollst keine Rollstuhlfahrer ein Gefälle hinabstoßen!

Du sollst keine Kinder an Basketballkörbe nageln!

Du sollst keine Geschlechtsteile in die Luft sprengen!

Du sollst niemanden in Kartoffelsäcke stopfen!

Du sollst keine Sonnenstudios ausräuchern!

Du sollst nicht des Nachbarn Haus anzünden!

Ich habe vorab versucht, mir ein Bild vom niederbayrischen Berserker zu malen. Richtig, ich hatte ihm bereits gegenübergestanden. Doch das ist viele Wochen her, und sein inneres Wesen ließ sich in diesem kurzen Augenblick nicht erforschen. Wenn ich die Latte seiner Straftaten sehe, kommen mir automatisch üble Psychopathen aus Film und Fernsehen in den Sinn. Freddy Krüger aus »Nightmare on Elmstreet«, Jason Voorhees aus »Freitag der 13.«, Michael Myers aus »Halloween«, Josef Fritzl aus Amstetten. Vielleicht sollte ich das Paket doch einfach abgeben und mich, diese Geschichte endgültig hinter mir lassend, aus dem Staub machen.

Aber zu spät.

Ein Vollzugsbeamter, der so dick ist, als hätte man zwei Männer in eine Haut gestopft, lotst mich in ein Besucherzimmer. Es riecht modrig und nach kaltem Essen. Die billigen Holzmöbel verströmen Krankenhauscharme.

An den Wänden hängen Aquarelle, die einige Sozialarbeiterinnen mit weltfremden Idealen bepinselt haben. Blumensträuße und Sommerwiesen sollen Gefangene wie deren Besucher froh und munter stimmen. Aber das ist alles so dilettantisch grauenhaft ausgeführt, dass man mit Messern darauf werfen will. Der Anblick dieser Bilder erzeugt Wut, Hass und Kriminalität, bin ich mir sicher. Wer noch kein Mörder oder Psychopath ist, der wird es spätestens jetzt. Ich konzentriere mich wieder auf meine Aufgabe. Lächle dem Fettsack in Uniform zu. Er schwitzt zurück.

Nachdem mein Paket als ungefährlich sonographiert wurde, Inhalt »Blechbehälter/Papier/vier Bleistifte« – interessant – warte ich auf einen irren Mörder.

Und da schlurft er schon zur Tür herein. August Locher, der Berserker aus Niederbayern. Ich erhebe mich von meinem Stuhl. Aus Anstand oder um eine optimale Fluchtposition einzunehmen, ich weiß es nicht.

»Guten Tag. Ich bin … äh … hoffentlich … Wer sind Sie?«

Vor mir steht ein gedrungener Fastvierziger, und ich kann mich erinnern, dass ich diesen Heinz-Erhardt-Verschnitt schon in den Alpen für äußerst ungefährlich hielt. Aber Achtung: Fritz Haarmann alias der Vampir von Hannover war die Statur betreffend keine imposante Erscheinung. Und doch gefährlich wie der Boandlkramer selbst.

»Verzeihung, August Locher.«

Er weiß offenbar nicht recht, ob er mir die Hand zum Gruß anbieten soll. Ich muss lachen. August Lochers Mundwinkel verziehen sich leicht. Ein weiches Gesicht. Bar jeglicher Härte. Ich gewinne Vertrauen.

»Joseph Schmidt«, kracht es entschlossen aus mir heraus. Ich ergreife seine Hand, die durchaus einen festen Widerhall fabriziert. Ich nicke dem aufgeblähten Vollzugsbeamten zu. Soll heißen: Alles im Griff. Sie können gehen. Weder verzieht er das Gesicht, noch lässt er uns allein.

»August. August Locher. Ich äh… äh… ich bin gespannt…«

»… warum ich Sie besuche?« Ich schiebe ihm das Paket über den Tisch und erkläre:

»Dieser Brief, Herr Locher…«

Er unterbricht mich.

»Sagen Sie doch August zu mir. Und du. Oder?«

»Selbstverständlich. Joseph. Bitte Joseph. Also, dieser Brief ist an Sie… äh… dich adressiert. Ich habe ihn unter höchst mysteriösen Umständen… na ja… erhalten.« Ich schiebe ihm den Umschlag buchstäblich in die Hände. Ich bin nervöser als er. Locher ist abwartend, verständlich.

»Wo haben Sie den her?« Er dreht das Paket wie eine Glaskugel, die ihm ein Geheimnis verklickern könnte. Ich bleibe stumm.

»Kein Absender.« Seine Pupillen fangen die Schrift auf, die seinen Namen zeichnet. Ich erkenne eine kleine Explosion in seinen Augen, die er selbst offenbar nicht spürt.

»Hören Sie…«, will ich übernehmen.

»Du. Wir waren beim Du«, sagt Locher, der nun interessiert seinen Namen und die Schrift auf dem Postumschlag studiert.

»Also pass auf«, sage ich. Ich tippe mit dem Zeigefinger auf das eingewickelte Blech. Ein dumpfes Klopfen ertönt. »Ich habe das Paket entdeckt. Ich bin unheimlich froh, dass ich es seinem Empfänger, also Ihnen… also dir… übergeben kann. Meine Mission endet hier.«

ooJoseph meldet sich ab. Seine Mission endet hier – welch weitere Form von gesprochenem Unrat.

»Falls du mich kontaktieren willst, weil du Fragen hast, dann kannst du das über diese Adresse tun.«

Auf einem kleinen Zettel habe ich eine eigens dafür angelegte E-Mail-Adresse gekritzelt. Distanz will ich wahren. Zu August Locher, zur ganzen Geschichte.

Obwohl… ein wenig Interesse wäre vorhanden. Aber nix da. Ich werde mich nicht offensiv darum bemühen zu erfahren, wie die Geschichte endet, um eventuell doch noch in eine große Scheiße zu schlittern. Unheimlich genug, das Ganze.

»Nur eine E-Mail-Adresse«, sage ich zu dem Wärter, der seine 140 Kilogramm vom Stuhl neben der Eingangstür hievt, um zu sehen, was hier »geschoben« wird.

»Das hätten Sie anmelden müssen«, weiß er laut Vorschrift. Egal ist es ihm trotzdem, er kommt nicht nachsehen, ob auch wirklich ein @ irgendwo zu lesen ist.

»Herr Schmidt, ich…«

»Joseph. Wir waren beim Du, vergessen?«

Jetzt lächelt er.

»Okay, Joseph. Du musst wissen, ich bekomme nicht oft Besuch. Ehrlich gesagt nie. Auch keine Anrufe oder Briefe. Ich hoffe, dein Anliegen ist kein dummer Streich.«

»Es ist mir nur ein Anliegen, dir das Paket zu überbringen. Der Inhalt ist mir gänzlich unbekannt. Ich hoffe für dich, dass es kein dummer Streich ist.«

Ich stehe auf, deute auf den Zettel mit meiner E-Mail-Adresse und verabschiede mich. Der Wärter steht ächzend auf.

DAS ist eine imposante Erscheinung, denke ich.

DER könnte Leute zerquetschen.

Als ich mich noch einmal zu Locher umdrehe, sitzt er immer noch am Tisch. Sein Blick ruht mit gesenktem Haupt auf der Adresse, die auf dem sonderbaren Postartikel geschrieben steht:

An
August Locher
Hinzestraße 12
»Der graue Wal«
94469 -9 Obermietraching

Da sieht er noch einmal zu mir herüber. In seinen Brillengläsern glitzert es, als ob sich darin Tränen fingen.

Der Brief

Mandlhütte, Sommer 2012

Lieber August,

Bitte erschrecke nicht!

Dir schreibt Dein Großvater Zacharias.

Wenn Du Dich jetzt fragst, warum der alte Depp erst jetzt schreibt, dann hast du vollkommen recht. Der alte Depp versucht es Dir zu erklären. Es wird nicht einfach werden. Die folgenden Zeilen zu schreiben, ist eine Qual.

Sie sind Entschuldigung, Überwindung, Aufklärung, Befreiung in einem. Aber auch eine Bitte.

Ich will Dir erklären, warum ich Dich vor Jahren verlassen habe. Aber vorneweg solltest Du eines wissen:

Ich habe Dich immer geliebt und tue es immer noch innigst, auch wenn es Dir anders erscheinen mag.

Ich ging, um einen Schwur zu halten.

Mein Bruder Ignaz und ich leisteten diesen Eid. Wir waren jung, und die bleierne Zeit seit 1933 und die Grauen des Zweiten Weltkrieges vernichteten jeglichen Gedanken an die Zukunft. Ich muss Dir nichts erklären. Oft genug redeten wir darüber. Nur verschwieg ich Dir einige private Details.

Ignaz und ich wollten uns gegen das Grauen stellen, uns ihm entziehen, nicht Teil davon sein, nicht kapitulieren. Genau deshalb schworen wir uns zwei Dinge.

1. Wir veröffentlichen ein Buch mit Ignaz' Märchengeschichten.

2. Wir leben in den Bergen, um unerkannt den Krieg zu überstehen.

Beides zu schaffen war der Schwur. Ein trotziger, vielleicht auch dummer Eid, aber so war es nun mal. Damals hieß ich noch Buchmann.

Ignaz, der zwei Jahre jünger ist als ich, nannte mich immer Aki. Manchmal sagte er auch Scharlih zu mir – so wie Winnetou zu seinem Blutsbruder Old Shatterhand. Er war für mich öfter auch Pip, der kleine Schiffsjunge aus Moby Dick. Wir waren in jüngsten Jahren schon Büchernarren und für jede Heldengeschichte zu haben. Das kannst Du Dir sicher vorstellen. Vor allem für die Geschichten der Pequod um Kapitän Ahab und die Karl-May-Abenteuer. Deshalb auch der Wal, und unser Traum, irgendwann im Moby Dick zu leben. Dort wollten wir ungestört abtauchen, und der brutalen Welt der Erwachsenen unsere eigene, bessere entgegensetzen. Eine Fabelwelt aus Träumen und Geschichten.

Ignaz hatte diese besondere Gabe. Er war schon als Kind ein begnadeter Geschichtenerzähler. Die ganze Nachbarschaft unterhielt er mit seinen Phantastereien. Die Kinder saßen mit offenen Mündern vor ihm und träumten seine Träume. Seine Geschichten schrieb er nieder, auf Papier, das ich ihm besorgte. Sie waren Traumfänger und erzählten geheimnisvolle Abenteuer mit Wucht und Moral. Du weißt, liebster August, eine Moral muss es geben. Er hatte eine unbekümmerte, verrückte Ader. Nicht minder toll waren seine Streiche.

Ich war Ignaz' größter Anhänger. Eigentlich wollte ich Buchverleger werden. Ein utopischer Berufswunsch.

Der Krieg, lieber August, bedurfte anderer Talente. Soldaten waren gefragt. Kämpfen sollte man. Menschen umbringen. Was für uns verwunderlich war: die Euphorie im Land. Selbst Nachbarn, Freunde, Verwandte rannten mit erhobenen Waffen letztlich ins Verderben. Ignaz und ich waren schockiert. Mutter sagte immer: »Ihr gehts nicht, und wenns mich derschlagen, ihr bleibts da.« Aufgrund unserer Arbeit in Vaters Schusterei in Freising war es anfangs möglich, den Dienst fürs Vaterland im Vaterland zu leisten. Stiefel wurden benötigt für unsere Nachbarn, Freunde, Verwandten, die ins Feld zogen und nimmer wiederkehrten.

Irgendwann kam der Befehl dann doch. Vater klammerte sich noch an seine Schusterei, daran, dass wir dort unabkömmlich seien, aber es half nichts. Dann nahm er Ignaz und mich zur Seite und drückte uns eine Fotografie in die Hände. Es zeigte, lieber August, den Ort, der auf dem Bild, das wir in unserem Wohnzimmer hängen hatten, zu sehen ist, und das wir gemeinsam so oft angesehen haben. Nach diesem Lichtbild, das ich immer an meiner Brust trug, ließ ich später das Gemälde anfertigen. Den Hirsch erdichtete ich hinzu.

So aufgeregt hatte ich unseren Vater noch nie gesehen.

»Hier, ihr Saububen, hier gehts ihr hin. Versteckts euch, bis zum heiligen Frieden. Es ist die Mandlhüttn. Die gehört meinem Onkel Hermann. Der wohnt in Grainau. D'Jagdhütten ist aber in Österreich drüben.« Er drückte mir die Telefonnummer von Onkel Hermann in die Hand, der als Arzt im Besitz eines Fernsprechapparates gewesen ist. Es war der letzte Händedruck zwischen mir und meinem Vater. Er und Mutter blieben zurück.

Also was blieb uns? Eine Flucht durch Deutschland, in der Hoffnung, eine Hütte in den Bergen zu finden und dort das Schusterhandwerk zu verrichten, falls der Krieg einmal ein Ende fände. Ich war für Träume immer empfänglich.

Ich wollte gehen.

Ignaz hatte einen anderen Plan.

Er spürte die Aussichtslosigkeit des Unterfangens und sagte mir, dass er nur einen Wunsch hege, egal, was aus ihm oder der Welt geschehen möge.

Er wolle ein Buch schreiben und seine Geschichten veröffentlichen. Als Zeichen des Widerstands. Als Zeichen seines Glauben an eine friedliche Welt.

Es sollte den Titel Grimms Erben tragen. So seine Idee.

Dieses Buch müsse zuerst erscheinen, danach komme er gerne mit nach Grainau.

Lieber August, ein Buch zu drucken ist natürlich nicht einfach, wie soll das gehen? Vor allem in einer Zeit, in der Papier nicht zur Unterhaltung bedruckt wurde.

Nun, da half wiederum das Schicksal, das uns diesbezüglich hätte auch besser treffen können. Gregor Obermaier, der Besitzer des Nachbarbauernhofs und ein Widerständler, der Ignaz' abenteuerliche Erzählungen ab und an mit Rüben und Kartoffeln belohnte, half uns. Er kenne da einen Buchdrucker, sagte er aus. Er hieße Raffael Krupp, und »wenn ihm die Nazis noch nicht seine Lottergeschichten in Buchform in den Rachen gestopft haben, dann druckt er noch immer«. Krupp stand beim Bauern Obermaier in tiefer Schuld. Ein Vorfall in München, den er uns selbst nicht näher schilderte, war dafür verantwortlich. Und er tut hier nichts zur Sache. Jedenfalls hatte Obermaier Krupps Anschrift, nach Warschau hatte es ihn verschlagen, und seine Zusage, ihm jeden Dienst leisten zu wollen.

Eine bessere Gelegenheit, ein Buch zu drucken, gab es nirgends und niemals für uns. Und da Krupp mit seiner Druckerei gleichzeitig einen kleinen selbständigen Verlag führte, war sogar eine Veröffentlichung möglich. Es stand fest – Irrsinn oder Husarenstück: Wir mussten erst nach Warschau. Dann nach Grainau. Ob im belagerten Warschau Krupps Druckerei noch Bestand hatte, hinterfragten wir nicht. Gregor Obermaiers Zuversicht, »der aalglatte Fisch hat erst letzte Woche einen Brief geschickt«, stützte unser Vorhaben. Ein Jude war er nicht, sein »Deutschsein« würde ihm zur Hilfe eilen, waren wir überzeugt. Und so zogen wir los.

Es kam, wie es kommen musste. Schon in Hof trennten sich unsere Wege. Im Stadtkern fasste uns eine Militärgruppe auf.

Ich konnte mich mittels verbaler Verbiegungen ohne großes Aufsehen als »sofort Verfügbarer« für das Militär einschreiben. Zu groß war meine plötzliche Angst, und schon begann das feige Spiel.

Ignaz konnte rennen. Ich habe ihn von diesem Moment an für lange Zeit nicht mehr gesehen. Seine letzten Worte waren: »Aki, weißt du noch was Großvater Urban immer sagte?

Das Leben ist ein Wunder.

Wer sich darin aufhält ist ein Fabelwesen.

Oder ein armes Schwein.

Ich, Aki, ich werde ein Fabelwesen sein…«, und er zeigte Sporen, bevor das Militär an uns herantrat.

Im Verschwinden drehte er sich zu mir um, und in seinem Lächeln lag die Überzeugung, mit einem Buch in der Mandlhütte zu erscheinen. Wenn es einer schaffen konnte, dann Ignaz.

Lieber August, eine Moral muss es geben, das lehrte ich Dich. Doch in einer Zeit, in der das eigene Leben mitunter nur durch feiges Mitmachen gerettet werden kann, ist Moral wie ein Geist. Und ich war feige und geriet immer mehr ins Mitmachen. Vom einfachen Soldaten stieg ich zum Lastwagenfahrer auf. Und in dieser Funktion führte mich mein Weg ironischerweise nach Polen. Ich hatte bis dahin keinen Menschen getötet, und es sollte mir gelingen, dass ich es auch fürderhin nicht tun musste. Zumindest nicht mit eigenen Händen.

Meine persönliche Aufgabe bestand im Überleben.

Mein Wunsch war ungebrochen: Mandlhütte, Ignaz und ich – ein Leben danach. An mehr und was anderes konnte ich nicht denken.

Als ich Ignaz wiedersah, hatte er zumindest Geschichten dabei. Geschichten auf Blättern, die mir der Wind zwischen die Beine wehte. In Treblinka ist das gewesen. Einem der schrecklichsten Vernichtungslager. Ignaz hatte es tatsächlich bis nach Warschau geschafft und war im Ghetto aufgegriffen worden.

Das war im Frühjahr 1943, kurz vor dem Aufstand.

Warum hat er von seinem Plan nicht abgelassen, als er der Realität des Krieges gegenüberstand und wusste, dass er mit seinem Leben spielte? War er verrückt geworden? Und was hat ihn ins Ghetto verschlagen?

Vielleicht hat er sich in diesem ganzen Faschistenfasching als Soldat verkleidet, vielleicht als Frau. Vielleicht ist er einfach nur ohne zu stoppen gerannt. Im Rennen gegessen, im Rennen getrunken, im Rennen geschrieben, im Rennen geschlafen. Immer türmend vor den Schergen der NS, vor den Detonationen des Krieges und vor dem Tod persönlich, der hinter jeder Ecke lauern konnte, in all seinen hässlichen Facetten.

Er muss gestohlen haben. Schreibstifte, Getränke, Papier, Nahrung. Er muss es sich erschlichen haben. Dem NS-Staat kam keiner aus – vor dem Krieg blieb niemand verschont. Hat sich Ignaz angepasst, um im falschen Moment Herrn Krupps Buchdruckerei zu finden? War Krupps Buchdruckerei gar im Warschauer Ghetto? Absolut unsinnig. War es ein dummer Zufall, der ihn dorthin brachte? Wie es auch gewesen ist, der listige Hund hat es immerhin bis nach Warschau gebracht. Kurz vorm Ziel schien er ins Straucheln gekommen zu sein.

Man deportierte ihn nach Treblinka. Dort war auch ich. Unvorstellbar, aber ich kam hin und wieder über diverse Umwege als Transportfahrer in dieses Lager. Meine Aufgabe bestand im Ausliefern von Uniformen, Stiefeln, Textilien, Nahrungsmitteln, alltäglichen Gebrauchsgegenständen und so weiter. Zwangsläufig bekam ich dort die Ankunft der »Ratten aus dem Ghetto«, wie der Soldatenmund es formulierte, mit. Warum ich diesmal länger dem traurigen Schauspiel beiwohnte, muss innere Fügung gewesen sein. Denn wann immer es möglich war, entzog ich mich all diesen unfassbar grausamen Bildern, von denen ich ahnte, dass sie ein Leben lang meine schlimmsten Träume begleiten würden. Ein Mann wurde von einer LKW-Ladefläche geworfen, er wurde mit Stiefeln traktiert, bespuckt, er wand sich auf der Erde. Er war schwer gezeichnet, dem Tod näher als dem Leben, und ich erkannte nur, dass ihm etwas entrissen wurde. Eine Blechschachtel, darin zwei Bücher, alles herausgenommen aus einer Tasche, so schien es. Ich konnte nicht erkennen, wer der Mann war, sein Gesicht war entstellt. Erst, als ich die Blätter aufhob, die zwei Soldaten aus den Büchern herausrissen und die in meine Richtung wehten, erkannte ich die Schrift. Als ich begriff, dass es Ignaz' Handschrift war, dass es mein eigener Bruder war, dem man zwanzig Meter von mir entfernt die Pistole an die Schläfe hielt, krachte der Schuss.

Starr, machtlos stand ich stumm der Exikution meines geliebten Bruders gegenüber. Grauenvoll.

Mir gelang es zitternd, einige Blätter mit Ignaz' Geschichten aufzufangen. Den Rest der Schreibbücher, die bis auf den letzten Fetzen zerrissen wurden, verwehte der Wind in der Luft. Hätte ich sie retten können, wäre womöglich sein Buch schon komplett gewesen.

So kam ich gerade mal an fünf Geschichten aus der Feder des vor meinen Augen erschossenen Bruders.

Ich steckte mir die Faust in den Mund, um nicht schreien zu müssen. Sofort machte ich kehrt, stopfte mir Ignaz' Aufzeichnungen in die Manteltasche und übergab mich hinter einem Lastwagenanhänger. Ich nahm die von ihm mitgeführte Umhängetasche mitsamt der roten Blechschachtel an mich, mit dem Hinweis, sie entsorgen zu wollen. In der roten Schachtel bewahrte ich seitdem all die Jahre seine fünf märchenhaften Geschichten auf, und seine vier Bleistifte.

Begreifen konnte ich diesen Vorgang nicht. Ich drohte den Verstand zu verlieren. In tiefer Trauer und aus tiefster Überzeugung, nun endlich selbst Mut zu zeigen, beschloss ich zu desertieren.

Anstoß hierfür bekam ich von einem Kameraden, der in einem Führerhaus eines Opel Blitz LKWs Selbstmord beging. Ich fand den leblosen Mann eines Abends. Die Pulsadern hatte sich der in Berlin geborene Mann aufgeschnitten, nun saß er friedlich auf dem Beifahrersitz. Offenbar erachtete er das Führerhaus als geeigneten Rückzugsort für sein Lebensende. Ein deutscher Toter, der nicht mehr leben wollte, unter jüdischen Toten, die sich ans Leben klammerten. Ich habe in diesem Krieg Dinge gesehen, die passen in kein Gehirn. Dennoch, ein wenig beneidete ich den Mut des Selbstmörders, seine resolute Form der Fahnenflucht.

Ich durchsuchte den toten Mann, der Walter Albrecht hieß, und fand in seiner Innentasche seltsamerweise zwei Soldbücher. Eines gehörte ihm. Das zweite war recht lädiert und gehörte einem Berufssoldaten namens Locher. Wie es der Zufall wollte, trug er den Vornamen Zacharias. Einige Seiten fehlten, und Blut oder Dreckspuren säumten Einband wie Papier. Aber der ehemalige Besitzer des Dokumentes war Sanitäter und schien mir einigermaßen ähnlich gewesen zu sein.

Gleiches Geburtsjahr, blonde Haare, blaue Augen, die gleiche schlanke Statur bei gleicher Körpergröße. Warum der Soldat dieses Dokument bei sich hatte, ob Locher ein Verwandter, Bekannter, bereits verstorben oder noch am Leben war – ich weiß es bis heute nicht. Ich hinterfragte die Umstände auch nicht. Warum auch? Ich war mir nur sicher, dass mir das Soldbuch Lochers und die Leiche Albrechts einen Weg zur Flucht bereiteten.

Ich fingierte am nächsten Morgen einen Unfall mit diesem LKW, hinterließ brennendes Wrack und mich als verstorbenes Unfallopfer. Frontalzusammenstoß mit einer Eiche. Einer polnischen, die standhielt. Zacharias Buchmann war tot. Arbeitsunfall im Kriegsdienst, als er mit seinem LKW auf Besorgungsfahrt war.

Walter Albrecht wurde vielleicht als vermisst gemeldet oder als Deserteur ausgerufen. Ich war da schon einige Stunden auf meinem Heimweg. Zu Fuß vorerst. Später mit allen möglichen Hilfsmitteln. Als Zacharias Locher – wenigstens konnte ich meinen Vornamen behalten. Der Tausch meines Nachnamens bedeutete mir nichts. Nur dass ich vorerst nicht mehr nach Hause konnte. Ich war überzeugt, als Zacharias Locher ein ebenso guter wie schlechter Mensch zu sein wie als Zacharias Buchmann.

Eine strapaziöse, aber sichere Flucht brachte mich zurück nach Deutschland. In Passau täuschte ich einen weiteren Unfall vor, der einen abgerissenen Zeigefinger zur Folge hatte. Im Krankenhaus konnte ich mit einer wohldosiert gespielten Amnesie und einem Dokument, das mich als Zacharias Locher ausgab, dem Ende des Krieges entgegenblicken. Natürlich ein riskantes Spiel, aber gerade in der Höhle des Löwen fühlte ich mich sicherer als auf offener Straße. Keiner stellte Fragen zu meiner Person, ich war eben da und mein Finger eben nicht mehr. Ein verwirrter Soldat ohne Erinnerung. Zacharias Locher wusste nicht, woher er stammte, wohin er wollte, was sein Auftrag war. Angehörige wurden nicht ausgemacht. Diese Angaben fehlten im Soldbuch, und Zeit für solche Nachforschungen war nicht vorhanden. Zu viele Beinamputationen, Hautverbrennungen und schlimmere Verletzungen waren zu behandeln. Ich spielte den verwirrten Soldaten – so gut ich konnte, aber in Gedanken war ich schon in der Mandlhütte und vollendete den Buchmanneid. Einige Wochen vergingen. Deutschland drohte eine mächtige Niederlage. Ich hieß jede Alliiertenbombe herzlich willkommen. Hauptsache, dieser verdammte Krieg fand ein Ende.

Am 9. Mai 1945 unterzeichnete Keitel die Kapitulation, und wir Krankenständler soffen Sekt aus unseren Nachttöpfen, während wir in unseren weißen Betten gefesselt waren – keine Ahnung und keine Angst vor dem, was von den Alliierten nun kommen mochte.

Im Grunde waren wir Gefangene in unserem eigenen Land. Im Grunde hätte man uns alle erhängen sollen. Ein viel zu gutes Los für uns Verbrecher. Wegen meiner Handverletzung und der Amnesie galt ich als unbrauchbar und verließ später das Krankenhaus als »freier« Mensch. Als Zacharias Locher und nicht mehr als Zacharias Buchmann.

Mit den ersten Heimkehrern trat ich wieder an die Öffentlichkeit.

In einer wiederaufgebauten Schusterei war man über meine Fähigkeiten froh. Meine Vergangenheit konnte ich gut verbergen. Ignaz' Geschichten färbten offenbar auch auf mich ab.

Ich fand eine Frau namens Hilde, Deine Großmutter. Meine falsche Identität hielt, nicht aber die Ehe mit ihr, wie Du weißt. Danach nahm ich die Stelle in der Druckerei Schering an und erlernte das Buchbinden.

Das Bestiarium von Freyung, unseren Schatz, bindest Du ihn immer noch, lieber August?

Ich baute den Wal und unsere Bibliothek, die der Mandlhütte nachempfunden war. Es sollte Antrieb sein, den Buchmanneid zu vollenden. Ein kreativer Rückzugsort. Den Rest kennst Du mehr oder weniger. Ich band Bücher. Ich las und sammelte Bücher, und ich dachte, wenn ich mich tag-

täglich damit umgab und mich für sie begeisterte, wäre es mir irgendwann möglich, Ignaz' fehlende Geschichten aufzuschreiben.

Ganz in seinem Geiste zu vollenden, was ihm nicht vergönnt gewesen ist. Nichts schien mir wichtiger, nichts schien mir unerreichbarer, denn mir fehlte, wie sich bald herausstellte, jenes Talent.

Jenes Talent und die Phantasie, seine Geschichten zu erzählen und ihnen den Zauber zu verleihen, den Ignaz schon als junger Bub zu verströmen in der Lage gewesen war, als sich die Kinder und Nachbarn staunend um ihn scharten und an seinen Lippen hingen, wenn er zu erzählen begann. Ich hatte keine Ahnung davon, welchen Regeln »gute Geschichten« folgen, wie das geht. Leser oder Zuhörer zu berühren, sie in das Reich der Phantasie zu entführen, ist eine Kunst, die sich nicht allein dadurch erklärt, dass jemand so zu schreiben vermag, wie es den Literaturkritikern in den Zeitungen der gebildeten Leute gefällt. Da muss ein anderer Zauber her. Du weißt es, bist ja selber einer, der sie aufsaugt, die guten, die besonderen Märchen und Geschichten.

Mein liebster August, Dich einfach zu verlassen, vor über sechzehn Jahren, war wie das Brechen eines zweiten Schwurs, den ich Deiner Mutter geleistet hatte. Nun verlorst Du zum zweiten Mal Deine Familie. Welch schlechte Parallelen das Leben zeichnet.

Aber die Last meiner Vergangenheit schnürte mir die Kehle zu. Meine feige Akzeptanz dieses Kriegs, obwohl mein eigener Bruder vor meinen Augen starb – dies setzte mir so zu, als hätte ich selbst Ignaz mit meiner eigenen P38 in den Kopf geschossen. Als ich meine Aufgabe Dich betreffend als abgeschlossen erachtete, musste ich dieses andere Leben endlich führen. Jenes deutungsvolle zurückgezogene Leben in den Bergen. Alleine mit mir und meinen Gedanken und mit dem Ziel, vor dem Ende meiner Tage Ignaz' Buch doch noch zu beenden, irgendwie.

Die Mandlhütte, sie würde Dir gefallen, August. Aber Du kennst sie ja – von unserem Gemälde im Wohnzimmer. Fast zweihundert Jahre ist sie alt. Die Blanken und Dielen sind glatt wie Leder, die Holzmöbel und jeder einzelne Gegenstand erzählen von den Menschen, die hier lebten und arbeiteten und ihre Spuren hinterlassen haben. Ich fühlte mich wie aus der Zeit gefallen. Manches musste ersetzt werden. Ich hatte große Freude daran, die Berghütte zu restaurieren. Und wie wohl das tat, den Turbulenzen der Stadt Lebewohl zu sagen. Es fiel eine Last von mir ab.

In den ersten Nächten saß ich bei klarem Himmel auf der Bank vor der Eingangstüre der Hütte, eine gestopfte Pfeife und ein Glas Wein bei mir. Jeder funkelnde Stern, hell wie eine Nachttischlampe, blitzte und blinkte, als ob Ignaz Zeichen schickte. Meine Nachbarn waren Kiefern und Hirsche, Findlinge und Füchse, Hasen und Igel, wie passend, lieber August. Zum Frühstück wehte ein Duft frischer Bergkräuter durchs Fenster. Mein Radio waren die Vögel. In der Nacht hörte ich den Schrei der Eulen. Und selbst bei schlechtem Wetter hatte der Ort etwas Magisches. Der Winter brachte Unannehmlichkeiten, selbstverständlich, aber welch Wonne ein offener Kamin ist, wenn darin krachend das Holz Wärme spendet, musst Du erleben.

Die Mandlhütte liegt abseits der Wanderwege, nur vereinzelt verirrten sich Wanderer in meine Gegend. Je nach meiner Gemütslage blieben die Menschen oder merkten, dass es sein Gutes hat, nicht bei der Mandlhütte zu vespern. Der Bauer Johann Bachhuber kam regelmäßig, brachte Lebensmittel und Schuhwerk aus dem Dorf, das ich reparierte. Das Verhältnis war gut. An manchen Tagen gar freundschaftlich.

Ich hatte, was ich wollte. Ich hatte meine Welt. Eine ruhige und gelassene. Und das Gewissen beruhigte sich. Vorerst. Und für Jahre.

Aber der Schwur war noch nicht geleistet! So begann ich wieder in meiner hölzernen Art Geschichten zu erfinden. Jedoch war ich mittlerweile sogar, fern von meinen Büchern, aus denen ich Dir immer vorlas, noch phantasieloser als vorher. Ich grub tief in meinem Gehirn nach brauchbarem Material. Vergebens. Mir wurde unwohl und mir war klar: Ich werde versagen und kann den Buchmanneid nicht einhalten. Vielleicht wunderst Du Dich, warum ich an den Details hängenblieb? Warum es unbedingt mehr Geschichten sein mussten? Warum ich nicht einfach Ignaz' fünf Geschichten binden ließ?

Warum ich nicht einfach irgendwelche kopierten Plagiate in Grimms Erben steckte? Ich war es Pip schuldig. Und Scharlih auch.

Wenn Du in den Zeiten des Krieges einen Schwur leistest, dann steht er nicht zwischen Dir und einer zweiten Person. Er brennt sich unter die Haut, unter die Nägel, in das Herz, in die Seele.

Und die verbrannte Seele Deines Bruders lässt Dich so detailverliebt sein.

Und deshalb bitte ich Dich, wenn es Dir möglich erscheint und als Aufgabe lösbar:

Schreibe Du unser Buch! Du wirst es können und wollen.

Schreibe Du »Grimms Erben«!

Ich schicke Dir hiermit die rote, zerkratzte Blechschachtel. Darin die fünf Geschichten von Ignaz, die von seiner Odyssee durch Osteuropa übrig blieben. Und die Bleistifte, deren Kohlefasern deine Phantasie zu Papier bringen sollen. Ich hoffe, sie reichen aus.

Falls Du es nicht willst, verschwende ab sofort keinen einzigen Gedanken mehr an diese Geschichte.

Falls Du es tust, bringe ein Exemplar in die Mandlhütte. Frage in Ehrwald unten nach Johann Bachhuber.

Liebster August, falls Du es hierherschaffst, ich werde nicht mehr da sein.

Aber erschrecke nicht, hier liegt einiges Papier. Diesen Brief zu schreiben, ebenso der Versuch, Grimms Erben zu vollenden, kostete mich unzählige Seiten Papier, die nun zerknüllt um meine Beine liegen. Ein Meer bekritzeltes Pergament, mit unfertigen Gedanken darauf. Manches falsch ausgedrückt, manches falsch geschrieben, manches unleserlich vor Müdigkeit, und jeden Bogen, auf dem ich scheiterte, warf ich achtlos hinter mich. Papierkugeln des Versagens. Skizzen der Verzweiflung. Es ist lächerlich.

Ich will sie nicht mehr wegräumen. Das Hochschleppen war schwer genug.

Nun, liebster August, ende ich mit zitternder Hand. Mein nächster Gang wird nicht so schwer, wie jedes Wort, das ich in diesem Brief an Dich gerichtet zu Papier bringen musste.

Verzeih mir, Dich verlassen zu haben.
Ich danke meinem Bruder, ein Ziel gehabt zu haben.
Ich danke meiner Tochter, Dich gehabt zu haben.

Inniglich, ewiglich:
Dein Großvater Zacharias

Der Auftrag

Mike van Bergen radebrecht mir einen Satz durch die Muschel. Aus dem Telefonhörer knattert Folgendes:

»Tschosseff, you Wahnsinn. Das ist… i can't find words. Have you seen the Spiegel-Bestseller-Liste?«

Yes, I have.

Mike van Stottern rumpelt weiter.

»Wuuuhhhhh, that's absolutly amazing. Ich habe es always gewusst, you hound!«

Der Chef von PumpLine vergisst seine Prinzipien, so aufgebracht ist er. Als ob man von einem Sechser im Lotto erfahren würde, wenn Sie sich das kurz vorstellen wollen. Besser von einem Siebner, weil die richtige Zusatzzahl eigentlich den wahren Reibach garantiert. Van Bergen spricht deutsch. Stückweise. Und das habe ich von ihm noch nie gehört. Also muss sein Gehirn dermaßen overloaded sein, dass er seine internationale Businesssprache über den Haufen wirft.

Mich wundert nicht sein Anruf, sondern woher er meine Nummer hat, das frage ich Sie.

Mir wurde vor gut zwei Jahren mein Job bei PumpLine gekündigt. Der konzentrierte Heckmeck nach dem Alpenaufenthalt, die Absage des Verlages an PumpLine, unsere Illustrationen nun doch lieber nicht verwenden zu wollen, das Überbringen des Pakets an August Locher, das alles hat mich in einen orientierungsarmen Zustand versetzt. Folglich war meine Arbeitseinstellung dermaßen löchrig, dass ich nach einigen Warnungen die Firma verlassen musste. Wenn Sie nun denken, ich bin nicht belastbar, dann antworte ich, das mag sein.

Aber ich war es leid, für einen aufgeblasenen Chef, der sich durch die schlechte Anwendung der englischen Sprache für international konkurrenzfähig hält, Jobs zu verrichten.

»Sorry Tschossef, your work is shit since the last four weeks.«

Ich wurde hinausgeworfen. Mir tat es nicht weh. Im Gegenteil.

Ich machte eine Pause und druckte irgendwann meine eigene Visitenkarte:

Josef Franz Paul Schmidt
Alias Graf Iker
Kommunikationsdesign zwischen Meer und Berg
T: +49 (0)171 3339993
F: +49 (0)40 – 3339993
I: Graf@iker.net

Solche Veränderungen schreibt das Leben. Aber bitte, das ist noch gar nichts.

Nach meiner Rückkehr aus Schweden erreichte mich ein handgeschriebener Brief aus der Justizvollzugsanstalt Straubing. Absender August Locher.

Sehr geehrter Herr Schmidt,
lieber Joseph,

Sehe es mir nach, dass ich mich nicht über die E-Mail-Adresse melde, aber mich erleichtert das Benützen von Papier beim Schreiben ungemein.

Natürlich würde ich gerne von Dir erfahren, wie Du in den Besitz des Briefes, den Du mir vor etwa drei Monaten übergeben hast, kamst. Diese Frage zermartert mir ein wenig das Gehirn.

Es war eine Nachricht von meinem Großvater Zacharias Locher. Wenngleich ich weiß, dass er nicht mehr am Leben ist, würde mich interessieren, ob Du ihn persönlich angetroffen hast, gar kanntest, ab der Auftrag, das Paket zu übergeben, überhaupt ein Arrangement meines Großvaters gewesen ist, bevor er sich das Leben nahm? Du musst wissen, wir waren sechzehn Jahre getrennt. Als wir beide uns in den Mieminger Bergen trafen, war ich kurz davor, ihn in der Mandlhütte anzutreffen. Er ging zu früh, ich kam zu spät. Schade, ich hätte ihn gerne noch einmal in den Arm genommen.

Falls Du mir über euer Zusammentreffen nicht berichten willst, will ich das akzeptieren.

Nichtsdestotrotz werde ich Dich um einen Gefallen bitten.

Bist Du in der Lage, für mich einen Buchverlag ausfindig zu machen? Es klingt phantastisch, aber ich hege großes Interesse, ein Buch zu veröffentlichen. Da ich, wie Du weißt, in einem »Gefängnis« sitze, fehlt mir hierfür ein Agent. Meine Betreuung, so will ich die Personen nennen, die für meine Resozialisierung verantwortlich scheinen, finden mein Vorhaben lächerlich, auch wenn sie es anders auszudrücken.

Ich wende mich an Dich, weil Du, ohne es zu wissen, eine sehr verantwortungsvolle Arbeit übernommen hast. Du bist Teil eines Eides, an dessen Ende die Veröffentlichung eines Buches steht.

Es sind zwölf märchenhafte Geschichten und ein Prolog. Die ersten fünf schrieb der Bruder meines Großvaters, die restlichen sind von mir.

Bestimmt überrumpelt Dich meine Anfrage. Aber Du wirkst offen und vertrauenswürdig. Und ohne Dich, beziehungsweise ohne die Übergabe des Paketes durch Dich, würde ich diese Anfrage nicht stellen können.

Mit freundlichen Grüßen,
August Locher

Aus dem Kuvert flatterten ein weiteres Kuvert und ein Notizbuch. In dem Kuvert waren teilweise mit Heftklammern zusammengefügte Papierbögen. Es waren Kopien. Fünf Geschichten. Ich erkannte sofort, die Kopien mussten von sehr alten, zerschlissenen Originalen stammen. In einem schönen Notizbuch mit Ledereinband fand ich sieben weitere Erzählungen. Ich las mich ein – ehrlich, ich war mehr als neugierig. Vor mir breiteten sich zwölf sonderbare, aber wunderbare Geschichten aus. Alle handverfasst, in zwei unterschiedlichen Handschriften. Die eine verschnörkelt, die andere akkurat, gerade, hart, alle Buchstaben gleich. Wie schabloniert.

Ich stürzte mich in die geheimnisvollen Geschichten und beendete das letzte Wort der letzten Fabel nach 208 Minuten.

Heute fesseln sie Tausende von Menschen.

Ich will Ihnen in kurzen Schwüngen erklären, was dahintersteckt.

Ich bin August Lochers Ansinnen nachgekommen, habe mit ihm wieder Kontakt aufgenommen und wurde von ihm in das Geheimnis des Buchmanneides eingeweiht.

Faszinierend. Eine seltsam verrückte, aber auch rührende Geschichte. Wie ich zum Überbringer des Paketes wurde. Berg, Mandlhütte, Großvater Zacharias, Revolver, Papierkugeldeponie, Selbstmord und so weiter. Schwer trifft mich, dass ich August Locher im Gebirge nicht den Weg zur Mandlhütte erklärte. Womöglich hätte er mit seinem Großvater noch Zeit verbringen können. Für August wäre das wohl wichtig gewesen, wenn auch der Großvater schon tot war. Dafür entschuldigte ich mich aufrichtig.

Ich war ein weiteres Mal in Straubing, das hat gereicht, um in dieser Sache fortzufahren.

In dieser höchst absonderlichen Sache.

Oftmals sitzt man mit seinen Gedanken an einem Tisch in seinem eignen Oberstübchen und wirft Fragen auf, welche nicht beantwortet werden können. Man trinkt einen weiteren Schluck, zum Beispiel Wein, prostet seinen Gedanken zu, um weitere Inspiration zu finden. Wie man das Blatt dreht und wendet. Pragmatismus erscheint oft am plausibelsten, der dann heißt: Zufälle gibt es. Schicksale gibt es. Fügungen gibt es. Aber keine Erklärungen. Man blickt seinen Gedanken in die Augen und erlebt, wie sie zu Gefühlen werden und sich verflüchtigen.

Wie kommt ein inhaftierter Mörder dazu, mich in einen Eid einzuweihen? Ich bitte Sie – da entfleucht mir ein »Zefix« –, das ist Zufall und Schicksal zugleich, und die Fügung schicke ich hinterher: Wie sich herausstellte, hatten sieben renommierte Verlage ein erhebliches Interesse, das Märchenbuch eines kultverdächtig Verurteilten zu veröffentlichen. Mit der Redaktion von WORTundTOTSCHLAG hatte ich das interessanteste Gespräch und entschied mich nach Rücksprache mit August Locher für diesen Buchverlag.

Für meinen Einsatz als Agent veranschlagte ich kein Honorar, das bekam ich für andere Leistungen.

Das Werk erhielt den Namen »Grimms Erben«. Dieser Bitte wurde August Locher nicht nur nachgekommen, sondern sie wurde sogar als äußerst originell eingestuft.

Einige kleine Details fehlten noch, die das Buch zu etwas Besonderem machten.

Moderne, extravagante, gewagte Illustrationen. Drei Stück pro Erzählung. Und zack! Schon kam meine künstlerische Hand ins Spiel.

Ohne Ethik ist Ästhetik sinnlos – mein ethischer Grundtenor befindet sich in der Waagrechten. Ich bin zwar nicht von der Unschuld August Lochers überzeugt, erkenne jedoch deutliche soziale Vergehen bei den von Locher bestraften Personen. Der Umfang seines Feme-Pensums war vielleicht – lassen Sie mich es so ausdrücken – durch Überengagement etwas geweitet. Ich wiederhole: Wäre ich einer von den Menschen, die sagen würden, Locher hätte den elektrischen Stuhl verdient, schlimm genug, dass es solche Leute gibt, ich hätte niemals diesen Job angenommen. Von der Vermittlung bis hin zum Illustrieren. Jawohl – Pecunia Olet! – Geld stinkt, das tut es, seitdem man mit Knochen und Kieselsteinen dealt, aber an meinen Händen klebt kein Blut!

Deshalb ist mir nicht unwohl, ihm geholfen zu haben – und der Erfolg gibt mir recht, glaube ich –, bei der Veröffentlichung und illustratorischen Umsetzung eines in internationalen Literaturkreisen hochgelobten Märchenwerkes.

Das ist fucking en vogue!

So schrie die Fachpresse.

Das ist Spiegelbestsellerlistenspitze!

Deswegen ruft ein Mike van Bergen an, der natürlich mit seinen international konkurrenzfähigen Fingern nach einem Teil vom Kuchen greifen will. Er wird nicht einmal die Brösel aufpicken. Nach Gratulationsbekundungen und den ganzen »Wuuuuhhhs« und »Yeahs« kam Kündigungs-van-Bergen zum Punkt. Er will, weil ja die modernen Graphiken seine Idee waren – wenngleich für einen anderen Verlag – Tantiemen. Geld. Zaster. Viel Geld. Weil Bestseller. Er hat die Idee erst ins Leben gerufen. Das ist sein Argument. Er hat ein Recht darauf. Das alles erklärte er in perfektem, akzentfreiem Deutsch. Ich antwortete international:

»Fuck YOU off!«

Was dieser Verkaufsschlager für den gefangenen Autor August Locher bedeutet, kann ich bis dato nicht sagen. Erhält er Strafminderung wegen guter Führung? Wegen guter Federführung? Seine finanziellen Grundlagen habe ich in die Hand genommen. Es sollen sich keine Dritten an seinem Gewinn bereichern. Sie glauben nicht, wer da alles mit Papieren wedelt und Ansprüche stellt. Vom Gefängnisdirektor bis zum Verlagsfotografen, obwohl in und auf »Grimms Erben« kein einziges Foto des Autors abgelichtet ist. Nur ein gezeichnetes Konterfei aus meiner Tuschefeder. Das aber gut geführt.

Ich halte zweiwöchentlich Kontakt mit August Locher. Informiere ihn über Neuigkeiten und Vorkommnisse. Diese reißen nicht ab und sind an Kuriosität kaum zu überbieten. In die Schneise des Erfolges wollen sich nicht nur Schmarotzer einreihen, nein, auch die kreativsten Köpfe deutscher Blockbusterei. Kürzlich schwäbelte ein Produzent, der sich als Roland Emmerich ausgab, gigantische Ideen einer Locher-Verfilmung durch die Telefonverbindung. Er insistierte spannungsgeladen, er hätte seit Schätzings Schwarm nicht mehr so dringlich ein Buch verfilmen wollen. Ach, was sage er da, keine bisherige Idee verfolgte er mit einer solchen Intensität. Seine Produktionsfirma würde dieses Projekt als Topact des Jahres behandeln – ein leicht zu kalkulierendes Highlight der Cineastik. Arbeitstitel hierfür wären The Bavarian Alien oder Day of Justice, und bevor ich mich seiner Glaubwürdigkeit versichern konnte legte er auf mit den Worten: »Äh, Herr Schmidt, ich ruf Sie wieder an… Hey Tom, how are… klick…tuut tuut tuut.« Tom Cruise in der Hauptrolle? Heiliger Bimbam, bitte nicht.

Es war der gleiche Tag, an dem das Büro eines Wolfgang Petersen mir eine prägnante E-Mail schickte.

Guten Tag Herr Schmidt, bitte kontaktieren Sie mich. Grimms Erben muss verfilmt werden. Mit freundlichen Grüßen und im Auftrag von Wolle Petersen.

Am Abend läutete erneut das Telefon. Ich wog ab, ob Emmerich oder Petersen weiter über ihre Pläne referieren wollten, da hauchte mir eine Damenstimme ein freundliches Hallo in den Gehörgang. Sie klang wie Doris Dörrie. Die Geschichten wären voll phantastischer Wärme, Einfühlsamkeit und moralischem Spitzbubentum, sagte sie, und dass sie von Wort und Bild des Buches schwer inspiriert worden sei. Sie ersuche eine enge Zusammenarbeit, ob für eine filmische Umsetzung mit dem eventuellen Titel »Das Individuum«, Tarrach oder Thiel stünden für die Hauptrolle bereit, oder eine Neuinszenierung einer Oper namens »Augustus«, das ließe sich mit dem noch lebenden Teil des Buchautorenduos bestimmt abklären. Alles Beste und auf Wiedersehen aus München.

Solche Unglaublichkeiten geschehen in zeitlich kurzen Abständen. Ich teile sie August Locher mit. Er?

Er wartet geduldig auf seine Entlassung und hat das reinste Gewissen, das ich kenne. Er ist sich sehr sicher, dass er irgendwann für die Allgemeinheit nicht mehr als gefährlich eingestuft wird. Ich als winziger Teil der Allgemeinheit tue dies jetzt schon.

Ich sitze in meinem Ohrensessel, dessen Polster eher einer Tapete gleicht, aber extrem bequem ist. In meinen ruhigen, zufriedenen Händen liegt eine Ausgabe von »Grimms Erben«.

Ein Bestseller, an dem sechzig Jahre lang geschrieben wurde.

Ein Foliant über Moral und Freundschaft.

Über Liebe und Leid.

Über Gerechtigkeit und Gegenwehr.

Und über einen Eid, dessen Einhaltung über jegliche Gräuel und Unzulänglichkeiten erhaben war.

Ich streiche über die Vorderseite des Hardcovers. Ein in Burgund getauchter Stoffeinband, auf dem in goldenen dünnen Linien ein Mann mit Parka und Brille gestickt ist. Er steht in einem Hügel voll

Papierkugeln. In den Händen hält er eine überdimensionale Schreibfeder und einen Molotowcocktail.

Ich blättere darin. Die Inhaltsangabe fällt auf. Ich fahre die gezirkelten Linien mit meinen Pupillen nach.

Von einem, der nicht mehr laufen wollte
Rückwärtsland
Das Imagistrat
Als der Tag die Nacht angriff
Gebrüder Hunger und Durst
Die Pumpe und die brennende Luft
Das rasende Weiblein
Das Bretterjünglein
Das glühende Teilchen
Die Geisterbraut
Knüppel in dem Sack
Die fünf Kameraden und das ewige Lachen

Ich klappe zu und überlege kurz, wie viel Tonnen an Papier Zacharias Locher beziehungsweise Buchmann wohl für seine nicht brauchbaren Geschichten und seinen Brief an August verbraten hat? Wie viele Kilometer Ignaz Buchmanns Geschichten zurückgelegt haben? Wie viel Leid August Locher erfahren haben musste, bis er die Tatsachen, auf welchen seine Geschichten basieren, geschaffen hat?

Gelüftet ist das Geheimnis der Papierflut in der Mandlhütte. Wenn ich jetzt so zurückdenke, dann kommen mir die missglückten und zerknüllten Schreibversuche vor wie weiße Rosen aus Marzipan. Ein Sterbebett aus Blumen für den alten Locher, der durch seinen vehementen Drang, den Eid zu Ende zu führen, der Fadenspinner war.

Ein Rosenbett für den Fadenspinner!

Diese Vorstellung will ich archivieren.

Plötzlich muss ich lachen. Was für ein absoluter Wahnsinn das Ganze. Herrlich!

Wenn Sie nun sagen, das ist doch alles an den Haaren herbeigezogen. Eine übertriebene Münchhausiade. So etwas dürfte es im wahren Leben doch niemals geben. Dann antworte ich Ihnen:

Etwa sechzig Millionen Menschenopfer durch einen Weltkrieg, den ein einziges Individuum durch Synapsenfehler im Gehirn anzettelte, DAS dürfte es niemals geben.

Ich lese wieder auf der Frontseite. Erhabene goldene Lettern:

Grimms Erben

Von August Locher & Ignaz Buchmann.

Und etwas kleiner im Eck.

Illustration: Josef Schmidt & Ole Olsen.

Ich klappe das Buch wieder auf. Seite fünf. Vorwort.

Mein Name ist Ignaz Buchmann.

Mein Leben endet nicht gerade märchenhaft an einer Mauer an diesem Frühjahrstag im Jahre 43. Meine liebsten Menschen, vor allem meinen Bruder, drücke und küsse ich hiermit bis in alle Ewigkeit.

Meinen letzten Verfolgern erkläre ich feierlich: Ihr habt mich wohl erwischt, aber das, wofür ihr mich jagtet, habt ihr nicht bekommen. Meine Gedanken. Worte werden den totalen Sieg erbringen. Klingt seltsam, ist aber so.

Immer weiter,
Ignaz Buchmann

Dieses Buch ist ein Wälzer. Nicht, was die Anzahl der Seiten betrifft. Auch nicht im Vergleich zu literarischen Schwergewichten à la »Ulysses«,

»Unendlicher Spaß« oder kafkaeskes Zeugs. Es ist ein Wälzer, da es sich geschichtlich durch die Zeiten des Krieges stampfte, durch Familienbanden und allen Widerständen zum Trotz vollendete.

Es ist ein beachtliches Buch voller Liebe, voller Widerstand und voller Kampf um Redlichkeit, Respekt und Akzeptanz. Seinen Ruhm und Erfolg verdankt es den Umständen und der Lust nach Sensation. Aber ist das schlimm, frage ich Sie? Wäre ein Egon Friedell so berühmt geworden, hätte er seinen Freitod nicht auf so humorvolle Weise aus dem Fenster des dritten Stocks angekündigt: »He da unten. Treten Sie zur Seite, ich springe jetzt!« Nein, sicher nicht.

Sie fragen, wer Egon Friedell ist?

Egal.

Es sind zwölf Geschichten oder Märchen oder Ereignisse, auf alle Fälle Fiktionen, die mich begeistern. Ich blättere zu meiner Lieblingsgeschichte, und als hätte ich Zuhörer, die ich an meiner Begeisterung teilhaben lassen will, lese ich laut und langsam. Ich finde meine Stimme hat was von Joachim Kerzel.

Als die Nacht den Tag angriff

(VON IGNAZ BUCHMANN)

VERWUNDERLICH, ABER DOCH

Es war einmal ein Moment, den niemand mitbekam. Ein bedeutungsvoller Augenblick, um genau zu sein, dauerte dieser einige Stunden, der spurlos an uns Menschen vorüberschritt. Wäre das Gleichgewicht in diesem Augenblick um eine Nuance verändert worden, wäre es möglich, dass wir alle nicht mehr hier wären. Was war geschehen?

Es war Sommer. Um bei der Wahrheit zu bleiben, es war Mitsommernacht. Der längste Tag im Jahr brachte Feste, Lieder, Tänze und Fröhlichkeit in die Gemüter der Menschen. Nur schwer und langsam schleppte sich die Nacht heran. Als sie endlich da war, zogen sich die Leute zurück, müde und erschöpft von einem herrlichen Tag. Das passte der Nacht gar nicht. So populär der Tag war, so pragmatisch war die Nacht. Am Tag wird gearbeitet oder gefeiert, es herrscht Umtriebigkeit und Leben. In der Nacht walten Schlaf und Stillstand. Da kam Neid auf bei der Nacht.

»Hiermit fordere ich ein Duell! Ein Duell auf Hell oder Dunkel. Bis in alle Ewigkeit. Es soll herrschen Nacht, oder ich will für immer untergehen.«

Der Tag war schockiert über diese Drohung. Gab es doch seit Jahrmillionen eine förderliche Übereinkunft zwischen beiden. Natur und Mensch waren zufrieden. Nicht aber die Nacht. Sie zog gegen den Tag in die Schlacht.

Die Armee der Nacht führte Finsterlinge und dunkle Geschöpfe mit sich. Höhlen, Dunkelbiere und Schwarzmaler. Schwarze Ritter, Fürsten der Finsternis und dunkle Mächte. Der Mond und die Sterne, treue Wegbegleiter der Nacht, schlossen sich der Streitmacht an, genauso Nachtpflanzen, Kerzen und Glühwürmchen, die ohne Dunkelheit ihre Existenz verlören. Nachteulen und Fledermäuse flatterten als Luftwaffe übers Schlachtfeld. Das Ganze wurde begleitet von einer typischen nächtlichen Kälte, die Gänsehaut erzeugte. Sie rückten mit dem Nachtzug an.

Das Sonnenheer, die Streitmacht des Tages, stellte sich dem entgegen, wollte es nicht sein Dasein riskieren. Dort bäumten sich helle Köpfe und Tagträumer auf. Weiße Prinzen, Hellhörige und Sonnenkinder formten eine Bastion. Schattenwesen kämpften an der Seite des Tages, brauchten sie doch seine Sonnenstrahlen zum Leben. Sogar Heller und Pfennig reihten sich ein. Glanzpunkte und Lichtungen bildeten zusammen mit Sonnenschirmen eine Artillerie der Helligkeit. Mit der Photosynthese konnte eine Geheimwaffe mitgeführt werden. Eine sich ausdehnende Wärme umschloss das Sonnenheer wie ein Schutzschild. Eine Tagesfahrt brachte sie zum Streitfeld.

Als die beiden Heere sich gegenüberstanden, mit den Waffen rasselnd und mit schäumenden Lefzen, bereit, für immer entweder Licht oder Dunkel zu erzeugen, brauste ein tosendes Rauschen auf. Immenser Lärm sorgte für eine

Starre auf beiden Seiten, und ehe diese sich versahen, traten Ebbe und Flut in die Mitte der Streitheere.

»Tag! Nacht! Sonne! Mond!«, schrie die Ebbe.

»Hierher!«, befehligte die Flut die Angesprochenen. Alle vier wandelten benommen in die Mitte des Feldes. In Ehrfurcht erstarrt, denn niemand hob nur einen Finger. Die Flut fuhr fort.

»Willst du, Nacht, mit deinem Führer Mond vierundzwanzig Stunden Arbeit verrichten? Vierundzwanzig Stunden schuften und dich nie zur Ruhe setzen? Vierundzwanzig Stunden schwitzen, frieren, rackern, ohne dich auszuruhen und um Kraft zu tanken? Das siebenmal die Woche? Ich frage dich, willst du das?«

Die Nacht antwortete leise und eingeschüchtert:

»Nein, das will ich nicht.«

»Willst du, Tag, mit deiner Führerin Sonne vierundzwanzig Stunden Arbeit verrichten? Vierundzwanzig Stunden schuften und dich nie zur Ruhe setzen? Vierundzwanzig Stunden schwitzen, frieren, rackern, ohne dich auszuruhen und um Kraft zu tanken? Das siebenmal die Woche? Ich frage dich, willst du das?«

Der Tag antwortete kleinlaut:

»Sie hat angefangen«, und deutete trotzig auf die Nacht.

»Also«, verkündete die Ebbe, »schätzt euer Gegenüber. Respektiert die Andersartigkeit und mehr. Seid froh, dass ihr den ganzen Mist nicht alleine machen müsst. Wir brauchen das eine wie das andere. Warum sollten wir das ändern, was seit Jahrmillionen funktioniert? Lasst uns in einem offenen Bewusstsein leben. Jeglicher Raum braucht seine Füllung. Mit einer Vielzahl an Möglichkeiten. Und jetzt, Sonne und Mond, kommt in die Gänge, ich müsste seit zwanzig Minuten bei der Arbeit sein!«

Am selben Tag und auch in derselben Nacht konnte man bei ganz genauem Hinsehen einige Momente erleben, die einem verrieten, dass Nacht und Tag Frieden geschlossen hatten. Glühwürmchen tanzten mit Sonnenkindern. Nachteulen sangen mit Photosynthesen Blumenlieder. Schattenwesen umarmten Kerzenlichter. Glanzpunkte poussierten mit Dunkelbieren, und selbst der Nachtzug unterhielt sich mit der Tagesfahrt über den Kraftstoffverbrauch.

Es hätte schon sehr geschärfte Sinne gebraucht, um das alles erkennen zu können.

Was bleibt ist das: Ebbe und Flut sorgen immer noch für Chaos in der menschlichen Gefühlswelt – weil sie nicht gestorben sind.

Ich klappe das Buch wieder zu. Kurz werde ich mir der Tragweite bewusst, unter welchen Umständen Ignaz Buchmann seine Geschichten notierte. Bevor ich dieses Gefühl greifen kann, flattert es gemein davon. Es wird wohl niemand ein Grauen verstehen können, an dem er nicht selbst beteiligt war. Ähnlich, natürlich nicht vergleichbar, ist es mit Situationskomik. War man nicht dabei, greift der Humor nicht. Was bleibt sind die Erinnerungen. Und aus Erinnerungen ist dieses Buch gestrickt. »Grimms Erben« ist ein Buch von Verrückten.

Von einem, der vorm Weltkrieg flüchtend fabulierte, auf der Suche nach einer Maschine, die seine Träume schmieden sollte, und deshalb als Deutscher ins Warschauer Ghetto sprang.

Von einem, der sich in der Neuzeit gegen Diskriminierung und Unterdrückung auf eine Art und Weise wehrte, mit der Quentin Tarantino seine Filme strickt.

Und von einem, der auf dem Berg Inspiration suchte, Pilze schluckte, und durch das Auffinden eines Selbstmörders, der mit dem fabulierenden Ghettospringer den Buchmanneid hielt, die Fäden wieder zusammenführte.

Wenn das alles nicht verrückt ist. Aber ich bitte Sie, ich kenne noch viel schlimmere Geschichten.

Müsste ich jetzt aber länger überlegen …

Da sitze ich nun hier, einem menschlichen Zahnrad gleich, das sich durch Ereignisse drehen lässt, das wiederum andere Zahnräder bewegt, infolgedessen Pendel zum Schwingen bringt und wiederum neue Ereignisse antreibt. Ich bin ein Teil eines Uhrwerks, das sich Leben nennt. Ein kompliziertes, ausgeklügeltes System, das ein Gesamtbild entwirft. Und würde nur ein Zahnrädchen langsamer laufen, sich ein Pendelschlag um Millisekunden verzögern, ein Handgriff anders ausgeführt werden, wäre das Gesamtbild ein anderes, zweifelsfrei noch einzigartig und individuell, aber eben komplett anders. Wären meine Eltern nicht ums Leben gekommen, was mich nach anfänglichen großen Schwierigkeiten selbstbewusst und eigenständig machte, hätte ich nie bei meinen Verwandten in Ülzen gelebt, hätte ich vielleicht nie den Drang nach einer künstlerischen Auslebung verspürt und hätte letztlich nie nach dem Graphikstudium diesen Job bei fucking-van-Bergen angenommen. Aber so war es nun mal. Ein Tanz der Zahnräder. In der Mandlhütte war ich ein Räuber und habe doch den Faden eines anderen Schicksals aufgenommen und weitergesponnen. Den Faden, den Zacharias Buchmann-Locher fertig verarbeitet niederlegte. So wachsen Geschichten zusammen, die fern einer logischen Zusammengehörigkeit existieren.

Aus dem Hinterstübchen meiner Erinnerung dringen leise Worte meines Onkels Friedhelm, der seine Einschätzung des Daseins so formulierte: »Das Leben ist ein schizophrenes Antlitz. Es grinst diabolisch während eines Trauerfalls. Es verzieht sich grimmig in glücklichen Momenten. Und wenn man es brav zum Trost an der Wange streicheln will, weil es bitterlich weint, beißt es einem den Zeigefinger ab. Stille Zähne sind scharf, nicht wahr, kleines dreckiges Mondgesicht.«

Wobei ich nie genau wusste, ob er mit Mondgesicht das Leben oder mich meinte. Womöglich beides.

Ich lege meinen Kopf zurück und döse. Über mein Gesicht legt sich eine wohltuende Schwere. Tatsächlich schlafe ich ein. Ich beginne zu träumen.

Von Krähen, die über den Himmel ziehen. Gefolgt von einem Kanarienvogel.

Von Männern, die rückwärts gehen.

Von Zähne fletschenden Wölfen in Rollstühlen.

Von einem Lars-Lunde-Trikot mit dem Werbemotto Eine Moral muss es geben!

Von Jazzmusik aus Lesemaschinen.

Von Panzern, die an Basketballkörben angebracht sind.

Von einer Berghütte voller Sonderschüler.

Von Papier, das spricht.

Von Sonne, Mond und Davidsternen.

Von Elfen, die in Supermärkten brennende Holzskulpturen verkaufen.

Von einem Tabascoregen.

Und von einem olivgrünen Parka, der mich vor all dem schützt.

Wie eine zweite Haut.

Die Vollendung

Hamburg – Ehrwald
838 Kilometer
7 Stunden 25 Minuten.

Ab Penzberg fummle ich am Radioknopf. Ich suche Radio Watzmann. Als Einklang für meine Unternehmung. Der Vollendung des Buchmanneides. Ich wurde von August Locher, von dem ich Sie übrigens recht grüßen soll, angehalten, ein Exemplar von »Grimms Erben« auf die Mandlhütte zu bringen. Dort gehört es hin. Mit dieser Geste wird dem Eid Genüge geleistet. Das Buch, dessen Entstehung ähnlich aufwendig war, wie die Produktion der Hindenburg. Nur, die Hindenburg kennt fast jeder, die Geschichte des Buchmanneides kennt nur eine ganz spezielle Gruppe von Interessierten, zu der auch Sie zählen. Entschuldigen Sie, wenn ich Sie das frage, aber nach all der gemeinsamen Zeit: Wollen wir nicht du zueinander sagen?

ISBN 9 978-3-8493-0000-5

1. Auflage 2012

Illustrationen, Gestaltung & Umschlaggestaltung:
Kai Büschl / Graphic-O-Rama, München
www.graphic-o-rama.com

Druck und Bindung:
CPI – books GmbH, Ebner & Spiegel Ulm
Printed in Germany

WWW.WALDEGRAF.DE